Ai morti colpevoli.
Alla loro innocenza.

La paranza dei bambini

MARAJA	Nicolas Fiorillo
BRIATO'	Fabio Capasso
TUCANO	Massimo Rea
DENTINO	Giuseppe Izzo
DRAGO'	Luigi Striano
LOLLIPOP	Vincenzo Esposito
PESCE MOSCIO	Ciro Somma
STAVODICENDO	Vincenzo Esposito
DRONE	Antonio Starita
BISCOTTINO	Eduardo Cirillo
CERINO	Agostino De Rosa

Dove ci sono bambini c'è un'età dell'oro.

NOVALIS

Parte prima

LA PARANZA VIENE DAL MARE

Il nome paranza viene dal mare.

Chi nasce sul mare non conosce un solo mare. È occupato dal mare, bagnato, invaso, dominato dal mare. Può starci lontano per il resto dell'esistenza, ma ne resta zuppo. Chi nasce sul mare sa che c'è il mare della fatica, il mare degli arrivi e delle partenze, il mare dello scarico fognario, il mare che ti isola. C'è la cloaca, la via di fuga, il mare barriera invalicabile. C'è il mare di notte.

Di notte si esce per pescare. Buio inchiostro. Jastemme e nessuna preghiera. Silenzio. Solamente rumore di motore.

Due barche si allontanano, piccole e marce, montate sino quasi a farle affondare dalle lampade del mare. Vanno una a sinistra, una a destra, mentre le lampare stanno avanti per attirare i pesci. Lampare. Luci accecanti, elettricità di salsedine. La luce violenta che sfonda l'acqua senza grazia alcuna e arriva in fondo. Fa paura vedere il fondo del mare, è come vedere dove finisce tutto. E questo è? È questa accolita di sassi e rena che tutto questo immenso copre? Solo questo?

Paranza è nome di barche che vanno a caccia di pesci da ingannare con la luce. Il nuovo sole è elettrico, la luce occupa l'acqua, ne prende possesso, e i pesci la cercano, le danno fiducia. Danno fiducia alla vita, si lanciano a bocche aperte, governati dall'istinto. E intanto si apre la rete che li sta circondando, veloce; le maglie presidiano il perimetro del banco, lo avvolgono.

Poi la luce si ferma, sembra finalmente raggiungibile dalle bocche spalancate. Fino a quando i pesci iniziano a essere spinti l'uno vicino all'altro, ognuno muove la pinna, cerca spazio. Ed è come se l'acqua diventasse una pozza. Rimbalzano tutti, quando si allontanano i più vanno a sbattere, sbattono su qualcosa che non è morbido come la sabbia, ma non è nemmeno roccia, non è duro. Sembra violabile ma non c'è verso di superarlo. Si dimenano sopra sotto sopra sotto destra sinistra e ancora destra sinistra, ma poi sempre meno, sempre meno.

E la luce si spegne. I pesci vengono sollevati, il mare per loro sale repentinamente, come se il fondale si stesse alzando verso il cielo. Sono solo le reti che tirano su. Strozzati dall'aria, le bocche si schiudono in piccoli cerchi disperati e le branchie che collassano sembrano vesciche aperte. La corsa verso la luce è finita.

Lo smerdamento

– Me staje guardanno?
– Neh, ma chi te sta cacanno.
– E che guard'a fà?
– Guarda, frate', che mi hai preso per un altro! Io nun te penzo proprio.

Renatino stava tra gli altri ragazzi, era da tempo che lo avevano puntato in mezzo alla selva di corpi, ma quando se ne accorse lo avevano già circondato in quattro. Lo sguardo è territorio, è patria, guardare qualcuno è entrargli in casa senza permesso. Fissare qualcuno è invaderlo. Non voltare lo sguardo è manifestazione di potere.

Occupavano il centro della piazza. Una piazzetta chiusa tra un golfo di palazzi, con un'unica strada d'accesso, un unico bar nell'angolo e una palma che da sola aveva il potere di imprimerle un marchio esotico. Quella pianta ficcata in pochi metri quadri di terriccio trasformava la percezione delle facciate, delle finestre e dei portoni, come se fosse arrivata da piazza Bellini con un colpo di vento.

Nessuno di loro superava i sedici anni. Si avvicinarono respirandosi i fiati. Erano ormai alla sfida. Naso contro naso, pronta la testata sul setto nasale se non fosse intervenuto 'o Briato'. Aveva frapposto il suo corpo, un muro che delimitava un confine. – Ma ancora nun te staje zitto! Ancora vai parlanno! 'Azzo, e manco abbassi gli occhi.

Renatino non abbassava gli occhi per vergogna, tuttavia se

avesse potuto uscirsene da quella situazione con un gesto di sudditanza l'avrebbe fatto volentieri. Abbassare la testa, persino chinarsi in ginocchio. Erano in molti contro uno: le regole d'onore quando si deve vattere qualcuno non contano. "Vattere" in napoletano non è semplicemente traducibile con "picchiare". Come accade nelle lingue della carne vattere è un verbo che tracima dal suo significato. Ti vatte la mamma, ti picchia la polizia, ti vatte tuo padre o tuo nonno, ti picchia il maestro a scuola, ti vatte la tua ragazza se hai posato troppo a lungo lo sguardo su un'altra.

Si vatte con tutta la forza che hai, con risentimento vero e senza regole. E soprattutto si vatte con una certa, ambigua, vicinanza. Si vatte chi si conosce, si picchia l'estraneo. Si vatte chi ti è vicino per territorio, cultura, conoscenza, chi è parte della tua vita; si picchia chi non c'entra nulla con te.

– Vai mettendo "mi piace" a tutte le foto di Letizia. Vai mettendo commenti pe tutt'e pparte, e quando vengo qui alla piazzetta mi guardi pure? – lo accusò Nicolas. E, mentre parlava, con gli spilli neri che teneva al posto degli occhi inchiodò Renatino come un insetto.

– Io non ti sto guardando proprio. E comunque se Letizia mette le foto, significa che posso mettere i commenti e i "mi piace".

– E secondo te quindi non ti dovrei vattere?

– Oh, m'hai rutt'o cazzo, Nicolas.

Nicolas iniziò a spingerlo e a strattonarlo: il corpo di Renatino inciampava sui piedi che gli erano a fianco e rimbalzava contro i corpi davanti a Nicolas come sulle sponde di un biliardo. 'O Briato' lo lanciò a Dragonbò, che lo afferrò con un braccio solo e lo scagliò contro 'o Tucano. Questo fece finta di colpirlo con la testa, ma poi lo restituì a Nicolas. Il piano era un altro.

– Oh, ma che cazzo state facendo! O!!!

La voce gli usciva come quella di una bestia, anzi di un cucciolo impaurito. Ripeteva un solo suono che veniva fuori come una preghiera implorante salvezza: – O!!!

Un suono secco. Una "o" gutturale, scimmiesca, disperata. Chiedere aiuto è la firma alla propria codardia, ma quella sola lettera, che era poi la lettera finale della parola aiuto, sperava potesse essere intesa come una supplica, senza la massima umiliazione di doverla esplicitare.

Nessuno intorno faceva nulla, le ragazze andarono via come se stesse per iniziare uno spettacolo a cui loro non volevano e non potevano assistere. I più restarono fingendo quasi di non essere lì, un pubblico che invece era attentissimo ma pronto a giurare, se interrogato, di aver tenuto per tutto il tempo la faccia nell'iPhone e non essersi accorto di niente.

Nicolas diede uno sguardo veloce alla piazzetta, poi con una spinta dura fece cadere Renatino. Lui provò ad alzarsi, ma una pedata di Nicolas in pieno petto lo schiacciò di nuovo a terra. I quattro si pararono intorno al completo.

Iniziò 'o Briato' a catturargli entrambe le gambe, per le caviglie. Ogni tanto gliene sfuggiva una, come un capitone che cerca di volare a mezz'aria, ma riusciva sempre a evitare il calcio in faccia che Renatino tentava disperato di assestargli. Poi gli imbragò le gambe con una catena, di quelle leggere che si usano per legare le biciclette al palo.

– È stretta! – disse dopo aver chiuso il lucchetto.

'O Tucano gli assicurò le mani in un paio di manette di metallo rivestite di pelo rosso, doveva averle trovate in qualche sexy shop, e gli dava dei calci alle reni per placarlo. Dragonbò gli teneva ferma la testa con una certa apparente delicatezza, come fanno gli infermieri dopo gli incidenti quando mettono un collare.

Nicolas si abbassò i pantaloni, gli diede la schiena e si accovacciò sul viso di Renatino. Con un gesto rapido prese le mani legate per tenerle ferme e iniziò a cacargli in faccia.

– Che dici, 'o Drago', ma secondo te 'n' omm''e mmerda s''a mangia 'a mmerda?

– Io credo di sì.

– Vai che sta scennenno... buon appetito.

Renatino si dimenava e urlava, ma quando vide la massa

marrone uscire si fermò all'improvviso e chiuse tutto. Serrò le labbra, arricciò il naso, contrasse il volto, lo indurì sperando diventasse una maschera. Drago' tenne la testa ferma e la lasciò andare solo quando il primo pezzo si afflosciò sul volto. E lo fece solo per non rischiare di sporcarsi. La testa ricominciò a muoversi, sembrava impazzita, a destra e a sinistra cercando di spostare il pezzo di merda che gli si era appollaiato tra il naso e il labbro superiore. Renatino riuscì a farlo cadere e tornò a urlare il suo disperato: – O!

– Guagliu', arriva il secondo pezzo... tenetelo fermo.

– 'Azzo, Nicolas, hai magnat'assaje...

Drago' tornò a tenere la testa, sempre con fare infermieristico.

– Bastardi! O!!! O!!! Bastardi!!!

Urlava impotente, per poi zittirsi appena vide uscire il secondo pezzo dall'ano di Nicolas. Un peloso occhio buio che con due spasmi spezzò il serpente d'escremento in due diversi pezzi tondeggianti.

– Ua', mi stavi cogliendo, Nico'.

– Drago', 'o vuo' pure tu 'nu poc''e tiramisù 'e mmerda?

Il secondo pezzo gli andò sugli occhi. Renatino sentì le mani di Drago' liberarlo e quindi ricominciò a muovere la testa istericamente finché gli vennero dei conati di vomito. Poi Nicolas prese un lembo della maglietta di Renatino e si pulì l'ano, ma con cura, senza fretta.

Lo lasciarono lì.

– Renati', devi ringraziare mia madre, sai perché? Perché mi fa mangiare bene, se mangiavo la roba che cucina quella zoccola di mammeta ora ti cacavo sciorda e ti facevi la doccia di merda.

Risate. Risate che bruciavano tutto l'ossigeno in bocca e li strozzavano. Simili al raglio di Lucignolo. La più banale delle risate ostentate. Risate di ragazzini, sguaiate, tracotanti, un poco mimate, per compiacere. Tolsero la catena dalle caviglie di Renatino, lo liberarono delle manette: – Tienatelle, te le regalo.

Renatino si mise a sedere, stringendo quelle manette rivestite di peluche. Gli altri si allontanarono, uscirono dalla piazzetta vociando e lanciandosi sui motorini. Coleotteri mobili, accelerarono senza motivo, frenarono per evitare di cozzare l'uno con l'altro. Sparirono in un attimo. Nicolas soltanto tenne i suoi spilli neri appuntati fino alla fine su Renatino. Il movimento d'aria gli scompigliava i capelli biondi che un giorno o l'altro, aveva deciso, avrebbe rasato a zero. Poi il motorino su cui montava come passeggero lo portò lontano dalla piazzetta, e furono solo sagome nere.

Nuovo Maharaja

Forcella è materia di Storia. Materia di carne secolare. Materia viva.

Sta lì, nelle rughe dei vicoli che la segnano come una faccia sbattuta dal vento, il senso di quel nome. Forcella. Una andata e una biforcazione. Un'incognita, che ti segnala sempre da dove partire, ma mai dove si arriva, e se si arriva. Una strada simbolo. Di morte e resurrezione. Ti accoglie con il ritratto immenso di san Gennaro dipinto su un muro, che dalla facciata di una casa ti osserva entrare, e con i suoi occhi che tutto comprendono ti ricorda che non è mai tardi per risollevarsi, che la distruzione, come la lava, si può fermare.

Forcella è una storia di ripartenze. Di città nuove su città vecchie, e di città nuove che diventavano vecchie. Di città chiassose e brulicanti, fatte di tufo e piperno. Pietre che hanno eretto ogni muro, tracciato ogni strada, modificato tutto, anche le persone che con questi materiali hanno sempre lavorato. Anzi, coltivato. Perché si dice che il piperno si coltiva, come fosse un filare di viti da innaffiare. Pietre che si stanno esaurendo, perché coltivare la pietra significa consumarla. A Forcella anche le pietre sono vive, anche loro respirano.

I palazzi sono attaccati ai palazzi, i balconi si baciano davvero a Forcella. E con passione. Anche quando ci passa in mezzo una strada. E se non sono i fili del bucato che li tengono uniti, sono le voci che si stringono la mano, che si chiamano per dirsi che quello che passa sotto non è asfalto ma un fiume attraversato da ponti invisibili.

Ogni volta che Nicolas a Forcella passava davanti al Cippo provava la stessa allegria. Si ricordava di quando, due anni prima, ma parevano secoli, erano andati a rubare l'albero di Natale in galleria Umberto e lo avevano portato lì, dritto dritto, con tutte le sue palline lucenti, che lucenti non erano più dato che non c'era corrente ad alimentarle. Così si era fatto notare da Letizia, che uscendo di casa la mattina dell'Antivigilia e voltando l'angolo aveva visto apparire la punta, come in quelle fiabe in cui semini la sera e quando il sole sorge, oplà, ecco che è cresciuto un albero che tocca il cielo. Quel giorno lei l'aveva baciato.

A prendere l'albero, ci era andato di notte con tutto il gruppo. Erano usciti di casa appena i genitori si erano messi a letto, e in dieci, sudando l'impossibile, se l'erano caricato sulle spalle da piscitielli, cercando di non fare rumore, imprecando a bassa voce. Poi lo avevano legato ai motorini: Nicolas e 'o Briato' con Stavodicendo e 'o Dentino davanti, e gli altri dietro a tenere il tronco sollevato. C'era stato un grande acquazzone e non era stato facile attraversare con i motorini i pantani e i veri e propri fiumi di acqua vomitati dalle fogne. Tenevano i motorini, non l'età per guidarli, ma erano nati imparati, come dicevano loro, e riuscivano a destreggiarsi meglio di quelli più grandi di loro. Però su quella pellicola d'acqua non era stato facile. Si erano fermati più volte a prendere fiato e sistemare le corde, ma alla fine ce l'avevano fatta. Avevano innalzato l'albero dentro al quartiere, lo avevano portato tra le case, tra la gente. Dove doveva stare. Poi al pomeriggio i falchi della polizia erano venuti a riprenderselo, ma ormai poco importava. L'impresa era compiuta.

Nicolas si lasciò il Cippo alle spalle con un sorriso e parcheggiò sotto casa di Letizia, voleva prenderla e portarsela al locale. Lei, però, aveva già visto i post su Facebook: le foto di Renatino immerdato, i tweet degli amici a proclamare la sua umiliazione. Letizia conosceva Renatino e sapeva che le andava dietro. Il solo peccato che aveva commesso era stato mettere dei "like" ad alcune sue foto dopo che lei aveva accettato l'amicizia: una colpa che non si perdonava agli occhi di Nicolas.

Nicolas si era presentato sotto casa sua, non aveva citofonato. Il citofono è uno strumento che usano solo il postino, il vigile urbano, il poliziotto, l'autoambulanza, il pompiere, l'estraneo. Quando invece devi chiamare la fidanzata, tua madre, tuo padre, un amico, la vicina di casa che ha titolo a sentirsi parte della tua vita, si urla: è tutto aperto, squadernato, tutto si sente, e se non si sente è brutto segno, è successo qualcosa. Nicolas da giù si sgolava: – Leti'! Letizia! –. La finestra della camera di Letizia non dava sulla strada, si affacciava su una sorta di cavedio senza luce. La finestra sulla strada a cui guardava Nicolas illuminava un largo pianerottolo, spazio comune di diversi appartamenti. Le persone che passavano per le scale del palazzo sentivano quei richiami e bussavano a Letizia, senza neanche aspettare che lei aprisse la porta. Bussavano e continuavano a salire: era il codice. "Ti stanno chiamando." Quando Letizia aprendo non vedeva nessuno, sapeva che chi la cercava era in strada. Ma quel giorno Nicolas cacciava una voce così forte che lei lo sentiva da camera sua. Finì con l'affacciarsi al pianerottolo seccata e sbraitò: – Tu mo' te ne devi soltanto andare. Io non vengo da nessuna parte.

– Dai, scendi, muoviti.

– No che non scendo.

In città va così. Tutti sanno che stai litigando. Lo devono sapere. Ogni insulto, ogni voce, ogni acuto rimbomba tra le pietre dei vicoli, abituate alle schermaglie tra amanti.

– Ma che t'ha fatto Renatino?

Nicolas, tra l'incredulo e il soddisfatto, chiese: – È già arrivat''a notizia?

In fondo gli bastò sentire che la sua ragazza era informata. Le gesta di un guerriero passano di bocca in bocca, fanno notizia e poi fanno leggenda. Guardava Letizia alla finestra e sapeva che la sua impresa continuava a risuonare, fra intonaci slabbrati, infissi di alluminio, grondaie, terrazze, e poi più su fra le antenne e le parabole. E fu mentre la guardava, appoggiata al davanzale, con i capelli ancora più ricci dopo la doccia, che ricevette un messaggio di Agostino. Un messaggio urgente e sibillino.

La discussione finì così. Letizia lo vide risalire sullo scooter e partire sgommando. Un minotauro: metà uomo e metà ruote. Guidare, a Napoli, è sorpassare ovunque, non c'è sbarramento, senso vietato, isola pedonale. Nicolas stava andando a raggiungere gli altri al Nuovo Maharaja, il locale di Posillipo. Un locale imponente con una balconata che si buttava sul golfo. La struttura avrebbe potuto vivere anche solo grazie a quella balconata, che veniva affittata per matrimoni, comunioni, feste. Sin da bambino, Nicolas si era sentito attratto da quella costruzione bianca che si levava al centro di una roccia di Posillipo. A Nicolas il Maharaja piaceva perché era sfrontato. Se ne stava avvitato sugli scogli come una fortezza inespugnabile, tutto era bianco, gli infissi, le porte, addirittura le persiane. Guardava il mare con la maestà di un tempio greco, con le sue colonne immacolate che sembravano uscire direttamente dall'acqua e che reggevano sulle spalle proprio la balconata su cui Nicolas immaginava passeggiassero gli uomini che lui voleva diventare.

Nicolas era cresciuto passandogli accanto, osservando la schiera di moto e macchine parcheggiata fuori, ammirando le donne, gli uomini, l'eleganza e l'ostentazione, giurando a se stesso che ci sarebbe entrato a ogni costo. Era la sua ambizione, un sogno che aveva contagiato gli amici, i quali a un certo punto quel nome – "Maraja" – glielo appiccicarono addosso. Poterci entrare, non in veste di cameriere né per un favore che qualcuno concede, come a dire "Fai un giro e poi fuori dai coglioni": lui e gli altri volevano essere clienti, e magari quelli più rispettati. Quanti anni avrebbe potuto impiegare, si chiedeva Nicolas, per permettersi di trascorrere la sera e la notte lì dentro? Cosa avrebbe dovuto fare per arrivarci?

Il tempo è ancora tempo quando puoi immaginare, e immaginare magari che risparmiando per dieci anni, che vincendo un concorso, che con un po' di fortuna e mettendocela tutta, forse... Ma lo stipendio del padre di Nicolas era quello di un professore di educazione fisica e la madre aveva un piccolo negozio, una stireria. Le strade tracciate dalle persone del suo sangue avrebbero richiesto un tempo inammissibile per entrare al Maharaja. No. Nicolas doveva farlo subito. A quindici anni.

E tutto era stato semplice. Come sono sempre più semplici le scelte importanti da cui non si può tornare indietro. È il paradosso di ogni generazione: le scelte reversibili sono quelle più ragionate, meditate e soppesate. Quelle irreversibili avvengono per decisione immediata, generate da un moto d'istinto, subite senza resistenza. Nicolas faceva quello che facevano tutti gli altri alla sua età: pomeriggi sul motorino davanti a scuola, i selfie, l'ossessione per le scarpe da ginnastica – per lui erano sempre state la prova di essere un uomo piantato sulla terra, senza quelle scarpe non si sarebbe nemmeno sentito un essere umano. Poi era successo che un giorno di qualche mese prima, a fine settembre, Agostino aveva parlato con Copacabana, un uomo importante degli Striano di Forcella.

Copacabana aveva avvicinato Agostino perché era un parente: il padre di Agostino era suo fratocucino, cioè suo cugino di primo grado.

Agostino era corso dai suoi amici appena finita scuola. Era arrivato con la faccia paonazza, più o meno dello stesso colore acceso dei capelli. Da lontano sembrava che dal collo in su stesse andando a fuoco, e mica per niente lo chiamavano 'o Cerino. Con il fiatone riportò tutto, parola per parola. Non avrebbero mai dimenticato quel momento.

– Ma avete capito chi è?

In realtà l'avevano solo sentito nominare.

– Co-pa-ca-ba-na! – aveva scandito. – Il capozona della famiglia Striano. Dice che ha bisogno di una mano, ha bisogno di guaglioni. E che paga bene.

Nessuno si era entusiasmato particolarmente. Né Nicolas né gli altri del gruppo riconoscevano nel criminale l'eroe come era stato per i ragazzini di strada di un tempo. Non importava nulla, a loro, di come si facessero i soldi, l'importante era farne e ostentare, l'importante era avere le macchine, i vestiti, gli orologi, essere desiderati dalle donne ed essere invidiati dagli uomini.

Solo Agostino sapeva di più della storia di Copacabana, un nome che gli arrivava da un albergo comprato sulle spiagge del Nuovo Mondo. Una moglie brasiliana, figli brasiliani, droga brasiliana. A renderlo grande, l'impressione e la convinzione che fosse in grado di ospitare chiunque nel suo hotel: da Maradona a George Clooney, da Lady Gaga a Drake, e postava foto con loro su Facebook. Poteva sfruttare la bellezza delle cose che erano sue per portare lì chiunque. Questo lo aveva reso il più visibile tra gli affiliati di una famiglia in grande difficoltà come quella degli Striano. Copacabana non aveva neanche bisogno di vederli in faccia, per decidere che potevano lavorare per lui. Ormai da quasi tre anni, dopo l'arresto di don Feliciano Striano 'o Nobile, era rimasto il solo dirigente di Forcella.

Dal processo contro gli Striano lui era uscito bene. La maggior parte delle imputazioni all'organizzazione erano avvenute quando era in Brasile ed era riuscito a sfuggire al reato associativo, il più pericoloso per lui e per quelli come lui. Era il primo grado. La procura avrebbe fatto ricorso. E quindi Copacabana era con l'acqua alla gola, doveva ripartire, trovare ragazzini freschi a cui affidare un po' di business e mostrare di aver retto il colpo. I suoi ragazzi, la sua paranza, i Capelloni, erano bravi, ma imprevedibili. È così quando arrivi troppo in alto troppo in fretta, o quantomeno credi di esserci arrivato. 'O White, il loro capo, li teneva in riga, ma tirava di continuo. La paranza dei Capelloni sapeva solo sparare, non aprire una piazza. Per quel nuovo inizio c'era bisogno di materiale più malleabile. Ma chi? E quanti soldi gli avrebbero chiesto? Quanti soldi avrebbe dovuto avere a disposizione? Il business e il proprio danaro non si guardano in faccia: una cosa sono i soldi da investire, altra sono i soldi nelle tasche. Se Copacabana avesse venduto soltanto un pezzo dell'hotel che possedeva in Sudamerica avrebbe potuto tenere a stipendio cinquanta uomini, ma erano soldi suoi. Per investire nell'attività servivano i soldi del clan, e quelli mancavano. Forcella era nel mirino, procure, salotti televisivi e persino la politica si occupavano del quartiere. Brutto segno. Copacabana doveva ricostruire tutto: non c'era più nessuno a portare avanti il business a Forcella. L'organizzazione era esplosa.

Allora era andato da Agostino: gli aveva cacciato un panetto d'hashish sotto al naso, così, subito. Agostino era fuori dalla scuola e Copacabana gli aveva chiesto: – 'Nu mattoncino accussì, in quanto te lo levi? –. Levarsi il fumo era il primo passaggio per diventare spacciatore, anche se per guadagnarsi quel titolo la gavetta era lunga; levarsi il fumo significava venderlo agli amici, ai parenti, a chi si conosceva. Si aveva un margine di guadagno molto risicato, ma non c'era praticamente rischio.

Agostino aveva lanciato: – Boh, 'nu mese.

– 'Nu mese? Questo in una settimana ti finisce.

Agostino aveva appena l'età del motorino, che era quello che interessava a Copacabana. – Portami tutti gli amici che vogliono un poco faticare. Tutti gli amici di Forcella, quelli che vedo che stanno davanti al locale a Posillipo. Basta, starsene lì colle palle in mano... no?

Così era iniziato tutto. Copacabana gli dava appuntamento in un palazzo all'ingresso di Forcella, ma non si faceva trovare mai. Al suo posto c'era sempre un uomo lesto di parola ma assai lento di mente, lo chiamavano Alvaro perché assomigliava ad Alvaro Vitali. Aveva una cinquantina d'anni, ma ne dimostrava molti di più. Quasi analfabeta, si era fatto più anni di galera che per strada: la galera giovanissimo ai tempi di Cutolo e della Nuova Famiglia, la galera all'epoca della faida tra i cartelli della Sanità e Forcella, tra i Mocerino e gli Striano. Aveva nascosto le armi, era stato specchiettista. Viveva con la madre in un basso, non aveva mai fatto carriera, lo pagavano due soldi e gli regalavano qualche prostituta slava che incontrava costringendo la madre ad andare nella casa dei vicini. Ma era uno di cui Copacabana si fidava. Faceva bene i servizi: lo accompagnava in auto, passava i panetti di fumo per suo conto ad Agostino e agli altri ragazzi. Alvaro gli aveva fatto vedere dove dovevano stare. L'appartamento in cui tenevano il fumo era all'ultimo piano. Loro dovevano vendere giù nell'androne. Non era come a Scampia che c'erano cancellate e barriere, nulla di tutto questo. Copacabana voleva una vendita più libera, meno blindata.

Il loro compito era semplice. Arrivavano sul posto un poco prima che cominciasse il via vai, per tagliare loro stessi col coltello i vari pezzi di fumo. Alvaro si univa a loro per farne un po' di caccole e pezzettoni. Pezzi da dieci, da quindici, da cinquanta. Poi raccoglievano l'hashish nelle solite carte stagnole e le tenevano pronte; l'erba invece la mettevano dentro le bustine. I clienti entravano nell'androne del palazzo col motorino o a piedi, pagavano e se ne andavano. Il meccanismo era sicuro perché il quartiere poteva contare su pali stipendiati da Copacabana, e su una quantità di persone che stando per strada avrebbero segnalato poliziotti, carabinieri e finanzieri in borghese e a colori.

Lo facevano dopo scuola, ma a volte non ci andavano nemmeno, a scuola, visto che venivano pagati a cottimo. Quei cinquanta, cento euro alla settimana facevano la differenza. E avevano un'unica destinazione: Foot Locker. Lo assaltavano, quel negozio. Entravano a testuggine, come volessero abbatterlo, e poi, varcata la soglia, si disperdevano. Le T-shirt le tiravano su a dieci, quindici alla volta. 'O Tucano se le metteva una sull'altra. Just Do It. Adidas. Nike. I simboli scomparivano e venivano sostituiti in un secondo. Nicolas si era preso tre Air Jordan tutte insieme. Alte alla caviglia, bianche, nere, rosse, bastava che ci fosse Michael che andava a schiacciare con una mano sola. Anche 'o Briato' si era lanciato sulle scarpe da basket, lui le voleva verdi, con la suola fluo, ma appena le prese in mano Lollipop lo aveva bloccato con un: – Verdi? Ma che, si' ricchione? – e 'o Briato' le aveva posate, e si era fiondato sulle giacche da baseball. Yankees e Red Sox. Cinque per squadra.

E così piano piano tutti i ragazzi che si trovavano davanti al Nuovo Maharaja avevano iniziato a levarsi il fumo. 'O Dentino aveva provato a starne fuori, era durato un paio di mesi, poi si era messo a vendere un po' di fumo sul cantiere dove lavorava. Lollipop si levava il fumo in palestra. Anche 'o Briato' si era messo a faticare per Copacabana, avrebbe fatto qualsiasi cosa gli avesse chiesto Nicolas. Il mercato non era gigantesco, come lo era stato negli anni ottanta e novanta: Secondigliano aveva assorbito tutto, poi si era allontanato da Napoli, a Melito. Ora però si stava spostando al centro storico.

Alvaro ogni settimana li chiamava tutti e li pagava: chi più vendeva, più prendeva soldi. Riuscivano sempre a farsi la cresta con qualche imbroglio fuori dalla piazza di spaccio, spezzando qualche caccola o fregando qualche amico ricco o particolarmente scemo. Ma non a Forcella. Lì il prezzo era quello e la quantità era determinata. Nicolas faceva pochi turni perché vendeva alle feste e anche agli allievi di suo padre, ma aveva iniziato davvero a guadagnare bene solo con l'occupazione della sua scuola, il Liceo Artistico. Si era messo a dare fumo a tutti. Nelle aule senza professori, in palestra, nei corridoi, per le scale, nei cessi. Ovunque. E i prezzi aumentavano con l'aumentare delle nottate a scuola. Solo che gli toccavano anche le discussioni politiche. Una volta aveva fatto a botte perché durante un collettivo aveva detto: – Per me Mussolini era uno serio, però tutti quelli che si fanno rispettare sono seri. Pure Che Guevara mi piace.

– Tu Che Guevara non lo devi neanche nominare, – s'era fatto avanti uno con i capelli lunghi e la camicia aperta. Si erano appicciati, strattonati, ma a Nicolas non importava nulla di quel chiattillo di via dei Mille, non era nemmeno nella stessa scuola. Che ne capiva lui di rispetto e serietà. Se sei di via dei Mille il rispetto ce l'hai per nascita. Se sei di giù Napoli il rispetto te lo devi conquistare. Il compagno parlava di categorie morali ma per Nicolas, che di Mussolini aveva visto giusto qualche foto e un paio di video in televisione, non ce n'erano proprio e gli aveva assestato una testata sul naso, come a dire: te lo spiego così, spaccimme, che la storia non esiste. Giusti e ingiusti, buoni e cattivi. Tutti uguali. Sul Wall di Facebook Nicolas li aveva allineati: il duce che grida da una finestra, il re dei Galli che si inchina a Cesare, Muhammad Ali che abbaia contro il suo avversario steso a terra. Forti e deboli. Ecco la vera distinzione. E Nicolas sapeva da che parte stare.

Lì, in quella sua privatissima piazza di spaccio, aveva conosciuto Pesce Moscio. Mentre si stavano facendo dei cannoni, c'era questo ragazzo che conosceva la parola magica:

– Oh, ma ti ho visto davanti al Nuovo Maharaja!

– Sì, e tu che ne sai? – aveva risposto Nicolas.

– Anche io me la faccio là, – poi aveva aggiunto: – Senti qua, senti sta musica –. E aveva iniziato Nicolas, che fino a quel momento ascoltava solo musica pop italiana, all'hip hop americano più duro, quello cattivo, quello che dal vomito incomprensibile di parole ogni tanto spuntava un "fuck" che metteva ordine.

A Nicolas quel tipo piacque tantissimo, era sfacciato ma lo trattava con rispetto. Perciò, quando con la fine dell'occupazione Pesce Moscio aveva iniziato a levarsi anche lui il fumo nella scuola sua, nonostante non fosse forcellano, ogni tanto lo facevano lavorare nel palazzo.

Era inevitabile che prima o poi sarebbero stati beccati. Proprio sotto Natale c'era stata una retata. Era il turno di Agostino. Nicolas stava arrivando in quel momento per dare il cambio e non si era accorto di niente. Il palo era stato fregato in velocità. I falchi avevano finto di fermare una macchina per controllarla e poi gli erano calati addosso mentre cercavano di far sparire il fumo.

Avevano chiamato il padre di Nicolas che, arrivato in questura, si era fermato a contemplare il figlio con uno sguardo vuoto che progressivamente si era riempito di rabbia. Nicolas aveva tenuto a lungo gli occhi a terra. Poi, quando si era deciso a sollevare lo sguardo, lo aveva fatto senza umiltà e suo padre gli aveva impartito due schiaffi, un dritto e un rovescio, potentissimi, da vecchio tennista. Nicolas non aveva pronunciato una sillaba, soltanto gli erano salite agli occhi due lacrime arrivate dal dolore, non dal dispiacere.

Solo allora era entrata come una furia la madre. Era apparsa occupando tutto il vano della porta, le braccia larghe, le mani sugli stipiti come dovesse sorreggere la caserma. Il marito si era fatto di lato per lasciarle la scena. E lei se l'era presa. Si era avvicinata a Nicolas, lentamente, con il passo di una belva. Quando gli era ormai addosso, quasi dovesse abbracciarlo, gli aveva soffiato nell'orecchio: – Che vergogna, che scuorno –. E aveva continuato: – Con chi ti sei messo, con chi? –. Il marito aveva sentito ma senza capire, e Nicolas si era ritratto con uno strappo violento così che il padre gli era di nuovo piombato addosso, schiacciandolo contro il muro: – Eccolo lì. 'O spacciatore. Ma come cazzo è possibile?!

– Spacciatore un cazzo, – aveva detto la madre tirando da parte il marito. – Che vergogna.

– E secondo te, – era sbottato Nicolas, – l'armadio mio è diventato 'a vetrina della Foot Locker accussì? Facendo 'o benzinaio il sabato e la domenica?

– Bello stronzo. E mo' te fai 'a galera, – aveva detto la madre.

– Ma quale galera? – E lei gli aveva tirato uno schiaffo, più debole di quello del padre ma più netto, più sonoro.

– Statte zitto e basta. Mo' non esci più, esci solo controllato, – aveva detto lei e al marito: – 'O spacciatore non esiste, va bbuono? Non esiste e non deve esistere. Sistemiamo qua e andiamo a casa.

– Maledetti i santi, maledetti, – si era limitato a bofonchiare il padre. – Adesso devo pure pagare l'avvocato!

Nicolas era tornato a casa scortato dai genitori come fossero due carabinieri. Il padre teneva lo sguardo in avanti, puntato su chi li avrebbe accolti: Letizia e Christian, il figlio minore. Che vedessero il disgraziato, che lo vedessero bene in faccia. La madre invece se ne stava al fianco di Nicolas, gli occhi bassi.

Appena aveva avvistato il fratello, Christian aveva spento il televisore ed era saltato in piedi, bruciando la distanza tra il divano e la porta in tre passi, per porgergli la mano come avevano visto fare nei film – mano, braccio e poi spalla contro spalla, comme duje brò, come due fratelli. Ma il padre lo aveva fulminato alzando il mento. Nicolas si era sforzato di non ridere davanti a quel fratello di cui era l'idolo e aveva pensato che quella sera, in cameretta, avrebbe avuto di che sfamare la sua curiosità. Avrebbero parlato fino a notte fonda, e poi Nicolas gli avrebbe strofinato i capelli a spazzola come faceva ogni volta prima di augurargli la buonanotte.

Anche Letizia avrebbe voluto abbracciarlo, però per chiedergli: "Ma che è stato? Ma perché?". Sapeva che Nicolas si levava il fumo, e quel ciondolo che le aveva regalato per il compleanno certo un po' gli era costato, ma non credeva che la situazione fosse diventata così grave, anche se grave effettivamente non era.

Il pomeriggio seguente lo aveva passato a spalmargli sulle labbra e sulle guance la crema Nivea. – Accussì si sgonfia tutto, – gli diceva. Erano queste delicatezze che avevano cominciato a saldarli. Lui avrebbe voluto mangiarsela, glielo diceva: – Mi sento comme 'o vampiro di *Twilight*! –, ma la sua verginità era troppo importante. Accettava che dovesse decidere tutto lei e quindi si facevano scorpacciate di baci, strategie laterali di sfioramenti, ore ad ascoltare musica con un auricolare a testa.

Dalla questura li rimandarono a casa tutti come indagati a piede libero, anche Agostino che, beccato in flagrante durante il turno, rischiava di avere la peggio. Per giorni trascorsero il tempo a ricordarsi cosa avevano scritto nelle chat, perché i cellulari erano stati sequestrati. Alla fine la scelta era stata semplice: Alvaro si sarebbe preso la colpa. Copacabana costruì una soffiata, e i carabinieri trovarono nel basso tutto lo spaccio. Si prese anche la responsabilità di aver dato lui il fumo ai ragazzini. Quando Copacabana gli comunicò che si sarebbe fatto il carcere, rispose: – No! N'ata vota? E che spacimma –. Null'altro che questo. In cambio, avrebbe ricevuto un pagamento mensile di pochi spicci, mille euro. E, prima di andare a Poggioreale, una ragazza rumena. Però, aveva chiesto, quella se la voleva sposare. E Copacabana gli aveva risposto semplicemente: – Vediamo che se po' ffà.

Intanto loro si erano procurati dei nuovi smartphone a pochi euro, roba rubata, tanto per ricominciare a tenere insieme il gruppo. Si erano imposti di non scrivere nulla dell'accaduto sulla chat che avevano appena riaperto, soprattutto un pensiero che tutti avevano fatto ma che solo Stavodicendo era poi riuscito a mettere in parole: – Guagliu', prima o poi Nisida ci spetta. E forse lì dovevamo finire.

Ognuno di loro si era immaginato almeno una volta il viaggio verso il carcere minorile sul furgone della polizia. Attraversare il pontile che collega l'isolotto alla terra ferma. Entrare, e uscire un anno dopo trasformati. Pronti. Uomini.

Per alcuni era una cosa che andava fatta, al punto di farsi beccare per un crimine minore. Tanto il tempo, una volta fuori, non sarebbe mancato.

In quel frangente però erano stati bravi, i ragazzi, avevano tenuto le labbra serrate, e a quanto pareva dalle chat non era emerso nulla di probante. E quindi Nicolas e Agostino avevano finalmente ottenuto da Copacabana l'invito per entrare al Nuovo Maharaja. Ma Nicolas voleva ancora un po' di più, essere presentato al capozona. Agostino aveva trovato il coraggio di chiederlo di persona a Copacabana. – Eccerto, i bambini miei li voglio conoscere, – aveva risposto. E Nicolas e Agostino erano entrati al Nuovo Maharaja accompagnati direttamente da lui: Copacabana.

Nicolas lo incontrava per la prima volta. Se l'era immaginato vecchio, invece era un uomo che aveva superato da poco i quarant'anni. In macchina, sulla strada per il locale, Copacabana raccontò di come fosse soddisfatto del loro lavoro.

Li trattò come i suoi pony express, ma con una certa gentilezza. Nicolas e Agostino non ne erano infastiditi, la loro attenzione era assorbita dalla serata che li attendeva.

– Com'è? Com'è dentro? – chiedevano.

– È un locale, – rispondeva lui, ma loro sapevano esattamente com'era. YouTube li aveva istruiti mostrando eventi e concerti. Con quei "com'è?" i due ragazzi gli chiedevano com'era esserci dentro, avere una sala riservata, com'era essere nel mondo del Nuovo Maharaja. Com'era appartenere a quel mondo.

Copacabana li fece passare da un'entrata riservata e li condusse al suo privé. Si erano tirati a lucido, l'avevano annunciato ai genitori e agli amici, come se fossero stati invitati al cospetto della più importante corte. In qualche modo era vero, la Napoli chiattilla, i fighetti, si riunivano tutti lì. Il posto avrebbe potuto essere una sinfonia al kitsch, un panegirico al cattivo gusto. Non era così. Riusciva a trovare un equilibrio elegante tra la miglior tradizione costiera di maioliche dai colori pastello e una citazione quasi scherzosa dell'Oriente: quel nome Maharaja, Nuovo Maharaja, era dato da un'enorme tela al centro del locale, portata dall'India, dipinta da un inglese che poi era venuto a Napoli. I baffi, il taglio degli occhi, la barba, le sete, il sofà morbido, uno scudo con disegnate sopra delle gemme e una luna rivolta a nord. La vita di Nicolas era cominciata lì, affascinato dall'enorme disegno del Maharaja.

Per tutta la serata Nicolas e Agostino si riempirono gli occhi delle persone presenti, in sottofondo lo scoppiettio degli spumanti che venivano aperti in sequenza. Tutti passavano da lì. Era il luogo dove l'impresa, lo sport, i notai, gli avvocati, i giudici trovavano il tavolo a cui sedersi e conoscersi, il cristallo con cui brindare. Un luogo che ti faceva sentire subito lontano dalla taverna, dal ristorante tipico, dal luogo dell'impepata di cozze e della pizza di famiglia, dal posto consigliato dall'amico, dallo spazio in cui si va con la moglie. Un luogo in cui potevi incontrare chiunque senza bisogno di giustificarlo, perché era come incrociarlo casualmente in piazza. Era naturale incontrare persone nuove al Nuovo Maharaja.

Intanto Copacabana parlava e parlava, e a Nicolas si disegnava in testa un'immagine netta, che alle forme del cibo e degli ospiti in ghingheri sommava la musica di una parola. Lazarat. Il suo richiamo esotico.

L'erba albanese era diventata la nuova forza. Copacabana aveva di fatto due attività: quella legale a Rio e quella illegale a Tirana. – Un giorno mi devi portare, – gli diceva Agostino allungandosi ad acchiappare l'ennesimo calice di vino. – È la più grande piantagione che ci sia al mondo, guagliu'. Erba per tutte le parti, – rispondeva Copacabana alludendo a Lazarat. Era diventata la piattaforma dove raccogliere più erba possibile. Copacabana raccontava come fosse riuscito a ottenere importanti acquisti, ma non era chiaro in che modo la trasportasse dall'Albania all'Italia, così, senza difficoltà: le vie di mare e di aria dall'Albania non erano sicure. I carichi attraversavano il Montenegro, la Croazia, la Slovenia e riuscivano a entrare in Friuli. Nelle sue parole era tutto molto confuso. Agostino, stordito dal mondo abbagliante che gli vorticava attorno, sentiva e non sentiva quelle storie, Nicolas invece non avrebbe mai smesso di ascoltarle.

Ogni carico erano pacchi di soldi, e quando questi diventano un fiume in piena non c'è modo di nasconderli. Qualche settimana dopo la loro serata al Nuovo Maharaja, era scattata l'inchiesta dell'Antimafia, tutti i giornali ne avevano parlato: avevano beccato uno degli spalloni di Copacabana ed era stato emesso un mandato di cattura. A lui non restò che darsi alla latitanza. Sparì forse in Albania, o riuscì ad andare in Brasile. Non lo rividero per mesi. La piazza a Forcella esaurì i carichi.

Agostino aveva provato a capire, ma, con Copacabana chissà dove, e Alvaro in carcere, era impossibile.

– La paranza d'''o White però fatica... Adda murì mammà se la robba non gli arriva, – aveva commentato Lollipop.

Per Nicolas e i suoi dove andare a prendere la merce, quanta prenderne, che tipo di vendita fare, quali turni osservare erano diventati un problema. Le piazze della città se le spartivano le famiglie. Era come una mappa rifatta con nomi nuovi, e a ogni nome corrispondeva una conquista.

– Mo' che facciamo? – aveva chiesto Nicolas. Erano in saletta, una terra di nessuno nata dalla unione di bar, tabaccheria, sala giochi e scommesse. Ospitava tutti. Chi con il naso all'insù a bestemmiare contro un cavallo troppo lento, chi su uno sgabello con il naso dentro una tazza di caffè, chi a buttare via i soldi dello stipendio alle slot machine. E poi c'erano Nicolas e i suoi amici, e pure i Capelloni. 'O White si era punto, chiaramente stava fatto di cocaina, che non faceva più passare dalle narici ma sempre più spesso dalle vene. Giocava a biliardino da solo contro altri due dei suoi, Chicchirichì e 'o Selvaggio. Saltava da una stecca all'altra, sembrava un tarantolato. Loquacissimo, ma attento a tutto, a ogni parola che poteva giungere per caso alle sue orecchie. E quel "Mo' che facciamo?" di Nicolas lo aveva captato.

– Vulite faticà, criatu'? Eh! – aveva detto senza smettere di rullare. – Ora faticate facendo le sostituzioni. Vi mando io, faticate per qualche altra piazza che tiene bisogno...

Avevano accettato mal volentieri, ma non potevano fare altrimenti. Dopo l'uscita di scena di Copacabana la piazza di Forcella era definitivamente chiusa.

Si erano messi a lavorare per tutti quelli che avevano dei buchi da coprire. Marocchini arrestati, pusher con la febbre, guaglioni poco affidabili allontanati dal servizio. Lavoravano per i Mocerino della Sanità, per i Pesacane del Cavone, a volte si spingevano sino a Torre Annunziata a dare una mano ai Vitiello. Il luogo in cui vendevano era diventato nomade. A volte era piazza Bellini, altre volte la stazione. Li chiamavano all'ultimo, il loro cellulare in mano a tutta la schiuma camorristica della zona. Nicolas si era stancato, aveva smesso a poco a poco di togliersi il fumo e stava più tempo a casa. Tutti quelli più grandi di loro facevano soldi anche se non valevano niente, gente che si era fatta sgamare, gente che entrava e usciva da Poggioreale: 'o White proponeva un lavoro scadente.

La banderuola della fortuna, però, iniziò a girare.

Questo, almeno, era il senso del messaggio che Agostino aveva mandato a Nicolas mentre lui, sotto casa di Letizia, cercava di farle capire che l'umiliazione di Renatino non era stata che un gesto d'amore.

– Guagliu', è tornato Copacabana a Napoli,– disse Agostino, appena Nicolas arrestò lo scooter accanto al suo e a quello di 'o Briato'. Stavano piazzati coi motori accesi all'ultima svolta che portava al Nuovo Maharaja. Il locale si intravedeva anche da lì e da chiuso sembrava pure più imponente.

– Ed è stronzo perché se lo fanno sicuro,– disse 'o Briato'.

– No, no, Copacabana è venuto pe 'na cosa troppo importante.

– Farci vendere il fumo a noi! – disse 'o Briato' e guardò Agostino con un sorriso. Il primo della giornata.

– Sèè! Fa 'o serio... vi giuro, torna per organizzare il matrimonio del Micione che si sposa con Viola Striano, guagliu'!

– Ma 'overo fai? – disse Nicolas.

– Sì, – e perché non ci fosse nessun dubbio aggiunse: – Adda murì mammà.

– E mo' quelli di San Giovanni comandano a casa nostra...

– Ma che ci azzecca, – replicò Agostino, – Copacabana è qua e ci vuole vedere.

– E dove?

– Qua, te l'ho detto, adesso... – disse indicando il locale. – Mo' arrivano pure gli altri.

Il momento di cambiare vita era quello. Nicolas lo sapeva, se lo sentiva che l'occasione sarebbe arrivata. E ora eccola. Si va a rispondere alla chiamata. Bisogna essere forti con i forti. In verità non aveva idea di cosa sarebbe successo, ma ci metteva l'immaginazione.

Pensieri cattivi

Copacabana stava parcheggiato nello spiazzo del locale in un Fiorino stipato di attrezzi per pulire. Uscì appena gli dissero che i ragazzi erano arrivati. Li salutò pizzicandoli sulle guance, come dei pupetti, e loro lasciarono fare. Quell'uomo poteva farli rientrare alla grande, anche se era così smagrito e pallido, con i capelli lunghi e la barba a ciuffi. Aveva gli occhi rossi dei capillari che gli disegnavano la sclera. La latitanza non doveva essere stata uno spasso. – Eccoli i bambini miei... allora, guagliu', statemi dietro, dovete fare scena... il resto faccio tutte cose io.

Copacabana abbracciò Oscar, quello che comandava al Nuovo Maharaja. Il padre di suo padre lo aveva comprato cinquant'anni prima. Era un trippone che amava le camicie di sartoria, con le iniziali ricamate, ma le indossava rigorosamente di una taglia in meno, perciò gli vedevi i bottoni nelle asole tenere la chiusura con spasimo. Oscar ricambiò timidamente, quasi tenendo a distanza Copacabana, ché quell'abbraccio non lo vedesse la persona sbagliata.

– Ti sto per dare un grande onore, Oscarino mio...
– Dimmi...
– Diego Faella e Viola Striano festeggeranno il matrimonio da te... qui... – e allargò le mani per estendere l'abbraccio al locale, come se fosse suo.

Al solo sentire pronunciare quei due cognomi associati Oscar si fece rosso in volto.

– Copacabana, ti voglio bene ma...

– Questa non è la risposta che mi aspettavo...

– Sono amico di tutti, lo sai, ma come socio di maggioranza di questo locale... le nostre politiche sono di tenerci lontani da...

– Da?

– Da situazioni difficili.

– Ma i soldi delle situazioni difficili ve li prendete però.

– Noi prendiamo i soldi di tutti, ma 'nu matrimonio accussì... – Non concluse la frase, non ce n'era bisogno.

– Ma perché ti levi l'onore di una cosa del genere? – disse Copacabana. – Hai idea di quanti matrimoni ti porti a catena?

– Poi ci mettono le microspie.

– Ma qua' microspie? A parte che i camerieri non sono i tuoi, ci stanno i guaglioni che lo fanno...

Agostino, Nicolas, Pesce Moscio, 'o Briato', Lollipop, 'o Dentino e gli altri non si aspettavano di dover fare i camerieri, non erano capaci, non l'avevano mai fatto. Ma se Copacabana aveva deciso così, così sarebbe stato.

– Ah Oscar, non so se hai capito che questi ti posano così, subito, duecentomila euro... pe stu matrimonio, pe sta bella festa...

– Copacabana... vedi, rinuncio pure a tutti questi soldi ma davvero per noi...

Copacabana fece un gesto come per allontanare l'aria davanti a sé con il dorso della mano, lì non c'era più nulla da fare. – Qua abbiamo finito. – Offesissimo, uscì dalla stanza. I ragazzi dietro di lui come dei cuccioli affamati dietro la madre.

Nicolas e gli altri erano sicuri che fosse solo una finta, che sarebbe tornato indietro ancora più incazzato di prima, con gli occhi ancora più rossi di prima, e gli avrebbe spaccato la faccia oppure avrebbe estratto una pistola nascosta chissà dove per spappolargli il ginocchio. Niente. Rientrò nel Fiorino. Dal finestrino disse: – Vi mando a chiamare. Facimmo stu matrimonio a Sorrento: servono solo guaglioni nostri, nessun cameriere d'agenzia, che quelli ce li manda la finanza direttamente.

Copacabana se ne andò a Sorrento e organizzò lì il matrimonio delle due famiglie reali. "Ua', fanno 'nu matrimonio galattico in Costiera, ma il nostro, amò, sarà pure più bello!!!" scrisse Nicolas a Letizia, che ce l'aveva ancora con lui per la storia di Renatino e gli rispose, dopo un'ora, con un "e chi ti dice che ti sposo?". Nicolas ne era sicurissimo. Lo faceva sognare, quella cerimonia, e lo spingeva a rilanciare il filo dei messaggi con dettagli sempre più sontuosi, pieni di promessa. S'erano presi per amore loro due, e nient'altro, e ora lui doveva prendersi il resto, a cominciare dall'ingresso dalla porta di servizio nel mondo che contava ma, pure, tramontava.

Feliciano Striano stava in galera. Suo fratello stava in galera. La figlia aveva deciso di sposare Diego Faella, detto 'o Micione. I Faella di San Giovanni a Teduccio erano potentissimi in estorsioni, cemento, voti, distribuzione di generi alimentari. Il loro mercato era enorme. I duty free negli aeroporti dell'Est erano loro. Diego Faella era severissimo, tutti dovevano pagare, persino le edicole, gli ambulanti, tutti versavano nelle casse del clan, ognuno secondo i propri guadagni, e questo lo faceva sentire magnanimo. E amabile persino. La figlia di Feliciano Striano, Viola, era riuscita a vivere lontano da Napoli per molti anni, era andata all'università e si era laureata in Moda. Viola non era il suo vero nome, si faceva chiamare così perché il nome Addolorata, ereditato da sua nonna, non lo sopportava, e la sua versione più tollerabile, Dolores, era già di proprietà di un esercito di sue cugine. E quindi se l'era scelto lei, da sola. Poco più che bambina si era presentata dalla madre e aveva proclamato il suo nuovo nome: Viola. Era tornata in città dopo la decisione della madre di separarsi dal padre. Don Feliciano aveva scelto una nuova moglie, ma la madre di Viola non aveva concesso il divorzio, – commare è e commare rimane –, e Viola era andata a sostenerla nei giorni della separazione. Non se n'era mai andata via dalla casa familiare a Forcella, ma don Feliciano era andato a vivere a fianco. La famiglia è sacra, ma per Viola lo era ancora di più, per lei era il dna che ti porti dentro e non puoi mica cavarti il sangue dalle vene, o no? Con quello sei nato, con quello muori. Però poi don Feliciano si era pentito e allora era stata lei a divorziare da lui come genitore. Il nome di Addolorata Striano era stato subito inserito nel programma di protezione. I carabinieri erano andati a prenderla sotto casa con l'auto blindata, in borghese, per condurla il più lontano possibile da Forcella. Ed era lì che si era celebrato il teatro: Viola aveva preso a urlare dal balcone, sputava e imprecava contro la scorta. "Andate via! Bastardi senza Dio. Venduti! Mio padre è morto, anzi, non è mai esistito, non è mai stato mio padre! Andate via!" E così aveva rifiutato il programma di protezione, non si era pentita e aveva rinnegato padre e zii. Era rimasta a lungo chiusa in casa, a disegnare vestiti, borse, collane, mentre sul balcone le atterrava ogni genere di insulto: buste piene della merda dei cani, uccelli morti, viscere di colombi. E poi le bottiglie incendiarie che davano fuoco alle tende, scritte sui muri dei palazzi, il citofono affumicato. Nessuno credeva alle sue parole, eppure lei aveva resistito. Fino al giorno in cui nella sua vita era arrivato il Micione. Sposandosi Viola, Diego Faella l'aveva liberata d'un colpo di tutte quelle accuse che l'avevano chiusa in una gabbia. E soprattutto, prendendosi il sangue salvo della famiglia, Diego Faella si era preso Forcella.

Si raccontava che 'o Micione l'avesse corteggiata a lungo. Aveva un corpo formoso, Viola, gli occhi del padre, di un blu accecante, un naso importante che per tutta la vita si era chiesta se rifare o tenere, convincendosi poi che proprio quello fosse la sua cifra. Viola era una di quelle donne che sanno tutto ciò che capita loro attorno, ma per cui la regola più importante è fingere di non esserne a conoscenza. Il matrimonio tra i due significava la fusione di due famiglie fondamentali. Sembrava un matrimonio combinato, come quelli dei nobili: in fondo erano il fiore dell'aristocrazia camorrista e si atteggiavano allo stesso modo delle casate che occupavano le riviste. Viola si stava sacrificando, forse; 'o Micione sembrava innamorato. In molti erano convinti che la mossa vincente per sposarla fosse stata riuscire a renderla stilista di una azienda sotto il controllo del clan Faella che produceva borse di lusso. Ma poco contano le chiacchiere, per Viola quel matrimonio doveva essere il trionfo dell'Amore. Se si era scelta da sola il nome poteva anche decidere come sarebbe stato il suo futuro.

Come aveva annunciato Copacabana, dopo pochi giorni arrivò la chiamata. Nicolas lo disse alla madre:
– Vado a fà 'o cameriere a 'nu matrimonio. Davvero faccio.
Sua madre lo squadrò da sotto la morbida onda di capelli biondi in disordine. Cercava in quella frase e dentro la faccia del figlio quello che sapeva, quello che non sapeva, quello che poteva essere vero e quello che non lo era. La porta della cameretta di Nicolas era aperta e lei arrivò con quello sguardo a cercare segni sulle pareti, su un vecchio zainetto abbandonato a terra, sulle magliette impilate in fondo al letto. Cercava di sovrapporre la notizia ("Vado a fà 'o cameriere") alle barriere che il figlio, dopo che li avevano convocati in questura, non aveva mai smesso di costruire. Lei lo sapeva che, se quella volta non era finito a Nisida, non era certo perché fosse innocente. A lei le imprese di Nicolas arrivavano, e quelle che non arrivavano le immaginava con facilità, mica come il marito che in quel figlio vedeva futuro, quello buono, e perciò non si dava pace solo per la mala educazione. La madre aveva occhi che trapanavano la carne. Ricacciò il sospetto dietro il cuore e lo strinse forte. – Bravo Nicolas! – Lui la lasciò fare e lei gli posò la testa sulla spalla. Si stava abbandonando come non aveva mai fatto. Chiuse gli occhi e tirò su col naso, per odorare quel figlio che temeva perduto, ma che ora tornava con un annuncio che aveva il sapore della normalità. Tanto le bastò per sperare che tutto potesse ripartire da lì. Nicolas ricambiò come da copione, ma senza stringere, ap-

poggiandole le mani sulla schiena. Speriamo non si metta a piangere, pensò, scambiando l'affetto per debolezza.

Si slacciarono e la madre non lasciò che Nicolas tornasse a chiudersi in camera sua. Rimasero a studiarsi, in silenzio, e in attesa di una mossa nuova. Per Nicolas quell'abbraccio era di quelli che danno le madri quando i figli fanno i servi, quando fanno qualcosa che è pur sempre meglio di niente. Lei pensava che lui le avesse dato un contentino, che per una strana forma di generosità l'avesse premiata con un poco di normalità. Ma quale normalità! Quello tiene pensieri in mente che mi fanno paura. Ecché non li vedo quei pensieri? Uno appresso all'altro, brutti, cattivi, comme se avess''a vendicà 'nu tuorto. E torto non ce n'era stato. Ma quale torto. Al marito non si potevano dire questi pensieri. No, lui no. Nicolas intuiva nella vastità che s'apre sempre sul volto di una madre quell'ispezionare, quell'intrugliare disordinatamente, quell'arrancare fra conoscenza e sospetto. – Mammà, l'avresti mai creduto? Faccio 'o cameriere. – E fece il gesto di reggere un piatto fra polso e avambraccio, in equilibrio. La fece sorridere, in fondo se lo meritava. – Com'è che t'ho fatto biondo? – se ne uscì lei, guidando altrove il suo mormorio interiore. – Com'è che t'ho fatto bello?

– Hai fatto un bel cameriere, mamma. – E le diede le spalle ma con la sensazione che lo sguardo di lei durasse, e infatti durava.

Filomena, Mena, la madre di Nicolas, aveva aperto una stireria-lavanderia a via Toledo, su verso piazza Dante, fra la basilica dello Spirito Santo e via Forno Vecchio.

Prima ci stava una tintoria, con due vecchierelli proprietari che le avevano girato la conduzione e le chiedevano un affitto basso basso. Ci aveva fatto mettere una nuova insegna azzurra con sopra la scritta Blue Sky e sotto "Tutto pulito come un cielo" e aveva cominciato l'attività facendo faticare prima due rumene poi una coppia di peruviani, lui minuto, stiratore d'eccellenza, un omino che non parlava mai, e lei larga e sorridente che del compagno e del suo silenzio si limitava a commentare: – Escucha mucho –. Mena aveva fatto un po' di sartoria napoletana in gioventù, sapeva cucire a mano e a macchina e quindi fra i requisiti di Blue Sky c'erano anche le piccole riparazioni, un lavoro "da indiani", si diceva, ma neanche si poteva lasciare tutta la piazza a indiani, cingalesi e cinesi. Il negozio era un buco, pieno di macchine e scaffali per riporre vestiti e biancheria, con una porticina dietro che si apriva sul cortile buio dell'edificio. La porticina era sempre aperta; d'estate per far passare l'aria, d'inverno per respirare un po'. A volte Mena se ne stava invece davanti all'ingresso, le mani sui fianchi ben segnati, i capelli corvini pettinati troppo in fretta, e da lì guardava il traffico, la gente che passava, cominciava a riconoscere i clienti ("Signo', la giacca di suo marito è diventata un bijou") e a farsi riconoscere. Vedi quanti uomini soli, si diceva, anche qui a Napoli, come al Nord, che si fanno lavare, stirare, cucire. Zitti zitti, vengono, lasciano, ritirano, se ne vanno. Mena studiava il mondo di quella zona che non conosceva e in cui di fatto era una estranea, Mena di Forcella, ma i proprietari l'avevano introdotta bene, perché non c'è mestiere dove qualcuno non garantisce. E lei era garantita. Non sapeva quanto sarebbe andata avanti in quella maniera, ma intanto le piaceva portare a casa dei soldi in più, che un professore di ginnastica una famiglia non la può mantenere veramente, e suo marito era un uomo cecato, per modo di dire, non le vedeva queste difficoltà, non vedeva i figli di cosa avevano bisogno, non vedeva. Doveva pensarci lei, e proteggerlo quell'uomo, che continuava ad amare forte. Quand'era in negozio, il ferro a vapore che sfiatava, si perdeva a guardare le foto dei figli che aveva appeso fra un calendario e una lavagna di sughero con sopra una cascata di ricevute infilzate. Christian a tre anni. Nicolas a otto anni, e poi una di adesso, con la zazzera bionda, che chi l'avrebbe detto fosse figlio suo? Lo si doveva vedere di fianco al padre e allora si capiva qualcosa. Si inscuriva frusciandosi di tutta quella giovane bellezza, si inscuriva perché un po' intuiva, un po' ascoltava, un po' avrebbe voluto sapere, e pure si ingegnava per sapere, non certo attraverso la scuola, che là non si capiva niente, e neanche da Letizia, quanto piuttosto da quei delinquenti dei suoi amichetti, che Nicolas teneva lontano da casa, ma non abbastanza perché lei non se ne facesse un'idea, che non era una bella idea. Lui ci stava bene con loro. Lui metteva su quella faccia che a lei non faceva paura, ma un giorno qualcuno avrebbe potuto dirlo, avrebbe potuto dire "chill'è 'nu guaglione con la faccia buona e i pensieri cattivi". Già, i pensieri cattivi. E i compagni cattivi. Dove la pigliavano tutta la scienza che tenevano, che poi quando quella scienza arriva, cacciarla non la si sa. Le veniva in mente una specie di proverbio che le era familiare da bambina: "A chi pazzèa c''o ciuccio, non mancano i calci". Ma chi era 'o ciuccio? Se lo vedeva proprio il suo Nicolas stare appresso a sto ciuccio del proverbio, e sarebbe bastato poco per allontanarlo. 'O ciuccio tiene paura. Ma forse, e intanto si girava a rassettare un vestito di seta che era rimasto sul tavolo, ce l'ho messo io il malo pensiero. Si passava la mano dentro la chioma così folta e ribelle e scrutava Escucha mucho che passava il ferro su una camicia bianca. – Fai attento, che è una camicia di Fusaro, quella. – Non ce n'era bisogno, ma lo disse ugualmente. E le veniva in mente un pomeriggio di domenica, di parecchi anni prima. Allora aveva avuto un malo sentire che solo adesso poteva legare ai pensieri cattivi, al ciuccio, e al giorno in questura. Erano tutti e quattro, vicino al mare, non lontano da Villa Pignatelli. Lei tirava il passeggino con Christian dentro. Faceva caldo. Il sole accendeva saracinesche e frugava fra palme e cespugli, come dovesse uccidere tutte le ombre rimaste.

Nicolas andava avanti a passo veloce, e suo padre gli stava appena dietro. Poi all'improvviso un silenzio truce, una lama di silenzio, e i suoni che lo seguirono. Qualcuno entra in un locale, un ristorante forse. Si sente uno sparo, poi un altro. La gente sui marciapiedi si immobilizza, alcuni spariscono di scena. E perfino il traffico giù sul lungomare sembra zittire.

Si sentono tavoli rovesciati. Bicchieri scassati. Così si sente e Mena lascia il passeggino al marito e prende Nicolas per la collottola. Prova una sorta di fatica nel tenerlo. Nessuno abbandona il proprio posto come in quel gioco, mago libero, in cui chi veniva toccato doveva restare inchiodato al suolo come una statua. Poi dalla porta del locale esce un tipo secco secco con la cravatta allentata e gli occhiali scuri appiccicati alla fronte. Si guarda intorno, e quel che vede è spazio, e una strada che poco più avanti si piega ad angolo retto. Sembra non avere esitazioni, affronta di slancio quei pochi metri, gira a destra e poi vede un'auto posteggiata, si sdraia a terra e con piccoli ma rapidissimi spostamenti si infila sotto la macchina. L'uomo con la pistola esce nel sole, muove un passo e poi si ferma anche lui, come sono ancora fermi tutti quelli attorno. Poi però nota, sul marciapiede opposto, un uomo che lo guarda e gli fa segno, indica quell'auto, dietro l'angolo, poco lontano. Un gesto appena accennato, che quell'immobilità tutt'attorno sottolinea. Non cerca quello che ci è strisciato sotto. Si prende perfino una pausa. Accarezza l'arma, si accuccia senza fatica, cala la pistola a livello della strada, parallela all'asfalto, la guancia appoggiata alla portiera, come un medico che ausculta il paziente. E a quel punto fa fuoco. Due, tre volte. E poi ancora, cambiando continuamente direzione alla bocca della pistola. Mena sente che Nicolas preme in avanti. Quando l'uomo che ha sparato si è dileguato, Nicolas sfugge alla stretta di Mena e corre verso la berlina posteggiata. – C'è il sangue, c'è il sangue, – dice ad alta voce indicando un rivolo che esce da sotto, e a quel punto si piega sulle ginocchia e osserva quel che gli altri non vedono. Mena corre a strapparlo via, tirandolo per la maglietta a righe. – Non c'è nessun sangue, – dice il padre –, è marmellata. – Nicolas non lo sta a sentire, vuole vedere il morto. La madre lo trascina via a fatica. Sente che la sua famiglia sta improvvisamente diventando la vera protagonista di quella scena. Il sangue, complice la leggera pendenza della strada, adesso cola a rivoli. Mena riesce solo a spingere il ragazzino lontano, a strattoni, a scossoni, ma senza togliergli quella curiosità senza paura, quel gioco.

Ogni tanto le viene in mente quel pomeriggio, e le viene in mente suo figlio, all'età della foto che tiene appesa in negozio. Le prende qualcosa allo stomaco, una morsa, una tenaglia. Ch'aggio fatto? Torna al ferro da stiro con furia, e le pare che quello strumento, quel negozio, quel lavoro per pulire, rassettare, mettere in piega abbia anche a che fare con la sua opera di madre. Nicolas non ha paura, si dice, e ha paura di dirselo. Ma è così: lo vede. Quella faccia tutta baciata dalla giovinezza, tutta cielo, altro che blue sky, quella faccia non si lascia mettere in ombra dai pensieri cattivi, se li tiene sotto la pelle, e continua a cacciare luce. Per qualche tempo ha pensato di portarselo in negozio, dopo la scuola. Ma quale negozio, ma quale scuola. Le viene persino da sorridere. Nicolas che prende il posto del peruviano e piega una candida manica di camicia. Pensa che forse sta bene dove sta. Ma dove sta? E per non lasciarsi contagiare dal brivido che sta arrivando sulla pelle, si rimette sulla porta del negozio, e si sente bellissima, gli occhi del mondo addosso.

Il matrimonio

Il giorno prima del matrimonio si dovettero tutti presentare per un corso accelerato di alberghiera. Copacabana aveva scelto un maître che di matrimoni come quelli ne aveva visti a dozzine, si raccontava che fosse presente lui all'Asinara quando si sposò Cutolo, che fosse stato lui a tagliare la torta. Stronzate, ovvio, ma era un tipo fidato. Quando Nicolas e gli altri erano arrivati al ristorante, una mandria di motorini sputacchianti, il maître li attendeva alla porta di servizio. Aveva un'età oscillante tra i cinquanta e i settanta, cadaverico, gli zigomi sporgenti e gialli. Se ne stava lì impalato, in un completo Dolce & Gabbana: cravatta slim, pantaloni e giacca neri, scarpe lucide, camicia bianchissima. Gli stava alla perfezione, per carità, ma indosso a lui sembrava uno spreco.

Scesero dai motorini continuando a fare quello che avevano fatto in sella: urlare e mandarsi reciprocamente affanculo. Copacabana aveva detto loro che li avrebbe accolti il maître, e sarebbe stato lui a spiegare tutto, come muoversi, quali piatti portare, i tempi da rispettare, il comportamento da tenere. Insomma, sarebbe stato il generale di quella banda di camerieri improvvisati. Banda da cui mancavano Biscottino, che era troppo piccolo per avere l'aspetto del cameriere, e Drago', che essendo cugino della sposa era fra gli invitati al matrimonio. Il maître aveva ricevuto in anticipo la lista con i loro nomi e avrebbe fornito le divise.

L'uomo in Dolce & Gabbana si schiarì la voce – un suono acuto, incongruo, che fece girare tutti –, poi puntò un dito ossuto alla porta di servizio e sparì all'interno. 'O Tucano stava per dire qualcosa, ma Nicolas gli tirò una manata sul coppino e seguì l'uomo. In fila indiana, e senza dire una parola, entrarono anche gli altri e si ritrovarono nelle cucine.

Gli sposi volevano eleganza e sobrietà. Tutti dovevano indossare completi D&G – gli stilisti preferiti di Viola. Il maître, con una vocina stridula che non aiutò a definire più precisamente la sua età, consegnò i completi ancora nei porta-abiti e ordinò loro di andare in magazzino a cambiarsi. Quando tornarono li fece allineare contro la parete immacolata di acciaio inox che ospitava i fornelli e poi estrasse la lista.

– Ciro Somma.

Si fece avanti Pesce Moscio. Si era allacciato i pantaloni del completo come avrebbe allacciato i suoi soliti pantaloni oversized da rapper: bassi in vita e che si vedesse l'elastico delle mutande Gucci. A Pesce Moscio piaceva ondeggiare nei vestiti, anche per nascondere quei chili in più, ma il maître gli fece capire con il dito di prima che così non andava bene, che si tirasse su quei pantaloni alla zuava.

– Vincenzo Esposito.

Lollipop e Stavodicendo dissero: – Presenti, – e alzarono la mano. Erano in classe insieme dalle elementari e a ogni appello ripetevano quella scenetta.

– Quello con il gruviera in faccia, – disse il maître. Stavodicendo arrossì, infiammando ancora di più l'acne che gli devastava le guance. – Tu vai bene, ma stai diritto con le spalle. Ti occuperai di ritirare i piatti, così gli invitati non ti guardano in faccia.

I ragazzi non erano certo abituati a farsi trattare così, ma Nicolas aveva ripetuto che la giornata doveva andare liscia. A tutti i costi. E quindi bisognava sopportare anche quel segaiolo del maître.

Lollipop sorrideva sotto la barbetta, che nonostante i quattordici anni gli cresceva come fosse già uomo. Si era disegnato una riga sottile che andava dalla basetta, correva al mento, poi lungo il labbro, e via a completare il giro. La camicia gli aderiva alla perfezione, merito delle ore che passava a definire gli addominali in palestra, e i pantaloni nascondevano le gambette secche che non curava come faceva con la parte superiore del corpo, comprese le sopracciglia ad ala di gabbiano.

– Tu spilungo', – disse il maître, e indicò 'o Briato'. – Ti occuperai della torta, avrà sette piani, e mi serve qualcuno che arrivi lassù. – 'O Briato' quel cravattino proprio non riusciva a farlo stare dritto sulla curva della pancia, ma i capelli neri tirati indietro con il gel, be', quelli erano stupendi.

– Agostino De Rosa.

'O Cerino non andava bene per niente. Si era ossigenato i capelli, stava 'na chiavica – quando Nicolas lo aveva visto si era incazzato assai – e il colletto della camicia non ce la faceva a coprire il tatuaggio che aveva sul petto: un sole rosso fuoco i cui raggi gli arrivavano fino al pomo d'Adamo. Il maître lo prese per il colletto e diede un paio di strattoni verso l'alto, ma quei raggi continuavano a spuntare. Fosse dipeso da lui, il maître lo avrebbe mandato a casa a calci, non era così che ci si presentava, ma Copacabana gli aveva detto di andarci leggero e quindi passò direttamente agli ultimi della lista. Li chiamò in blocco, voleva farsi un'idea di come si muovevano fra cristalli e porcellane.

– Nicolas Fiorillo, Giuseppe Izzo, Antonio Starita, Massimo Rea.

Dal gruppo si staccò un plotone scalcagnato. Il maître si avvicinò ai due più bassi – Dentino e Drone – che vestivano i completi come se fossero pigiami (avevano rivoltato polsini e pantaloni per non farli strascicare a terra) e diede loro due piatti a testa, uno per ogni mano. Poi si rivolse a 'o Tucano, evitò qualsiasi commento perché ormai il tempo scarseggiava e gli affidò un vassoio da portata d'argento. Vi aveva piazzato sopra una manciata di flûte, che adesso tintinnavano. Nicolas lo studiò un po' più a lungo, valutò che quelle spalle larghe, il fisico tonico e le gambe ben piazzate potevano sopportare pesi diversi. Gli fece stendere le braccia – il completo aderiva come una seconda pelle – e sistemò due piatti a destra e due a sinistra, uno sull'avambraccio e uno sul palmo. Poi chiese a tutti e quattro di fare il giro della penisola che divideva in due parti uguali la cucina. 'O Dentino e 'o Drone eseguirono quasi correndo, e il maître li redarguì. Il gesto doveva essere fluido, non stavano mica da McDonald's. 'O Tucano se la cavò bene, solo alla fine uno dei flûte si accasciò sul fianco, ma senza coinvolgere gli altri bicchieri. Nicolas completò il giro traballante come se stesse camminando su una fune. Ma alla fine anche lui non fece danni. Il maître si portò la mano da salma al mento e se lo grattò, poi disse, rassegnato: – 'N'ata vota.

Nicolas poggiò i piatti sulla penisola e si fece sotto al maître, che dovette alzarsi sulla punta dei piedi per reggere lo sguardo. – Abbiamo finito, vicchiarie'?

Il maître non fece una piega, e si arrampicò ancora di più sulle punte. Poi piombò con i talloni a terra. – Siete pronti, – disse soltanto.

Copacabana sapeva che rischiava, essendo latitante, a partecipare a un matrimonio così esposto, così pieno di invitati: la voce del suo ritorno si sarebbe diffusa in pochissimo tempo, anche se in simili matrimoni tutti venivano invitati a lasciare i telefonini sul tavolo d'ingresso e a utilizzarli solo nella phone room.

Mentre Nicolas si provava la livrea e si allenava a servire le portate, si avvicinò a Copacabana, che stava supervisionando l'organizzazione. Si era ripulito. I capelli adesso non sparavano da tutte le parti e forse si era fatto anche la tinta. Lo sguardo era più presente, ma gli occhi conservavano ancora quella patina rossastra.

– Copacaba', ma non è pericoloso... annanz'a sta gente? Farsi vedere così.

– Ancora più pericoloso non farsi vedere, stare nascosto.
Sai cosa significa?

– Adda murì fràtemo. Che sei latitante, lo sanno già.

– Ennò Nicolino... se sei a un matrimonio e vedi una sedia
vuota a un tavolo, cosa fai?

– Faccio sedere qualcuno.

– Esatto, 'o zi'! Bravo. Questo significa che se la mia sedia
a questo matrimonio è vuota, quelli di San Giovanni a Teduccio fanno assettare uno dei loro. E quindi dimmi tu, è più
pericoloso farsi vedere o nascondersi aspettando che ti ven-
gano a sostituire?

– Ti fai vedere per dire ai Faella, sto ccà. Questa è zona
mia. Ci sono ancora.

– Bra', staje imparanno. Vengo con mia moglie e i miei figli, devono vedere.

– Per me è pericoloso...

– Sta pieno di occhi 'e guagliune miei... ma mi piace che ti
preoccupi dello zio Copacabana, significa che ti pago bene...

È qui che cominciò la grande festa nella reggia di Sorrento. Nicolas se la vedeva già davanti agli occhi, si trattava
di fare i camerieri, di fare gli attori, tutti avrebbero recitato
su quella scena illuminata. Bisognava tuffarsi. Sbirciare il
mondo. Via via veloci, tutti in fila. C'era un che di magico.
E un'attesa, un senso di attesa, che i compari suoi portavano sulla faccia come se lo portava lui.

Il festeggiamento che seguì la cerimonia fu fastoso, Copacabana si vantava di non aver dimenticato niente nell'organizzazione. Diceva che se era solo "troppo" non bastava, doveva superare il "troppo", perché l'abbondanza è sorella
gemella del bene. Colombe? A dozzine. Ogni portata doveva
essere salutata da un volo liberatorio. Intrattenimento musicale? I migliori neomelodici della provincia e per quando si
faceva sera era previsto un corpo di ballo di samba da venti
elementi. Arredamento? Il salone doveva essere pieno. E Copacabana questa parola, "pieno", cercava di pronunciarla

sempre vicino a "troppo". "Tutto pieno, tutto troppo!" Statue, lampadari, candelabri, piante, piatti, quadri, tavoli. Fiori dappertutto, pure nei bagni, e tutti dovevano avere la sfumatura del viola, omaggio alla sposa. E palloncini, da far cadere dal soffitto dopo ogni volo di colombe. E ancora tripudi di cassatine, torte, cinque primi, cinque secondi, un trionfo di cibo. E infine un arazzo di dodici metri preso da chissà dove, che copriva una parete con una scena del Buon Governo. Copacabana aveva deciso di piazzarlo dietro gli sposi come segno di buon auspicio.

C'erano molti tavoli, Nicolas andava a servire. Tutto era sotto controllo. C'era il tavolo di 'o White, Orso Ted, Chicchirichì, e di tutti i guaglioni della paranza di Copacabana che gestivano le piazze e che stavano imparando a gestire lo stadio. Erano molti e sempre strafatti. Avevano poco più dell'età di Nicolas e dei suoi. C'era il tavolo di Drago' e della sua famiglia. In quanto cugino della sposa se ne stava stravaccato a godersi la scena dei suoi amici indaffarati a servire. Giacca storta, come il suo naso da pugile, e nodo della cravatta allentato, bocciava ogni piatto e lo rimandava indietro, accampando motivazioni da chef stellato.

Ci fu anche la rimpatriata con Alvaro, che aveva avuto un permesso premio per partecipare al matrimonio. Un invitato marginale, a cui non avevano neanche dato un posto al tavolo. Stava fuori insieme agli altri a giocare a carte sul cofano delle auto. Nicolas gli portava le pietanze e lui rispondeva solo: – Bravo, bravo!

Il matrimonio seguiva i suoi ritmi. Lento e veloce. E ancora più veloce e poi lentissimo, melassa che appiccica e tiene insieme.

– Mo' arriva l'ascensore della sensualità, – sussurrò 'o Briato' a Nicolas, che stava uscendo dalle cucine con i piatti.

– Tu si' sesso travestito da donna, – sussurrò anche Drone, nell'altro orecchio di Nicolas. 'O Maraja allungò il passo ed entrò in sala, che se fosse rimasto lì avrebbe fatto cadere a terra le pennette al salmone con uova di lompo.

La serata era ancora lunga. Mancava l'ultimo cantante prima dell'ingresso delle ballerine di samba, e un gruppo di invitati, in piedi sulle sedie, gridava il titolo della sua canzone più nota. Da dietro un tendaggio, ancora una volta virato al viola, invece del neomelodico sbucò Alvaro, di corsa, con il riporto dei capelli che gli penzolava di lato. Si precipitò al tavolo di Copacabana: – Gli sbirri! Fuori, fuori! – e sparì da dove era venuto, dopo aver urtato uno degli invitati sulla sedia facendolo precipitare a terra. L'effetto comico morì subito. Una ventina di poliziotti in borghese fece irruzione da quattro ingressi diversi per coprire le vie di fuga. Qualcosa doveva essersi inceppato nella struttura di avvistamento, forse una telecamera era sfuggita ai controlli di Copacabana, forse i carabinieri avevano avuto un'imbeccata ed erano saliti dai tetti aggirando i pali. Alvaro doveva averli notati tra una mano e l'altra a carte. Mentre i carabinieri passavano tra i tavoli e il mormorio degli invitati prendeva il sopravvento sul silenzio che era calato dopo l'irruzione, Copacabana scivolò verso il palchetto, e con lo sguardo intimò al batterista di allontanarsi per prendere il suo posto. Se ne stava con le bacchette in mano a osservare i poliziotti che arrestavano una coppia che apparteneva ai Faella. Strattoni, schiamazzi, minacce. Il solito copione, che aveva il solito finale: le manette. I due avevano un bambino piccolo, che affidarono proprio alla moglie di Copacabana: un bacio sulla fronte del neonato e via. Glielo misero in braccio senza aggiungere nulla. 'O Micione, che fino a quel momento era rimasto seduto a braccia conserte, si alzò di scatto e disse: – Un applauso all'ispettore, vuole finire sui giornali, è per questo che interrompe il mio matrimonio –. Tutti applaudirono, anche la coppia a braccetto coi carabinieri tentò un ultimo strattone per guadagnarsi la possibilità di battere le mani. Andavano a colpo sicuro, i carabinieri, non chiedevano nemmeno i documenti. Poi presero un paio di persone che erano evase dai domiciliari per partecipare al matrimonio. Intanto Copacabana cominciava a convincersi che forse non erano venuti per lui, che lì c'erano pesci ben più appetitosi. Posò le bacchette e si permise di tirare il fiato.

– Sarnataro Pasquale, ti sei inventato batterista mo'? – L'ispettore si stava facendo largo tra gli invitati, e fece segno a due dei suoi di raggiungere il palco, non ci fu neanche bisogno di dare altre indicazioni.

Mentre stava ancora bloccato a terra, col ginocchio di un carabiniere tra le scapole, Copacabana si rivolse a Diego Faella: – 'O Micio', nun te preoccupà. Per il battesimo d''o criaturo sto n'ata vota ccà.

I ragazzi avevano assistito alla scena pietrificati, i vassoi traballanti per la paura ancora in mano. – Hai visto? L'avevo detto io che era 'na strunzata farsi vedere, – disse Nicolas ad Agostino. La retata era passata ma la festa continuava. Lo spettacolo doveva andare avanti, la sposa lo pretendeva. Quella doveva essere la sua giornata e non sarebbero bastati quegli arresti a rovinarla. Così Nicolas e gli altri ripresero servizio, come se niente fosse. Entrò finalmente l'ultimo cantante e poi le ballerine. Ma a mezzanotte finì tutto. L'atmosfera si era guastata, e comunque gli sposi dovevano svegliarsi presto. Li aspettava un aereo diretto in Brasile: Copacabana aveva pensato anche al viaggio di nozze, sistemandoli nel suo hotel.

I giovani camerieri andarono a cambiarsi in cucina, era ora di togliersi quella roba di dosso e ricevere la paga. Se l'erano sudata. Nicolas, poi, era particolarmente deluso. Sfarzo, certo. Ostentazione, sicuro. Potere. Tanto potere. Ma lui si era aspettato guantiere d'argento ricoperte di coca e invece aveva dovuto assistere al giro dei sacchi di canapa raccattati in qualche negozio di antiquariato con i quali si invitavano i presenti a fare un'offerta per le famiglie dei carcerati. Tintinnavano e frusciavano quei sacchi, lo sentiva Nicolas quando ci passava accanto, e veniva voglia di afferrarli e scappare via. Quella sera invece non si misero in tasca nemmeno un soldo – niente salario e niente mance –, uscirono di lì solo con le bomboniere, un enorme pesce palla impagliato completo di aculei. Il significato di quella scelta era sconosciuto a tutti. Nicolas decise di portarla a casa come prova del lavoro svolto, per acquietare la diffidenza di suo padre, che a differenza della madre non aveva creduto a quella storia del cameriere.

In fondo era ancora presto, e Nicolas, Dentino e Briato' si ritrovarono alla saletta, tanto quella non chiudeva mai, manco a Natale. C'erano tutti i Capelloni, 'o White, Carlitos Way, Chicchirichì, Orso Ted, 'o Selvaggio. C'era anche Alvaro, che nessuno aveva più visto dopo la retata. Voleva salutare tutti prima di rientrare in carcere.

– Alva', si' turnat'a darci lo stipendio? – disse Nicolas. Con Copacabana a Poggioreale per loro le cose si facevano complicate, ma quei soldi li voleva. Ricevettero cento euro a testa per dodici ore di lavoro. Se avessero venduto il fumo avrebbero guadagnato dieci volte tanto.

– E che stai a fà 'a fatica onesta? A fatica 'e strunzo? – disse 'o White. Era ancora strafatto, e stava avvinghiato al biliardino.

– 'Overo è, – rispose Dentino.

– Chi fatica è 'nu strunzo.

– Ah perché noi non fatichiamo dalla mattina alla sera? – intervenne Briato'.

– Stà sempre mmiez''a via, per strada, sopra i motorini. Ma 'a nostra nun è fatica, – disse Nicolas. – Il lavoro è d''e strunze, e degli schiavi. Poi in tre ore di fatica guadagniamo quello che mio padre guadagna in un mese.

– Be', mica è tanto vero, – disse 'o White.

– Sarà vero, – promise Nicolas. Parlava più a se stesso, e infatti nessuno gli diede retta, anche perché la loro attenzione adesso era tutta per 'o White, che stava allineando delle strisce ordinate di coca sul bordo del biliardino.

– Volete una botta, guagliu'? – disse 'o White.

Nicolas e i suoi amici guardavano incantati quella polvere. Non era certo la prima volta che la vedevano, ma era la prima volta che era così a portata di mano. Bastava un passo, abbassare la testa e tirare su di botto col naso.

– Grazie, brò, – disse Briato'. Sapeva che cosa doveva fare, e anche gli altri. In coda, ognuno aspettando il proprio turno, presero parte al banchetto.

– Dai, Alva', pure tu, – disse 'o White.

– Nononono, che è sta schifezza? E poi devo rientrare.

– Vabbè, dai che t'accompagniamo noi; dai che è tardi.

Parcheggiato fuori, 'o White aveva il suo suv nero che sembrava appena uscito dalla concessionaria. Nicolas, Dentino e Briato' erano stati invitati a unirsi, e avevano accettato allegri. La stanchezza era stata completamente spazzata via da quella prima tirata di coca, si sentivano euforici, pronti a tutto.

'O White teneva un braccio attorno alle spalle di Alvaro.

– Te piace sta macchina? – e Alvaro gli rispose: – Sìsì! – e prese posto davanti. Dietro si strinsero i ragazzi.

Il suv veleggiava sicuro. La guida di 'o White era precisa, impeccabile nonostante fosse carico, o forse proprio grazie a questo. La strada che portava a Poggioreale si snodava tra le luci che a Nicolas ricordarono le stelle esplose che aveva visto una volta nel suo libro di scienze. Poi successe.

La macchina che inchioda e sterza all'ultimo per entrare in una via sterrata. Poi ancora una frenata, ancora più decisa, e l'auto si blocca. I tre dietro devono proteggersi con le braccia per non andare a sbattere contro i sedili davanti. Quando il rinculo dei loro corpi li riporta indietro vedono in un lampo il braccio di 'o White che si distende, la mano impugna una pistola comparsa dal nulla e l'indice si piega due volte. Bum bum. La testa di Alvaro pare un palloncino che scoppia: un pezzo di cranio sul finestrino, un altro sul parabrezza, e il corpo che si affloscia come fosse scappata l'anima.

– Oh, ma perché? – chiese Nicolas. Nella voce, più dello sconcerto, l'urgenza di sapere. Dentino e Briato' stavano ancora con le mani sopra le orecchie e gli occhi a palla a fissare dritto la stessa chiazza molle spiaccicata sul volante, lui già sapeva reagire. Lui il cervello ce l'aveva ancora, e lavorava su di giri. Doveva capire il motivo dell'esecuzione di Alvaro, quale infrazione lo avesse condotto alla morte, e cosa significava che 'o White se li fosse portati appresso, se era più una prova, un onore o un avvertimento.

– Ll'aggio fatto pecché me l'ha 'itto Copacabana.

Adesso le luci avevano cambiato colore, avevano preso una tonalità viola, simile a quella del matrimonio. Per dare una mano col passeggero 'o White avrebbe dovuto portarsi dietro i Capelloni, invece era toccato a loro. Perché erano guaglioni, minori incensurati, nisciuno?

– Ma quando te l'ha detto?

– Ha detto: salutami a Pierino, quello che ha cantato meglio stasera. Quando è stato arrestato me l'ha detto.

– Ma quando te l'ha detto? – ripeté Nicolas. Della risposta di 'o White gli era arrivato solo il suono.

– Quando l'hanno arrestato, te l'aggio ritto. Damme 'na mane, ja', levammo sta schifezza 'a ccà. – Il sangue che aveva impregnato il tettuccio adesso gocciolava sul sedile ormai vuoto. Dentino e Briato' non abbassarono le mani neanche quando il suv ripartì con un singulto e imboccò nuovamente la strada dell'andata, fino alla saletta. 'O White aveva guidato sicuro come aveva fatto poco prima, e i ragazzi non ascoltarono i suoi deliri, le sue rassicurazioni che Alvaro avrebbe avuto un funerale come si deve, non lo avrebbero scaricato da qualche parte, e poi ora bisognava riorganizzarsi visto che Copacabana era stato pizzicato. Tutto andava ripensato, riaggiustato, e parlava, 'o White. Parlava, parlava, parlava. Non smetteva mai, neanche quando frenava a uno stop e il corpo di Alvaro, nel bagagliaio, andava a sbattere con uno *stud* che per una frazione di secondo si sovrapponeva alle sue parole.

Alla saletta si separarono senza salutarsi, ognuno sul suo motorino, ognuno verso casa. Nicolas veleggiava sul suo Beverly a una velocità di crociera che gli permetteva di distrarsi più del solito. Teneva il motorino al centro della strada con una mano sul manubrio, mentre con l'altra tirava da uno spinello che gli aveva offerto 'o White prima che anche lui sparisse nella notte. Cosa sarebbe accaduto, adesso? Avrebbero continuato a spacciare? Per chi? Il profumo del mare entrava nelle strade e per un momento Nicolas meditò di mollare tutto e andare a farsi un bagno da qualche parte. Poi però i semafori arancioni lampeggianti lo riportarono sul suo Beverly e sgasò per superare un incrocio vuoto. Alvaro non contava niente, aveva fatto una brutta fine ma in fondo il suo destino era segnato, però pure Copacabana era stato preso come un guaglione qualsiasi, che non aveva neanche provato a reagire e si era nascosto dietro una batteria. Tante storie, tante chiacchiere. Albania, Brasile, soldi a palate, matrimoni da favola, e poi era finito come l'ultimo dei falliti, come un mariuolo qualsiasi. No, Nicolas non avrebbe fatto quella fine. Meglio morire provandoci. Era Pesce Moscio che si era fatto tatuare quella frase di 50 Cent sull'avambraccio, *Get Rich or Die Tryin'*?

Nicolas diede un'altra sgasata e questa volta i fumi di combustione coprirono quelli del mare. Diede una bella inspirata e poi decise che innanzitutto doveva procurarsi una pistola.

La pistola cinese

Pesce Moscio si era subito offerto per andare a trovare Copacabana in carcere. C'erano troppe domande da fare e tante risposte da ottenere. Cosa sarebbe accaduto adesso? Chi avrebbe occupato il trono vacante di Forcella? Nicolas si sentiva come quando da piccolo andava a saltare dagli scogli a lido Mappatella. Sapeva che una volta in volo non avrebbe più avuto paura, ma le gambe, prima di lanciarsi, gli tremavano sempre. Ecco, adesso gli tremavano le gambe, ma non per paura. Era eccitato. Stava per tuffarsi nella vita che aveva sempre sognato, ma doveva prima farselo dire da Copacabana.

Quando Pesce Moscio tornò dal carcere, i ragazzi si trovarono tutti alla saletta. Nicolas troncò subito la descrizione della sala, del banchetto di legno e del vetro basso che separava a malapena visitatore e carcerato. – Pure 'o fiato di Copacabana potevo sentire. 'Na cloaca. – Voleva sentire le parole, le parole precise.

– 'O Pesce', ma che t'ha detto.

– Te l'ho spiegato, Maraja. Dobbiamo tenere pazienza. Siamo tutti figli suoi. Non dobbiamo preoccuparci.

– E poi che t'ha detto? – insistette Nicolas. Camminava per la saletta semivuota. C'era soltanto un vecchietto che si era appisolato su una slot machine e il barista era da qualche parte in cucina.

Pesce Moscio si girò il cappellino all'indietro, come se fosse la visiera a impedire a Nicolas di capire.

– Maraja, come ti devo parlare? Chillo se ne stava là seduto e mi guardava. Non vi preoccupate, state tranquilli. Diceva che, adda murì mammà, c'avrebbe pensato lui a pagare il funerale ad Alvaro, che era un brav'uomo. Poi si è alzato, e mi ha detto che le chiavi di Forcella sono nelle nostre mani, 'na strunzata accussì.

Nicolas si era fermato e adesso le gambe non gli tremavano più.

Nicolas e Tucano si trovarono soli al funerale di Alvaro. Oltre a loro due c'erano una vecchia signora, che scoprirono essere la madre, e una in minigonna, con un corpo da ventenne avvitato su un viso che portava i segni di tutti i clienti che aveva visto passare. Perché non c'erano dubbi, quella era una delle puttane rumene che Alvaro riceveva da Copacabana, e a quanto pare una delle più affezionate, visto che ora se ne stava accanto alla bara con un fazzoletto in mano.

– Giovan Battista, Giovan Battista, – ripeteva la madre, che adesso si appoggiava all'altra donna, che era sì una puttana, ma almeno aveva provato qualcosa per quel figlio disgraziato.

– Giovan Battista? – disse 'o Tucano, – niente di meno, che nome assurdo e che fine 'e mmerda.

– 'O White è 'na merda, – disse Nicolas. E per un attimo provò a mettere insieme l'immagine del cervello spiacciato di Alvaro con l'ultimo saluto di quella donna dalle gambe sode.

Gli dispiaceva per Alvaro, anche se non sapeva bene perché. Non sapeva neanche se quello che provava era dolore. Quel poveraccio li aveva sempre presi sul serio, e questo contava. Non aspettarono che la cerimonia terminasse e uscirono dalla chiesa con la testa che era già altrove.

– Quanto tieni int''a sacca? – chiese Nicolas.

– Mah, poca roba. Però tengo 'nu trecient'euro a casa.

– Buono, io oggi ho preso quattrocento euro. Andiamoci a piglià 'na pistola.

– E addò 'a pigliammo sta pistola?

Si erano bloccati sui gradini della chiesa perché quella sembrava una questione importante e andava affrontata guardandosi negli occhi. Nicolas non aveva in mente una pistola in particolare, aveva giusto fatto un paio di ricerche su Internet. A lui serviva un ferro da estrarre al momento giusto.

– M'hanno detto che stanno i cinesi che vendono un sacco di pistole vecchie, – disse.

– Ma scusami, i Capelloni stanno pieni di botte, perché non cerchiamo da mano a qualcuno di loro?

– No, nun putimmo. È gente di Sistema, avvertirebbe subito Copacabana in carcere. In un attimo saprebbe tutte cose e non ci darebbe mai autorizzazione, perché non è tempo nostro. Invece i cinesi col Sistema non parlano.

– Ma a loro chi gli ha detto che era tempo o non era tempo? Il tempo loro se lo sono preso, e noi ci dobbiamo prendere il nostro.

Per Nicolas quella era una domanda del cazzo. La domanda che fa chi non comanderà mai nessuno. Il tempo, come lo intendeva Nicolas, si presentava solo sotto due forme e tra queste non c'erano vie di mezzo. Teneva sempre a mente una vecchia storia di quartiere, una di quelle che viaggiano ai confini della verità ma che mai si mettono in discussione se non per aggiungere particolari che ne rafforzano la morale. C'era questo ragazzo, uno con due piedi lunghissimi. Lo avevano avvicinato in due e gli avevano chiesto l'ora.

– Le quattro e mezza, – aveva risposto lui.

– Che ore sono? – lo avevano incalzato e quello aveva ripetuto la risposta di prima.

– È l'ora tua 'e cummannà? – avevano domandato ancora, prima di freddarlo in mezzo alla strada. Una storia senza senso, ma non per Nicolas che aveva imparato da subito la lezione. Il tempo. Il tempo istantaneo della rivendicazione del potere e 'o tempo spalmato dietro le sbarre per farlo cre-scere. Adesso toccava a lui saper scegliere come usare il suo tempo, e quello non era il momento per rivendicare un pote-re che ancora non aveva costruito.

Senza dire una parola Nicolas si diresse al suo Beverly e Tucano lo seguì per sedersi dietro di lui, consapevole di aver detto qualcosa di troppo. Passarono da casa a recuperare i soldi e poi schizzarono a Chinatown, a Gianturco. Un quar-tiere fantasma, questo sembra Gianturco, capannoni dismes-si, qualche fabbrichetta ancora attiva e magazzini per merce cinese a colorare di rosso un panorama che altrimenti sa-prebbe solo di grigio e di rabbia vergata su muri spaccati e serrande rugginose. Gianturco che suona nome d'oriente, che suona giallo, campo di grano, è soltanto il cognome di un ministro, Emanuele Gianturco, un ministro dell'Italia appe-na unita, che lavorò al diritto civile sociale come garanzia di giustizia. Un giurista senza più nome di battesimo che ora si piglia strade di capannoni abbandonati, puzza chimica di raffinerie. Era quartiere industriale, quando ancora c'era in-dustria. Ma Nicolas l'aveva sempre visto così. Ci era stato qualche volta da bambino, quando ancora giocava a pallone per la squadra della Madonna del Salvatore. Aveva iniziato a sei anni insieme a Briato', uno punta, l'altro in porta. Ma poi era successo che durante una partita del campionato under 12 tra parrocchie l'arbitro aveva favorito la squadra del Sacro Cuore. Era quella dove giocavano i figli di quattro consiglieri comunali. C'era stato un rigore e Briato' era riuscito a parar-lo, ma l'arbitro aveva fatto ritirare perché Nicolas era entrato in area prima del fischio. Era vero, ma essere così fiscali in una partita di parrocchia, insomma, magari si poteva chiude-re un occhio, in fondo erano solo bambini, in fondo era solo una partita di pallone. Anche il secondo rigore Briato' l'ave-va parato, ma Nicolas era entrato di nuovo in area prima del fischio e l'arbitro l'aveva fatto ribattere ancora una volta. Alla terza tutti gli occhi erano su Nicolas, che a questo giro non si mosse proprio. Ma la palla andò in rete.

Il padre di Briato', il geometra Giacomo Capasso, volto impassibile, passo lento, entrò in campo. Con assoluta calma mise la mano in tasca, cacciò un coltello a scatto e spanzò il pallone. Con gesti asciutti, senza nervosismo apparente, chiuse la lama del coltello, lo rimise in tasca e d'improvviso si trovò l'arbitro sul muso che imprecava con la faccia paonazza. Nonostante Capasso fosse più basso, dominava la situazione. All'arbitro disse imperativo: – Tu si' 'n omm''e mmerd', e questo è tutto quello che si può dire su di te –. Il pallone squarciato a terra fu semaforo verde per un'invasione di campo, un'invasione in piena regola con tanto di genitori e bambini urlanti rabbia. Qualche lacrima.

Nicolas e Fabio furono presi per mano dal geometra e portati fuori. Nicolas si sentì al sicuro, stretto alle dita che poco prima avevano impugnato il coltello. Si sentì, aggrappato a quell'uomo, importante.

Il padre di Nicolas invece era teso, disgustato da quella scena in mezzo ai bambini, su un campetto da calcio di parrocchia. Ma non riuscì a dire niente al padre di Fabio 'o Briato'. Si riprese il figlio a bordo campo, e basta. Tornato a casa, a sua moglie disse solo: – Questo a pallone non ci gioca più –. Nicolas si mise a letto senza cenare: non per il dispiacere di lasciare la squadra, come credevano i suoi, ma per lo scuorno di avere in sorte un padre che non sapeva farsi rispettare e perciò contava meno di niente.

La carriera del calciatore era finita così per Nicolas e 'o Briato', come nel più classico dei gemellaggi amicali, aveva lasciato prosciugare ogni voglia di andare ad allenarsi. Il pallone lo continuarono a scalciare, senza disciplina, e per strada.

Nicolas e Tucano parcheggiarono il Beverly davanti a un grande magazzino cinese gonfio di roba.

Le pareti sembravano sul punto di esplodere dagli oggetti ammassati che premevano dall'interno. Scaffali ricolmi di lampadine, utensili per il fai da te, articoli di cancelleria, abiti spaiati, giochi per bambini, petardi, pacchetti di tè e biscotti scoloriti dal sole, e ancora caffettiere, pannolini, cornici, aspirapolveri, addirittura un parco motorini che potevano essere comprati anche a pezzi. Impossibile trovare un criterio razionale in quella giustapposizione di cose, se non il rigoroso risparmio di spazio.

– Sti cinesi che hanno cumbinato, tutta Napoli s'hanno pigliato, poco ci manca e pure 'o pesone l'amm''a pavà! – Mentre cantava la canzone di Pino d'Amato, 'o Tucano suonò il dlin dlon che annunciava il nuovo cliente.

– Eh ma quello è 'overo, – disse Nicolas, – prima o poi gli pagheremo davvero il fitto per vivere qua ai cinesi.

– Ma chi te l'ha detto che in questo negozio vendono le armi? – Si aggiravano per le corsie, tra ragazzi cinesi che cercavano di infilare una gruccia tra quelle che già si soffocavano tra loro, o si inerpicavano su scale traballanti per impilare l'ennesima risma di carta.

– Ho chattato, e m'hanno 'itto che qua bisogna venire.

– Nientedimeno?

– Sì, vendono un sacco di roba. Dobbiamo chiedere di Han.

– Secondo me questi fanno più soldi di noi, – disse Tucano.

– Sicuramente. La gente si compra più lampadine che fumo.

– Io mi comprerei sempre e solo il fumo, altro che le lampadine.

– Perché sei drogato, – rispose ridendo Nicolas e gli strinse una spalla. Poi si rivolse a un commesso: – Scusate, c'è Han?

– Che vulite? – rispose quello in perfetto napoletano. I due rimasero a fissare il cinese e non si accorsero che il formicaio in cui erano entrati si era immobilizzato. Anche il commesso in bilico sulla scala adesso li osservava dall'alto con in mano un blocco di carta.

– Che vulite? – li incalzò il cinese di prima, e Nicolas stava per ripetere la domanda quando una donna cinese di mezz'età che avevano notato appena dietro le casse all'ingresso si mise a strillare contro di loro.

– Fuori, fuori, vai via, fuori! – Non si era nemmeno alzata dal trespolo sul quale doveva stare appollaiata da tutto il giorno a riscuotere. Da quella distanza Nicolas e Tucano vedevano soltanto una cicciona cotonata con una camicia a fiori che gesticolava loro di uscire da dove erano entrati.

– Eh, signo', ma ch'è? – provò a capire Nicolas, ma quella continuava a sbraitare "fuori voi!" e i commessi che prima sembravano sparpagliati per il grande magazzino adesso li stavano accerchiando.

– Sti cazz''e cinesi, – commentò Tucano trascinando Nicolas, – lo vedi che era 'na strunzata a piglià informazioni sulle chat...

– Sti cinesi 'e mmerda. Adda murì mammà, quando comanderemo, li cacciamo, – disse l'amico. – N'amm''a caccià assai. Ci stanno più cinesi che formiche, – e per prendersi la rivincita diede una manata a un gatto portafortuna che stazionava su un comodino finto antico proprio accanto all'ingresso. Il gatto prese il volo e finì sul lettore dei prezzi di una delle casse incrinandolo, ma la donna infuriata non fece una piega e continuò a urlare nel suo loop.

Salirono sul Beverly, mentre Tucano ripeteva: – A me me pareva troppo 'na strunzata, – e partirono in direzione Galileo Ferraris. Via da Chinatown. Nulla di fatto.

Pochi metri dopo una moto si incollò dietro allo scooter. Accelerarono, e quella pure diede gas. Iniziarono a correre, volevano raggiungere quel tratto di strada che sbuca su piazza Garibaldi e perdersi nel traffico. Gincane, dribbling tra pullman e macchine, Vespe, passanti. Tucano si girava continuamente per controllare i movimenti di chi li stava seguendo, e intuire le sue intenzioni. Era un cinese dall'età indefinibile, la faccia non la riconosceva, però non sembrava incazzato. A un certo punto prese a suonare il clacson e a sbracciarsi, facendo segno di accostare. Avevano imboccato Arnaldo Lucci e si erano fermati un attimo prima di raggiungere la Stazione Centrale: era quello il confine tra Chinatown e la casbah napoletana. Nicolas inchiodò e la moto gli si fermò accanto. Gli occhi dei due erano fissi sulle mani delicate del cinese, che non gli venisse in mente di cacciare un coltellino, o peggio. Invece ne allungò una per presentarsi: – Sono Han.

– Ah, si' tu? E perché cazzo mammeta c'ha cacciati dal negozio? – sbottò Tucano.

– Non è mia madre.

– Ah, bene, se non è tua madre ci assomiglia assai.

– Che dovete avé? – chiese Han alzando un poco il mento.

– Lo sai che dobbiamo avere...

– E allora dovete venire con me. Mi seguite o no?

– Dove ci porti?

– In un garage.

– Apposto. – Fecero cenno con la testa e lo seguirono. Si trattava di tornare indietro, ma a Napoli le inversioni di marcia possono costare ore di traffico.

Il cinese non ci pensò a fare il giro della piazza; i motorini invece sfruttarono lo spazio ricavato per i pedoni tra un blocco di cemento e l'altro, e sbucarono davanti all'Hotel Terminus. Di lì di nuovo Galileo Ferraris e a sinistra di nuovo su via Gianturco.

Nicolas e Tucano si accorsero di girare in tondo all'ennesima svolta a sinistra su via Brin. Si erano lasciati alle spalle colori e trambusto. Via Brin sembrava una strada fantasma. C'erano annunci di magazzini da affittare ovunque e, davanti a uno di questi, Han si fermò. Fece cenno con il capo di seguirli all'interno, meglio portare dentro i motorini. Varcata la soglia, si ritrovarono in un cortile tappezzato di magazzini, alcuni abbandonati e sfondati, altri tracimavano di paccottiglia di ogni tipo. Seguirono Han in un garage che sembrava uguale a tutti gli altri, solo che era ordinatissimo. C'erano soprattutto giocattoli, copie di marche famose, contraffazioni più o meno sfacciate. Scaffali e scaffali colorati da cui si affacciava ogni ben di dio. Solo qualche anno prima un posto così li avrebbe fatti uscire di testa.

– Abbiamo scoperto che i folletti 'e Babbo Natale so' cinesi. Han si fece una risata. Era identico a tutti gli altri commessi del negozio, e forse tra quelli che li avevano accerchiati nel negozio c'era anche lui, e forse anche in quell'occasione si era fatto una bella risata davanti a quei due che lo stavano cercando.

– Quanto potete spendere?

Avevano di più, ma spararono basso: – Duecent'euro.

– Per duecento euro manco salivo sulla moto, non c'ho niente a quella cifra.

– E allora mi sa che ce n'amm''a i', – disse Tucano, pronto a voltarsi e prendere l'uscita.

– Ma se mettete un po' più mano alla sacca guardate che vi posso proporre...

Scostò mitragliatrici di plastica inscatolate, bambole e secchielli per il mare, e tirò fuori due pistole. – Questa si chiama Francotte, è un revolver. – Lo diede in mano a Nicolas.

– Mamma, pesa 'nu cuofano.

Era una pistola vecchissima, 8mm, di bello aveva soltanto l'impugnatura, che era di legno, liscia, tutta consumata, sembrava un sasso levigato dall'acqua. Tutto il resto – canna, grilletto, tamburo – era di un grigio smorto, pieno di macchie che anche strofinandole non venivano via, e poi quell'aria da residuato bellico, anzi, peggio, da pistola usata per girare i vecchi western, di quelle che si inceppano ogni due per tre. Ma a Nicolas non importava. Sfregò il calcio e poi passò a palpare la canna, mentre Han e Tucano continuavano a bisticciare.

– Questa funziona, eh, me l'hanno portata dal Belgio. È una pistola belga. Questa te la posso dare per mille euro... – stava dicendo Han.

– Oh ma comunque pare 'na Colt, – disse Tucano.

– Eh, è fratocucino della Colt.

– Ma spara sta cosa?

– Sì, ma c'ha solo tre proiettili.

– Voglio pruvà, sinnò nun m''a piglio. E me la fai a seicento.

– No ma questa, veramente, se la do a un collezionista mi faccio cinquemila euro. T''o giuro, – disse Han.

'O Tucano tentò con le minacce: – Sì, però il collezionista non è che se non gliela vendi magari t'appiccia 'o magazzino, te fa arrestà, t'appiccia 'o negozio.

Han non si scompose, e rivolto a Nicolas disse: – Ti sei purtato 'o cane e pecora? Mi deve abbaiare contro?

Al che Tucano mostrò i denti: – Continua così e vedi se abbaiamo e basta, ti credi che non siamo apparati col Sistema?

– Poi te vengono a piglià.

– Ma chi vengono a piglià?!

A ogni frase si avvicinavano sempre più, perciò Nicolas fermò la discussione con un secco: – Oh Tuca'.

– Anzi, m'avete fatto incazzà, andatevene mo', sennò sta pistola la uso addosso a voi, – disse Han. Adesso aveva lui il coltello dalla parte del manico, ma Nicolas non aveva intenzione di andare oltre e dettò le sue condizioni: – Oh, cine', piano piano. Ne pigliamo solo una, però deve sparare.

– Vai, prova tu, – e gliela mise in mano. Nicolas non riuscì neanche a far uscire il tamburo per caricarla. Ci provò un'altra volta, ma niente: – Come cazzo funziona sta roba? – e la mollò a Han enfatizzando il proprio disappunto.

Han si riprese la pistola e sparò un colpo così, senza neanche prepararsi il braccio. Nicolas e Tucano fecero un salto come quando si sente uno scoppio inaspettato, e non è più la coscienza a rispondere ma solo i nervi. Si vergognarono di quella reazione incontrollata.

Il proiettile aveva decapitato di netto una bambola su uno scaffale alto, lasciando immobile il tronco rosa. Han sperò che non gli chiedessero di ripetere il colpo.

– Ma che ce ne facciamo, – disse Tucano, – di stu fil''e fierro?

– Per ora questa è la meglio cosa che teniamo. Prendere o lasciare.

– Ce la dai, – concluse Nicolas. – Però, siccome è 'na chiavica, ce la dai a cinquecento euro punto e basta.

Nicolas portò la pistola a casa. La teneva infilata nelle mutande, la canna rivolta verso il basso, rovente. Avanzò lungo il corridoio a piastrelle bianche e verdi con scioltezza. Il padre lo aspettava in sala da pranzo. – Ceniamo. Tua madre arriva dopo.

– Vabbuo'.

– Ma quale vabbuo'! Ma come parli?

– Parlo così.

– Scrivi meglio di come parli.

Il padre in camicia scozzese era a capotavola. Se ne stava seduto spiando quell'andatura del figlio come fosse creatura d'altri. La sala da pranzo non era grande ma ordinata, decente, quasi di buon gusto: mobili semplici, il servizio di bicchieri buoni ben visibile oltre una vetrinetta, una ceramica di Deruta, reperto di un viaggio in Umbria, che di solito serviva per la frutta, tovaglie con fantasie ittiche e kilim sbiaditi a terra. Avevano esagerato solo con lampade e lampadari, ma quella era una vecchia questione: un compromesso fra passato (il lampadario a gocce) e presente (la lampada a stelo). Mena voleva tanta luce in quella casa, lui ne avrebbe fatto a meno. Libri ce n'erano in corridoio e in una scaffalatura del salotto.

– Chiama tuo fratello e vieni a tavola.

Nicolas si limitò ad alzare il volume della voce senza muoversi da dov'era: – Christian!

Il padre ebbe un moto di stizza, del quale Nicolas non tenne troppo conto. Ridusse, ma di poco, il volume, e richiamò per nome il fratello. E il fratello comparve, braghe corte, camiciola bianca, un gran sorriso grato che gli illuminava la faccia, e andò a sedersi subito strascicando la sedia sul pavimento.

– Eh, Christian, sai che tua madre non vuole. Sollevala, quella sedia.

La sollevò quando ormai ci si era seduto, con sé sopra, e lo fece con gli occhi fissi sul fratello più grande, che se ne stava immobile come una statua.

– Ti vuoi sedere, signor Vabbuò, – fece il padre e scoperchiò la pignatta che aveva portato in tavola. – Vi ho fatto pasta e spinaci.

– Gli spinaci con la pasta? E che è? Nisida?

– E che ne sai tu di cosa si mangia a Nisida?

– Lo so.

– Lo sa, – ripeté il fratellino.

– E tu devi stare muto, – fece il padre impiattando, e all'altro: – Siediti, fammi il favore –. E Nicolas si sedette davanti al piatto di pasta e spinaci con la pistola del cinese infilata nelle mutande.

– Che hai fatto oggi? – chiese.

– Niente, – fece Nicolas.

– Con chi sei stato?

– Nessuno.

Il padre restò con la forchettata di pasta a metà strada verso la bocca: – Che è tutto sto niente? E chi sono mai questi nessuno? –. Lo disse guardando Christian come se cercasse una sua complicità. Ma intanto si rammentò che aveva lasciato la carne sul fuoco, si alzò e sparì nel cucinino. E da là si sentiva che continuava: – Nessuno. Chillo esce cu nisciuno. Quello non fa niente, avete capito: niente. E io lavoro per tutto questo niente –. L'ultima frase venne a ripeterla in sala con le bistecche sul piatto di portata: – Io ho lavorato per tutto questo niente.

Nicolas sollevò le spalle e faceva disegni sulla tovaglia con i denti della forchetta.

– Mo' mangia, – disse il padre, perché vedeva che il piccolo aveva pulito il piatto e l'altro non aveva toccato ancora nulla.

– Allora, che hai fatto? A scuola sei stato? Non c'era qualcuno a scuola? Ti hanno chiesto di storia? – Scioglieva domande e quell'altro se ne stava come stanno quelli che non capiscono la lingua, con un'espressione di gentile indifferenza.

– Però mangia, – continuò il padre, e Christian: – Nico' è grande.

– Grande di cosa, grande? Tu devi stare zitto, e tu invece mangi, – disse rivolgendosi a Nicolas. – Hai capito che mangi? Vieni a casa, ti siedi a tavola e mangi.

– Se mangio poi mi viene sonno e non riesco più a studiare, – fece Nicolas.

Il padre, alterato, si ricompose. – Allora dopo studi?

Nicolas sapeva dove colpire. A scuola si era fatto notare da diversi professori, ma soprattutto nei temi, quando un titolo lo accendeva, nessuno era più bravo di lui. De Marino, quello di lettere, lo aveva detto al padre sin dalla prima volta che si era presentato a ricevimento: – Suo figlio ha talento, ha un suo modo preciso di vedere le cose e di esprimerle. Come dire... – aveva sorriso, – ecco, sa manovrare il rumore del mondo e trovare la lingua giusta per raccontarlo –. Parole che lui si era cucito in petto e si covava come un pulcino, se le ripeteva appena qualcosa nel comportamento di Nicolas lo spazientiva, lo sconfortava. Ed era pronto a tranquillizzarsi non appena lo vedeva intento a leggere, a studiare, a fare le sue ricerche in Internet.

– No, non studio. Che studio a fare? – e si guardò intorno come per ramazzare nuove certezze sull'inconsistenza di quelle pareti, di quelle suppellettili, per non parlare della foto del padre in tuta ginnica con i ragazzi che, una decina di anni prima, avevano vinto non sapeva più quale torneo di pallavolo. Pallavolo? E che è? Avrebbe dovuto scrivere un tema su queste miserie di campionati per bambini scimuniti, quello sì che avrebbe dovuto farlo. Descrivere le chiaviche dei genitori, i foruncoli dei giocatori. Gli tornò in mente il duro che aveva nei pantaloni, e si toccò.

– E che ti tocchi? Che ti tocchi? – Al padre comparve la ruga in fronte che gli veniva quando faceva la parte del capofamiglia. – Mangia, hai capito che devi mangiare?

– No, stasera non ho fame, – disse, e lasciò cadere sul genitore uno sguardo vuoto, senza spiragli, più terribile di un insulto ribelle. Che cosa devo fare? leggeva dentro gli occhi del padre. Non vali niente, professore, gli restituiva il figlio con quieta indifferenza.

– Tu devi studiare, sei bravo. Quand'è il momento ti pago una scuola seria, un master. Puoi andare in Inghilterra, in America. Sento che lo fanno in tanti. Sì, so che succede. E tornano che tutti li vogliono. Apro un mutuo per questo... – aveva allontanato il piatto ma per non sembrare patetico si mise a spizzicare, si riempiva la bocca e si metteva ai piedi del figlio adolescente, il quale a quel pagare "una scuola seria" avrebbe voluto ridacchiare. Non lo fece, non certo per rispetto, ma perché si trovava a fare per la prima volta quattro conti e si perdette a immaginare che, se avesse voluto, quella scuola, quella scuola seria, se la sarebbe pagata lui, anzi se la sarebbe comprata, come fanno i veri capi, e comprata subito, mica avrebbe fatto come tutti che si mettono addosso la spesa per l'automobile, la spesa per il motorino, la spesa per il televisore. Poi entrò nel suo angolo prospettico il fratellino e un sorriso finalmente lo lasciò venir su.

– Papà, devo finire la scuola. Questa scuola qua, – disse.

– Pure se non conta niente.

– Nico', basta con questi niente, con questi nessuno. Noi siamo qui... – voleva finire con una cucitura, voleva fare quello che capiva.

La cena era finita. Il padre portò quel che doveva in cucina, rassettò tutto da solo e, per non restare da solo dentro quel teatro domestico, cercava di riaprire il discorso.

Christian aveva mangiato in silenzio, gli occhi nel piatto: non vedeva l'ora di chiudersi in camera con il fratello. Nicolas aveva ammiccato un paio di volte con il sorriso di chi sa il fatto suo, era chiaro che aveva qualcosa di importante da raccontargli. Un sorriso che il padre aveva notato e gli aveva riacceso la rabbia: – Ma chi cazzo sei, Nicolas? Hai fatto solo guai. Hai portato lo scuorno. Hai perso un anno. Ma st'arro-

ganza da dov'esce? Si 'nu ciuccio esagerato. Il talento ti ha dato il Padreterno, e lo stai sprecando comme a 'nu strunzo!
– Approfittava dell'assenza della moglie per sfogarsi.
– 'A saccio sta canzone, pa'.
– E allora vedi di imparartela a memoria. Così forse sì meno arrogante.
– Ch'amm''a fà? – rispose, eppure il padre pareva quasi aver intuito qualcosa. Per quanto Nicolas potesse essere abile a dissimulare, camuffare, nascondere, si portava in casa i segni della svolta. Un evento importante è una corda che ti si lega intorno e stringe a ogni movimento di più, sfrega e lacera, e alla fine ti lascia sulla pelle segni che tutti possono vedere. E Nicolas si trascinava dietro, legata ai fianchi, una corda ancora annodata al garage dei cinesi a Gianturco. Alla sua prima pistola.

Non c'è posto più facile del teatro domestico per far finta di niente. E Nicolas faceva finta di niente.

Quando il padre pensò di aver finito la sua lezione, lui sgattaiolò in stanza, seguito da Christian.

– Sicuro hai fatto qualche inciarmo, – disse sorridendo Christian, con l'ansia di chi voleva sapere. Nicolas intendeva prendersi il gusto di allungare l'attesa ancora qualche istante, e armeggiò con il cellulare per un minuto buono, finché alla porta della stanza si affacciò il volto della madre, appena rientrata. Come se stessero cascando dal sonno, subito i due si misero a letto, con la tv spenta e un velocissimo "Ciao ma'", unica risposta al timido accenno di lei di intavolare una conversazione. Il silenzio che ritornava dopo ogni sua domanda le fece intendere che non avrebbe sentito altro.

Appena la porta fu nuovamente chiusa, Christian saltò sul letto del fratello: – Racconta, dai.

– Guarda qua! – rispose, e cacciò la vecchia ferraglia belga.

– Bellissimaaa! – disse Christian strappandogliela.

– Oh attento! Chesta spara!

Se la passarono di mano diverse volte, la accarezzarono.

– Aprila un po'! – lo pregò Christian.

Nicolas aprì il tamburo del revolver e Christian lo fece girare. Sembrava un bambino con la sua prima pistola da cowboy.

– E con questa mo' che ci fai?

– Con questa, mo', iniziamo a faticà.

– Cioè?

– Ci leviamo qualche sfizio...

– Posso venire anch'io quando lo fai?

– Mo' vediamo. Mi raccomando, non devi dirlo a nessuno però.

– Oh ma figurati, stai scherzando? – Poi lo abbracciò come ogni volta che supplicava un regalo: – Stanotte me la puoi dare? La tengo sotto al cuscino.

– No, stanotte no, – disse Nicolas, infilando la pistola nel letto. – Stanotte me la tengo io sotto al cuscino.

– Domani a me però!

– Eh ok, sì, domani a te!

Il gioco della guerra.

Palloncini

Nicolas aveva un unico pensiero: come apparare la situazione con Letizia. Non c'era niente da fare, non rispondeva. Né al telefono né alla finestra: era la prima volta che si comportava così, che non stava ad ascoltarlo mentre lui la blandiva, le chiedeva perdono, le giurava tutto il suo amore. Almeno gli avesse gridato contro, come aveva fatto all'inizio, come faceva sempre quando litigavano, almeno lo avesse insultato, ma niente, neanche più quello gli concedeva. E a lui pareva che, se vicino non c'era lei, le giornate fossero monche. Senza i suoi messaggi su WhatsApp, senza la sua dolcezza, si sentiva vuoto. Voleva le carezze di Letizia. Quelle che si merita chi fatica.

Era il momento di farsi venire un'idea buona, e per cominciare andò a trovare Cecilia, la migliore amica di Letizia.

– Lasciami perdere, – fu la prima reazione quando lo vide.

– Lassame perdere, so' fatti vostri.

– No, ja', Ceci'. Tu mi devi fare soltanto un favore.

– Non faccio nisciuno favore.

– No veramente, soltanto 'nu favore, – e la obbligò ad ascoltarlo sbarrandole l'accesso al portone di casa. – Mi devi far trovare il mezzo di Letizia fuori casa tua, il motorino suo, perché ch'aggi'a fà 'na cosa. A casa se lo tiene dentro 'o garage, quindi non posso entrare. – Poteva benissimo, ma non era una buona idea scassinare il garage della famiglia di Letizia.

73

– No, non esiste. Lascia perdere, Nico', – e incrociò le braccia.

– Chiedimi una cosa, chiedimi una cosa e te la do, se me fai stu favore.

– No... Letizia veramente, cioè... hai fatto troppo una schifezza con Renatino, veramente sei stato sporco.

– Ma che c'azzecca! Quando uno vuole bene a una persona, bene forte, ma forte fortissimo, quella persona non deve essere avvicinata da nessuno.

– Sì, ma non così, – disse Cecilia.

– Tu dimmi cosa vuoi, però fammi sto favore.

Cecilia sembrava essere irremovibile, senza prezzo nel suo diniego. In realtà stava solo soppesando la proposta.

– Due biglietti per il concerto.

– Apposto.

– Non vò manco sape' 'e chi?

– Di chiunque, tengo 'nu sacco 'e cumpagne bagarini.

– Ok, allora voglio andare al concerto di Benji e Fede.

– Chi cazzo so'?

– Ua', non conosci Benji e Fede?

– Vabbè, me ne fotte, i biglietti sono tuoi. Allora quand'è che me fai sto fatto?

– Domani sera viene da me.

– Apposto. Mandami un messaggio, tipo scrivi "tutto a posto" e io capisco.

Passò l'intera giornata a cercare qualcuno che gli potesse procurare i più costosi palloncini in commercio, chattava con tutti.

Maraja

Guagliù, palloncini,
ma no quelli che si trovano
miez'o mercato. Belli, guagliù,
che sopra ogni palloncino
c'ha da stà scritto I love you.

Dentino

Nicolas, ma aró
cazz'e truvamm?

Maraja

Ah, ramme na mano.

Il giorno dopo arrivarono fino a Caivano, dove Drone aveva scovato in Internet un negozio che riforniva feste importanti, party a tema e anche qualche film e video musicali. Comprò duecento euro di palloncini e una specie di bombola trasportabile per gonfiarli con l'elio.

Quando gli arrivò il messaggio di Cecilia, erano già appostati sotto casa, e si diedero a lavorare di bicipiti per gonfiare buste e buste di palloncini. E uno, due, tre, dieci. Lui, Nicolas, Pesce Moscio, Dentino, Briato', gonfiavano e poi li legavano con un nastro rosso e li annodavano al motorino. Quando fu pieno di palloncini che tiravano verso il cielo, il motorino rimase ancorato a terra solo per il cavalletto, le ruote sollevate qualche centimetro da terra.

Mandò un messaggio a Cecilia: – Falla scendere, – poi si nascosero dietro un furgoncino dei traslochi parcheggiato dall'altra parte della strada.

– Devo scendere un attimo, Leti', – disse Cecilia, raccogliendo con un elastico i capelli lunghi fino al sedere e alzandosi dalla poltroncina.

– E pecché?

– Devo scendere un attimo. Aggi'a fà 'nu servizio.

– Mo' così? Non mi avevi detto niente. Ja', stammocénn'a casa, – Letizia se ne stava semisdraiata sul letto dell'amica, con gli occhi svogliati. Soltanto dondolava le gambe, prima una e poi l'altra, e sembrava che in quel movimento cadenzato si concentrasse tutta la sua vitalità.

Erano giorni che faceva così, perciò pure se Cecilia di quella loro storia era un po' invidiosa, l'amica sua non la sopportava più in quello stato, e ormai sperava che le cose fra lei e

75

Nicolas si riaggiustassero. – No, no, devo scendere un attimo. È 'na cosa troppo urgente. E poi, dai, che fa bene pure a te, ci facciamo 'na passeggiata, ja'.

Ci mise qualche minuto, ma alla fine la convinse. Appena furono fuori dal portone, Letizia vide il tripudio di palloncini e in un attimo capì. Si trovò Nicolas davanti all'improvviso, come fosse spuntato fuori da un trucco di magia, e finalmente gli rivolse la parola: – Ua', si' 'nu bastardo, – disse ridendo.

Nicolas le si avvicinò: – Amo', leviamo sto cavalletto e iniziamo a volare.

– Nico', non lo so, – disse Letizia. – Hai fatto un sacco di fesserie.

– È vero, amo', sbaglio tanto, sbaglio sempre. Ma sbaglio pe te.

– Eh, pe me, tutte scuse, si' violento.

– So' violento, so' 'na chiavica. Me puo' accusà 'e qualsiasi cosa. 'O ffaccio pecché quanno penso a te è 'na specie di fuoco. Però invece di consumarmi, più brucio e più mi faccio forte. Nun ce posso fà niente. Se uno ti guarda, 'o volesse punì, è più forte di me. È comme si te consumasse.

– Ma non esiste, sei troppo geloso, – resisteva a parole, ma con le mani gli carezzò le guance.

– Proverò a cambiare. T''o giuro. Ogni cosa che faccio, la faccio pensando ca' te voglio spusà. Vicino a te voglio essere il meglio uomo che hai conosciuto, ma veramente 'o meglio. – Approfittò del gesto di lei per fermarle le mani, voltare le palme e baciarle.

– Ma 'o meglio nun se comporta così, – ribatté lei mettendo il broncio e cercando di sottrarre le mani alla presa.

Nicolas se le portò un momento sul cuore, poi le lasciò andare piano. – Se ho sbagliato, ho sbagliato pecché pensavo di proteggerti.

Letizia aveva su di sé gli occhi di Nicolas, ma anche quelli di Pesce Moscio, di Dentino, di Briato', di Cecilia e della gente del quartiere: abbandonò ogni resistenza e lo abbracciò fra gli applausi.

– E bravi, hanno fatto pace, – disse Pesce Moscio. Dopodiché Dentino si sparò in bocca l'elio dei palloncini e iniziò a parlare con quella voce querula, e tutti gli altri a fare lo stesso. E quelle voci così ridicole sembravano assai più appropriate delle voci impostate che cercavano di avere.

Poi Nicolas si fece largo tra i palloncini sul motorino, sollevò Letizia e se la posò quasi in grembo, tolse il cavalletto e disse: – E vola, ja', vola.

– Non tengo bisogno dei palloncini per volare, – Letizia se lo abbracciava, – mi basti tu.

A quel punto Nicolas tirò fuori un coltellino e lentamente tagliò i nastri dei palloncini. Gialli, rosa, rossi, blu: uno dopo l'altro salivano in cielo riempiendolo di colori, mentre Letizia li seguiva con lo sguardo finalmente allegro, pieno di meraviglia.

– Aspetta, aspetta! Ce li date a noi? – Alcuni bambini di sei, sette anni si erano avvicinati a Nicolas, richiamati da quei palloncini belli come non ne avevano mai visti.

Si erano rivolti a lui con il "voi" e questo gli piaceva.

– Adda murì fràtemo, nientedimeno.

E iniziò a tagliare i nastri per legarli al polso dei bambini. Letizia lo guardava con ammirazione e Nicolas accentuava le carezze e con gli occhi cercava più bambini possibile a cui fare quel regalo.

Rapine

Nicolas si presentò davanti al Nuovo Maharaja, dove trovò Agostino.

– Niente, Nico', non ci fanno entrare, nun ce fanno trasì.

Accanto a lui Dentino annuiva mesto, per un attimo aveva toccato il cielo con il dito e adesso lo avevano rispedito a calci sulla terra. Lollipop, invece, appena uscito dalla palestra, i capelli ancora bagnati, sembrava eccitato.

– Cosa? Ma che bastardi.

– Sì, dice che senza Copacabana non sono sicuri che paghiamo. E comunque il suo privé l'hanno dato via.

– Cazzo, hanno fatto ampress'! Appena arrestato, subito sostituito, – disse Nicolas. Si guardava attorno, come per trovare una porta di servizio, qualsiasi spiraglio che avrebbe potuto farlo rientrare.

Agostino si avvicinò: – Maraja, ch'amm''a fà? Ci stanno mettendo la merda in faccia. Gli altri stanno lavorando e noi no... Sempre i sostituti. Noi facimm' sempre i supplenti, e gli altri sempre i professori.

Bisognava capire come riorganizzarsi. E spettava a Nicolas capirlo, il capo era lui.

– Dobbiamo fare 'na rapina, – disse asciutto.

Non era una proposta, era una constatazione. Il tono era quello delle decisioni definitive. Lollipop sgranò gli occhi.

– 'Na rapina? – disse Agostino.

– Eh, 'na rapina.

– Con cosa, c''o cazz'in mano? – disse Dentino, che quella sparata della rapina aveva destato dal torpore.

– Io 'na pistola la tengo, – disse Nicolas e mostrò il vecchio arnese belga.

Nel vederla Agostino esplose in una risata: – E che è stu fil''e fierro!

– Maronna, ma cos'è! 'O Western! Mo' si' addiventato cowboy! – rincarò Dentino.

– Questo teniamo e con questo fatichiamo. Prendiamo i caschi integrali e andiamo.

Nicolas se ne stava con le mani affondate nelle tasche. In attesa. Perché quella era anche una prova. Chi si sarebbe tirato indietro?

– E tu ce li hai i caschi integrali? Io no, – disse Agostino. Era una balla, il casco integrale ce l'aveva e pure nuovo, ma gli serviva una scusa qualsiasi per prendere tempo, per capire se Nicolas stava dicendo una stronzata oppure no.

– Io ce l'ho, – disse Dentino.

– Io pure, – confermò Lollipop.

– Cerino, tu mettiti 'na sciarpa, 'nu fulàr di tua mamma... – disse Nicolas.

– Ci serve una mazza. Ci facciamo 'nu supermercato, – propose Dentino.

– Ma così andiamo? Senza sapé niente, senza aver fatto manco un appostamento? – disse Agostino. Adesso l'ago della bilancia pendeva verso la rapina.

– Ua', appostamento? Ma che si'? *Point Break*? Andiamo, entriamo massimo cinque minuti, prendiamo l'incasso e ce ne iamm. Tanto stanno chiudendo mo'. Poi ce ne andiamo da là e ci facciamo due tabacchini, vicino alla stazione.

Nicolas diede appuntamento ai tre sotto casa sua un'ora dopo. Motorino e caschi, quella era la consegna, lui avrebbe portato la mazza. Qualche anno prima si era appassionato al baseball e aveva cominciato a collezionare cappellini. Non ci capiva niente delle regole e una volta si era visto una partita su Internet ma si era stancato subito. Però la fascinazione di quel mondo così americano non aveva allentato la presa e allora una volta si era fottuto una mazza che a Mondo Convenienza si erano dimenticati di etichettare. Non l'aveva mai usata, ma gli piaceva, la trovava aggressiva, cattiva nella sua semplicità, identica a quella che aveva Al Capone negli *Intoccabili*. Sapeva già a chi affidarla, e quando Agostino se la vide offrire non batté ciglio, sapeva che sarebbe toccata a lui. Aveva espresso troppi dubbi.

Agostino stava dietro sul motorino di Lollipop, che per l'occasione sfoggiava un casco integrale della Shark che chissà dove si era procurato. Nicolas invece portava Dentino, ed entrambi indossavano caschi che il colore originale lo avevano perso da tempo, sostituito da graffi e ammaccature.

Sgasarono in direzione del supermercato. Avevano scelto un vecchio Crai, lontano da Forcella, così se fosse andata male non si sarebbero bruciati troppo. Il supermercato stava per chiudere e proprio per questo ci stava una macchina della polizia privata davanti.

– Ua', che bastardi! – disse Nicolas. Accarezzava il calcio consumato della pistola, aveva scoperto che lo rilassava. Questo proprio non l'aveva previsto. Un errore, che non avrebbe più ripetuto.

– Eh te l'ho detto che bisogna fare gli appostamenti, strunzo! Andiamo a vedere direttamente al tabacchino va', – disse Agostino prendendosi una piccola rivincita, e diede una manata sulla schiena di Lollipop, che all'istante aprì il gas del motorino e alzò il braccio per comunicare che sapeva lui dove andare. La destinazione era un tabacchino come ce ne sono un milione in Italia. Un paio di vetrate tappezzate di gratta e vinci e di fogli A4 che sancivano che sì, proprio lì, la settimana prima erano stati vinti ventimila euro e più del doppio l'anno precedente, come se la buona sorte avesse scelto quel posto per dare sfogo a tutte le sue possibilità. Davanti, neanche uno dei soliti perdigiorno che tentano la fortuna a poco prezzo, il marciapiede era deserto. Era il momento giusto. Parcheggiarono i motorini rivolti verso la via di fuga che d'istinto avevano reputato la più sicura: un incrocio trafficato sormontato da un cavalcavia. Avrebbero zigzagato tra gli altri motorini facendosi scudo con le automobili. Nicolas quasi non aspettò che gli altri scendessero dalle selle: entrò con la pistola spianata: – Bastardo, metti i soldi qua dentro –. Il tabaccaio, un uomo basso che indossava una canottiera lurida, stava sistemando le sigarette sullo scaffale dietro al bancone e non sentì che una voce attutita dal casco. Delle parole di Nicolas non aveva colto nulla, ma era bastato il tono perché si girasse con le mani sollevate in cielo. Era un uomo ben oltre l'età della pensione e quella scena doveva averla vissuta tante altre volte. Nicolas si sporse sopra il bancone e gli puntò la pistola alla tempia.

– Muóvete, miett''e sorde, miett''e sorde, – disse Nicolas e gli lanciò una busta di plastica che aveva fregato alla madre dopo averla ripulita delle ricette del dottore che conservava lì dentro.

– Piano, piano, piano, – disse il tabaccaio, – piano, è tutto apposto. – Sapeva che la condotta giusta da tenere doveva essere una via di mezzo tra la collaborazione e la risolutezza. Troppa passività e quelli avrebbero pensato che li stesse prendendo per il culo. Troppa aggressività e avrebbero deciso che quello sarebbe stato il suo ultimo giorno. Con lo stesso risultato: una pallottola nel cervello.

Nicolas si sporse ancora di più, fino ad appoggiare la bocca della pistola alla fronte del tabaccaio, che abbassò le braccia e afferrò la busta. In quel momento entrò Agostino con la mazza da baseball, caricata dietro la schiena a prendere energia per uno swing da fuoricampo.

– Allora a chi aggi''a scassà 'a capa!

Entrò anche Dentino. Si era portato dietro lo zaino di scuola e adesso si accaniva su gomme, caramelle, penne, racimolava tutto quello che trovava, mentre Nicolas seguiva con gli occhi il tabaccaio che riempiva la busta accartocciando pezzi da dieci e da venti.

– Guagliu', facite ampress'! – urlò Lollipop da fuori. Era il più piccolo dei quattro e a lui spettava il ruolo del palo. Nicolas fece roteare la pistola come a dire al tabaccaio di spicciarsi, e infatti quello abbrancò quanto rimaneva nel registratore di cassa e poi tornò ad alzare le mani.

– Ti sei scordato i gratta e vinci, – disse Nicolas.

Il tabaccaio abbassò di nuovo le braccia, ma questa volta invece di eseguire l'ordine di Nicolas utilizzò le mani per indicare la busta e fargli capire che forse quello che c'era lì dentro era sufficiente. Adesso potevano andarsene.

– Dammi tutt'i gratta e vinci, bucchino, damme tutt'i gratta e vinci! – urlò Nicolas. Agostino e Dentino lo guardavano in silenzio. Al grido di Lollipop si erano portati già all'uscita e non capivano perché Nicolas perdesse tempo con i gratta e vinci. Quella busta gonfia di soldi sembrava abbastanza anche per loro. Ma non per Nicolas. Per lui l'atteggiamento del tabaccaio era un oltraggio e, strappatagli di mano la busta, con il calcio della pistola lo fece afflosciare a terra. Poi si girò verso gli altri due e disse: – Fuori.

– Ua', tu si' tutto pazzo, Nico'! – gli gridò Agostino mentre sfrecciavano appaiati nel traffico.

– E mo', guagliu', facimmece 'nu bar, – gli rispose Nicolas.

Il bar sembrava la fotocopia del tabacchino. Due vetrine unte, però ricoperte di pubblicità di cornetti che andavano di moda un decennio prima: un locale anonimo, frequentato sempre dalle stesse persone. Stava per chiudere, la serranda era mezzo abbassata. Anche questa volta fu Nicolas a entrare per primo. Aveva piazzato nel sottosella la busta della rapina al tabacchino e aveva sfilato una busta della monnezza da un cestino vuoto. Il barista e due camerieri stavano capovolgendo le sedie sui tavoli e quasi non si accorsero che Nicolas e Dentino, che aveva convinto Agostino a cedergli la mazza, erano entrati.

– Ràtece tutt'e sorde, ràtece tutt'e sorde, mettite tutt'e sorde ccà dinto, – urlò Nicolas e lanciò il sacco di monnezza ai piedi dei camerieri. Questa volta la pistola non l'aveva estratta perché l'adrenalina che gli pompava nelle vene e l'ultima immagine del tabaccaio accasciato gli confermavano che niente poteva andare storto. Ma il più giovane dei camerieri, un ragazzetto con la faccia butterata dall'acne che aveva forse un paio d'anni in più di Nicolas, diede un calcio strafottente al sacchetto e lo fece finire sotto uno dei tavolini. Nicolas si portò la mano dietro la schiena – se volevano finire bucherellati, a lui stava più che bene – ma a Dentino quella mazza bruciava tra le mani. Cominciò con i bicchieri del caffè allineati e pronti per la colazione della mattina seguente. Li frantumò con un colpo solo facendo volare schegge ovunque, anche su Nicolas, che d'istinto ritirò la mano e se la portò al volto, anche se aveva il casco. Poi fu il turno dei superalcolici. Uno sputacchio ambrato partì da una bottiglia di Jägermeister e finì in piena fronte al giovane cameriere che aveva preso a calci il sacchetto.

– Mo' scasso la cassa, ma, adda murì mammà, la seconda è 'na capa, – disse Dentino. Puntava la mazza a turno sui camerieri, come a decidere quale cranio avrebbe scoperchiato per primo. Nicolas pensò che più tardi avrebbe fatto i conti con Dentino. Ma non era il momento, e per rincarare la dose finalmente riuscì a estrarre la pistola.

Il cameriere butterato cadde in ginocchio e recuperò il sacchetto, mentre il suo collega si affrettò a raggiungere la cassa e a schiacciare il bottone per lo sblocco. La giornata doveva essere andata bene perché Nicolas vide parecchi pezzi da cinquanta. Nel frattempo Agostino, attirato da tutto quel bordello, si era intrufolato nel bar e in un altro zaino aveva preso a ficcare bottiglie di whisky e vodka risparmiate dalla furia di Dentino.

– Guagliu', state qua da 'nu minuto e miezo, 'n'ata vota. Ma che spaccimm''e lentezza! – L'urlo di Lollipop richiamò i tre ragazzi all'ordine e in un secondo furono tutti fuori. Di nuovo sul motorino, di nuovo in mezzo al traffico. Ognuno perso nei suoi pensieri. Era stato tutto così facile, tutto così veloce, come una botta di quelle buone. Solo Nicolas aveva altro per la testa e, mentre con la mano destra manovrava il manubrio per schivare una Punto che aveva deciso di frenare per chissà quale ragione, con la sinistra componeva un messaggio per Letizia: – Buonanotte Panterina mia.

Quando si svegliò, gli occhi ancora impastati e nelle orecchie i rumori del giorno prima, la prima cosa che fece Nicolas fu controllare il telefono. Letizia gli aveva risposto come si aspettava, e gli aveva pure mandato una sequenza di cuoricini.

Arrivò a scuola che erano già le dieci, e visto che ormai era in ritardo valutò che mezz'ora in più o in meno non avrebbe fatto differenza, e si rifugiò in bagno per farsi una canna. Alla terza ora, se si ricordava bene, avrebbe avuto De Marino. Lui era l'unico che sopportava. O quantomeno non gli stava indifferente. Di quello che raccontava non gliene fregava un cazzo, ma gli riconosceva la tenacia. Non si rassegnava a rimanere inascoltato e cercava di andare a fondo nei ragazzi che aveva di fronte. Nicolas lo rispettava per questo, anche se sapeva che Valerio De Marino non avrebbe salvato nessuno.

Suonò la campanella. Rumore di porte che si spalancano e calpestio nei corridoi. Il cesso in cui si era rintanato sarebbe stato preso d'assalto da lì a poco, così Nicolas buttò il resto della canna nel water e andò a sedersi al suo banco. Il professor De Marino entrò guardando la classe e non come facevano gli altri, per i quali la cattedra era solo un pezzo della catena di montaggio. Prima finisce il turno e prima si torna a casa.

Aspettò che arrivassero tutti e poi prese in mano un libro, che teneva arrotolato come fosse una cosa di poco conto. Stava seduto sulla cattedra e con quel libro si tamburellava un ginocchio.

Nicolas lo fissava, incurante del fatto che anche De Marino lo stava fissando.

– Fiorillo, inutile che ti interrogo eh?

– Inutile, professore. Ho un mal di testa che è la fine.

– Ma almeno sai cosa stiamo studiando?

– Come no?

– Mmm. Guarda che non ti chiedo: allora dimmi cosa stiamo studiando. Ti faccio una domanda cchiù bella, perché a una domanda bella si risponde, a una domanda severa si scappa. O no?

– Comme vulite voi, – disse Nicolas e scrollò le spalle.

– Cosa ti piace di più delle cose di cui parliamo?

Nicolas sapeva veramente di cosa stavano parlando.

– Mi piace Machiavelli.

– E perché?

– Pecché te 'mpara a cummannà.

Paranzina

Nicolas doveva trovare il modo di guadagnare adesso che, con l'arresto di Copacabana, le piazze erano ferme. Si guardava intorno, cercava di capire da dove ricominciare. Copacabana sapeva che bisognava far circolare i soldi, che non c'era tempo. Don Feliciano si era pentito, stava spifferando tutto. La scelta di un sostituto come capozona spettava, dopo il matrimonio di Viola Striano con il Micione, proprio a quest'ultimo, che avrebbe dovuto parlarne con Copacabana. Ma non lo stava facendo.

In carcere a Copacabana non arrivavano le ambasciate, i boss tacevano e tacevano anche le loro mogli. Che stava succedendo? Lui le estorsioni non le voleva. Due sono le strade: o fai le estorsioni o apri le piazze di fumo e di coca. O i negozi non pagano e si tengono la piazza oppure i negozi pagano e non vogliono vedere altri commerci. Questa era la sua convinzione.

Nicolas, Agostino e Briato' con il vecchio pezzo di ferro pensavano, dopo le rapine, di fare la loro prima estorsione.

– Ce la facciamo! – disse Briato', – Nicolas, adda murì mammà, ce la facciamo!

Erano nella saletta, si giocavano al videopoker gli spiccioli della rapina e intanto facevano piani. Dentino e Biscottino preferivano ascoltare, per il momento.

– Gli ambulanti... Tutti gli ambulanti che stanno sul rettifilo ci devono pagare a noi, – continuò Briato', – ci mettimm"'o fierro in bocca a tutti sti cazzo di marocchini e negri e ci facciamo dare dieci, quindici euro al giorno.

– Cazzo ce facimmo? – chiese Agostino.

– Poi pure allo stadio ci stanno di sicuro tutti quelli che pagavano Copacabana, – fece Nicolas.

– No, secondo me Copacabana nun se faceva pagà allo stadio.

– E allora noi rapiniamo i parcheggiatori dopo la partita.

– Sì però, guagliu', se non mettiamo assieme i soldi, se non facciamo le cose assieme, nuje simmo sempe i dipendenti disoccupati di qualcuno! Lo vogliamo capire o no?!

– A me mi sta bene così. Per ora fatichiamo, poi vediamo, – disse Agostino e inserì due euro nel videopoker, poi premendo il pulsante d'avvio aggiunse: – Copacabana ha detto così.

– Cioè, cos'ha detto? Ti ha parlato? – scattò Nicolas.

– No, non è che mi ha parlato... Però la moglie, la brasiliana, ha detto che fino a quando Micione non decide assieme a lui non si fa niente, quindi noi campiamo per noi e così lui non ci può dire niente, noi ci stiamo costruendo la mesata.

– Eh sì, mo' il Micione, – fece Dentino, – chiede a lui... Non se ne è mai fottuto 'nu cazz, il Micione decide lui e basta! Se comandava ancora don Feliciano non succedeva. Com'è possibile che a Napoli non si sa chi comanda? – Tirò una botta alla macchina, che in pochi minuti fra una chiacchiera e l'altra gli aveva bevuto trenta euro, e si mise a sedere su una sedia di plastica lì accanto.

– Quella merda di don Feliciano, – disse Nicolas, – ci ha lasciato soli. Meno lo nominiamo, meglio è.

– Non è sempre stato una merda, – intervenne Dentino.

– Lascia perdere, – disse Agostino, che si appoggiò coi gomiti al tavolo per rollare una canna in silenzio, e in silenzio la fecero girare. L'odore della marijuana restava sempre il migliore, li faceva subito sentire in grazia. Dentino buttava fuori il fumo dal buco degli incisivi spezzati, fumava sempre così e qualche volta con quel trucco aveva pure rimorchiato.

Quando toccò a Biscottino, aspirò avidamente, poi passandola ad Agostino si fece avanti: – Secondo me, 'o Maraja tiene ragione. Ci dobbiamo mettere assieme... Non esiste che ognuno va per i cazzi suoi.

Il tormento di Agostino era che mettersi insieme significava anche mettersi a favore di qualcuno e contro qualcun altro. Invece lavorare di giorno in giorno, per sé, voleva dire al massimo fare arrabbiare qualcuno e poi chiedergli scusa, dandogli una parte di quello che si stava guadagnando o al massimo prendere un mazziatone. Iniziare a mettere insieme, a organizzarsi, significava inoltre avere un capo e Agostino sapeva che non sarebbe stato lui. Sapeva anche che in quel caso avrebbe dovuto decidere col fratocucino di suo padre cosa fare e che quindi il suo destino sarebbe stato necessariamente diventare infame o fedele, e nessuna delle due alternative lo allettava.

Quasi per rafforzare la sua affermazione, Biscottino cacciò dalla tasca una grossa quantità di banconote, appallottolate come l'incarto sgualcito delle caramelle.

– Come cazzo tieni tutti sti soldi? – gli fece Dentino con due occhi tanti.

Biscottino lo freddò: – I bravi ragazzi non hanno portafoglio. Ti sei dimenticato di Lefty?

– Ua', scassate i ciessi. Biscottino ti ha fatto fare una figura di merda, – disse Nicolas appoggiando un coppino a Dentino.

– Però Lefty i soldi li tiene ordinati dentro a 'na pinza. Accusì fanno veramente schifo, tutti ammappociati.

– Guagliu', – disse Nicolas, – chi si ricorda come Lefty chiama il dollarone?

– Lattuga, – disse Agostino spegnendo il mozzicone della canna direttamente sotto al tavolo.

– Esattamente, – confermò Nicolas, e arrivò al punto: – E come hai fatto sta lattuga, Biscottino?

– Con i compagni miei, Oreste e Rinuccio.

– Ma chi cazzo sono? – chiese in allerta, perché ogni nome sconosciuto era un possibile nemico.

– Oreste! – ripeté lui alzando solo un po' la voce, come se avesse davanti un centenario duro d'orecchi.

– Ma Oreste Teletabbi?

– Sì!

– Ma ha otto anni! Cioè tu, Teletabbi e...?

– E Rinuccio!

– Ma Rinuccio 'o frate di Carlitos Way dei Capelloni?! Rinuccio Pisciazziello?

– Esatto, proprio lui! – esclamò come a dire: "Eh, ci sei arrivato finalmente!".

– Embè? Li avete fatti come? – Nicolas lo fissava con quei suoi occhi neri che appicciavano il fuoco, tra l'incredulo e l'interessato. Come erano riusciti quei muccusi a racimolare tutti quei soldi? Eppure Biscottino li teneva, e da qualche parte dovevano essere saltati fuori.

– Oh oh, – fece Dentino, – hanno fatto la guerra dei criaturi.

– Ci facciamo tutti i gonfiabili dove stanno i bambini.

Lo disse serissimo, con il mento sollevato dall'orgoglio. Gli altri scoppiarono tutti a ridere.

– I gonfiabili per bambini? Che cazzo so'? 'E ggiostre?

– No, tutti i giardinetti e tutti i gonfiabili dei centri commerciali!

– Cioè, che cazzo fate?

– Vuoi venire a vedere? Oggi ci facciamo piazza Càvour.

Nicolas annuì, era l'unico che lo aveva preso sul serio:

– Mo' ti vengo appresso.

Briato' andò dietro allo scooter di Nicolas, mentre gli altri dalla strada con le mani a coppa urlavano: – Facite sapé poi sta rapina in banca, e soprattutto come aiuta Pisciazziello! – Biscottino inforcò la sua Rockrider e, sentendoli che ancora si sbellicavano, si girò a fare la linguaccia.

Pedalò sino a piazza Cavour, fermandosi soltanto davanti alla fontana delle paparelle, dove il Tritone conservava ancora l'azzurro del primo scudetto del Napoli. Allora suo padre contava più o meno l'età che aveva lui adesso, e gli aveva spesso raccontato che a quella vittoria la città per giorni e per notti aveva pazziato e che lui li aveva visti coi suoi occhi mentre dipingevano il bronzo del Tritone. Gli piaceva che qualche traccia di quella festa si fosse conservata fino a lui, e ogni volta che passava da piazza Cavour gli veniva il magone e gli sembrava di essere più vicino al padre lì che alla tomba dove andava la domenica con sua madre.

Si sollevò in piedi sui pedali per superare il suo metro e trentacinque e con la testa iniziò a guardare a destra e a sinistra come un merlo che cerca la femmina. Vide dove si erano appostati Nicolas e Briato', all'ingresso dei giardinetti, e poi vide arrivare Pisciazziello e Rinuccio Teletabbi. Erano più piccoli di lui di un paio d'anni, forse di un anno appena. Avevano il volto dei bambini che conoscevano già tutto, parlavano di sesso e di armi: nessun adulto, da quando erano stati partoriti, aveva mai creduto che ci fossero verità, fatti, comportamenti inadatti alle loro orecchie. A Napoli non esistono percorsi di crescita: si nasce già nella realtà, dentro, non la scopri piano piano.

Non erano soli, Pisciazziello e Teletabbi. Ognuno portava due bambini sulla bicicletta, in piedi, e dietro di loro si allungava un nugolo di ragazzini. Zingari, era chiaro. Nicolas e Briato' scesero dal motorino e si guardarono tutta la scena divertiti, le braccia incrociate. La paranzina si presentava alle giostre e iniziava a fare un grande rumore: toglievano i più piccoli dalle altalene e spingevano gli altri bambini facendoli cadere faccia a terra, li spaventavano e li facevano piangere. Le mamme e le babysitter gli urlavano contro: – Che siete venuti a fà?! Via – e: – Uh maronna, ma che vulite cumbinà? – mentre correvano a consolare i piccoli e se li tiravano in braccio per andarsene via.

In pochi minuti, tutto il parco giochi divenne un polverone confuso e vociante, un bordello che non ci si capiva più niente. Poi Biscottino, mettendo su una faccia rispettosa che gli stava malamente, intervenne a riportare la calma: – Signo', Signo', non vi preoccupate ve li caccio via, ve li caccio via io!

– e cominciò a urlare contro agli zingari: – Via, via! Zingari 'e mmerda! Jatevénne!

Lui e Teletabbi cominciarono a scacciarli. Questi un po' si allontanavano, un po' rientravano. Fu allora che Biscottino iniziò a dire: – Signo', se mi date cinque euro, ve li caccio pe' tutto il giorno e questi non tornano più!

Era il pedaggio da pagare per godersi tranquilli le giostre, le donne lo capivano in fretta, e così c'erano quelle che gli davano cinque euro, quelle che gliene davano tre... Ognuna dava a seconda di quello che teneva... a loro andava bene così.

Raccolti i soldi, la paranzina salutò e i giardinetti tornarono al tran tran che aveva preceduto il loro arrivo.

Biscottino si diresse verso Nicolas e Briato' e presentò loro Pisciazziello e Teletabbi. Pisciazziello disse a Nicolas: – Io ti conosco, t'ho visto con fràtemo!

– Portami i saluti. Come sta Carlitos Way?

– Sta tutto schizzato.

– Buono, significa che è felice.

– Ma lui è il meglio, – disse Biscottino riferendosi al suo amico, – insieme facciamo un magheggio esagerato.

– E cioè? – fece Briato'. Dopo quello che avevano visto non si sorprendevano più di cosa potevano inventarsi quei mocciosetti.

– Cioè praticamente lui, quando gli zingari se ne vanno, arriva e si fotte due o tre borse. Vede le nonne che le lasciano sulle panchine... E io lo inseguo e recupero le borse. Le signore ci ringraziano con dieci euro, qualche volta venti. Le nonne sono sempre piene.

Nicolas si piegò sulle gambe per guardarli dritti negli occhi e mettendo una mano sulla spalla di Biscottino e una su quella di Pisciazziello, stringendo un po', disse: – Quanto pagate a questi rometielli?

– No, ma che pagare... gli prendo un crocchè, 'na pizza fritta. Ora per esempio stanno faticando per niente perché gli ho dato la bicicletta di mia sorella che tanto lei non ci va.

Pure quei cuccioli selvatici avevano trovato modo di pigliarsi i loro soldi con le estorsioni, stringendo un'alleanza con gli zingari. Anche lui doveva trovare qualcuno in alto con cui stringere un accordo, era indispensabile per formare una paranza. Ma chi? Don Feliciano Striano si era pentito, Copacabana teneva duro ma comunque stava a Poggioreale e 'o Micione era lo straniero che si stava mangiando il cuore di Napoli.

Saldatore

Stavano nella saletta, come al solito, quando a un certo punto, con il telefono in mano, Tucano disse: – Guagliu', guardate ccà. Guardate sta notifica 'e Twitter.

Nessuno alzò lo sguardo, solo Lollipop commentò: – Gli strùnzi r''o fantacalcio.

– Ma quale fantacalcio? S'hanno fatto completamente il Nuovo Maharaja. L'hanno pulito sano sano. Ce sta 'n'articolo.

Nicolas disse subito: – Girami 'o link.

Con gli occhi saltava da una pagina all'altra e con il pollice scorreva foto, dichiarazioni. Avevano rubato, di notte, tutto quello che era possibile rubare. Via tutto. Stoviglie, computer, candelabri, sedie. Un camion aveva preso e portato via ogni cosa nel giorno di chiusura. Gli allarmi erano stati disattivati.

– 'Azzo, – disse Nicolas. – E mo' voglio proprio vedere chi è stato. E soprattutto chella faccia 'e mmerda di Oscar mo' che fa, s'append''o cazzo?

Telefonò subito a Oscar, che non rispose. Allora gli mandò un sms: – Sono Nicolas, rispondi –. Nulla. Gli mandò un altro sms: – Sono Nicolas, rispondi, urgente assai –. Niente. Chiamò Stavodicendo: – Oh, hai visto quello che è successo al Nuovo Maharaja? –.

– No, che è successo?

– S'hanno fottuto tutte cose!

– Ma che stai dicendo?

– È accussì, non hanno lasciato nulla! Amm''a capì chi è stato.

– E perché, ti si' mis'a fà 'o detective?

– Stavodicendo, se sgamiamo chi è stato, la saletta privata non ce la leva nessuno...

– Se si sono fottuti tutto, magari chiude proprio.

– Impossibile. Con quella terrazza a Posillipo nessuno può chiudere. Vieni a casa!

Stavodicendo arrivò dopo un'ora.

– Ma che cazzo hai fatto? – lo accolse Nicolas. In quell'ora aveva pensato di tutto, anche a sfoderare la Francotte e fargliela ballare un po' davanti agli occhi per vedere quanto ci metteva a cagarsi sotto. Ma poi Stavodicendo gli fece cambiare idea: – Sono andato a parlare a mio padre.

Il padre di Stavodicendo aveva fatto per anni il ricettatore e ora, dopo essere uscito di galera, era cameriere in un ristorante a Borgo Marinari.

– Pàteme m'ha detto che dobbiamo andare... – e nel sedersi sul letto fece una pausa a effetto.

– Dove?!

– Eh, stavo dicendo, dagli zingari.

– Dagli zingari?

– Eh, stavo dicendo proprio questo! Bisogna andare dagli zingari.

– Ebbè?

– Pàteme ha detto che secondo lui o sono gli zingari o è qualcuno che vuole fare i soldi con l'assicurazione. E quindi se lo sono fatto da soli.

– Me pare strano, – reagì Nicolas, – stanno pieni di soldi.

Stavodicendo aveva incrociato le braccia dietro la testa e aveva chiuso gli occhi. Quando li riaprì Nicolas gli stava puntando contro la pistola, ma non fece una piega. La sicurezza che gli difettava nel parlare e in quell'uso ossessivo delle parole a cui doveva il suo soprannome era compensata dalla freddezza che manteneva davanti alle situazioni più pericolose.

– Ah, ti sei portato pure 'o fierro, – disse rauco.

– Esatto, – rispose Nicolas e si infilò la pistola dietro la schiena. – Andiamo a fare una visita agli zingari.

Partirono col Beverly di Nicolas e si spinsero oltre Gianturco. Puntarono dritto al campo nomadi. Una baraccopoli che prima di arrivarti negli occhi ti arriva nel naso, con quel lezzo di abiti mai lavati, di lamiere cotte dal sole, di bambini sudici che sguazzano nella mota. Ad accoglierli, davanti alle roulotte, solo donne e bambini. Intorno a loro un nugolo di bambini si rincorreva, strillava, giocava con una palla semisgonfia. Appena scese dal mezzo, Nicolas si fece subito aggressivo, e iniziò a gridare in faccia a tutti: – Chi conta qua? Lo tenete un cazzo di capo? –. Tra le tante strategie da adottare, quella del cane che aggredisce per primo gli era sembrata la più efficace.

– Che cosa vuoi, con chi vuoi parlare? – rispose una donna larga alzandosi dalla sedia di plastica e muovendo qualche passo barcollante verso di lui.

– Con un vostro capo, con vostro marito, chi cazzo conta qua? Chi è che va a fà i furti? Chi è che va a pulizzare le ville? Chi è che s'è fatto il Maharaja? L'aggi''a sapé!

– Ma vattene! – arrivò un ragazzino a spingerlo. Da dove era spuntato? Nicolas per tutta risposta gli tirò una ginocchiata nella pancia che lo fece cadere a terra, davanti alle donne che accorrevano impacciate nei gonnelloni. Quella che sembrava la più giovane, con i capelli di un biondo cenere raccolti in un foulard, si rivolse a Stavodicendo: – Che siete venuti a fare? Cosa volete? –, nella voce neanche un grammo di paura, solo fastidio e stupore.

Le altre intanto strattonavano Nicolas, lo tiravano da tutte le parti prendendolo per la maglia, sembrava conteso più che sotto attacco. Provava a puntellarsi per riguadagnare l'equilibrio ma poi arrivava un'altra donna che lo tirava dalla sua parte. Se Nicolas non avesse estratto la pistola puntandola a casaccio contro quello sciame impazzito, quella danza sarebbe potuta durare in eterno. E poi fu un attimo: si ritrovò il bicipite attorno al collo che lo stritolava da dietro. Non riusciva a respirare e gli sembrava di sentire nella bocca il pomo d'Adamo. Mentre la vista si annebbiava vide Stavodicendo scappare verso il motorino.

Gli zingari non se ne accorsero, o più probabilmente non se ne curarono, avevano già catturato chi gli interessava: trascinarono Nicolas in una baracca e lo legarono a una sedia di legno con le gambe di metallo che dovevano aver rubato in una scuola o in un'infermeria, poi cominciarono a mollargli schiaffi e pugni, chiedendogli ossessivamente cosa cercasse e cosa fosse venuto a fare: – Ora ti ammazziamo.

– Volevi sparare ai nostri bambini?

Nicolas si sentiva infettato dalla paura, e ne aveva disgusto, perché no, gli zingari paura non dovevano fargliene. Continuava a ripetere: – Avete rubato, avete rubato! –. Sembrava completamente intontito. E più lo ripeteva, più si pigliava schiaffoni.

Stavodicendo, intanto, chiamava l'unico in grado di dargli una mano, l'unico che aveva sangue blu: Drago'. Lui era uno Striano e gli zingari non potevano stare nel campo senza il consenso delle famiglie. Ma il cellulare suonava a vuoto; alla terza chiamata senza risposta, Stavodicendo si fiondò a Forcella.

Lo trovò nella saletta che giocava a biliardo. Stavodicendo entrò senza salutare nessuno e si fiondò su Drago' piegato sul tavolo.

– Drago', amm''a fà ampress', sali sali sali!

– Che succede? – chiese Drago', che aveva capito che la cosa era seria e posava la stecca.

– Nicolas, se lo sono pigliato i zingari!

– Sì, sì, vabbuo', se lo sono rapito, – disse ridendo.

– Se lo sono pigliato veramente, muóvete, sali!

Drago' non chiese altro, mollò la partita a metà e lo seguì. In motorino Stavodicendo gli urlò come erano finiti lì.

– Ma veramente ha fatto sta strunzata?

– Dice che sono stati gli zingari ma, stavo dicendo, io non so proprio chi è sta gente.

Nel frattempo, nella baracca dove era tenuto prigioniero Nicolas entrò quello che doveva essere il capo. Si muoveva come se tutto, lì dentro, fosse roba sua. Non esseri umani, né animali. Ma roba. E naturalmente roba sua. Indossava una tuta dell'Adidas che sembrava appena uscita dal negozio. Era di qualche taglia più grande e così lo zingaro si era rivoltato le maniche un paio di volte e i pantaloni strisciavano per terra. Era visibilmente preoccupato da quella invasione e masticava avido uno stuzzicadenti. Parlava un italiano scarso, doveva essere arrivato da poco.

– E tu chi cazzo sei?

– Nicolas, dei Tribunali.

– E a chi appartieni?

– A me.

– A te appartieni? Mi hanno detto che tu mettevi la pistola in faccia ai bambini. Qui tu muori, lo sai?

– Tu non mi puoi uccidere.

– E perché? Ci mettiamo paura di tua madre che viene a recuperare ai tuoi pezzi qua? – Lo zingaro evitava di incrociare lo sguardo di Nicolas e camminava fissandosi la punta delle scarpe. Adidas. Scintillanti. – Qui tu muori, – ripeté.

– No, e tu ti guadagni la vita, – disse Nicolas e roteò la testa per coinvolgere tutti. Poi continuò, rivolto al capo: – Ti guadagni la vita perché così quando divento un boss non vengo qua a uccidere te e tutti voi zingari a uno a uno. Quindi non mi puoi fare male, perché se mi fai male morirete tutti –. Il manrovescio che gli centrò lo zigomo destro gli oscurò la vista, poi Nicolas sbatté gli occhi un paio di volte e gli comparve davanti di nuovo l'uomo in tuta.

– Ah quindi tu diventerai un capo...

Un altro manrovescio, questa volta dato senza troppa convinzione. La guancia era già rossa, i capillari lacerati, ma non era ancora uscito sangue, appena un'ombra sui denti, per via delle labbra che sbattevano. Erano curiosi di capire chi lo mandasse e di questo erano preoccupati. Si sentì un vociare di ragazzini fuori, un uomo mise la testa nella baracca: – È tornato l'amico.

E poi ecco la voce di Stavodicendo: – Nicolas, Nicolas, dove sei?

– Ah vedi, è venuta l'amichetta, – disse il capo, e lo colpì di nuovo. Intanto Drago' e Stavodicendo erano stati circondati dal solito gruppo di donne e ragazzini. Entrare in quel campo era come pestare un formicaio: le persone si avvicinavano a decine come le formiche salgono sul piede, sulla caviglia, lungo il polpaccio per difendere il nido.

– Sono Luigi Striano, – urlò Drago'. – Conoscete mio padre.

Nella baracca calò il silenzio e anche il cerchio che si stava stringendo sui due ragazzi arrestò l'avanzata.

– Mio padre è Nunzio Striano, 'o Viceré, fratello di Feliciano Striano 'o Nobile, mio nonno è Luigi Striano 'o Sovrano, io mi chiamo come lui.

Alla parola "Viceré", il capo degli zingari si bloccò, si rimboccò le maniche della tuta come per rendersi presentabile e uscì dalla baracca. Al suo passaggio si formò un sentiero tra la gente che aveva accerchiato Drago' e Stavodicendo, come a ogni passo si spostano le spighe di grano.

– Tu sei il figlio del Viceré?

– Sì, è pàtemo.

– Sono Mojo, – disse tendendogli la mano. – Che cazzo fanno questi? Che cazzo fate qui? Non arrivata imbasciata da Viceré, che succede?

– Fammi parlare con Nicolas.

Lo trovarono che sorrideva, spavaldo. Adesso le cose erano girate e poteva permettersi di fabbricare un po' di sputo e sangue per insozzare quella cazzo di tuta linda dello zingaro. Lo sputo finì preciso sul trifoglio nero del logo e Mojo scattò in avanti. Drago' lo bloccò con una manata e gli ricordò da dove proveniva e dove lui, Mojo, sarebbe ritornato.

– Slegatelo, e ampress, – disse Drago'.

Mojo fece un cenno con la testa e Nicolas fu libero. Drago' avrebbe voluto chiedere a Nicolas che cazzo ci facesse lì, ma Mojo avrebbe capito che loro la volontà del Viceré mica ce l'avevano, quindi continuò con la sceneggiata: – Nicolas, spiega a Mojo perché siete venuti qua!

– Perché avete rubato, avete rubato al Nuovo Maharaja.

– Noi non abbiamo rubato niente.

– Sì che siete stati voi, e ora dovete ridare.

Mojo gli mise la mano al collo: – Ma non abbiamo rubato un cazzo!

– Piano, piano, – li divise Stavodicendo.

Nicolas lo guardò: – Allora, il Nuovo Maharaja a Posillipo è stato svuotato, solo voi potevate farlo, hanno usato i camion.

– Noi non abbiamo fatto un cazzo.

Drago' inventò: – Mio padre però pensa di sì, tutte le famiglie di Sistema pensano di sì.

Mojo alzò le braccia a mo' di resa e poi li invitò a seguirlo: – Venite a vedere, venite a vedere i camion! –. I camion erano tre Fiorino bianchi e senza scritte, identici e tenuti bene. Insospettabili. Pronti a partire.

Mojo aprì i portelloni e mentre con il dorso della mano cercava di pulire la felpa disse: – Guardate, guardate cosa c'è –. Nella penombra occhieggiavano scatoloni di lavatrici, frigoriferi, televisori, perfino una cucina completa di elettrodomestici. C'erano motofalciatrici, tosasiepi, seghe elettriche, un armamentario luccicante per il perfetto giardiniere, come se quella fosse una città adatta per il pollice verde. Tutte cose che non c'entravano niente con il Nuovo Maharaja.

– Eh mica si' strunzo, – disse Nicolas, – la roba del Nuovo Maharaja l'hai fatta partire subito, magari già sta in Romlandia.

– Noi non abbiamo rubato un cazzo, se rubavamo ora ti facevo il prezzo. Gratis non te lo davo.

– Pàtemo gratis te lo faceva dare, – disse Drago'.

– Anche tuo padre deve trattare con Mojo.

Mojo aveva dimostrato che lui, le stronzate, non le faceva, e adesso poteva prendersi qualche rivincita con quei tre ragazzini.

– Come ti chiami... Mocio Vileda, mio padre veniva qua, bruciava tutto il campo e si rivendeva quello che voleva, l'hai capito o no?

– Perché il Viceré vuole bruciare? – Mojo mostrava preoccupazione e la cosa piaceva ai ragazzi.

– No, sto dicendo che se tu rubavi non autorizzato... lo hai fatto altre volte...

– Mojo non è autorizzato, Mojo ruba e se le famiglie di Sistema vogliono qualcosa vengono qui e lo prendono.

Mojo era rispettoso, adesso lo avevano capito anche loro, i suoi giri erano altri. Quei camioncini erano pieni di roba da mercatone di periferia, quegli zingari non erano neanche topi da appartamento. Il lavoro grosso lo facevano con le armi e soprattutto con i roghi: gestivano tutto lo smaltimento clandestino di stracci, gomme, rame. Stare dietro a tutta questa filiera era difficile, non avevano tempo per svuotare un locale come il Nuovo Maharaja.

– Va bene, lo dirò a mio padre che non l'avete fatto voi. E certo a mio padre le fesserie non gliele andate a dire, no?

– No, no, Mojo non dice bugie, – disse Mojo. Fece un cenno a uno dei suoi che si avvicinò con la Francotte di Nicolas. Mojo gliela lanciò facendola atterrare nel fango davanti alla ruota anteriore del Beverly.

– Via adesso.

– Ma perché ti sei fissato con sta cosa di sgamare chi si è pulizzato il Nuovo Maharaja? – chiese Drago'. Si erano fermati a un kebabbaro, tutta quella vicenda aveva messo appetito, e poi Nicolas si era fatto dare un po' di ghiaccio da mettere sul labbro. Sperava che Letizia non si sarebbe accorta di nulla.

– È l'unico modo per avere un privé per sempre, – disse. Masticava da una parte, quella meno pesta, e anche se gli faceva male non aveva voluto rinunciare al suo kebab.

– Prima stavo dicendo che pàtemo dice che forse se la sono fatta loro, una roba di assicurazioni... – disse Stavodicendo.

– Se è così, non possiamo farci niente, – disse Drago'. Si era preso un hot dog untissimo, colante. Si era stufato del cibo degli arabi, la madre gli diceva che in quella roba ci mettono carne marcia. – Ma a me, – continuò Drago', – me ne fotte di chi ha fatto sto servizio, ci guadagniamo 'nu privé e chest'è tutto? Che cazzo ci facciamo?

– Col cazzo e questo è tutto, – replicò Nicolas, – un privé per sempre, mica 'na serata. Stare nel locale e conoscere tutti quanti. Ci facciamo vedere.

– E per questo amm''a fà sto favore noi a Oscar, gli dobbiamo trovare tutta la roba? Deve essere un milione di euro e nuje ce facimmo sto regalo? Se so' futtuti tutte cose, hai visto sul giornale? Le porte e le maniglie, pure gli infissi delle finestre...

– Ma stai impazzendo, Drago', se noi c'abbiamo il privé nessuno ci può dire se possiamo entrare o no, non dobbiamo più cercare scuse o qualcuno che ci faccia entrare, entriamo e basta, altro che fare i camerieri. Tutta Napoli ci vede che stiamo là, tutti. Assessori, calciatori, cantanti e tutti i capi d''o Sistema. Ci assettiamo pure noi, lo vuoi capì o no?

– Ma, nun me ne fotte proprio di stà llà tutt''e ssere...

– Ma non tutte le sere, quando vogliamo noi.

– Sì vabbuo', ma non vale la pena...

– Stare nella reggia a fianco a chi comanda vale la pena sempre, io voglio stare vicino ai re, mi so' rotto di stare vicino a chi non conta 'nu cazzo.

I giorni che seguirono furono giorni vuoti. Nessuno aveva più parlato della storia dello zingaro, ma tutti aspettavano una perturbazione qualsiasi per riesumarla. E fu proprio il Viceré a soffiare sul fuoco.

La madre di Drago' aveva convocato il figlio perché bisognava andare a trovare il padre, al carcere dell'Aquila. Ormai da un anno parlava con lui attraverso un vetro blindato e un citofono. Nunzio, il Viceré, era al 41 bis.

Il 41 bis è un sarcofago. Tutto è controllato, osservato, monitorato. Una telecamera puntata addosso sempre, di mattina, di pomeriggio, di notte. Non si può scegliere di vedere un programma alla televisione né ricevere un giornale o un libro. Tutto passa attraverso la censura. Tutto è filtrato. O quantomeno dovrebbe essere così. I familiari si possono vedere soltanto una volta al mese, dietro una lastra di vetro antiproiettile. Sotto quel divisorio, cemento armato. Sopra quel divisorio, cemento armato. Un citofono attraverso cui parlare. Null'altro.

Quello di Drago' fu un viaggio silenzioso. Rotto solo dai messaggi che riceveva costantemente. Era Nicolas, che voleva sapere se era già arrivato, se aveva parlato col padre, se tutto questo c'entrava con la loro storia. Intuiva che erano a una svolta, ma non sapeva di che tipo.

Drago' trovò il padre scurissimo in volto, e capì.

– Allora, Gigino, come stai? – Nonostante l'arrabbiatura, la voce tradiva affetto, e posò una mano sul vetro antiproiettile che li divideva.

Drago' appoggiò la mano contro quella del padre. Dall'altra parte del vetro non gli arrivò nessun calore. – Bene pa', – disse.

– Ma che è sta storia che vai in Romania, non dici niente a tua madre e tuo padre, decidi tutto tu?

– No pa', non è che voglio andare così in Romania bell'e buono.

Pur non avendo alcun maestro sapeva come parlare in codice, e quando non capiva era capace di trovare il modo di richiedere l'informazione. Proseguì, accostandosi di più al citofono, quasi che così la frase risultasse maggiormente comprensibile: – Non è proprio bell'e buono, è che Nicolas vuole andare lì a tutti i costi, dice che è un'esperienza nuova.

– Ma tu così ti metti ad andare in Romania, lasciando sola tua madre, mettendo me in apprensione, – e con gli occhi avrebbe voluto rompere quel vetro e riempire il figlio di schiaffi.

– E sto fatto di andare in Romania insieme me l'ha detto mentre stavamo a Posillipo, siamo stati in un locale che era vuoto, non c'era più nessuno, e Nicolas ha detto che tutti vanno in Romania perché ci si diverte di più ed è per questo che i locali so' vuoti qui. E allora mi ha detto di andare anch'io, perché in Romania, solo, si piglia paura. Dice che lo prendono, – e su questo fece una pausa. Il padre riprese subito: – Che il locale è vuoto non c'azzecca niente con la Romania, niente di niente. E poi a te che te ne fotte se i locali so' vuoti? A te che te ne fotte se Nicolas va in Romania? Eh? A te che te ne fotte?

Drago' avrebbe voluto rispondere che a lui non gliene fotteva più di tanto, che quella era una cosa più di Nicolas, che lo aveva tenuto vicino fregandosene che era sangue di un pentito. Ne capiva le motivazioni, certo, e capiva altrettanto bene che per un aspirante capo l'approvazione era una tappa fondamentale. Ma Drago' si sentiva un soldato, seppure di sangue nobile, e quel darsi da fare per un posto fisso al privé gli sembrava un po' una perdita di tempo. Stava cercando nel vocabolario le parole in codice per trasmettere quel ragionamento al padre quando il Viceré decise di troncare il colloquio.

– Dicci all'amico tuo che non ci capisce niente di turismo e di clienti, che nun è vero che hanno lasciato i locali perché se ne vogliono andare a far festa in Romania, hanno lasciato i locali perché non si sta più bene. Il prezzo si è alzato.

– Non si sta più bene? Il prezzo si è alzato? – chiese Drago'. Ma il Viceré, anziché rispondere, batté le nocche sul vetro come per dargli uno schiaffo. E quello schiaffo Drago' avrebbe voluto prenderselo. Invece non fece a tempo nemmeno a salutarlo ché ormai il padre gli dava le spalle.

– Ma quindi 'o Viceré è chiuso dentro la tomba? – chiese Stavodicendo non appena Drago' rientrò dal carcere dell'Aquila.

– Sì.

– E non può manco vedé nisciuno?

– Solo la famiglia una volta al mese.

– E, stavo dicendo, l'ora d'aria?

– Eh, un'ora al giorno. La fa con una persona, con un'altra. Sono tre o quattro persone al massimo.

– E si parla?

– Si parla, sì, ma stanno tutti cacati sotto che mettono le microspie. Quindi papà è diventato 'nu cruciverba parlante. Non si capisce mai cosa vuole dire, – e riportò le parole del padre.

– Non si sta cchiù bene? Il prezzo si è alzato? – ripeté Nicolas.

E a ruota pure Stavodicendo: – Non si sta cchiù bene? Il prezzo si è alzato?

Stavodicendo si sentiva in colpa. Era stato il padre a dare un'indicazione sbagliata e adesso toccava al figlio sbrogliare la matassa. Si offrì di accompagnare in motorino il padre a Borgo Marinari e mentre sfrecciavano per via Caracciolo disse: – Ué, pa', che figura 'e mmerda che m'hai fatto fà.

– Perché? – urlò il padre per farsi sentire sopra il casino.

– Non so' gli zingari, l'ha detto pure 'o Viceré.

– 'Azz', nientedimeno avete coinvolto il Viceré. E chillo che ne sape? Sta in carcere.

– A Drago' ha detto che non c'azzeccano niente i rom e poi c'ha detto 'na frase tipo "non c'azzecca il turismo".

– Il turismo?

– Stavo dicendo... 'O Viceré ha detto che non c'azzecca, che i turisti non ci sono al ristorante non perché vanno tutti in Romania, ma perché non ci si sta più bene, che il prezzo si è alzato. E sta cosa Drago' non l'ha capita proprio... Il pizzo non l'ha mai pagato il Nuovo Maharaja.

Il padre scoppiò a ridere e per poco non fece perdere l'equilibrio al figlio.

– Papà, stavo dicendo, che c'azzecca?

– E invece c'azzecca... Non sapete che 'o pizzo vero è la protezione della polizia privata?

– La polizia privata?

– Si vede che hanno chiesto un aumento e non gliel'hanno dato, chella è la sicurezza che non ce sta cchiù.

Stavodicendo accelerò superando due macchine alla volta, poi tagliò la strada a un furgoncino, che inchiodò, e si infilò in una stretta viuzza. Lasciò il padre davanti al locale e sgasò via. Qualche metro dopo frenò sollevando una nuvola di fumo e affumicando con il puzzo dei copertoni un paio di turisti seduti ai tavolini. Si voltò verso il padre: – Grazie, – disse, – mo' devo andare, – e accelerò di nuovo.

Stavodicendo scrisse l'interpretazione del padre a Nicolas, e subito ne discussero con Drago'. Non ebbero dubbi, il messaggio del Viceré adesso era chiaro. Bisognava parlare con Oscar ma questo continuava a non rispondere, allora Nicolas andò sotto casa sua. Era quasi mezzanotte. Oscar abitava in una palazzina a due passi dal Nuovo Maharaja perché, così diceva, tutta la sua vita stava là. Dal secondo piano, quello di Oscar, una luce filtrava dalle persiane accostate. Nicolas si incollò al citofono, intenzionato a non mollare finché non gli avessero aperto. Niente. Nessuna risposta. Neanche un "vaffanculo, vatténne". Allora si portò alla bocca le mani a cono e cominciò a urlare. – Non è stato Copacabana, non sono stati gli zingari, è stata l'Agenzia Puma, l'agenzia della sicurezza, l'Agenzia Puma... – Le persiane si spalancarono di botto e fece la sua comparsa una donna in vestaglia che gli gridò di stare zitto e poi scomparve di nuovo nella luce. Nicolas le concesse dieci secondi – uno, due, tre... – poi avrebbe riattaccato. Era arrivato al nove quando il portone emise un suono metallico.

Oscar, in pigiama, se ne stava seduto in poltrona, inebetito. Una bottiglia di spumante che probabilmente si era portato dietro dal locale se ne stava in orizzontale sul tappeto davanti a lui. Nicolas cercò di farlo ragionare ma lui si era fissato, continuava a biascicare che era stato Copacabana a svuotare il locale perché aveva detto di no al matrimonio.

– Non è stato lui, se ne fotte proprio, – gli diceva Nicolas e gli parlava lentamente, con calma, come si parla ai bambini. – Lui deve avere tutti amici, se voleva te lo bruciavano il locale, non ti rubava solo la roba.

Nicolas vide sul mobile tv un'altra bottiglia identica a quella che si era scolata il padrone di casa. Era calda, chissà da quanto se ne stava lì, ma Nicolas la afferrò comunque e la stappò, riempiendo il bicchiere che Oscar teneva ancora in mano. E disse quello che voleva dire sin dalla prima telefonata a Oscar: – Se io ti ritrovo tutto, tre cose devi darmi: il privé a mia disposizione, quando cazzo voglio io; 50 per cento di sconto su qualsiasi consumazione che faccio là dentro, per me e per gli amici miei; terzo, mandi a fare in culo l'Agenzia Puma e ti proteggo io.

– Tu? – per un attimo Oscar sembrò tornare in sé, buttò giù lo spumante e fece per alzarsi, ma franò di nuovo sulla poltrona. Lanciò il bicchiere contro Nicolas ma sbagliò mira e centrò il 40 pollici appeso alla parete. – Io non voglio avere nulla a che fare con la camorra, io il pizzo non l'ho mai pagato, figurati se lo pago a voi muccusielli. E ora fammi il piacere di andartene!

Era ricomparsa la moglie, che si era vestita e pure pettinata come se stesse aspettando un ospite, e si mise anche lei a urlare, che quella era una casa di gente per bene, e che avrebbe chiamato i carabinieri. Stronzate, pensò Nicolas, ma non era il momento di forzare la mano e poi Oscar non avrebbe più detto nulla. Era riuscito finalmente a liberarsi dalla poltrona e adesso contemplava le crepe sullo schermo del televisore, piagnucolando.

A Nicolas non ci volle molto per scoprire che cosa fosse sta Puma, sembravano conoscerla tutti: era una vecchia agenzia di polizia privata nata intorno agli anni novanta, con i soldi della Nuova Famiglia. Poi era morto il vecchio fondatore, amico di Lorenzo Nuvoletta, uno dei più potenti capi della

Camorra negli anni novanta, e adesso era tutto in mano al figlio, che godeva della protezione, guarda un po', proprio di Copacabana.

– 'O White, hai visto tutta la merda al Nuovo Maharaja? – chiese Nicolas al capo dei Capelloni.
Si stava riposando dopo una partita a biliardo. Si rigirava una tazzina con dell'oppio, tanto per non smentire la passione per le droghe che pochi potevano permettersi. Gli faceva schifo drogarsi con quello con cui si drogavano gli altri.
– Ah sì, bella situazione di merda.
– Sai chi dicono che è stato?
– Chi?
– Copacabana.
– Strunzate, – disse 'o White con una smorfia. Fu scosso da un brivido che per poco non gli fece rovesciare la tazzina. Poi si portò alle labbra l'oppio e il tremito passò subito. – Se Copacabana voleva qualcosa ci metteva 'na bomba là dentro, sai che ce ne fotte di Posillipo? Anzi ci piaceva pure là... E poi a te che te ne fotte? Se t'hanno appaltato pe' sapè qualche fatto però voglio sapere, perché l'adda sapè 'o Micione.
– Non m'hanno appaltato niente. Mi brucia il culo, però, che ci danno la colpa quando non siamo stati noi... – buttò lì Nicolas. Ci aveva preso gusto a bluffare, a spingere gli altri all'angolo.
– O giustiziere, – fece Chicchirichì. Aveva preso il posto di 'o White nella partita e si rivolgeva a Nicolas dandogli le spalle mentre preparava un tiro di sponda. – Noi? Noi chi? Io mica sto cu te e tu mica staie cu me.
– Noi forcellani non ci azzecchiamo niente.
– Ma no, chesta è roba di zingari... – provò a minimizzare 'o White. Adesso bluffava anche lui perché per un furto così importante potevano prendersela anche con i Capelloni.
– Non è roba di zingari, credi a mme, – disse Nicolas.
'O White lo squadrò da capo a piedi e sorseggiò un paio di volte l'oppio. Estrasse un iPhone e per un po' compose

qualcosa che Nicolas poteva solo intuire dietro la cover che ritraeva la bandiera dei pirati. Forse questa volta si era spinto troppo oltre, forse 'o White stava chiamando gli altri suoi, o forse stava chattando con la sua ragazza e ci godeva a tenerlo lì in piedi a fare niente. Quando finì di digitare, 'o White tornò a fissare Nicolas, questa volta dritto negli occhi, e abbassò lo sguardo solo dopo che l'iPhone gli aveva segnalato che qualcuno aveva risposto. I suoi? No, impossibile, perché convocare altri quando, dietro Nicolas, Chicchirichì e altri erano già pronti a scattare a un cenno del loro capo? La ragazza? Ma ce l'aveva, poi, una ragazza? 'O White lesse rapidamente, posò la tazzina e disse: – Facciamo così. Tu te vuoi piglià il tuo posto al Nuovo Maharaja. Sta bene.

– No aspè...

– Statte zitto. Se ottieni quello che sto pensando, il Nuovo Maharaja lo devo proteggere io. Tu al massimo puo' trasì a stipendio, a percentuale.

Nicolas sapeva che non poteva fare altro che dire: – Io non voglio prendere lo stipendio da nessuno –. Dietro Nicolas la partita di biliardo si era interrotta. Brutto segno. 'O White si era alzato con uno scatto e aveva afferrato la stecca che gli stava porgendo Chicchirichì. Non era il momento di dimostrarsi deboli.

– Io non voglio prendere lo stipendio da nessuno, – ripeté Nicolas.

– O strunzo, – disse 'o White, – basta mo'. – Nicolas contrasse gli addominali, per prepararsi a ricevere la stecca in pieno stomaco. Avrebbe fatto male, ma con un po' di fortuna non sarebbe stramazzato al suolo spompato d'aria e avrebbe avuto un secondo o due per sferrare un pugno a qualcuno, magari allo stesso 'o White. Con la mente era già sotto una montagna umana di calci e bastonate, con le braccia che a turno cercavano di limitare i danni a testa e palle. 'O White però buttò la stecca a terra e si riaccomodò sulla sedia. Ebbe un altro tremito che scacciò via digrignando i denti. E poi cominciò a raccontare. Il giorno del furto il turno a Posillipo lo avevano fatto due poliziotti che procuravano la coca da una piazza che proteggevano loro. Glielo aveva confermato Pinuccio 'o Selvaggio, che riforniva proprio quella piazza, e aveva aggiunto che quei due Rambo con le ridicole camicie color senape erano suoi habitué. Anche 'o White, quindi, si era subito informato su cosa era successo al Nuovo Maharaja. Ma a differenza di Nicolas non l'aveva fatto sapere a nessuno.

Per due giorni Nicolas non uscì dalla sua cameretta e non rivolse la parola al fratello. Rispondeva alle chiamate di Letizia con semplici messaggi, brevi: "Scusami amò, ma non sto bene. Ti chiamo presto". Accettava solo il cibo che la madre gli lasciava fuori dalla porta. Lei provava a bussare, a richiamare la sua attenzione, era preoccupata, diceva, ma Nicolas la cacciava accampando, anche con lei, che non si sentiva bene, niente di grave, presto sarebbe passato tutto, non doveva temere nulla e soprattutto doveva smettere di bussare perché quel rumore gli spaccava la testa. La madre lo lasciò fare, pensava che quel suo figliolo ne aveva combinata un'altra, con la speranza che non fosse una grossa cazzata, anche se non usava questa parola, e poi le sembrava strano che non sopportasse le sue nocche sulla porta visto che se ne stava tutto il tempo ad ascoltare quella musica che pareva uscita dall'antro del diavolo.

"*We got guns, we got guns. Motherfuckers better, better, better run.*"

Nicolas ci aveva messo un secondo a rintracciare la canzone, a piazzarla tra i suoi preferiti di YouTube e a settarla in loop. 'O White canticchiava solo quel verso, in continuazione, a volte esibendosi in una voce baritonale che poco si confaceva a quell'oppiomane, a volte sussurrandolo all'orecchio del primo che gli capitava a tiro. La stava cantando anche quando rivide Nicolas sotto casa di Pinuccio 'o Selvaggio. Gli aveva dato appuntamento lì per chiudere quella faccenda del Nuovo Maharaja. C'era anche Chicchirichì e, quattro piani più in alto, in un bilocale con cucina abitabile di un palazzo poco prima di Posillipo, che l'ultima tinteggiatura l'aveva vista forse negli anni settanta, li aspettava Pinuccio. Aveva attirato i due agenti della sicurezza con la scusa che aveva roba nuova, Mariposa, boliviana, la migliore del mondo. Nicolas sapeva che con 'o White e Chicchirichì doveva aspettarli chiusi nel cesso e che al segnale di Pinuccio – "sta rrobba è meglio 'e 'na femmena, 'e 'na chiavata" – avrebbe dovuto saltare fuori, impugnare la corda a cappio che gli aveva dato 'o White in ascensore, fargliela passare attorno al collo e stringere. Stringere quanto bastava per annebbiargli la vista e poi mollare quando 'o White faceva le domande. Pretendendo risposte.

E così era andata. Solo che quei due non volevano ammettere di aver fatto il lavoro, e anzi li minacciavano, dicevano che erano ex finanzieri e che gliela avrebbero fatta pagare. Allora 'o White si era stufato, si era incazzato ma non aveva smesso di canticchiare quel verso.

"*We got guns, we got guns. Motherfuckers better, better, better run.*"

Aveva detto che gli servivano solo cinque minuti, doveva scendere in strada, c'era un ferramenta all'angolo. Gli serviva una cosa. Tornò dopo cinque minuti esatti, come aveva promesso. Aveva comprato un saldatore stilo e dell'olio per motorino. Nicolas e Chicchirichì sembravano due padroni di cani al parco, tenevano al guinzaglio i due agenti come se fossero bulldog, e quando 'o White chiese loro di sceglierne uno, legarlo, abbassargli i pantaloni, ficcargli in bocca un asciugamano appallottolato, loro eseguirono senza fiatare. 'O White svitò il tappo dell'olio, versò il liquido nel buco del culo del prescelto e poi ci ficcò il saldatore.

"*We got guns, we got guns. Motherfuckers better, better, better run.*"

'O White si sedette su una poltrona, accavallò le gambe e per un istante valutò se pipparsi la Mariposa.

Steso sul letto nella sua cameretta, Nicolas sentiva ancora

il puzzo di carne bruciata. Di ano bruciato. Merda, sangue e pollo arrosto. Il collega che aveva assistito alla scena era crollato subito, aveva confessato, sì, erano stati loro, si erano fatti aiutare da manovalanza albanese. Con Copacabana in galera, avevano pensato di aumentare il costo del servizio di protezione a quello e a tutti gli altri locali che proteggevano. A chi non pagava l'aumento veniva svuotato il locale, e il Nuovo Maharaja non aveva pagato.

"*We got guns, we got guns. Motherfuckers better, better, better run.*"

'O White aveva detto: – La verità che non esce per la bocca esce sempre per il culo, – e poi aveva ordinato all'agente di accompagnarli al magazzino dove aveva nascosto la roba. Quello col culo bruciato lo aveva lasciato lì a sfiammarsi per un po'.

Nicolas quel posto al privé lo voleva. Anzi, lo pretendeva per diritto. Con lo smartphone filmò tutto. Sedie, candelabri, tappeti, computer. Perfino il quadro enorme con su l'indiano, il Maharaja. Perfino la cassaforte che avevano tirato fuori con i picconi. Poi mandò il video a Oscar, che, immaginava Nicolas, se l'era guardato ancora seduto sulla poltrona dove l'aveva lasciato. Aveva ceduto e accettato tutte le condizioni. Sarebbe corso dai Carabinieri: – Ho ricevuto una telefonata anonima. La refurtiva è qui. Sono stati quelli della Puma perché non gli ho pagato il pizzo –. Lui sarebbe diventato un eroe antiracket che aveva avuto il coraggio della denuncia e intanto avrebbe pagato la protezione a 'o White: mille euro per ogni evento e mille euro a weekend. In fondo poteva anche andargli peggio.

Nicolas? Nicolas non volle nessuna percentuale dal racket che 'o White aveva imposto a Oscar. Meglio niente, che stare a stipendio di qualcuno. Aveva ottenuto accesso totale per lui e i suoi amici al locale. Il Nuovo Maharaja era suo.

Quando decise di uscire dalla cameretta fu per raccontare tutta la storia a Christian. Lo portò in strada, unici testimoni i muri scrostati. Voleva essere un modello per lui, educarlo a tutte quelle cose che lui era stato costretto a capire da solo.

– Ua', nientemeno adesso abbiamo l'accesso al Nuovo Maharaja? – disse Christian.

– Esattamente! Quando vogliamo noi.

– Ua' Nico', non ci posso credere. Stanotte la posso tenere io sotto al cuscino?

– Vabbuo', – concesse il fratello maggiore, passandogli una mano sui capelli a spazzola.

Il Principe

Al Liceo Artistico, nel laboratorio unico, si teneva un corso facoltativo nell'ambito delle discipline multimediali dedicato alle tecniche audiovisive. Era molto seguito. – Faccimmo 'nu video musicale, professo'! – la richiesta era all'ordine del giorno. Un gruppo di ragazzi suonava, si era anche già esibito in qualche locale, avevano già una dozzina di pezzi da incidere e cercavano un produttore. A via Tasso si potevano affittare sale prove e si poteva anche registrare. Avevano portato una chiavetta con due canzoni e l'insegnante, che in verità non aveva un titolo specifico ma aveva frequentato il Centro di cinematografia a Roma e ora offriva servizi alle produzioni locali e all'istituto d'arte, era più preoccupato dell'attrezzatura, che era sua, piuttosto che della qualità delle canzoni degli allievi. Uocchio Fino, avevano battezzato Ettore Jannaccone, che su tutti i suoi crediti ne aveva uno vincente: quello di far parte del team tecnico di *Un posto al sole*... Teneva lezioni teoriche e solo talvolta lasciava avvicinare gli studenti alle sue "sensibili digitali" – così chiamava le videocamere che portava avanti e indietro da casa, invitando il preside a fare un investimento in quella direzione. – Siamo a Napoli, tutti tengono la vena creativa, – diceva. E a De Marino era venuta un'idea. Registrare i suoi studenti mentre leggono passi di opere letterarie. Jannaccone fissò certe ore alla mattina, scelse il set e stabilì la sequenza delle letture. Quindici ragazzi, quindici brani, non più di dieci minuti a testa.

– Tu cosa fai, Fiorillo? – chiese De Marino a Nicolas prendendolo di sorpresa mentre rimetteva il cellulare in tasca e aspettava di entrare in classe.

– Eh prof, faccio che cosa?

– Che cosa leggi davanti alla videocamera?

Nicolas si avvicinò a un banco, afferrò l'antologia di una compagna, scorse l'indice, l'aprì, e puntò il dito su una pagina.

– Il capitolo diciassettesimo del *Principe*.

– Bravo, Fiorillo. Allora mo' tu te lo leggi bene bene e poi davanti alla videocamera racconti quello che hai letto.

Con Fiorillo voleva rischiare. Tutti gli altri si limitavano a leggere. Voleva vedere come reagiva. Fiorillo appariva e scompariva. Le ragazze lo guardavano sdolcinate. I suoi compagni lo evitavano o, meglio, lui si faceva evitare. Di cos'era fatto sto guaglione?

Nicolas gettò uno sguardo al libro, uno al professore, uno alla compagna che si tormentava i capelli con un dito.

– E che è? Mica tengo paura. Lo faccio sì.

De Marino lo vide sparire con il libro in fondo al grande cortile dove Jannaccone era circondato da ragazzi e ragazze curiose. – Ué professo', – qualcuno gli gridava – poi ci fai fare una puntata di *Un posto al sole*?

E uno fece finta di abbassarsi i pantaloni: – Un culo al sole? – E tutti a ridere.

Nicolas si rintanò in un angolo, la testa bionda piegata sulle pagine. Infine disse che era pronto. Uocchio Fino strinse l'obiettivo sul volto e, per la prima volta, quella mattina ebbe la sensazione di avere davanti uno che sfondava lo schermo. Tenne per sé la sensazione ma lavorò sull'inquadratura con più rigore. Nicolas restava perfettamente immobile, non scherzava con i compagni, e soprattutto non teneva il libro in mano. Jannaccone non si fece domande su perché stu guaglione andava di memoria, era solo soddisfatto di poter concentrare la visione di quel viso, di non ripetere a ogni momento di non ridere o di tenere il libro in basso, fuori dall'inquadratura. Quando lo ritenne opportuno disse: – Puoi cominciare.

In tarda mattinata De Marino visionò il girato. Se lo fece consegnare e si chiuse da solo nel laboratorio di arti plastiche dove la sala era attrezzata per gli audiovisivi. Apparve sullo schermo la faccia di Nicolas. Gli occhi guardavano dritto in camera, e in verità a vederlo così, dentro lo spazio dell'inquadratura, Fiorillo era tutto occhi. Quello sì che tiene l'occhio fino, pensò. Quel ragazzo sa vedere. Nicolas aveva raccolto la sfida e ora raccontava l'attacco del capitolo diciassettesimo del Principe come voleva lui: – Uno che deve essere il principe non si cura se il popolo lo teme e dice che mette paura. Uno che deve essere principe se ne fotte d'essere amato, che se sei amato quelli che ti amano lo fanno finché tutto va bene ma, appena le cose girano storte, quelli ti fottono subito. Meglio tenere la fama di essere un maestro di crudeltà che di pietà –. Sembrò concentrarsi in quel momento, cercò con gli occhi una specie di consenso intorno, oppure no, forse aveva dimenticato cosa voleva dire. Si passò un dito sul mento, lentamente. De Marino avrebbe voluto rivedere subito quel gesto compreso fra la timidezza e l'arroganza. – Nun s'adda fà professione 'e pietà. – Dove l'aveva trovata quell'espressione? "Professione di pietà."

Proseguì scandendo le parole con intensità: – L'amore è un vincolo che si spezza, il timore non abbandona mai.

Nicolas fece un'altra pausa e si voltò, offrendo a Uocchio Fino il profilo su cui indugiare. Di profilo l'arroganza si scioglieva, aveva tratti delicati, e comunque da ragazzino. – Se il Principe tiene un esercito, quell'esercito deve ricordare a tutti che lui è uomo terribile, terribile, perché sennò un esercito non lo tieni unito, se non sai farti temere. E le imprese grandi vengono dalla paura che fai, da come la comunichi, che tanto è l'apparenza che fa il Principe, e l'apparenza tutti la vedono e la riconoscono e la tua fama arriva lontano.

Su "lontano" chinò per la prima volta gli occhi e restò per un po' così, come dire che aveva finito.

– È venuto bene, professo'? Ora lo mettiamo su YouTube? – La voce prese De Marino in contropiede. Fiorillo era rimasto, aveva voluto vedere.

– E bravo Fiorillo, m'hai fatto paura.

– L'ho imparato da Machiavelli, professo'. La politica si fa meglio con la paura.

– Statti calmo, Fiorillo. Nun t'agità.

Nicolas se ne stava in fondo al laboratorio, una spalla contro la parete. Trasse fuori dalla tasca di dietro dei blue jeans un paio di fogli mal piegati.

– Professo', Machiavelli è Machiavelli, questo è Fiorillo. Vulite dare una letta?

De Marino non si alzò dalla consolle, si limitò ad allungare la mano, come a dire: "portamelo".

– Lo leggo. È la tua tesina?

– È quello che è.

Nicolas consegnò e fece una giravolta su se stesso. Salutò il professore sollevando il braccio destro, senza più girarsi.

De Marino tornò allo schermo, mandò indietro di qualche secondo e rivide il Fiorillo che diceva: – E l'apparenza tutti la vedono e la riconoscono e la tua fama arriva lontano –. Sorrise, spense e si mise a leggere la tesina. Questo Fiorillo aveva scritto, o qualcosa di molto simile.

Parte seconda

FOTTUTI E FOTTITORI

Esistono i fottitori e i fottuti, null'altro. Esistono in ogni posto e sono sempre esistiti. I fottitori da qualunque condizione cercano di avere vantaggio, che sia una cena offerta, un passaggio gratuito, una donna da portar via a un altro, una gara da vincere. I fottuti in qualsiasi condizione prenderanno il peggio.

Non sempre i fottuti sembrano tali, spesso si fingono fottitori, così come è naturale che esista anche il contrario, cioè che molti di quelli che sembrano fottuti sono invece dei fottitori violentissimi: si mascherano da fottuti per innalzarsi al grado di fottitori con più imprevedibilità. Sembrare sconfitti o usare lacrime e lamenti è tipica strategia da fottitore.

Sia chiaro, non c'è nessun riferimento al sesso: comunque si nasca su questa terra, uomo o donna, si è divisi in queste due categorie. E nemmeno c'entra la società divisa in classi. Stronzate. Quelle di cui sto parlando sono categorie dello spirito. Si nasce fottitore, si nasce fottuto. E il fottuto può nascere in qualunque condizione, in villa o in stalla troverà chi gli porterà via ciò a cui tiene, troverà l'ostacolo che gli impedirà lavoro e carriera, non saprà raccogliere dentro di sé risorse per realizzare i propri sogni. Sarà le briciole che gli verranno lasciate. Il fottitore può nascere in caserma o in baita, in periferia o nella capitale, ma ovunque troverà risorse e vento favorevole, cazzimma e ambiguità per ottenere ciò che vuole ottenere. Il fottitore raggiunge ciò che desidera, il fottuto lascia che sfumi, lo perde, glielo portano via. Il fottitore può anche non avere il potere del fottuto, magari quest'ultimo ha ereditato fabbriche e azioni ma resterà un fottuto se non saprà andare oltre lo scarto che la fortuna e leggi a lui favorevoli gli hanno dato. Il fottitore sa andare anche oltre la sventura e le leggi può saperle usare o comprare o persino ignorare.

"Certi esseri, subito dalla nascita, sono distinti, parte a essere comandati, parte a comandare. E ci sono molte specie sia di chi comanda, sia di chi è comandato." Questo dice il vecchio Aristotele. E cioè, in sintesi, si nasce fottuti o fottitori. Questi ultimi sanno fregare e i primi si fanno fregare.

Guardati dentro. Guardati dentro profondamente, ma se non provi vergogna non lo stai facendo davvero.

E poi chiediti se sei fottuto o fottitore.

Tribunale

Un uomo del Micione era finito alla sbarra, l'accusa era di aver ammazzato il figlio di don Vittorio Grimaldi, Gabriele. Cosa vera, don Vittorio, detto l'Arcangelo, il figlio se l'era pure visto morire davanti.

Era stato tutto così veloce in quella terra, il Montenegro, dove padre e figlio avevano deciso di portare i loro affari. E portarli insieme. C'era una vecchia ruota idraulica, in ferro, arrugginita, unica superstite di un mulino decrepito. L'acqua la teneva ancora in vita, e l'Arcangelo lo vide bene quell'uomo, lo vide in faccia, vide quegli occhi, vide le mani che spinsero Gabriele contro le palette che la corrente aveva sbeccato rendendole appuntite. Don Vittorio vide la scena dalla finestra della loro villa, che stava non molto distante, e corse lì disperato. Tentò da solo di fermare la ruota del mulino ma non ci riuscì. Vide il corpo del figlio sbattere in acqua più e più volte prima di ricevere aiuto dai domestici. Ci misero molto tempo a staccare il corpo di Gabriele dalle pale. Eppure don Vittorio, durante tutto il processo, difese il killer del Micione. Non portò prove, non fornì nessuna informazione. Ad aver ucciso Gabriele Grimaldi era stato 'o Tigrotto, il braccio destro di Diego Faella 'o Micione. Così il Micione voleva conquistare il Montenegro e soprattutto prendersi San Giovanni a Teduccio e da lì avere il via libera su Napoli. Al processo era lì, il pm gli chiese se lo riconosceva, don Vittorio diceva no. Il pm implorava, per chiudere il processo: –

Siete sicuro? –. Gli dava del voi, evitando il lei, per avvicinare le parti. E don Vittorio disse no. – Riconosce Francesco Onorato, 'o Tigrott'?

– Mai visto, non so neanche chi sia –. Don Vittorio sapeva che quelle mani erano sporche del sangue di suo figlio e di molti dei suoi affiliati. Niente. Il ringraziamento di Diego Faella non fu eccezionale. In petto allo Stato si è uomini d'onore. Il silenzio di don Vittorio Grimaldi fu visto come un normale comportamento da uomo d'onore. La concessione che il Micione diede fu la vita, anzi la sopravvivenza. Fermò la faida contro i Grimaldi, gli permise di vendere chiudendolo in una riserva a Ponticelli. Una manciata di strade, l'unico posto in cui avrebbe potuto vendere ed esistere. Le risorse infinite che avevano i Grimaldi, eroina, cocaina, cemento, rifiuti, negozi e supermarket, si erano ridotte a pochi chilometri quadrati, a pochi profitti. 'O Tigrotto venne assolto e don Vittorio riportato ai domiciliari.

Fu un grande successo, gli avvocati si abbracciavano, qualcuno nelle prime file applaudiva. Nicolas, Pesce Moscio, Drago', Briato', Tucano e Agostino, quel processo se lo guardarono tutto, e quasi c'erano cresciuti insieme. Avevano iniziato ad andare ad assistere al processo che i peli in faccia spuntavano radi e adesso qualcuno di loro teneva una barba da soldato dell'Isis. E ancora ci andavano presentando le stesse carte d'identità false che avevano mostrato due anni prima, quando il procedimento era alle sue prime battute. Perché là dentro si entrava, certo, ma solo se si era maggiorenni. Procurarsele era stato uno scherzo. La città si era specializzata nella produzione di carte di identità false per jihadisti, figuriamoci per dei guaglioncelli che volevano entrare in tribunale. Se n'era occupato Briato'. Lui aveva fatto le foto e lui aveva procurato il falsario. Cento euro a testa ed eccoli cresciuti di tre, quattro anni. Stavodicendo e Biscottino protestarono per essere stati esclusi ma alla fine si dovettero arrendere: non avrebbero ingannato nessuno con quelle facce da bambini.

La prima volta che si erano trovati là fuori, a guardare da sotto in su quelle tre torri di vetro, si erano sorpresi nel provare una sorta di attrazione. Era parso a tutti di stare dentro una serie tv americana, e invece erano davanti al tribunale penale, lo stesso che i boss che ora andavano a vedere in faccia avevano fatto sistematicamente bruciare mentre ancora era in costruzione. Quel fascino di vetri e metalli e altezza e potenza si era sgonfiato appena superato l'ingresso. Tutto era plastica, moquette, voci che rimbombavano. Erano saliti per le scale sfidandosi a chi arriva primo, tirandosi per la maglietta e facendo casino, e poi dentro l'aula li aveva accolti quella scritta sulla legge, che Nicolas a vederla aveva dovuto trattenere la risata. Come se non si sapesse qual era la verità, mannaggia il patriarca, che il mondo si divide solamente in fottuti e fottitori. Quella è l'unica legge. E ogni volta che ci andavano, sempre, entrando, gli veniva un sorriso storto.

Dentro quell'aula avevano passato ore seduti composti, come mai avevano fatto nella loro breve vita. A scuola, a casa, addirittura nei locali, c'era sempre troppo da vedere e da provare per perdere tempo con l'immobilità. Le gambe friggevano e costringevano il corpo ad andare sempre da un'altra parte e poi da lì verso un altro posto ancora. Ma il processo era la vita tutta che si dispiegava davanti a loro e ne svelava i segreti. C'era solo da imparare. Ogni gesto, ogni parola, ogni occhiata erano una lezione, un insegnamento. Impossibile distogliere lo sguardo, impossibile farsi distrarre. Sembravano dei ragazzini giudiziosi a messa la domenica, con le mani intrecciate e appoggiate sulle gambe, gli occhi spalancati, attenti, la testa pronta a scattare nella direzione delle parole importanti, niente ciondolamenti, niente movimenti nervosi, anche le sigarette potevano aspettare.

L'aula era divisa in due metà perfette. Davanti gli attori, dietro gli spettatori. E in mezzo una griglia alta due metri. Le voci arrivavano un po' distorte dall'eco, ma il senso delle frasi non andava mai perduto. I ragazzi si erano ritagliati uno spazio tutto per loro, nella penultima fila, a ridosso del muro.

Non era la posizione migliore, a teatro sarebbero stati posti da pochi euro, ma potevano vedere comunque tutto, lo sguardo sereno di don Vittorio sotto una capigliatura argentata che con quell'illuminazione pareva uno specchio, la schiena dell'imputato – più largo che alto, ma con due occhi gialli da felino che ti buttavano la paura addosso –, quelle degli avvocati, quelle di chi era riuscito a sedersi nelle prime file. Erano ombre cinesi, all'inizio solo macchie informi ma poi la luce cambia di intensità e gli occhi di chi guarda si affinano, ed ecco che tutto ha senso, fin nei dettagli. E non lontano da loro, magari solo due file avanti, i membri di alcune paranze, che riconoscevi da un brandello di frase tatuata che spuntava dal colletto della camicia o da una cicatrice che la rasatura dei capelli ostentava.

In prima fila, a due falcate dalla grata, c'era la paranza dei Capelloni. Loro non avevano mai avuto problemi di età e si presentavano spesso al gran completo. A differenza di Nicolas e degli altri, i Capelloni non sembravano affamati di ogni parola, di ogni silenzio, e capitava di vederli camminare lungo la fila di sedie, fermarsi ad appoggiare le mani sulla griglia, ignorare le proteste di chi stava dietro di loro e poi risedersi. 'O White era l'unico che non si alzava mai, forse per evitare che la sua andatura da cowboy ubriaco attirasse troppo l'attenzione dei carabinieri. E poi capitava di vedere pure i Barbudos della Sanità. Si piazzavano dove trovavano posto. Se ne stavano lì a confabulare, si accarezzavano quelle barbe alla Bin Laden e ogni tanto se ne uscivano per una sigaretta. Ma non c'era tensione, né studio reciproco. Tutti ammiravano il palcoscenico.

– Ua', – disse 'o Maraja a voce bassissima. Aveva inclinato la testa il minimo necessario e parlava da uno spiraglio della bocca, non poteva permettersi di distogliere lo sguardo. – Se teniamo mezza palla di don Vittorio, non ci ferma manco il cazzo di Dio.

– Quello sta proteggendo chi ha messo il sangue a terra del figlio... – sussurrò Dentino.

– A maggior ragione, – ribadì 'o Maraja, – adda murì mammà se tiene le palle. Pure di tenere fedeltà sta facendo stà fuori chi gli ha maciullato il figlio.

– Io sta fedeltà accussì non 'a sapesse proprio tené. Cioè, o ti uccido o se sto in galera ti canto e ti faccio fare l'ergastolo, omm''e mmerda, – disse Pesce Moscio.

– E questo è da infami, – rispose Maraja, – questo è da infami. È facile conservare l'onore quando devi difendere i soldi tuoi, i cazzi tuoi, il sangue tuo. È proprio quando invece fosse facile a sputtanà e cantare a tutti quanti che se stai zitto significa che sei il number one, che si' 'o meglio. Che hai scassato i cessi di tutti quanti. Che devono solo farti i bucchini perché vali, perché sai difendere il Sistema. Anche quando ti uccidono il figlio. Hai capì, Pescioli'?

– Quello se lo sta tenendo lì davanti chi gli ha scannato il figlio e non dice niente, – continuò Pesce Moscio.

– Pesce Mo', – chiosò Dentino, – tu staresti già cantando se stavi là... tieni la carriera da 'nfame.

– No strunzo, io l'avesse già squartato.

– Hai capito a Jack lo squartatore, – concluse Tucano.

Si parlavano come giocatori di Texas Hold'em, senza mai guardarsi negli occhi. Buttavano frasi sul tappeto verde, mostrando quello che avevano in testa e dopo un po' qualcuno, come aveva fatto Tucano, ripuliva il tavolo e ci si preparava a un'altra mano.

Nessuno poteva immaginare, però, cosa Nicolas dentro di sé sperasse. Al Maraja don Vittorio piaceva, ma era il Micione che, avendo sposato Viola, la figlia di don Feliciano, teneva il sangue del loro quartiere. Sangue marcio, ma sempre sangue di re. Il sangue del loro quartiere era ereditario come vuole regola di proprietà. Don Feliciano l'aveva sempre detto ai suoi: – Il quartiere deve stare in mano a chi ci nasce e a chi ci campa –. E Copacabana, che era stato fedele legato degli Striano, si era lanciato su Forcella subito dopo gli arresti del capofamiglia. Era stato proprio l'arresto del boss, quasi tre anni prima, a dare il via al processo.

L'intero quartiere era stato circondato. Lo avevano seguito per giorni, la catturandi stessa era incredula: don Feliciano era tornato a Napoli ed era per strada, in tuta, diversamente dall'eleganza solita con cui si mostrava. Non si era nascosto, la latitanza se la faceva nel suo quartiere come tutti ma senza stare rintanato in doppi fondi, pozzi, nascondigli. Erano spuntati dal vicolo, lo avevano chiamato: – Feliciano Striano, alzi le mani, per favore –. Si era fermato e quell'"alzi le mani, per favore" l'aveva calmato. Era un arresto, non un agguato. Con gli occhi aveva gelato un suo pigro guardaspalle che voleva intervenire sparando e che subito si era messo a correre per scappare alla cattura. Si era lasciato ammanettare. – Fate, fate, – aveva detto. E, mentre gli serravano i polsi con l'acciaio, senza accorgersene i carabinieri si erano trovati stretti da nugoli di ragazzini e signore. Feliciano sorrideva. – Non vi preoccupate, non vi preoccupate, – abbassava i toni delle persone che dalle finestre e dalle porte iniziavano ad affacciarsi e a urlare: – Ue', maronna mia! –. I bambini si allacciavano alle gambe dei carabinieri mozzicando le cosce. Le madri urlavano: – Lasciate stà, lasciatelo stare... –. Una folla si svuotò per strada, i palazzi sembravano bottiglie rovesciate che mescevano sui vicoli gente, su gente, su gente.

Rideva, don Feliciano: i boss casalesi e secondiglianesi, palermitani e reggini sarebbero stati acciuffati nel profondo di grotte, in doppifondi di pareti, in dedali sotterranei. Lui, che era il vero re di Napoli, veniva arrestato per strada sotto gli occhi di tutti. Gli dispiaceva solo, a don Feliciano, di non essere vestito con eleganza, i carabinieri suoi confidenti si vede che l'avevano tradito, o non erano riusciti a sapere dell'arresto. Sarebbe bastata mezz'ora: non per tentare la fuga ma per scegliere il vestito giusto di Eddy Monetti, la camicia, la cravatta di Marinella. Tutti gli arresti che aveva subito l'avevano colto sempre impeccabile. E si vestiva impeccabile perché, come ripeteva a ogni occasione, può sempre capitarti che qualcuno ti spara o ti arresta all'improvviso, e non puoi farti trovare vestito male, sarebbero tutti delusi e direbbero, don

Feliciano Striano, e questo era? E ora l'avrebbero visto così, e forse avrebbero detto: – E tutto qua, questo era? –. Era il suo solo cruccio, il resto lo conosceva e quello che non conosceva lo immaginava. La folla si accalcò sbraitando attorno alle pantere dei carabinieri. Le sirene non intimidivano nessuno. E nemmeno le armi d'ordinanza. Anche volendo non avrebbero potuto, in nessun caso, aprire il fuoco. – In quei palazzi ci sono più armi che forchette, – era l'unica cosa che aveva detto il loro comandante invitandoli alla calma. La forza era sproporzionata e pendeva nettamente in favore della gente dei palazzi. Arrivarono le telecamere dei tg. Sopra il quartiere ronzavano due elicotteri. Quelli per strada aspettavano un cenno, un cenno qualsiasi per distrarre i carabinieri, tutt'altro che pronti a fare fronte a un'insurrezione. Il via all'arresto l'avevano dato in un momento di quiete, di deserto, era notte fonda. Quei bambini da dove spuntavano? Quella gente si era catapultata dal sonno in strada? Fra tutti i volti che lo guardavano con preoccupata venerazione, come si guarda un padre che viene portato via senza una ragione, si fece avanti Copacabana. Feliciano Striano gli sorrise e Copacabana gli diede un bacio sulla bocca, simbolo estremo della fedeltà. Bocca chiusa. Nessuno parla. Sigillo.

– Basta ammuina, – fu la frase di don Feliciano. Copacabana la riportò, e si spanse come tessera che cade e genera in un domino la caduta di tutte le altre. In un attimo si allontanarono tutti, smisero di gridare. Si diressero a far compagnia alla moglie e alla figlia di don Feliciano, come in una sorta di condoglianza. Aveva deciso così 'o Nobile. Era l'ultimo atto di forza di un clan decimato dalla guerra con la Sanità, contro il clan Mocerino, con cui gli Striano avevano cercato in un primo momento di federarsi e poi avevano finito con l'ammazzarsi vicendevolmente. L'ultima strategia vincente di don Feliciano 'o Nobile era farsi vedere, mostrare ai suoi e al suo quartiere che non era costretto a sparire – che poi significava diventare facile bersaglio, morire. Una fine era inevitabile dopo il lungo regno ereditato da suo padre Luigi

Striano o' Sovrano, lo sapeva bene. Nei giorni che aveva a disposizione, però, mostrarsi così significava dare agli Striano ancora l'immagine di essere senza paura, liberi, e a casa propria. E questo contava.

Poi quel bacio dato a Copacabana fu violato proprio da don Feliciano. Nell'arco di pochi mesi accadde l'Apocalisse, inaspettata, violenta, inimmaginabile. Don Feliciano aveva deciso di parlare, e il suo pentimento aveva fatto crollare molti più edifici di un terremoto. Non è metafora ma esattamente quanto accadde. Ridisegnò l'intera mappa del Sistema. Interi edifici si svuotarono per gli arresti o per i programmi di protezione che portavano in zone sicure i familiari di don Feliciano. Fu cosa più spaventosa di una faida. Mise la vergogna su ogni uomo e donna del clan, la stessa vergogna di quando si è consapevoli che tutti conoscono il tradimento del proprio marito o della propria moglie. E ci si sente osservati, derisi. Gli occhi azzurri, fermi, di don Feliciano se li sentivano tutti addosso da sempre. Quegli occhi erano minaccia e protezione. Nessuno poteva entrare a Forcella e fare ciò che voleva, nessuno poteva disobbedire a una regola del Sistema. E le regole del Sistema erano dettate e conservate dagli Striano. Quegli occhi erano sicurezza e paura. Quegli occhi don Feliciano aveva deciso di chiuderli.

Come per il suo arresto, era notte quando il quartiere si accorse del pentimento. Ci fu un blitz di elicotteri e persino un bus blindato riempito di centinaia di arrestati. Don Feliciano denunciò i killer, gli affiliati, gli estorsori, le basi di spaccio. Denunciò la propria famiglia, e tutta la famiglia a catena parlò. Iniziarono a tradirsi, a dare informazioni, a parlare di tangenti, appalti, conti correnti. Assessori, viceministri, direttori di banca e imprenditori: iniziò a cantarsi tutti. Don Feliciano parlò, parlò e parlò ancora, mentre il quartiere si sollevava in un'unica domanda: "Perché?".

Quest'avverbio interrogativo significò per mesi una sola cosa: "Perché don Feliciano si è pentito?". Non era necessario chiudere la frase per intero, era sufficiente pronunciare "Perché?" e tutti capivano. Nei bar, a tavola la domenica a pranzo, allo stadio. "Perché?" significava soltanto: "Perché don Feliciano lo ha fatto?". Si almanaccavano risposte, ma la verità era semplice, persino banale: don Feliciano s'era pentito perché preferiva che Forcella morisse piuttosto che trasferirne la proprietà a qualcun altro. Poiché non aveva avuto la forza di mettersi una fune al collo, allora la fune voleva metterla a tutti quanti. Faceva credere di essersi pentito, ma come ti togli la colpa di centinaia di morti? Stronzate. Non s'era pentito di niente. Parlava per continuare a uccidere. Prima faceva con le armi, ora con le parole.

Il padre di Drago', Nunzio Striano 'o Viceré, si era preso le condanne: Feliciano lo aveva denunciato per ogni traffico, ogni misfatto, ogni delitto che aveva compiuto, ma 'o Viceré non aveva parlato. Tutti gli altri fratelli si erano pentiti, ma 'o Viceré niente. Continuava a fare la galera e con quel silenzio proteggeva qualche appartamento e il figlio. Non voleva che Luigi facesse la fine della figlia di don Feliciano, che finché non aveva sposato il Micione era stata schifata da tutti. "Pentita", la chiamavano.

Dietro al Tigrotto nel banco degli imputati nessuno era così sprovveduto da non vedere, quasi fosse presente nell'aula in carne e ossa, l'ombra ingombrante del Micione. Don Vittorio, intanto, seguitava a opporre il silenzio all'incalzare del pm: – Suo figlio, abbiamo avuto modo di provare, è stato segnalato da diversi collaboratori di giustizia come nemico dei Faella, con cui lei non solo condivide il quartiere ma anche un passato di alleanza. I Faella quindi, che lei sappia, possono aver voluto la morte di suo figlio?

– Mio figlio, per come era per bene e gentile con tutti, non credo potesse far nascere in nessuno la volontà di ucciderlo. Impossibile. Soprattutto in chi è del nostro quartiere e che quindi sa quanto volesse bene a Ponticelli, ai suoi bambini, a tutta la gente che ha sempre amato e che era tutta al suo funerale.

Era un botta e risposta in un italiano formalmente corretto, che cercava di tenere a bada le parole in dialetto che da sotto spingevano, ma che in quel momento avrebbero compromesso quella bonaccia.

Intanto la spocchia di 'o Tigrotto non sembrava innervosire don Vittorio, che non aveva fastidio nemmeno a incrociare il suo sguardo. Il Tigrotto cercava di liquidare tutto con una specie di smorfia di disgusto.

– Lo conoscevo a Gabriele Grimaldi, ma di vista. A Ponticelli so che non c'era mai e comunque non me la facevo al Conocal. Non ho mai campato in mezzo alla via. – 'O Tigrotto usava le parole per riportare quelle del Micione. Voleva sottolineare un'origine diversa, un sangue diverso, un interesse diverso, una nascita in villa, e non in mezzo alla strada. Nel silenzioso gioco dei rimandi le parole dicevano: il Micione non è un narcotrafficante, non vive di sola roba, vive di cemento e politica, di commercio, e lontano dalla sola e unica strada. Don Vittorio non poteva che lasciargliele dire, queste cose. Mostrarsi remissivo.

Nicolas lo capiva il gioco, in tutte le sue sfumature. Capiva che dietro c'era sempre questa cosa del sangue, dell'appartenenza, dello sporco e del pulito. Non c'era nessuna teoria a tenere insieme questi concetti vecchi come l'umanità stessa. Sporco e pulito. Chi decide cosa è sporco? Chi decide cosa è pulito? Il sangue, sempre il sangue. Quello è pulito e mai deve entrare in contatto con il sangue sporco, quello degli altri. Nicolas c'era cresciuto con queste cose, tutti i suoi amici ci erano cresciuti, ma lui voleva avere il coraggio di affermare che quel sistema era vecchio. E andava superato. Il nemico del tuo nemico è tuo alleato, indipendentemente dal sangue e dalle relazioni. Se per diventare quello che voleva diventare doveva amare quello che gli avevano insegnato a odiare, be', lui l'avrebbe fatto. E fanculo il sangue. Camorra 2.0.

Scudo umano

I nomi delle strade del Conocal i guaglioni di don Vittorio Grimaldi erano obbligati a leggerseli tutti i giorni, perché da lì, da quel rione di Ponticelli, non se ne potevano andare. Uscire significava correre il rischio di essere sparati dagli uomini del Micione, tutti i Faella li tenevano nel mirino. E allora stavano dentro, tra quelle strade che formano un rettangolo al quale è stato strappato un angolo, su in alto, a destra. Quando leggevano sui giornali le storie che altri scrivevano su di loro si incazzavano, perché si pontificava sul degrado, sui palazzi tutti uguali, sulla mancanza di futuro. E però quelle conigliere una in fila all'altra c'erano eccome, sistemate con una geometria ipocrita, che vuole definire uno spazio di vita e invece rinchiude. Come una cella. Ma quei guaglioni non volevano fare la fine di Scampia e diventare un simbolo. Non erano ciechi, lo vedevano che ogni cosa, lì da loro, sembrava di terza, quarta mano. Tende lacere e sfinite dal sole, monnezza carbonizzata, muri che sputano minacce. Ma quello era il loro quartiere e tutto il loro mondo, quindi meglio farselo piacere anche a costo di negare l'evidenza. Era una questione di appartenenza. L'appartenenza è un pianerottolo. L'appartenenza è una strada e le strade diventano l'unico spazio possibile dove vivere. Un solo bar, due soli minimarket, stanze di vecchie mercerie che iniziano a vendere tutto. Rigattieri trasformati in magazzini di carta igienica e detersivi perché manca il supermercato, troppo lontano per

131

essere raggiunto dai vecchi, dai motorini e da chi non può uscire dal proprio quartiere. Così stava succedendo ai Grimaldi. Lì, però, potevano continuare a vendere. I clienti che arrivavano al Conocal speravano di prendere fumo, coca e palline di crack a bassissimo costo. Ma don Vittorio non aveva voluto che si abbassasse troppo il prezzo. Sarebbe stato un bruttissimo segno, un segno di morte. Quindi i clienti non andavano lì né loro potevano cercare i clienti.

Non tutti però si attenevano alla consegna. L'Aucelluzzo era abile a correre sullo scooter, anzi a volare, più veloce dei proiettili che avrebbero potuto prenderlo, più rapido degli occhi che l'avrebbero identificato e segnalato, nascosto e furtivo nel vendere. Visibile al compratore, invisibile ai pali. Aucelluzzo quindi non aveva paura di uscire dal Conocal. Tuttavia, nonostante prendesse coraggio e azzerasse le preoccupazioni succiando sicurezza dagli X-Men dei cui tatuaggi si occupava il corpo, era già condannato a morire giovane. Dalla cella Copacabana non permetteva in nessun modo che arrivasse da fuori qualcuno, e tanto meno dei Grimaldi, a vendere cose nella sua zona. Avrebbe tollerato qualsiasi altra famiglia, in cambio di una percentuale, ma non loro. Loro si erano messi contro Forcella, avevano fatto la guerra: portavano eroina, cocaina ed erba dall'Ovest, mentre i Grimaldi le portavano dall'Est.

Copacabana voleva togliere l'Est ai Grimaldi, e ci stava riuscendo. E così tre strade a Napoli valevano una capitale montenegrina, un pezzo di Balcani, un'intera piantagione albanese. Aucelluzzo questo lo intuiva, ma non lo sapeva. E continuava a volare sul suo scooter, con quelle gambe secche che sparivano dietro la carena e quando lo vedevi arrivare sembrava che il busto e tutto il resto spuntassero direttamente dal sellino. Guidava sempre in posizione aerodinamica, pure quando non ce n'era bisogno, pure se cavalcava una vecchissima Vespa messa insieme con i rimasugli di quella del padre: si piegava con la faccia in avanti fino a toccare il contachilometri e teneva in fuori i gomiti, che più di una volta avevano abbattuto qualche specchietto. Dell'uccello aveva anche il naso, un becco appuntito e all'ingiù, da sparviero.

Gli uomini di 'o White, Carlitos Way, Chicchirichì e 'o Selvaggio, partirono al suo inseguimento appena videro da lontano quei due gomiti a squadra. Aucelluzzo si accorse di loro con la coda dell'occhio, sgasò e via con la Vespa nell'infinito traffico che gli faceva da muraglia. – La prossima volta, lasciamo il tuo nome a terra, – gli urlarono dietro, ma l'Aucelluzzo ormai era sparito, e anche se avesse sentito non gliene sarebbe fregato niente e sarebbe tornato ugualmente. Su a Forcella addirittura si metteva a sfidarli, passava di fronte alla saletta.

– Gli aucielli più tengono fame e meno tengono paura di quando uno sbatte i piedi, o le mani. Hai presente, 'o White, quando tu sbatte 'e mmane e sti topi del cielo nun se ne vanno mai? Pecché? Tengono fame. E se ne fottono di scappare se tu li vuoi ammazzare, tanto comunque devono morire. Di fame, o perché gli spari. Noi non gli spariamo e i colombi ci riempiono di merda. Accussì succede coi Grimaldi, – commentò Copacabana quando, in carcere, glielo riferirono.

Aucelluzzo si portava frotte di ragazzini. Li faceva sostare un'ora, due ore. Ogni tanto addirittura venivano i vecchi che non riuscivano più a stare a stipendio. Come Alfredo Scala 40, che aveva fatto i morti a terra, per un periodo era stato persino capozona. Aveva guadagnato, quando c'era la lira, cento milioni alla settimana. Tra avvocati e sperperi, ora stava appostato fuori le piazze a rubare clienti, declassato a spacciare o a fare da palo. Si iniziava presto, nel Sistema. E se non si moriva presto collassava tutto, ugualmente.

Era troppo. Quel cancro di Aucelluzzo stava già mettendo metastasi, così i Capelloni partirono in missione per farlo fuori: 'o White decise di occuparsene personalmente. Aucelluzzo se ne stava come sempre sulla Vespa, aveva osato appostarsi in piazza Calenda, le spalle a un ponteggio. Prima degli spari sentì il suono metallico dei tubi che ricevevano i proiettili di o' White, che teneva la pistola come aveva visto fare nei film gangsta rap, in orizzontale. Bum. Bum. Bum. Tre volte, a casaccio, perché ultimamente si buttava dentro un sacco di morfina, dello stesso tipo che stava vendendo così bene attraverso i pusher che rispondevano a lui, e quindi a Copacabana. Con i soldi ci aveva comprato un appartamento per 'a Koala, sua sorella. Ma morfina e precisione non vanno d'accordo, e così Aucelluzzo si stava salvando le penne anche questa volta.

Se Nicolas, quel giorno, non fosse passato da lì – lui e Dentino avevano avuto una crisi di fame e ora percorrevano via Annunziata decidendo il da farsi –, se non avesse riconosciuto quei bang metallici, se non avesse fatto una curva a gomito, derapando e mettendo giù un piede per non finire a terra, per correggere la traiettoria che lo avrebbe portato in piazzetta Forcella, cioè dalla parte opposta, ecco, se non avesse fatto tutto questo non avrebbe assistito alla scena e forse non gli sarebbe venuta in mente un'idea, che mise in pratica subito, mentre Dentino si disegnò in volto il segno della croce.

Uno scudo umano. Nicolas si frappose tra l'Aucelluzzo e o' White, che adesso aveva raddrizzato la pistola e aveva chiuso un occhio per prendere bene la mira. Si mise in mezzo. 'O White si bloccò. Aucelluzzo si bloccò. Dentino lo tirava per la maglietta e gli gridava: – Maraja, ma che cazzo fai?! –. Nicolas si rivolse a 'o White, che se ne stava ancora con la pistola puntata e l'occhio chiuso, come se aspettasse che Nicolas si levasse di mezzo per riprendere a sparare.

– White, – disse Nicolas, facendoglisi sotto con il motorino mentre l'Aucelluzzo finalmente sgommava via, – facciamo ancora morti a terra e non ci leviamo più i falchi e i posti di blocco da dosso. Stai fora 'e capa. Magari ammazzi pure 'nu viecchio, 'na signora, 'na creatura. L'Aucelluzzo se n'è volato, lo riacchiappiamo. Famme fà a me. – Lo disse tutto d'un fiato. 'O White abbassò la pistola, ma non disse niente. Le possibilità erano due, valutò Nicolas. O alza di nuovo la pistola e finisce qui. Oppure... 'O White socchiuse la bocca e si aprì in un sorriso di denti scheggiati e gialli dal fumo, poi si ficcò la pistola nei pantaloni e partì. Nicolas tirò un sospiro di sollievo, e lo sentì anche Dentino che stava appoggiato alla sua schiena.

Aucelluzzo sparì, ma sapevano che non poteva starsene chiuso per sempre.

– Ma pecché l'hai fatto? – gli chiese Briato'. – L'Aucelluzzo sta contro il Micione, sta contro Copacabana, e quindi sta contro di noi.

Erano alla saletta, ed erano solo loro. I Capelloni, pensò Nicolas, saranno in carcere da Copacabana a riferire. Meglio così.

– Nun ve preoccupate, noi nun stammo con il Micione, noi nun stammo con Copacabana. Noi stiamo con noi, – rispose Nicolas.

– Io devo sempre capire cos'è questo noi, – fece Dentino, – fino a mo' io appartengo a chi mi dà i soldi.

– Ebbè, – disse Maraja, – ma se 'e sorde che hai dato a uno, a un altro, a un altro ancora 'e mmettimm'assieme? E se i soldi poi fanno un gruppo, nun te piacesse?

– Ma noi già siamo un gruppo!

– Sì, 'nu gruppo 'e scieme.

– Te si' fissato, vò fà 'na paranza a tutti i costi, – disse Dentino.

Nicolas si grattò visibilmente le palle come a dire che i sogni non si devono pronunciare. E quella parola, "paranza", cercava di pronunciarla il meno possibile.

– L'Aucelluzzo me lo voglio fare io, – disse Maraja, – quindi, se lo vedete, nisciuno se l'adda fà.

Era un'ora buona che discutevano di quello che aveva fatto Nicolas. Gli dicevano che era stato un pazzo, un fuori di testa. E se 'o White avesse scatenato una sparatoria? E se davvero, come diceva lo stesso Nicolas, fossero finiti in mezzo vecchi e bambini? Un folle. 'O Maraja ascoltava. Perché quello che sentiva era l'investitura che stava ricevendo dagli altri. Quello che Briato' e il resto del gruppo chiamava follia, 'o Maraja lo chiamava istinto, e 'o Maraja comandava d'istinto, come una specie di dote naturale, come saper gestire bene una palla senza essersi mai allenato su un campo o far bene di conto da quando si è piccoli senza che nessun maestro abbia dato lezioni. Si sentiva infuso da una sorta di spirito di comando e gli piaceva quando gli altri lo riconoscevano.

Aucelluzzo era un ragazzino insignificante, ma era la porta d'ingresso per il Conocal, e, una volta entrati lì, si poteva arrivare a don Vittorio, e da lì... Nicolas si toccò di nuovo le palle.

– Ma mo', – fece Briato', – che gli hai salvato la vita, mica è accussì strunzo che si fa ritrovare.

– E come no, – fece Maraja, – quando la semenza finisce, adda venì a cercà.

– Ma qua 'o sparano, – fece Briato'.

– Sì, ma è difficile. Qua lui si fa Sanità, Forcella, stazione, 'o Rettifilo, San Domenico. Gira, e appena vede 'a mala parata, fuje.

– Ma secondo voi è vestito? – fece Dentino.

– 'A verità? Secondo me no. E anche se è vestito, è vestito come stiamo noi ora, cioè cu 'nu vecchio fierro scassato e i coltelli.

Nei giorni successivi Nicolas mappò il territorio andando avanti e indietro, avanti e indietro. Ormai era un chiodo fisso. Pure Letizia si era accorta che lui pensava continuamente ad altro, ma Nicolas aveva sempre qualcosa per la capa, e più di tanto non si preoccupò. Alla fine l'Aucelluzzo ricomparve. Partì da lontano, non direttamente dalle zone degli uomini di Copacabana. Ormai stava vendendo ai neri e ai ragazzini, e a un prezzo talmente basso che forse l'avrebbero ammazzato persino i suoi. Si fece il Ponte della Maddalena, faceva un po' la stazione. E lì Nicolas lo beccò, proprio a piazza Garibaldi, sotto un acquazzone torrenziale, di quelli che annebbiano la vista, ma non aveva dubbi, era proprio lui. Quella felpa nera con l'immagine di Tupac Shakur non se la toglieva mai, manco quando c'erano trenta gradi. Si era tirato il cappuccio in testa e stava parlando fitto con un altro che Nicolas non aveva mai visto. 'O Maraja spense il motorino e si avvicinò silenzioso spingendosi con i piedi. Non aveva una strategia ben definita, pensava solo di prenderlo di sorpresa e poi improvvisare, ma un tuono assordante fece alzare la testa a tutti quanti, anche ad Aucelluzzo, che vide Nicolas grondante, i jeans appiccicati alle cosce.

Agguantò la Vespa che aveva appoggiato alla balaustra ed era già partito. Iniziò a correre, prendeva le curve "a recchia 'n terra", filava come se non ci fosse un traffico reso ancora più pazzo dalla pioggia. Prese corso Umberto. Le automobili erano un ammasso compatto e immobile, i clacson litigavano con altri clacson, i tergicristalli sventagliavano al ritmo più veloce e buttavano acqua a destra e a sinistra. Questa è pioggia dei tropici, pensò Nicolas, è la pioggia della Battaglia del Fosso di Helm, e lui si sentiva un Uruk-hai, il giubbetto tirato su come un'armatura impenetrabile. La gente sui marciapiedi se ne stava incollata ai muri nella speranza che i balconi sopra la proteggessero. Aucelluzzo alzava onde a ogni pozzanghera e quando intravedeva uno spazio tra due auto lui ci si infilava, si passava una mano sulla faccia a mo' di asciugamano e sgasava sempre un po' di più. Nicolas faceva fatica a stargli dietro, gli urlava: – Nun te voglio fà niente, t'aggi''a solo parlà –, ma l'Aucelluzzo continuava a dare gas, i gomiti sempre più larghi a sfiorare gli specchietti, e comunque con quel bordello che sembrava di stare in guerra non lo avrebbe mai sentito. E andò avanti così per un bel pezzo, Aucelluzzo svoltava all'improvviso, prendeva sensi unici, disegnava curve perfette senza mai frenare. Guidava la Vespa come se stesse affrontando un campo minato, ma invece di evitare le mine ci andava sopra di proposito.

In un vicolo che Nicolas non riconobbe perché ormai guidava alla cieca e cercava solo di tenere gli occhi sugli stop del fuggitivo, Aucelluzzo entrò in una pozza alta almeno cinquanta centimetri. Le ruote sparirono quasi affondate e Nicolas pensò che mo' aveva fatto una cazzata e si sarebbe bloccato lì, ma quello accelerò di nuovo e la Vespa rispose, alzando in aria secchiate di acqua marcia. Nicolas procedeva a scatti, rallentava quando sentiva che la gomma dietro stava perdendo aderenza e più di una volta andò a sbattere contro i paraurti delle macchine davanti. Bestemmiava, minacciava le persone che volevano che si fermasse e tirasse fuori i documenti. Circumnavigava le voragini che a ogni alluvione si aprivano in città e ormai non si sentiva più le mani che erano diventate un tutt'uno con la manopola del Beverly. Non doveva perdere la presa sull'acceleratore e non doveva perdere il contatto visivo con la Vespa che procedeva in quello che sembrava essere il suo elemento naturale. Sgusciava anche sui marciapiedi deserti perché la pioggia tropicale adesso, se possibile, era aumentata di intensità e aveva anche preso a grandinare. Aucelluzzo si pigliava il ghiaccio sul cappuccio e continuava a darci dentro, Nicolas continuava a bestemmiare, ma non poteva mollare, quando cazzo l'avrebbe riacchiappato?

La grandine cessò di colpo, come se lassù avessero messo un tappo, ma la strada era una distesa bianca, sembrava neve. La Vespa lasciava dei solchi che Nicolas ricalcava con precisione per non finire a terra, poi il paesaggio cambiò di nuovo perché la pioggia era diminuita e la gente si stava riversando di nuovo in strada. Aucelluzzo tirava sempre dritto e, se poteva creare bordello sfruttando il liquame nerastro in cui si era trasformata la pioggia ristagnante, lo faceva. Così Nicolas doveva slalomare tra persone incazzate che non riuscivano a prendersela con quel diavolo che fuggiva, e allora ci provavano con quello che lo inseguiva.

Ma il puzzo di freni e la marmitta rovente iniziavano a lanciare segnali che bisognava ascoltare. Il puzzo di bruciato raggiunse Maraja quando finalmente si era aperto uno squarcio tra le nuvole, ma lui non se ne accorse perché aveva deciso di finirla con quell'inseguimento. Anche Aucelluzzo doveva essere stanco perché non si accorse che Nicolas era scomparso dai suoi specchietti. Lo spacciatore del Conocal spremeva la sua Vespa passando davanti alla Federico II, quando capì che Nicolas aveva fatto il giro dall'altra parte ed era sbucato da vico Sant'Aniello a Caponapoli. Aucelluzzo rimpianse per un istante di non essere armato e poi si arrese. Quando vide che Nicolas continuava a tenere le due mani sulle manopole dello scooter, iniziò a sperare: sapeva che se avesse avuto una pistola, avrebbe quantomeno già sparato.

Maraja non provò ad arrivarci costruendo un discorso colmo di insinuazioni e soggetti dissimulati. Centrò dritto il punto: – Aucellu', aggi''a parlà con don Vittorio l'Arcangelo.

Aucelluzzo ebbe imbarazzo a sentire pronunciare questo nome in mezzo alla strada e davanti a lui. Si fece rosso in volto per vergogna, non per rabbia.

– Devo parlare con l'Arcangelo, – continuò Nicolas. Attorno a loro i turisti stranieri armati di ombrelli e k-way si dirigevano al Museo Archeologico e se ne infischiavano di quei due, in mezzo alla strada a discutere. – Gli devi dire chiaramente che: primo, se tu sei vivo lo devi a me; secondo, ormai state morendo tutti quanti col Micione, vi stanno mangiando la faccia. Che i vostri guaglioni non servono a un cazzo, stann''annanz''a PlayStation ventiquattr'ore 'o juorno. Non fatica più nessuno.

– Ma io non lo vedo mai a don Vittorio.

– Sì, però sei tu quello che metti i fiori sulla tomba al figlio, e quindi se ha scelto a te pe fà stu fatto significa che non ti schifa, che te sape.

– Ma non lo vedo mai, – disse Aucelluzzo, – io non arrivo a lui, io so' e miez''a via.

– E vedi di vederlo. Io mo' qua, eh, potrei benissimo spanzarti, spararti in faccia. Mandare un sms a qualcuno che arriva e ti butta a terra. Tu sei vivo perché te l'ho permesso io.

– Ma gli devi parlare di cosa? – riuscì a dire Aucelluzzo. Il rossore era passato, ma teneva gli occhi bassi. Umiliato.

– Tu non te preoccupà. Digli che ci sta un guaglione d''o Sistema 'e Forcella che gli vuole parlare. Basta e avanza.

– Ma che basta e avanza!

– Faglielo bastà. Aucellu', se tu non mi fai avere questo incontro, aró stai, stai: io ti vengo a pigliare. E se me lo fai avere io ti faccio stare qua, dico a 'o White che tu ci dai una percentuale. Ci dai la metà di quello che vendi, invece non mi devi dare niente. Scegli tu. O fai quello che ti dico e si' vivo e mangi pure, o fai quello che stai dicendo tu e muori prima di fame, perché qua non ti faccio più beccare, e poi fai 'na fin''e mmerda. Decide e famme sapé.

Aucelluzzo girò la Vespa in senso contrario e schizzò via senza neanche salutarlo, senza dirgli sì, senza dargli il numero di telefono. Tornò a Ponticelli, tornò nel pezzo di catrame e cemento in cui erano stati condannati lui e i suoi. Una cella a cielo aperto, la chiamava qualcuno. 'O Guantanamo, diceva qualcun altro. E il detenuto numero uno se ne stava tranquillo in isolamento perché a sbarrare la strada a chiunque non fosse ben accetto c'era 'o Cicognone, cuoco, assistente e dama di compagnia di don Vittorio l'Arcangelo.

È tutto a posto

Tutti sapevano dove stava l'Arcangelo, ma nessuno sapeva come arrivare a lui. 'O Cicognone smistava le richieste, preparava il piatto preferito di don Vittorio – una semplice pasta al pomodoro, con una spruzzata di peperoncino e basilico – e gli riferiva le voci e le notizie, in tempo reale. Quel soprannome glielo aveva dato lo stesso don Vittorio una ventina d'anni prima, quando 'o Cicognone era un adolescente che non riusciva a controllare quel corpo sviluppato troppo in fretta e solo verso l'alto. Sbatteva contro i lampadari e cozzava contro i pensili, sembrava una cicogna in gabbia. Un animale, un uccello, aveva pensato don Vittorio, che la libertà se l'era dimenticata tutta dentro quel corpo fuori di squadra.

'O Cicognone stava scolando la pasta per don Vittorio quando ricevette un sms di Aucelluzzo. "Cicogno' ci dobbiamo vedere ampress', è urgente!!!!!!!" Era il quinto quella mattina, e ogni volta quello scassacazzi di Aucelluzzo aggiungeva un punto esclamativo. Cicognone non perdette la concentrazione. Calò la pasta nel piatto fondo e le fece scivolare sopra il pomodoro scottato, senza mescolare. Poi portò il piatto profumato a don Vittorio, che ringraziò increspando le labbra. Era il segnale che 'o Cicognone poteva ritirarsi. Solo allora scrisse un sms di risposta ad Aucelluzzo. Lo avrebbe incontrato lì sotto, gli avrebbe concesso questo privilegio – scrisse proprio così – se lui poi la piantava di dargli il tormento.

Aucelluzzo arrivò puntuale ed ebbe l'accortezza di non inchiodare proprio lì, sotto l'appartamento di don Vittorio. Sarebbe bastato per farsi notare e bruciarsi ogni possibilità.

– Cicogno', tu lo sai no quello che è successo a piazza Calenda? – esordì senza scendere dalla Vespa. Teneva gli occhi bassi, perché quell'uomo alto e secco gli aveva sempre messo soggezione. Gli ricordava i becchini dei film, quelli che ti prendono le misure per la cassa quando ancora non sei morto.

– Eh, che i Capelloni te stevano facenn'a pelle, – rispose 'o Cicognone. Lo sapevano tutti, e 'o Cicognone prima degli altri.

– Sì e, adda murì mammà, a me m'ha salvato 'a vita Nicolas, 'o guaglione 'e Forcella.

– 'O saccio, ma se gli dobbiamo dare qualcosa di soldi, dobbiamo cercare, che ccà stammo a miseria.

– No no, ha chiesto 'nu fatto.

– Cioè?

– Cioè m'ha chiesto di parlà con don Vittorio.

– Cioè, vò parlà cu don Vittorio? E non esiste proprio. Cioè, don Vittorio non parla con chi 'o va cercanno 'a tutt''e parte, e parla cu stu muccusiello? Aucellu', ma sei uscito pazzo? Che cazzo, me dici urgente pe sta strunzata? – Per poco non gli sputava in faccia, anzi, gli avrebbe sputato tutti i sette punti esclamativi che aveva usato nell'ultimo sms. E invece lo lasciò lì, girò sui tacchi – proprio come un becchino – e chinando la testa rientrò nell'androne del palazzo.

Aucelluzzo doveva inventarsi qualcosa. Ma lui era sempre stato un uomo d'azione, come Wolverine – si era tatuato i suoi artigli sugli avambracci, con le lame di Wolverine che terminavano su ogni singola nocca di entrambe le mani –, uno che schiva le pallottole: alla sua intelligenza non aveva mai dato troppo credito. Girava sulla Vespa, percorreva le strade di Ponticelli, la testa vuota nonostante si sforzasse di riempirla con piani sempre più campati per aria. Poi ripensò a quello che aveva fatto il giorno avanti Nicolas: si era messo in mezzo, aveva scompigliato le carte, insomma aveva fatto un po' di bordello per approfittare delle reazioni degli altri. Aucelluzzo decise di fare bordello.

La prima tappa fu il fiorista. Si fece consigliare dal proprietario, e uscì dal negozio con dei rametti di orchidea bianca e rossa, ma non resistette e si accattò anche un angioletto da appenderci. Poi volò in moto al cimitero di Poggioreale – "A Poggioreale muori in vita, a Poggioreale muori morto," diceva l'Arcangelo –, tenendo i fiori stretti tra le gambe, ma non troppo perché non si rovinassero, e si chinò sulla tomba di Gabriele Grimaldi. Si disfece del mazzo di crisantemi che qualcuno aveva portato di recente e cercò di dare una forma alle sue orchidee. Scattò un paio di foto con lo smartphone da diverse angolazioni, poi di nuovo sulla Vespa e via a casa. Postò la foto della tomba di Gabriele su un forum di tifosi del Napoli. E aspettò.

I commenti fioccavano, e lui rispondeva: "Onore a un grande tifoso". E tornava ad aspettare. Fino a quando arrivò esattamente quello che cercava. "Onore a chi? A un infame bastardo che non ha mai fatto bene a nessuno nel quartiere! Che se la faceva con gli zingari dell'Est. Che stava col culo in Montenegro. Nessun onore. Onore a chi l'ha levat''a miezo." Eccolo. Svizzerino85.

Svizzerino85 solo uno poteva essere. Un tifoso di San Giovanni, nato in Svizzera, la cui famiglia era tornata a Napoli. E in effetti piccolo, Svizzerino, lo era per davvero, soprattutto quando se ne andava in giro, anche se tifava per il Napoli, con la maglietta di Kubilay Türkyilmaz che, sosteneva, il giocatore gli avesse regalato di persona. Lo pigliavano tutti per il culo, ma lui la indossava con orgoglio anche se gli arrivava quasi alle ginocchia. Aucelluzzo fece lo screenshot della pagina e la mandò a 'o Cicognone con un messaggio: "Questa è la merda che buttano addosso a Gabriele. Ci penso io". 'O Cicognone era indeciso se farlo vedere a don Vittorio, ma infine si risolse di aspettare: voleva vedere il coglioncello cosa era capace di fare.

E così Aucelluzzo domenica andò allo stadio. Ci sarebbero stati tutti, come al solito, e lui non aveva certo bisogno di entrare sugli spalti per saperlo. Oramai non pensava quasi più alle prossime mosse, si era affidato totalmente alle forze del caos – come forse avrebbe detto uno dei supereroi che tanto amava, mentre lui lo chiamava semplicemente "burdello". Allo stadio aveva portato due dei suoi, Manuele Bust''e latte e Alfredo Scala 40, e li aveva istruiti con poche e secche frasi. Doveva vedersela con lo Svizzerino, ma non poteva affrontarlo in curva, troppo rischioso: e se fossero arrivati gli sbirri? Il cesso era il posto giusto, e lì dovevano attendere la fine del primo tempo, quando tutti sarebbero andati a fare una pisciatina veloce. A quel punto Bust''e latte e Scala 40 avrebbero dovuto bloccare l'ingresso ai bagni, incrociare un paio di spazzettoni davanti alle porte. Fuori servizio. Tutto chiuso. Non si piscia. La rivolta sarebbe stata automatica e, nel bordello che sarebbe seguito, Aucelluzzo sperava di individuare la faccia piena di lentiggini di Svizzerino. Bust''e latte e Scala 40 erano perfetti per quel lavoretto. Il primo era un cazzaro di prima categoria che non aveva paura di niente, nemmeno di una folla inferocita e con la vescica piena; il secondo, con i suoi ventitré anni di galera, era uno rispettabile. Lo avevano condannato per un omicidio, ma tutti sapevano che ne aveva commessi più di dieci. La leggenda, poi, sganciava numeri come al Lotto: trenta omicidi, cinquanta omicidi... Per la legge ne aveva ucciso solo uno. E dagli altri, per i quali era stato accusato da pentiti e confidenti, era uscito assolto. Era il mistero della diceria che gli dava aura, anche se non aveva più soldi ed era a un passo dalla disperazione.

Aucelluzzo era seduto sull'asse di un gabinetto e si stava mettendo monete da due euro sopra ogni nocca, poi si fasciava stretto la mano con le stesse bende che usano i pugili. E infine tre giri di scotch sopra. In lontananza sentiva Bust''e latte e Scala 40 che si davano da fare per bloccare gli accessi e ancora più lontano, ovattati ma comunque distinguibili per uno come lui che li aveva cantati a tutta gola, i cori. "È per te, è per te, che io canto per te." "Nella mia mente un ideale e nel mio cuore Napoli." "Noi siamo ancora qua, non ci fermeremo mai." Li cantava a fior di labbra, Aucelluzzo, e intanto si premeva le nocche della mano per far aderire lo scotch. Li cantò per quarantacinque minuti più recupero e poi il duplice fischio dell'arbitro mandò tutti negli spogliatoi. Li sentì distintamente quei due fischi. Se li era sognati? Alzò la testa per la prima volta da quando era lì e sentì la folla che calpestava i gradini. Stavano arrivando. Cominciava il bordello. E bordello fu davvero. Bestemmie, spintoni, risse sedate all'istante. Aucelluzzo guardava quella folla di gente che prima scorreva come un fiume, poi diventava un grumo brulicante. E lui, a testa bassa e affiancato dai suoi compari, vi entrò. Era come girare alla cieca, e pigliava spallate e manate, ma andava avanti, fino a quando il blu e il rosso della maglia di Svizzerino furono a pochi metri da lui. Caricò come un toro, Aucelluzzo. Bestemmiava e diceva: – Merda, come ti è venuto, comme ti sei permesso di buttare merda addosso a Gabriele! –. Svizzerino si prese i primi due pugni senza battere ciglio. Era piccolo ma era anche un grande incassatore, solo alla terza razione di botte capì che c'era di mezzo quel post sul forum e reagì con una testata che spaccò il sopracciglio di Aucelluzzo.

Aucelluzzo continuava a tirare pugni, con foga ma senza tattica, un po' a casaccio, e se non fosse stato per i suoi compari probabilmente avrebbe avuto la peggio. Fu l'intervento di Scala 40 a fare la differenza. Ne abbatté tre a manrovesci e quando arrivò davanti a Svizzerino, che aveva il naso completamente girato sullo zigomo sinistro, gli urlò in faccia con una furia tale che quello si paralizzò. E come accade nelle risse che durano troppo, quando anche quelli che non c'entrano niente si buttano in mezzo e la violenza degenera in un tutti contro tutti, allora è segno che presto si spegnerà ogni cosa. Qualche metro di cemento armato più in alto l'arbitro fischiò la ripresa e il grumo di gente tornò fiume, ma invertendo il senso della corrente. Nello spazio adesso vuoto davanti al cesso rimasero Aucelluzzo, i suoi due compari e uno stralunato venditore con il suo cestone appeso al collo pieno di patatine e bibite. Il solo pensiero che Aucelluzzo riuscì a formulare fu: "Sono già passati quindici minuti?".

Aucelluzzo e Bust''e latte vennero trascinati fuori, caricati su una macchina e portati immediatamente al Conocal da Scala 40, che poi si dileguò. Parevano due ragazzini che avevano litigato a scuola e che erano stati tirati per le orecchie davanti ai genitori. Bust''e latte si era preso un calcio in faccia che gli aveva spaccato il labbro, e Aucelluzzo si sentiva il viso pulsare, si sforzava di aprire l'occhio destro ma quello rimaneva incollato. Aveva fatto una grossa cazzata, uno sgarro. Aveva agito senza autorizzazione e adesso sarebbe stato punito. Il suo piano aveva funzionato. Sarebbe arrivato dove voleva arrivare, e adesso doveva giocarsi bene le sue ultime carte.

'O Cicognone, avvertito da Scala 40, li aspettava nello stesso punto in cui aveva parlato con Aucelluzzo. Non aveva l'espressione arrabbiata né la cinghia in mano come un padre o un fratello maggiore innervosito dalla rissa. Aveva direttamente la pistola, e gliela sbatté in faccia. – Ma che cazzo stai cumbinanno? Che stai facenno? Stai facenno cose che non si' autorizzato. – Aucelluzzo ciondolava davanti alla canna del revolver. Questa era la parte più delicata. – Ma che cazzo stai cumbinanno? – ripeteva 'o Cicognone, e a ogni domanda sempre uguale alzava la voce. Quell'auciello gli aveva scassato davvero il cazzo. E domandava, 'o Cicognone, e passava la pistola da Aucelluzzo a Bust''e latte, e non sentì il rumore metallico che proveniva da qualche metro sopra di lui. Don Vittorio era uscito sul balcone e adesso con la fede batteva forte sulla ringhiera. 'O Cicognone continuava: – Che stai facenno? –, ma i due ora, anziché guardare lui o la canna della pistola, tenevano lo sguardo appuntato in cielo. Don Vittorio dovette aggiungere un "Oh! Oh!" perché Cicognone capisse. Nel riconoscere il timbro della voce dell'Arcangelo, rinfoderò la pistola e rientrò in casa masticando di sbieco ai ragazzi un "Voi non muovetevi". Ma quelli non ci pensavano proprio, e stavano con il naso per aria come i pastorelli a Fatima.

Poco dopo fu don Vittorio in persona a scendere. Non avrebbe dovuto: violati i domiciliari, lo avrebbero risbattuto in galera in un attimo. Soprattutto considerata la difficoltà con cui li aveva ottenuti, i domiciliari. Ma voleva scendere e lo fece, aspettò giusto che Cicognone avvertisse i pali per accertarsi che non ci fosse un controllo in corso.

– La Cicogna e l'Aucelluzzo, – fece l'Arcangelo, – tenimmo cchiù ali ccà che all'aeroporto di Capodichino.

Aucelluzzo non aveva voglia di ridere, però un sorriso gli uscì ugualmente. – Ho saputo che hai difeso a Gabriele, ho saputo che lo avevano insultato 'ncoppa a Internet. – Lo prese per la spalla e lo portò nel sottoscala del palazzo. C'era una porta di lamiera metallica, bassa, che l'Arcangelo aprì con le chiavi che teneva in tasca. Attaccò un manicotto a un rubinetto, prese le mani di Aucelluzzo e le mise sotto l'acqua lavandogli il sangue. Teneva la mano destra di Aucelluzzo nella sua, mentre con la sinistra sorreggeva il manicotto e gli puliva il palmo usando solo il pollice, delicatamente. Prima la destra, poi la sinistra, anche se la sinistra non era stata bendata e quindi le nocche erano più gonfie ma meno lacere. – Non avevi la rosetta? – Aucelluzzo non capiva a cosa si riferisse. Ma tutto ciò che gli sembrava somigliasse a un "no" lo imbarazzava, come lo stava imbarazzando quella scena. Lui e l'Arcangelo quasi al buio, in quello spazio così stretto che poteva sentire il profumo del suo dopobarba. L'Arcangelo ripeté: – Non la tenevi la rosetta? La rosetta, come la chiami?, il tirapugni. Il pugno di ferro.

Aucelluzzo scosse la testa e gli raccontò: – No, mi sono messo gli euro sulle nocche e poi ho bendato.

– Ah già, perché adesso perquisiscono. Con la rosetta,

quando tenevo la tua età, ne ho sguarrate di guance. – Fece una pausa e chiuse il rubinetto. Si asciugò il dorso della mano sui pantaloni e poi continuò: – Ti ringrazio per aver difeso a Gabriele. Gli insulti di quella gente di merda, me lo immagino sempre, non lo fanno riposare. Però avresti dovuto chiederlo a me, prima. Così ti dicevo come lo potevi lasciare a terra direttamente. Se lo lasci vivo, gli dai la possibilità di farti male. Uno che vatti è uno a cui stai dando una seconda opportunità. Magari gli vuoi bene.

– No, tutto l'opposto.

– E allora perché non l'hai ucciso? Perché non sei venuto da me?

– Perché con voi il Cicognone non fa parlare nessuno.

– Qua in questo quartiere siete tutti figli miei.

Era questo il momento. Aveva fatto tutto quel bordello per arrivare proprio lì, davanti a don Vittorio. Adesso o mai più.

– Eh, don Vitto', vi devo chiedere un piacere.

Il boss rimase in silenzio, come per invitarlo a parlare.

– Ve lo posso chiedere?

– Sto aspettando.

– Nicolas, un ragazzo del Sistema di Forcella, il guaglione che mi ha praticamente salvato quando quelli della paranza dei Capelloni mi stavano sparando, ha chiesto di potervi parlare per una cosa urgente, però non mi ha detto di che cosa.

– Fammelo venire, – disse l'Arcangelo, – diglielo che gli mando una faccia nuova, un contatto che gli spiega quello che deve fare. Tra un paio di giorni, a piazza Bellini gli mando qualche faccia nuova.

Aucelluzzo, incredulo, ringraziò l'Arcangelo: – Grazie, don Vittorio, – e abbassò la testa ai piedi, abbozzò una specie di inchino. Don Vittorio gli prese le guance con le dita, come avrebbe fatto un nonno qualsiasi, e tornarono alla luce. 'O Cicognone li aspettava con le mani dietro la schiena, ma si vedeva che era incazzato. Bust''e latte invece si guardava in giro inebetito. Com'è che sono finito qui? si chiedeva.

148

– Statemi bene, guagliu', – disse l'Arcangelo, e si avviò all'ingresso, ma dopo pochi passi si girò: – Aucellu', cinquanta per cento.

– Cioè? Don Vitto', non v'ho capito... – Aucelluzzo aveva già un piede nel parcheggio, e pensava che una volta finita quella storia si sarebbe schiaffato a casa a farsi di X-Men per una settimana.

– Cinquanta per cento.

– Don Vitto', perdonatemi, continuo a non capirvi...

– Cosa ti ho detto prima? Qua siete tutti figli miei, e un figlio mio se ne fotte della sua vita. Non è che perché uno è stato così stronzo da salvargli la vita gli regala quello che vuole.

Aucelluzzo strizzava l'occhio buono come se volesse vedere nelle parole dell'Arcangelo il punto a cui voleva arrivare.

– Sicuro t'ha dato il lasciapassare per vendere nella sua zona. Sicuro puoi vendere la roba nostra lì. Cinquanta per cento di quello che guadagni lo versi qui, – e si batté due volte sulla tasca dei pantaloni, – l'altro trenta per cento lo versi al capo piazza. Quello che resta, te lo tieni tu. Era troppo importante quello che lui ti ha promesso, talmente importante che hai addirittura provocato l'insulto a Gabriele. Vendicare e riportarmi l'onore, accussì se fa, Aucellu'.

Tutto sto bordello e Aucelluzzo si era trovato con niente in mano. Prima di questo nuovo accordo quello che vendeva fuori dalle strade autorizzate era interamente suo, bastava che desse il trenta per cento al capo piazza del Conocal. Adesso invece doveva pagare una tassa direttamente a don Vittorio. Aucelluzzo abbassò la testa, abbattuto, e la rialzò solo quando vide farsi avanti l'ombra lunga di 'o Cicognone:

– Li dai a me, ogni due mesi, e se sgamo che ti fai la cresta m'incazzo. Tutti i panetti li tengo contati. Se ti fai la cresta ti taglio le palle.

– A sto punto era meglio se mi facevo uccidere da 'o White direttamente, – sussurrò Aucelluzzo salendo sulla Vespa.

'O Cicognone lo guardò come si guarda uno che nemmeno in compagnia dei migliori maestri ha speranza di imparare qualcosa: – Guarda che don Vittorio t'ha salvato, pisciazza –. Ancora una volta Aucelluzzo non capiva. – Strunzo, se tu ti mettevi a guadagnare autorizzato da quelli di Forcella, iniziavi ad alzare i soldi e allora due erano le cose: i guaglioni qui del Conocal o ti facevano fuori per andare loro a vendere in centro oppure iniziavano a cercare delle sponde per vendere al centro e lasciare le strade qua. Così nessuno vendeva più in questa zona e quindi poi ti dovevo uccidere io. – E lo lasciò nel parcheggio, con l'occhio gonfio che nella faccia pallida sembrava ancora più livido.

Era la fine di una giornata difficile. Prima di rimettere in moto, Aucelluzzo tirò fuori il cellulare. Trovò chiamate di sua madre, che non lo sentiva da troppo, e altrettante chiamate dal suo capo piazza, Totore, che sapeva che era stato allo stadio e poi era finito dall'Arcangelo, e voleva capire se aveva fatto qualche sgarro e soprattutto se ne avrebbe dovuto pagare le conseguenze lui stesso.

"È tutto a posto," scrisse a sua madre.

"È tutto a posto," scrisse a Totore.

"È tutto a posto," scrisse a Maraja.

È tutto a posto: l'espressione universale. L'immagine del tutto che va secondo l'ordine stabilito. Era tutto a posto per la madre che voleva sapere come mai, dopo la partita, non si era fatto vivo. Era tutto a posto per il capo piazza: non avrebbe dovuto pagare nulla, anzi, avrebbe guadagnato di più. Era tutto a posto per l'aspirante capo paranza che voleva incontrare la protezione di un vecchio boss ormai fuori dai giochi.

"È tutto a posto." Così come devono andare le cose.

Covo

Drago' li portò nella casa di via dei Carbonari. Era un terzo piano di un palazzo messo male, dove vivevano gli stessi cognomi da secoli. Fruttivendolo l'antenato, fruttivendolo il proprietario attuale. Contrabbandieri gli antenati, rapinatori i discendenti. Non c'erano nuovi inquilini, a eccezione di qualche spacciatore africano a cui permettevano di vivere con la famiglia.

Lì Drago' aveva a disposizione un appartamento: – Questo, guagliu', non ce l'hanno portato via gli sbirri. È ancora parte della famiglia Striano, la parte buona. Lo teneva mio nonno, 'o Sovrano, lo dava di volta in volta alla gente che faticava con lui.

Infatti nella casa erano ben visibili gli strascichi delle vecchie famiglie: era arredata come un'abitazione degli anni ottanta, e da lì in poi si era svuotata. Dimenticata. O meglio, conservata. Come se quasi quarant'anni prima qualcuno avesse steso un telo per proteggere dal tempo l'arredamento e lo avesse sollevato solo ora.

Tutto era più basso, in quella casa. I tavolini, i divani, la televisione. Sembrava l'abitazione di un popolo che solo qualche decennio prima non superava il metro e sessantacinque. Per i ragazzi era tutto ad altezza stinchi, e quella specie di portavivande di cristallo piazzato proprio davanti al divano in pelle marrone lo avevano immediatamente convertito in poggiapiedi. Una lampada immensa con un paralume a fiori faceva da congiunzione tra due poltrone, anch'esse marroni. E poi scaffali, scaffali a profusione, pieni di cose che loro non avevano mai visto. C'erano addirittura delle cassette vhs con l'etichetta bianca su cui qualcuno aveva scritto frettolosamente una partita della nazionale e l'anno. Ma l'oggetto più esilarante era il televisore. Poggiava su un altro tavolino addossato a una parete tappezzata a strisce, bianche e blu. Assomigliava a un cubo e doveva pesare almeno cinquanta chili. Lo schermo era bombato e rifletteva le immagini sbiadite della stanza. Dentino si avvicinò come ci si avvicina a un animale pericoloso, e tenendosi a debita distanza schiacciò quello che doveva essere il pulsante per l'accensione, che restituì il rumore di una molla che finalmente trova sfogo dopo un secolo di inattività.

– Non succede nulla, – disse Nicolas. Ma poi una flebile lucina rossa comparve a smentirlo. – Ai tempi ci passava la latitanza qualcuno della famiglia, – continuò Drago', – ogni tanto Feliciano 'o Nobile si veniva a chiavare qualche femmina. Chest'è casa 'e nisciuno.

– Bene, – disse Nicolas, – mi piace "casa di nessuno". È chesta che addeventa il nostro covo.

Quella parola fece sorridere.

– Covo? – fece Agostino. – Che è 'nu covo?

– Il covo, dove ci rintaniamo, dove ci incontriamo, dove pazziamo, dove spartiamo tutto.

– Be', allora la prima cosa che manca è la Xbox, – disse ancora Agostino.

Nicolas continuò: – Qua deve essere la casa di tutti, quindi c'hann''a stà regole: la prima è che non si portano le femmine.

– Uààà, – calò subito la delusione di Stavodicendo, – chesto nun me l'aspettavo, Maraja!

– Se portiamo le femmine diventa 'nu burdello, 'na schifezza. Solo noi e nessun altro. Manco i compagni. Sulo nuje e basta. E poi, – aggiunse, – zitti e mmuti. Sto posto esiste per noi e basta.

– 'A primma regola del Fight Club è che il Fight Club non esiste, – disse Briato'.

– Bravo! – disse Lollipop.

– Sì, ma la gente ci vedrà lo stesso entrare, Maraja, – disse Drago'.

– 'Na cosa è che la gente ci guarda, un'altra è che glielo diciamo noi.

Si chiamava via dei Carbonari. Si chiama ancora via dei Carbonari: è sempre lì, a Forcella. Il nome si prestava a questo gruppo di ragazzini che nulla sapevano dei Carbonari e che pure li ricordavano, senza nobili intenti, ma solo con la medesima voglia di sacrificio, l'abnegazione cieca che portava a ignorare il mondo e i suoi segni, ad ascoltare solo e soltanto la propria volontà come oggettiva dimostrazione della giustezza del proprio agire.

– Questo è il covo, guagliu'. Dobbiamo venire qua, qua fumammo, qua pazziammo, qua noi dobbiamo stare. Drago' è d'accordo. Copacabana non sa nulla. È roba nostra.

Nicolas sapeva che tutto doveva partire da un appartamento, un luogo in cui potersi incontrare e parlare tranquillamente. Era un modo per unirsi. Disse proprio così: – Da qua si deve partire.

Biscottino era l'unico che non aveva ancora parlato, guardava la punta delle sue nuovissime Adidas bianche. Sembrava volesse trovarci a tutti i costi una macchia.

– Biscotti', nun stai contento? – chiese Maraja.

Biscottino finalmente alzò la testa. – Te pozzo parlà 'nu mumento, Nico'?

"Nico'", non "Maraja", e la testa tornò di nuovo alle Adidas.

Gli altri neanche si accorsero che si erano spostati in camera da letto, erano troppo impegnati a esplorare quella macchina del tempo.

Biscottino disse subito: – Nico', tu si' sicuro che è 'na cosa buona partire dall'appartamento di un pentito? – 'O Maraja si avvicinò a distanza di fiato, e salì con le sue scarpe su quelle di Biscottino.

– È infame chi è infame, non chi è sangue di infame. Capito? E poi 'o pate di Drago' non ha parlato. Mo' torniamo di là. Non è successo nulla. – Liberò le Adidas di Biscottino e poi ripeté: – 'A ccà s'adda partì.

Le chiavi le avevano soltanto lui e Drago'. E quando gli altri li cercavano mandavano un sms: "State a casa?". Il covo era l'inizio di tutto, secondo Nicolas, una casa tutta per loro, il sogno di ogni ragazzino. Un posto dove portare i soldi delle loro mesate, nasconderli negli anfratti, nelle buste, tra i vecchi giornali. Poterli tenere lì, contare lì e soprattutto accumularli. 'O Maraja sapeva esattamente questo: che tutto sarebbe cominciato veramente quando i soldi fossero stati messi insieme, quando loro si fossero davvero riuniti, quando il posto da cui si partiva a fare le cose fosse stato davvero comune. Così si crea la famiglia. Così si avverava il suo sogno: la paranza.

Adda murì mammà

– Dobbiamo costruire una paranza tutta nostra. Nun amm''a appartené a nisciuno, sulo a nuje. Non dobbiamo stare sotto a niente.

Tutti guardavano Nicolas in silenzio. Aspettavano di capire come avrebbero potuto emanciparsi senza mezzi, senza un cazzo. Nessun potere avevano, e i loro lineamenti da ragazzini sembravano confermarlo sopra a ogni dubbio.

Bambini li chiamavano e bambini erano veramente. E come chi ancora non ha iniziato a vivere, non avevano paura di niente, consideravano i vecchi già morti, già seppelliti, già finiti. L'unica arma che avevano era la ferinità che i cuccioli d'uomo ancora conservano. Animaletti che agiscono d'istinto. Mostrano i denti e ringhiano, tanto basta a far cacare sotto chi gli sta di fronte.

Diventare feroci, solo così chi ancora incuteva timore e rispetto li avrebbe presi in considerazione. Bambini sì, ma con le palle. Creare scompiglio e regnare su quello: disordine e caos per un regno senza coordinate.

– Se crereno ca simmo creature, ma nuje tenimmo chesta... e tenimmo pure cheste.

E con la mano destra Nicolas prese la pistola che teneva nei pantaloni. Uncinò il ponticello con l'indice e iniziò a far roteare l'arma come se non pesasse nulla mentre con la sinistra indicava il pacco, il cazzo, le palle. Teniamo armi e palle, questo era il concetto.

– Nicolas... – Agostino lo interruppe, qualcuno doveva farlo, Nicolas se l'aspettava. L'aspettava come il bacio che avrebbe fatto identificare Cristo ai soldati. Aveva bisogno che qualcuno si prendesse il dubbio e la colpa di pensare: un capro espiatorio, perché fosse chiaro che non c'era scelta, che non si poteva decidere se essere dentro o fuori. La paranza doveva respirare all'unisono e il respiro sul quale tutti dovevano calibrare la propria necessità di ossigeno era il suo.

– ... Nico', ma non s'è mai visto che facciamo da soli una paranza, così, da subito. Adda murì mammà, Nico', dobbiamo chiedere il permesso. Proprio mo' che la gente pensa ca nun ce sta cchiù nisciuno a Forcella, se ci sappiamo fare con i Capelloni, fatichiamo per loro. A ognuno di noi arriva 'nu stipendio e magari, cu 'nu poc"e tiempo, ci pigliamo pure una piazza.

– Ceri', è gente come a te che non voglio, la gente come a te se ne deve andare mo' mo'...

– Nico', forse non mi sono spiegato, sto solo dicendo che...

– Aggio capito buono, Ceri', staje parlanno malamente.

Nicolas si avvicinò, tirò su col naso e gli sputò in faccia. Agostino non era un cacasotto e provò a reagire, ma mentre stava caricando la testa in direzione del setto nasale, Nicolas lo prevenne e si scostò. Si guardarono negli occhi. E poi basta, finito il teatro. A quel punto Nicolas continuò.

– Agosti', io non voglio gente con la paura, la paura non deve venire nemmeno in mente. Se ti viene il dubbio, allora per me non sei più buono.

Agostino sapeva di aver detto ciò che tutti temevano, non era l'unico a pensare che bisognasse trovare un'interlocuzione con i vecchi capi, e quella sputata in faccia più che un'umiliazione fu un avvertimento. Un avvertimento per tutti.

– Mo' te ne devi andare, tu nella paranza non ci puoi stare più.

– Siete solo una vrancata di merdilli, – disse Agostino, paonazzo.

Dentino si intromise, e cercò di placarlo.

– Austi', vavatténne, che ti fai male...

Agostino non aveva mai tradito eppure, come tutti i Giuda, fu strumento utile per accelerare il compimento di un destino: prima di uscire dalla stanza regalò inconsapevolmente a Nicolas ciò di cui aveva bisogno per compattare la paranza.

– E vuje vulesseve fà 'a paranza cu tre curtielle e doje scacciacani?

– Con sti tre coltelli t'apriamo sano sano! – esplose Nicolas.

Agostino alzò il dito medio e lo fece roteare in faccia a quelli che un momento prima sentiva sangue del suo sangue. A Nicolas dispiaceva lasciarlo andare: non si butta via così una persona di cui conosci ogni giorno, ogni fratecucino, ogni zio. Agostino era con lui allo stadio, sempre, al San Paolo e in trasferta. Un bro' lo devi tenere vicino, ma era andata così e cacciarlo serviva. Serviva una spugna che assorbisse tutte le paure del gruppo. Appena Agostino ebbe sbattuta la porta, Nicolas continuò.

– Frate', 'o cacasotto tiene ragione... Non la possiamo fare la paranza con tre coltelli da cucina e due scacciacani.

E quelli che un attimo prima erano pronti a combattere con le poche lame e i ferri vecchi che avevano, perché Nicolas li aveva benedetti, dopo l'autorizzazione al dubbio confermarono tutti la delusione: sognavano santebarbare ed erano ridotti a maneggiare giocattoli che nascondevano in cameretta.

– La soluzione ce l'ho, – disse Nicolas, – o mi uccidono oppure torno a casa cu 'n'arsenale. E se questo succede, qua adda cagnà tutte cose: con le armi arrivano pure le regole, perché adda murì fràtemo, senza regole simmo sulo piscitiell''e vrachetta.

– Le teniamo le regole, Nico', siamo tutti fratelli.

– I fratelli senza giuramento non sono niente. E i giuramenti si fanno sulle cose che contano. L'avete visto *Il camorrista*, no? Quando 'o Professore fa il giuramento in carcere. Veritavéllo, sta 'ncoppa a YouTube: noi dobbiamo essere così, una cosa sola. Ci dobbiamo battezzare coi ferri e colle catene. Amm''a essere sentinelle di omertà. È troppo bello guagliu', veritavéllo. Il pane, che se uno tradisce diventa piombo e il vino ca addeventa veleno. E poi ci deve uscire il sangue, amm''a ammiscà 'e sanghe nuoste e non dobbiamo tenere paura di niente.

Mentre parlava di valori e giuramenti, Nicolas aveva in mente una cosa sola, una cosa che gli creava disagio e gli svuotava l'addome.

Il pomeriggio seguente faceva caldo e c'era la partita, giocava l'Italia. Letizia gli aveva chiesto di guardare la partita insieme, ma Nicolas si era rifiutato perché lui tifava contro, troppo pochi giocatori del Napoli, troppi della Juventus, perciò per la partita della Nazionale lui e i compagni suoi avevano strafottenza. Tenevano una cosa da fare e pure urgente. Erano in sei su tre scooter. Il suo lo guidava Dentino, gli altri due sfrecciavano qualche metro avanti. Dal Moiariello era una strada sola in discesa. Vicoli stretti stretti. "Il presepe", lo chiama la gente che ci vive.

Se passi di là fai prima e per piazza Bellini, marciapiede marciapiede, eviti traffico e sensi unici. Ci metti un attimo.

A piazza Bellini c'era il contatto con l'Arcangelo, e Nicolas doveva fare presto. È vero, si sentiva un padreterno, ma quel contatto gli serviva. E quella non è gente che aspetta. Dieci minuti e doveva stare là.

L'ultimo tratto di via Foria, prima di arrivare al Museo, i tre scooter lo percorsero su marciapiedi larghi e illuminati, zigzagando a clacson spiegati. Questa volta avrebbero potuto anche andare per strada, perché in giro non c'era anima viva e quei pochi che non si erano organizzati per la partita stavano fermi davanti agli schermi che a Napoli si trovano a ogni angolo. Di tanto in tanto, se sentivano esultare, fermavano gli scooter e chiedevano il risultato. L'Italia era in vantaggio. Nicolas imprecò.

Via Costantinopoli la imboccarono contromano. Salirono sui marciapiedi che questa volta erano stretti e bui, e qui c'era più gente. Ragazzi, per lo più universitari, e qualche turista. Stavano andando anche loro, ma con maggiore calma, a piazza Bellini, a Port'Alba, a piazza Dante, dove c'erano locali con televisori in strada. Guidavano troppo veloci e non videro due passeggini fermi sul marciapiede, accanto a degli adulti seduti al tavolino di un bar.

Il primo scooter a frenare non ci provò nemmeno, il manico del passeggino più esterno arpionò lo specchietto dello scooter e il passeggino iniziò a muoversi veloce finché non si staccò, cadde di lato, sembrava come planare sul ghiaccio. Si fermò solo quando arrivò al muro: l'impatto fece un rumore sordo. Un rumore di sangue, di carne bianca e pannolini. Di capelli appena cresciuti, disordinati. Un rumore di ninnenanne e notti insonni. Dopo un attimo si sentì il bambino piangere e la madre urlare. Non si era fatto niente, solo spavento. Il padre invece era impietrito, immobile. In piedi, guardava i ragazzi che nel frattempo avevano parcheggiato gli scooter e se ne stavano andando via con calma. Non si erano fermati. E nemmeno erano fuggiti in preda al panico. No. Avevano parcheggiato e si erano allontanati a piedi, come se tutto ciò che era accaduto rientrasse nella normale vita di quel territorio, che apparteneva a loro e a nessun altro. Calpestare, urtare, correre. Veloci, strafottenti, maleducati, violenti. Così è e non c'è altro modo di essere. Nicolas però sentiva il cuore pompare sangue all'impazzata. Non era cazzimma la sua, ma calcolo: quell'incidente non doveva modificare il loro percorso. C'erano due macchine della polizia – da un lato e dall'altro di via Costantinopoli – ferme proprio dove i ragazzi avevano parcheggiato. I poliziotti, quattro in tutto, stavano ascoltando la partita alla radio e non si erano accorti di nulla. Erano a pochi metri dall'incidente ma quelle urla non li avevano strappati alle loro macchine. Cosa avranno pensato? A Napoli si urla sempre, a Napoli urla chiunque. Oppure: meglio stare alla larga, siamo pochi e qui non abbiamo alcuna autorità.

Nicolas non diceva niente, e mentre con lo sguardo cercava il suo contatto pensava che avevano rischiato di farsi male, che a quel passeggino un calcio dovevano dare, e non portarselo appresso per dieci metri. A Napoli tutto era loro e i marciapiedi servivano, la gente questo lo doveva capire.

Eccolo il suo contatto con don Vittorio Grimaldi, cappello in testa e spinello in bocca. Si avvicinava lento, non si tolse il cappello e non sputò lo spinello: trattò Nicolas come il ragazzino che era e non come il capo che fantasticava di essere.

– L'Arcangelo ha deciso che puoi andarlo a pregare. Ma per entrare nella cappella bisogna seguire bene le indicazioni.

Indicazioni in codice che Nicolas seppe decifrare. Il boss l'avrebbe ricevuto a casa sua, ma che non gli venisse in mente di passare dall'entrata principale perché lui, don Vittorio, era agli arresti domiciliari e non poteva incontrare nessuno. Le telecamere dei carabinieri non si vedevano ma c'erano, ficcate nel cemento, da qualche parte. Ma non erano quelle che Nicolas doveva temere, piuttosto gli occhi dei Faella. Il contatto di piazza Bellini gli aveva fatto capire che l'Arcangelo voleva che Nicolas stesse avvisato. Se i Faella lo avessero visto, lui sarebbe diventato un Grimaldi. E avrebbe preso un sacco di botte. Punto.

La verità era un'altra: Nicolas e il suo gruppo erano delle teste di cazzo e i Grimaldi non volevano che, per colpa loro, i sospetti di inquirenti e rivali si concentrassero sull'Arcangelo, che era già pieno di guai.

Nicolas arrivò all'appartamento di don Vittorio in scooter, tanto non era famoso come avrebbe voluto e al Conocal, lontano da casa sua, nessuno dei guaglioni di Sistema lo conosceva. Di nome forse, ma la sua faccia poteva passare inosservata. Vedendolo, avrebbero pensato che era lì per comprare del fumo, e infatti si accostò col motorino ad alcuni ragazzi e subito fu accontentato: – Quanto tieni?

– Cient' euro.

– 'Azzo, buono. Ramm''e sorde.

Qualche minuto dopo il fumo era sotto il suo culo, nel

sellino. Fece un giro e poi parcheggiò. Mise un lucchetto vistoso e andò a passo lento verso la casa dell'Arcangelo. I suoi movimenti erano chiari, decisi. Niente mani in tasca, gli prudeva la testa, stava sudando, ma lasciò perdere. Non s'è mai visto un capo grattarsi in un momento solenne. Citofonò all'appartamento sotto quello di don Vittorio, come da indicazioni. Risposero. Pronunciò il suo nome, ne scandì ogni sillaba.

– Professore', sono Nicolas Fiorillo, aprite?
– Aperto?
– No!
Era aperto, ma aveva bisogno di prendere tempo.
– Spingi forte che si apre.
– Sì, sì. Ora si è aperto.

Capodimonte

Rita Cicatello era una vecchia professoressa in pensione che dava ripetizioni private a prezzi che qualcuno definirebbe sociali. Andavano da lei tutti gli allievi dei professori amici suoi. Se andavano a ripetizione da lei e da suo marito, venivano promossi, altrimenti piovevano i debiti e poi da lei ci dovevano andare lo stesso, ma d'estate.

Nicolas raggiunse il pianerottolo della professoressa. Entrò con tutta calma, come uno studente che non ha voglia di sottoporsi all'ennesimo supplizio; in realtà voleva essere certo che la telecamera piazzata lì dai carabinieri riprendesse tutto. Come un occhio umano, la considerava capace di battere le palpebre e quindi ogni suo gesto doveva essere lento, che restasse impresso. La telecamera dei carabinieri, che sarebbe servita anche ai Faella, doveva vedere questo: Nicolas Fiorillo che entrava dalla professoressa Cicatello. E basta.

La signora aprì la porta. Aveva un mantesino che la proteggeva dagli schizzi di salsa e olio. Nella piccola casa c'erano tanti ragazzi, maschi e femmine, in tutto una decina, seduti alla stessa tavola da pranzo rotonda, con i libri di testo aperti, ma con gli occhi sull'iPhone. A loro piaceva la professoressa Cicatello perché non faceva come tutte le altre, che prima di iniziare la lezione sequestravano i cellulari, costringendoli poi a inventare scuse fantasiose – mio nonno è in sala operatoria, mia madre se non rispondo dopo dieci minuti chiama la polizia – per poterli guardare, ché magari era arrivato un messaggio su WhatsApp o qualche "like" su Facebook. La professoressa glieli lasciava in mano e la lezione nemmeno la faceva, se li teneva in casa davanti a un tablet – regalo del figlio per l'ultimo Natale – collegato a un piccolo amplificatore da cui usciva la voce di lei che parlava di Manzoni, del Risorgimento, di Dante. Tutto dipendeva da cosa dovessero studiare i ragazzi; la professoressa Cicatello, nei tempi morti, preregistrava le lezioni e poi si limitava a urlare di tanto in tanto: – Basta cu sti telefonini e ascoltate la lezione –. Nel frattempo cucinava, riordinava casa, faceva lunghe telefonate da un vecchio telefono fisso. Tornava per correggere i compiti di italiano e geografia, mentre suo marito correggeva quelli di matematica.

Nicolas entrò, biascicò un saluto generale, i ragazzi nemmeno lo degnarono di uno sguardo. Aprì una porta di vetro e la varcò. I ragazzi vedevano spesso entrare e uscire gente che poi, dopo un rapido saluto, spariva dietro la porta della cucina. La vita oltre quella porta era loro sconosciuta e, siccome il bagno era sul lato opposto rispetto alla cucina, della casa della professoressa conoscevano solo la stanza del tablet e il cesso. Sul resto non facevano domande, non era il caso di essere curiosi.

Nella stanza del tablet c'era anche il marito, sempre dinanzi a un televisore e sempre con una coperta sulle ginocchia. Anche d'estate. I ragazzi lo raggiungevano sulla poltrona per portargli i compiti di matematica. Lui con una penna rossa che teneva nel taschino della camicia li correggeva, punendo la loro ignoranza. Bofonchiò verso Nicolas qualcosa che doveva somigliare a un "Buongiorno".

Alla fine della cucina c'era una scaletta. La professoressa senza fiatare indicò verso l'alto. Una piccola e artigianale opera in muratura aveva realizzato un varco che collegava il piano di sotto al piano di sopra. Così, semplicemente, chi non poteva raggiungere don Vittorio dalla porta principale, andava dalla professoressa. Arrivato all'ultimo piolo, Nicolas batté il pugno un paio di volte sulla botola. Era lui stesso, don Vittorio, che quando sentiva i colpi si chinava lasciando che dalla sua bocca uscisse un gorgoglio di fatica che veniva dritto dalla spina dorsale. Nicolas era emozionato, don Vittorio l'aveva visto solo in tribunale. Da vicino però non gli fece l'effetto che aveva creduto. Era più vecchio, gli sembrava più debole. Don Vittorio lo lasciò entrare e con lo stesso gorgoglio di schiena richiuse la botola. Non gli strinse la mano, ma gli fece strada.

– Vieni, vieni... – disse solo, entrando nella sala da pranzo dove c'era un enorme tavolo d'ebano che in una geometria assurda riusciva a perdere tutta la sua cupa eleganza per diventare un monolite vistoso e pacchiano. Don Vittorio si sedette alla destra del capotavola. La casa era piena di vetrinette con dentro ceramiche d'ogni tipo. Le porcellane di Capodimonte dovevano essere la passione della moglie di don Vittorio, di cui però in casa non c'era traccia. La dama col cane, il cacciatore, lo zampognaro: i classici di sempre. Gli occhi di Nicolas rimbalzavano da una parete all'altra, voleva memorizzare tutto; voleva vedere come campava l'Arcangelo, ma quello che vedeva non gli piaceva. Non sapeva dire esattamente perché provasse disagio, ma certo non gli sembrava la casa di un capo. C'era qualcosa che non tornava: non poteva essere, la sua missione in quel fortino, cosa tanto banale, scontata, facile. Un televisore a schermo piatto circondato da una cornice color legno e due persone con indosso pantaloncini del Napoli: in casa sembrava esserci solo questo. I due non salutarono Nicolas, aspettando un cenno di don Vittorio che, presa posizione, indice e medio uniti come a scacciare tafani, fece loro un segno inequivocabile di "jatevénne". Quelli si spostarono in cucina e passò poco perché da lì si sentisse arrivare la voce gracchiante di un attore comico – doveva esserci un altro televisore – e poi risate.

– Spogliati.

Ora riconosceva la voce di un uomo abituato a dare ordini.

– Spogliati? E cioè?

Nicolas accompagnò la domanda con un'espressione di incredulità. Non si aspettava questa richiesta. Aveva per cento volte immaginato come sarebbe andato questo incontro e per nessuna delle cento volte aveva mai preso in considerazione l'ipotesi di doversi spogliare.

– Spogliati, guaglio', chi cazzo ti sa. Chi me lo dice che non tieni registratori, cimici e maronne...

– Don Vitto', adda murì mammà, ma come vi permettete di pensare...

Usò il verbo sbagliato. Don Vittorio alzò la voce per farsi sentire dalla cucina, per sovrastare la voce del comico e le risate. Un boss è boss quando non c'è limite a ciò che si può permettere.

– Qua abbiamo finito.

I due con i pantaloncini del Napoli non fecero nemmeno in tempo a tornare nella stanza che Nicolas già aveva iniziato a sfilarsi le scarpe.

– No, no, vabbuo', mi spoglio. Lo faccio.

Tolse scarpe, poi pantaloni, poi la maglietta e rimase in mutande.

– Tutto, guaglio', ché i microfoni pure nel culo te li puoi mettere.

Nicolas sapeva che non era questione di microfoni, davanti all'Arcangelo doveva essere solo un verme nudo, era il prezzo da pagare per quell'appuntamento. Fece una piroetta, quasi divertito, mostrò d'essere senza microfoni e microtelecamere ma di possedere autoironia, spirito che i capi perdono, per necessità. Don Vittorio gli fece il gesto di sedersi e senza fiatare Nicolas indicò se stesso, come a chiedere conferma di potersi sedere così, nudo, su sedie bianche e immacolate. Il boss annuì.

– Così vediamo se ti sai pulire il culo. Se lasci sgommate di merda significa che sei troppo piccolo, non ti sai fare il bidet e ti deve ancora pulire mammà.

Erano uno di fronte all'altro. Don Vittorio non si era messo a capotavola di proposito, per evitare simbologie: se l'avesse fatto sedere alla sua destra, il ragazzino avrebbe pensato chi sa cosa. Meglio uno di fronte all'altro, come negli interrogatori. E nemmeno volle offrirgli nulla: non si divide cibo sulla tavola con uno sconosciuto, né poteva fare il caffè a un ospite da vagliare.

– Allora sei tu 'o Maraja?

– Nicolas Fiorillo...

– Appunto, 'o Maraja... è importante come ti chiamano. È più importante il soprannome del nome, lo sai? Conosci la storia di Bardellino?

– No.

– Bardellino, guappo vero. Fu lui che fece, di bande di bufalari, un'organizzazione seria a Casal di Principe.

Nicolas ascoltava come un devoto ascolta messa.

– Bardellino aveva un soprannome che gli fu dato quando era piccolo e se lo portava appresso pure da grande. Lo chiamavano Pucchiacchiello.

Nicolas si mise a ridere, don Vittorio annuì con la testa, allargando gli occhi, come a confermare di star raccontando un fatto storico, non leggenda. Qualcosa che fosse agli atti della vita che conta.

– Bardellino per non tenere la puzza di stalla e terra addosso, per non stare con le unghie sempre nere, quando scendeva in paese si lavava, si profumava, si vestiva sempre elegante. Ogni giorno come fosse domenica. Brillantina in testa... capelli umidi.

– E come uscì stu nomme?

– All'epoca era pieno di zappatori in paese. A vedere 'nu guagliunciello sempre accussì, in tiro, venne normale: Pucchiacchiello, come la pucchiacca di una bella donna. Bagnato e profumato come la fica.

– Ho capito, 'nu fighetto.

– Fatto sta che stu nomme non era nomm''e chi pò cummannà. Per comandare devi avere un nome che comanda.

Può essere brutto, può non significare niente, ma non deve essere fesso.

– Ma i soprannomi non li decidi tu.

– Esattamente. E infatti, quando divenne capo, Bardellino voleva che lo chiamassero solo don Antonio, chi lo chiamava Pucchiacchiello passava 'e guaje. Davanti nessuno lo poteva chiamare così, ma rimase sempre Pucchiacchiello.

– Però è stato un grande capo, no? E allora, adda murì mammà, si vede che il nome non è così importante.

– Ti sbagli, ha passato una vita sana a toglierselo di dosso...

– Ma che fine ha fatto poi don Pucchiacchiello? – lo disse sorridendo e non piacque a don Vittorio.

– È sparito, c'è chi dice che s'è fatto un'altra vita, una plastica facciale, che ha fatto finta d'essere morto e se l'è goduta alla faccia di chi 'o vulev'acciso o carcerato. Io l'ho visto solo una volta, quando ero ragazzo, è stato l'unico uomo di Sistema che sembrava 'nu re. Nisciuno comm'a lui.

– E bravo a Pucchiacchiello, – chiosò Nicolas come se parlasse di un pari suo.

– Tu ci sei andato bene, ti hanno azzeccato il soprannome.

– Me chiamman' accussì perché sto sempre al Nuovo Maharaja, 'o locale 'ncoppa a Posillipo. È la centrale mia e fanno i meglio cocktail di Napoli.

– La centrale tua? Eh bravo, – don Vittorio fermò un sorriso, – è 'nu buono nomme, sai che significa?

– Ho cercato su Internet, significa "re" in indiano.

– È 'nu nomm''e re, ma statt'accuorto che puoi fare la fine della canzone.

– Qua' canzone?

Don Vittorio, con un sorriso aperto, iniziò a canticchiarla dando sfogo alla sua voce intonata. In falsetto:

– Pasqualino Marajà / non lavora e non fa niente: / fra i misteri dell'Oriente / fa il nababbo fra gli indù. / Ulla! Ulla!

Ulla! La! / Pasqualino Marajà / ha insegnato a far la pizza, / tutta l'India ne va pazza.

Smise di cantare, rideva a bocca aperta, in maniera sguaiata. Una risata che finì in tosse. Nicolas aveva fastidio. Avvertì quell'esibizione come una presa in giro per provare i suoi nervi.

– Non fare quella faccia, è 'na bella canzone. La cantavo sempe quann'ero guaglione. E poi ti ci vedo con il turbante a fà 'e ppizze 'ncoppa a Posillipo.

Nicolas aveva le sopracciglia inarcate, l'autoironia di qualche minuto prima aveva lasciato il posto alla rabbia, che non si poteva nascondere.

– Don Vitto', devo restare col pesce fuori? – disse solo.

Don Vittorio, seduto sulla medesima sedia, nella medesima posizione, fece finta di non aver sentito.

– A parte ste strunzate, le figure di merda sono la prima cosa da temere per chi vuole diventare un capo.

– Fino a mo', adda murì mammà, 'a merda in faccia non me l'ha messa ancora nessuno.

– La prima figura di merda è fare una paranza e non tenere le armi.

– Fino a mo', con tutto quello che avevo, ho fatto più di quello che stanno facendo i guaglioni vostri, e parlo con rispetto, don Vitto', io non sono niente vicino a voi.

– E meno male che parli con rispetto, perché i guaglioni miei, se volessero, mo', in questo momento, farebbero di te e della paranzella tua quello che fa 'o pisciaiuolo quanno pulezz''o pesce.

– Fatemi insistere, don Vitto', i vostri guaglioni non sono all'altezza vostra. Stanno schiattati qua e niente possono fare. I Faella vi hanno fatto prigionieri, adda murì mammà, pure per respirare vogliono che gli chiedete il permesso. Con voi ai domiciliari e il casino che ci sta là fuori, simme nuje a cummannà, con le armi o senza armi. Fatevene una ragione: Gesù Cristo, 'a Maronna e san Gennaro l'hanno lasciato sulo sulo all'Arcangelo.

Quel ragazzino stava soltanto descrivendo la realtà e don Vittorio glielo lasciò fare; non gli piaceva che mettesse in mezzo i santi e ancora di più non gli piaceva quell'intercalare, lo trovava odioso, adda murì mammà... morisse mia madre. Giuramento, garanzia, per qualsiasi cosa. Prezzo per la menzogna pronunciata? Adda murì mammà. Lo ripeteva a ogni frase. Don Vittorio voleva dirgli di smettere, ma poi abbassò lo sguardo perché quel corpo di ragazzino nudo lo fece sorridere, quasi lo intenerì, e pensò che quella frase la ripeteva per scongiurare ciò che più teme un uccello che non ha ancora lasciato il nido. Nicolas dal canto suo vide gli occhi del boss guardare il tavolo, per la prima volta abbassava lo sguardo, pensò, e credette in un'inversione dei ruoli, si sentì predominante e forte della sua nudità. Era giovane e fresco e davanti aveva carne vecchia e curva.

– L'Arcangelo, così vi chiamano miez''a via, in carcere, in tribunale e pure 'ncoppa a Internet. È 'nu buono nome, è un nome che può comandare. Chi ve l'ha dato?

– Pàtemo si chiamava Gabriele come l'arcangelo, pace all'anima sua. Io ero Vittorio che apparteneva a Gabriele, quindi m'hanno chiamato accussì.

– E questo Arcangelo, – Nicolas continuava a picconare le pareti tra lui e il capo, – con le ali legate, sta fermo in un quartiere che prima comandava e ora non gli appartiene più, con i suoi uomini che sanno solo giocare alla PlayStation. Le ali di questo Arcangelo dovrebbero stare aperte e invece stanno chiuse come quelle di un cardillo in gabbia.

– E così è: ci sta un tempo per volare e un tempo per stare chiusi in una gabbia. Del resto, meglio una gabbia comm'a chesta, che una gabbia al 41 bis.

Nicolas si alzò e iniziò a girargli intorno. Camminava piano. L'Arcangelo non si muoveva, non lo faceva mai quando voleva dare impressione di avere occhi anche dietro la testa. Se qualcuno ti è alle spalle e gli occhi iniziano a seguirlo, significa che hai paura. E che tu lo segua o no, se la coltellata deve arrivare, arriva lo stesso. Se non guardi, se non ti giri, invece, non mostri paura e fai del tuo assassino un infame che colpisce alle spalle.

– Don Vittorio l'Arcangelo, voi non avete più uomini ma tenete le armi. Tutte le botte che tenite ferme nei magazzini a che vi servono? Io tengo gli uomini ma la santabarbara che tenite vuje me la posso solo sognare. Voi, volendo, potreste armare una guerra vera.

L'Arcangelo non si aspettava questa richiesta, non credeva che il bambino che aveva lasciato salire in casa sua arrivasse a tanto. Aveva previsto qualche benedizione per poter agire nel suo territorio. Eppure, se mancanza di rispetto era, l'Arcangelo non ne fu infastidito. Gli piaceva, anzi, quel modo di fare. Gli aveva messo paura. E non provava paura da tanto, troppo tempo. Per comandare, per essere un capo, devi avere paura, ogni giorno della tua vita, in ogni momento. Per vincerla, per capire se ce la puoi fare. Se la paura ti lascia vivere o, invece, avvelena tutto. Se non provi paura vuol dire che non vali più un cazzo, che nessuno ha più interesse ad ammazzarti, ad avvicinarti, a prendersi quello che ti appartiene e che tu, a tua volta, hai preso a qualcun altro.

– Io e te non spartiamo nulla. Non mi appartieni, non sei nel mio Sistema, non mi hai fatto nessun favore. Solo per la richiesta senza rispetto che hai fatto, dovrei cacciarti e lasciare il sangue tuo sul pavimento della professoressa qua sotto.

– Io non ho paura di voi, don Vitto'. Se le vostre armi me le pigliavo direttamente era diverso e tenevate ragione.

L'Arcangelo era seduto e Nicolas, in piedi, adesso gli stava di fronte, le mani chiuse a pugno e le nocche poggiate sul tavolo.

– Sono vecchio, vero? – disse l'Arcangelo con un sorriso affilato.

– Non so che vi devo rispondere.

– Rispondi, Maraja, sono vecchio?

– Come dite voi. Sì, se devo dire di sì.

– Sono vecchio o no?

– Sì, siete vecchio.

– E sono brutto?

– E mo' che c'azzecca?

– Devo essere vecchio e brutto e ti devo fare pure molta paura. Si nun fosse accussì, mo' quelle gambe tue, nude, non le nasconderesti sotto al tavolo, pe nun me 'e fà veré. Stai tremando, guaglio'. Ma dimmi una cosa: se vi do le armi, cosa ci guadagno io?

Nicolas era preparato a questa domanda e si emozionò quasi a ripetere la frase che aveva provato mentre arrivava col motorino. Non si aspettava di doverla pronunciare da nudo e con le gambe che ancora gli tremavano, ma la disse lo stesso.

– Voi ci guadagnate che ancora esistete. Ci guadagnate che la paranza più forte di Napoli è amica vostra.

– Assiettete, – ordinò l'Arcangelo. E poi indossando la più seria delle sue maschere: – Non posso. È come mettere 'na pucchiacca 'n'man''e ccriature. Non sapete sparare, non sapete pulire, vi fate male. Nun sapite manco ricaricà 'nu mitra.

Nicolas aveva il cuore che gli suggeriva, battendo con ansia, di reagire, ma rimase calmo: – Datecele e vi facciamo vedere cosa sappiamo fare. Noi vi togliamo gli schiaffi dalla faccia, gli schiaffi che vi ha dato chi vi considera azzoppato. L'amico migliore che potete avere è il nemico del vostro nemico. E noi, i Faella, li vogliamo cacciare dal centro di Napoli. Casa nostra è casa nostra. E se li cacciamo dal centro di Napoli, voi li potete pure cacciare da San Giovanni e riprendervi tutta Ponticelli, e i bar, e dove comandavate prima.

L'ordine attuale non gli stava più bene, all'Arcangelo: un ordine nuovo si doveva creare e, se non poteva più comandare, almeno così avrebbe creato ammuina. Le armi gliele avrebbe date, erano ferme da anni. Erano forza, ma una forza che non si esercita fa collassare i muscoli. L'Arcangelo decise di scommettere su questa paranza di piscitielli. Se non poteva più comandare, poteva però costringere chi regnava sulla sua zona a venire e trattare per la pace. Era stanco di dover ringraziare per gli avanzi, e quell'esercito di bambini era l'unico modo per tornare a guardare la luce prima del buio eterno.

– Vi do quello che vi serve, ma voi non siete ambasciatori miei. Tutte le cacate che farete con le armi mie non devono portare la mia firma. I debiti vostri ve li pagate da soli, il sangue vostro ve lo leccate voi. Ma quello che vi chiedo, quando ve lo chiedo, lo dovete fare senza discutere.

– Siete vecchio, brutto e pure saggio, don Vitto'.

– Mo', Maraja, come sei venuto, così te ne vai. Uno dei miei ti farà sapere dove le puoi andare a prendere.

Don Vittorio gli porse la mano, Nicolas la strinse e provò a baciarla, ma l'Arcangelo la sfilò schifato: – Ma che cazzo fai?

– Ve la stavo baciando per rispetto...

– Guaglio', hai perso la testa, tu e tutti i film che ti vedi.

L'Arcangelo si alzò appoggiandosi al tavolo: le ossa gli pesavano e gli arresti domiciliari l'avevano fatto ingrassare.

– Mo' ti puoi rivestire, e fai presto che tra poco c'è un controllo dei carabinieri.

Nicolas indossò mutande, jeans e scarpe più in fretta possibile.

– Ah, don Vitto', una cosa...

Don Vittorio si girò stanco.

– Nel posto dove devo andare a prendere le... no?

Non c'erano cimici, e quella parola Nicolas l'aveva già pronunciata, ma adesso che c'era quasi aveva un po' di paura.

– Allora? – disse l'Arcangelo.

– Mi dovete fare la cortesia di mettere dei guardiani che però io posso levà 'a miezo.

– Mettiamo due zingari con le botte in mano, ma sparate in aria ché gli zingari mi servono.

– E quelli poi ci sparano addosso.

– Gli zingari, se sparate in aria, scappano sempre... cazzo, v'aggi''a 'mparà proprio tutte cose.

– E se scappano, che li mettete a fare?

– Quelli ci avvertono del problema e noi arriviamo.

– Adda murì mammà, don Vitto', non dovete tenere pensiero, farò come avete detto.

I ragazzi accompagnarono Nicolas alla botola, ma aveva già messo i piedi sul primo piolo quando sentì don Vittorio: – Oh! – lo fermò. – Porta 'na statuetta alla professoressa per il disturbo. Va pazza per le porcellane di Capodimonte.

– Don Vitto', ma veramente fate?

– Tie', piglia 'o zampognaro, è un classico e fa fare sempre bella figura.

Rito

Nicolas era andato dal ferramenta con il mazzo di chiavi, ma in realtà era solo una la chiave che gli interessava. Una chiave a doppia mappa, la classica lunga e pesante che apre le porte blindate. Serviva per aprire una serratura vecchia ma assai resistente, capace di non cedere per anni agli assalti dei mariuoli improvvisati. Era dal mastro delle chiavi per chiederne delle repliche:

– Me ne dovete fare dieci, dodici, anzi fatemene quindici.

– 'Overo? – aveva detto il ferramenta: – E che devi fare con st'esercito di chiavi?

– Se si perdono...

– Tieni proprio la malattia della scurdanza, se ne perdete tutte questa paia.

– Meglio essere previdenti, o no?

– Be', come dici tu. Allora sono...

– Ennò, fatemi le chiavi e poi ve le pago... o non vi fidate?

Quella frase finale era stata pronunciata con tale minaccia che il ferramenta aveva abbozzato; l'alternativa sarebbe stata produrgli le chiavi e regalargliele.

'O Maraja aprì WhatsApp e scrisse a ognuno di loro per dare l'appuntamento.

Maraja

Guagliù, incontro confermato al covo.

Covo. Non casa. Non appartamento. Non una parola altra che chiunque avrebbe usato per sviare, in caso stessero monitorando le loro conversazioni. Nicolas la scriveva e la ripeteva con quella sua eco inattuale, "covo", quasi a voler aumentare il senso cospiratorio, nascosto, criminale ed esorcizzare così il rischio che quel posto diventasse solo il luogo dove farsi le canne e giocare alle consolle. Voleva sempre crearsi un registro criminale, anche quando era da solo, se lo era imposto. Una lezione che aveva imparato da sé, una sorta di versione del "Vivi già la vita che vorresti avere" rifilata da ogni manualetto americano, che Nicolas aveva imparato senza leggerla da nessuna parte. Magari qualcuno lo intercettasse, ci sperava: sarebbe valso di più dell'ultimo gradino di qualsiasi organizzazione camorristica boccheggiante. Intorno a sé, Nicolas vedeva solo territori da conquistare, possibilità da strappare. L'aveva capito subito e non voleva aspettare di crescere, non gliene fregava nulla di rispettare le tappe, le gerarchie. Aveva passato dieci giorni a rivedersi *Il camorrista*: era pronto.

Poi la mattina era finalmente arrivata. Nicolas si presentò dal ferramenta, prese le chiavi e una candela, e pagò quanto doveva, calmando l'ansia del negoziante. Godeva davanti alle persone intimorite quando entrava in un locale, sempre sospettose di ricevere rapina o qualche imposizione. Passò dal salumiere e comprò pane e del vino. Poi andò al covo e iniziò a preparare: spense tutte le luci, prese un pezzo di candela, l'accese e la mise sul tavolo assicurandola alla sua stessa cera, che aveva sciolto in un piedistallo. Estrasse lo sfilatino dalla busta di carta e lo spezzò in diverse parti con le mani. Indossò una felpa e si tirò su il cappuccio.

Alla spicciolata arrivarono due, tre, quattro guaglioni. Nicolas aprì la porta a ognuno di loro: Pesce Moscio, Dentino, Drago', che entrò direttamente – lui le chiavi del covo le aveva –, poi Drone, Stavodicendo, Tucano, Biscottino, Briato', Lollipop.

– Che è sto buio? – disse Stavodicendo.

– Facite 'nu poc''e silenzio, – provò a creare atmosfera Nicolas.

– Sembri Arno di *Assassin's Creed*, – gli disse Drone. Nicolas non perse tempo a confermare che proprio a quel personaggio si era ispirato, si mise dietro il tavolo e abbassò la testa.

– Aho, scassi proprio i cessi, – disse Biscottino.

Nicolas lo ignorò: – Io battezzo questo locale come lo battezzarono i nostri tre vecchi. Se loro lo battezzarono con ferri e catene, io lo battezzo con ferri e catene –. Poi fece una pausa e rivolse gli occhi al soffitto. – Alzo gli occhi al cielo e vedo la stella polare. – E sollevò il mento scoprendosi il viso. Aveva iniziato a farsi crescere la barba, la prima barba fitta che gli concedeva la sua età. – Ed è battezzato il locale! Con parole di omertà è formata società.

Chiese al primo di farsi avanti. Non si mosse nessuno. Chi si guardava la punta delle scarpe, chi nascondeva un sorriso di imbarazzo davanti a quella sceneggiata vista e rivista su YouTube, chi si dondolava sulle punte dei piedi. Finalmente qualcuno si staccò dallo schieramento: Dentino.

Nicolas gli chiese: – Di che cosa vai in cerca?

E lui disse: – Della mia bonifica di giovane onorato.

– Quanto pesa un picciotto? – domandò Nicolas.

– Quanto una piuma sparsa al vento! – rispose Dentino. Le battute le conosceva a memoria, e uscivano coi tempi giusti, con l'intonazione giusta.

– E che rappresenta un picciotto?

– Una sentinella di omertà che gira e rigira e quello che vede, sente e guadagna lo porta in società.

Poi Nicolas prese un pezzo di pane e glielo porse: – Se tu tradisci, questo pane diventerà piombo –. Dentino se lo mise in bocca masticando piano, spugnandolo con la saliva. Nicolas versò del vino in un bicchiere di plastica, glielo porse e disse: – E questo vino diventerà veleno. Se prima ti conoscevo come giovane d'onore, da questo momento in poi ti riconosco come picciotto appartenente a questo corpo di società.

Davanti a sé aveva aperto anche la Bibbia sottratta dal

cassetto della madre. Poi prese il coltello a scatto, quella molletta con il manico nero d'osso era stata fino a quel momento
la sua arma preferita. Tolse la sicura e fece uscire la lama.
Dentino disse: – No! No no, pure il taglio no!

– Mettiamoci il sangue, – disse Nicolas, bloccandogli la
mano nella sua, – dammi il braccio. – Fece un taglietto esattamente alla congiunzione con il polso, un taglietto decisa-
mente più corto e meno profondo rispetto a quello che rea-
lizza Ben Gazzara nel film. Spillò una lacrima di sangue,
tanto bastava. Dopodiché, nello stesso punto, Nicolas si tagliò a sua volta. – Il sangue nostro che si mischia, non quello
che viene dalla stessa madre. – Si presero vicendevolmente
gli avambracci, per mescolare il sangue.

Dentino rientrò nel gruppo e Briato' fece un passo avanti.
Aveva quasi le lacrime agli occhi. Era la vera comunione, cre-
sima e matrimonio insieme.

Si presentò davanti a Nicolas, che gli fece le stesse domande: – Dimmi, guaglio', di che cosa vai in cerca?

Briato' aveva la bocca aperta ma non usciva nulla, al che
Nicolas gli andò incontro, come un professore che vuole salvare il suo allievo: – Della... della mia...

– Vita di giovane onorato!

– No, cazzo! Della mia bonifica di giovane onorato.

– Della mia bonifica di giovane onorato!

– Quanto pesa un picciotto? – gli fece Nicolas.

– Quanto il vento... – da dietro qualcuno gli suggerì a bassa voce: – Quanto una piuma sparsa al vento.

– E che rappresenta un picciotto?

– Un soldato di omertà...

Qualcun altro dal fondo della stanza lo corresse: – Sentinella!

Briato' fece finta di nulla e andò avanti: – Che porta i soldi alla società.

Nicolas gli ripeté la frase: – No, devi dire che quello che
vede, sente e guadagna lo porta in società!

Al che Briato' sbottò: – Adda murì mammà, se me lo dicevi, ieri mi riguardavo il film. Chi cazzo se lo ricorda con tutte le parole.

– Ua', nientedimeno, – commentò Stavodicendo, – adda murì mammà, 'o saccio a memoria.

Nicolas cercò di riportare il clima alla serietà. Gli diede il pane: – Se tradisci questo pane diventerà piombo. E questo vino diventerà veleno.

Battesimo dopo battesimo il taglio diventava sempre più superficiale, perché a Nicolas iniziava a fare male il polso. Da ultimo venne il turno di Tucano, che disse: – Nico', però dobbiamo mescolare il sangue. Ccà nun esce niente, mi hai fatto sulo 'nu graffio.

Allora Nicolas gli riprese il braccio e tagliò. Voleva portarlo quel graffio, Tucano, vederselo e rivederselo per giorni: – Se prima ti riconoscevo come giovane d'onore, da questo momento in poi ti conosco come picciotto appartenente a questo corpo di società –. Tucano non resistette e dopo lo scambio e lo sfregamento degli avambracci attirò a sé Nicolas, e lo baciò in bocca. – Ricchio'! – disse Nicolas, e con quella battuta il rito si sciolse.

Ora in quella casa tutti i guaglioni erano diventati fratelli di sangue. Il fratello di sangue è qualcosa da cui non si torna più indietro. I destini si legano alle regole. Si muore o si vive a seconda della capacità di stare dentro quelle regole. La 'ndrangheta ha sempre contrapposto i fratelli di sangue ai fratelli di peccato, cioè il fratello che ti dà tua madre peccando con tuo padre al fratello che ti scegli, quello che non c'entra con la biologia, che non ti deriva da un utero, da uno spermatozoo. Quello che nasce dal sangue.

– Sperammo che nun tenete l'Aids, che ci siamo mischiati tutti quanti, – disse Nicolas. Adesso che era tutto finito anche lui stava in mezzo agli altri, come una famiglia.

– Eh, quello è Ciro, che si chiava nel culo le malate! – disse Biscottino.

– Oh, ma vaffanculo, – rispose tuonante Pesce Moscio.

– Al massimo, – disse Dentino, – si chiava le chiattone, ma solo a a pesce moscio!

Dentino stava raccontando una vecchia storia: la storia che aveva battezzato per sempre Ciro Somma in Pesce Moscio. Risaliva ai tempi dell'occupazione del Liceo Artistico, quando la foto di una sua ragazza, nuda, molto grossa, aveva fatto il giro degli smartphone di tutta la scuola. A lui quella ragazza piaceva moltissimo, ma si era lasciato condizionare dagli insulti idioti dei suoi compagni di scuola e quindi aveva iniziato a difendersi dicendo che sì, era vero, se l'era fatta. Ma mica per bene, con l'uccello che se ne stava un po' giù, a pesce moscio.

– È incredibile, – disse Stavodicendo, che si tastava il corpo come fosse uscito da una fontana miracolosa, – io mi sento 'n'ata persona, ma veramente.

Tucano lo seguì: – Vero, pure io.

– E meno male che siete un'altra persona, – disse Dentino, – perché quello che eravate prima era una chiavica totale... magari mo' siete migliorati!

Erano decenni che non si facevano questi rituali a Forcella. In realtà Forcella era stata sempre resistente ai riti di affiliazione perché nemica di Raffaele Cutolo, che negli anni ottanta li aveva introdotti a Napoli. A don Feliciano 'o Nobile una volta avevano proposto di entrare in Cosa Nostra – molti napoletani si alleavano ai siciliani e facevano il rito della pungitura, ossia pungere con un ago il polpastrello dell'indice, far cadere sangue sull'immagine di una madonna, poi bruciare il santino di carta nella mano. I palermitani gli avevano spiegato il rito, gli avevano detto che doveva essere "pungiuto", e la sua risposta ancora se la ricordavano: – Io vi pungo il culo. Nun tengo 'o bisogno di queste strunzate da pastore siciliano e calabrese. Sotto il Vesuvio basta la parola.

Eppure la paranza si sentì paranza solo dopo il rituale: unita, un corpo solo. Nicolas aveva visto giusto. – Ora siamo una paranza, una paranza veramente: vi rendete conto?

– E grandeee! – Iniziò l'applauso da parte di Drago'. Tut-

179

ti gridavano verso Nicolas: – Si' 'o ras, si' 'o ras! –. Lo ripeterono tutti, ma non in coro, quasi uno per uno, come se volessero omaggiarlo singolarmente, ché se si fossero confusi avrebbero perso di potenza. *'O ras...* era diventato il complimento più importante che si dava da Forcella ai Quartieri Spagnoli. Chissà da quale anfratto di memoria un titolo onorifico etiope, appena sotto a quello del Negus, era diventato appellativo per ragazzi che nemmeno sapevano dell'esistenza dell'Etiopia. 'O ras veniva dall'aramaico ma era diventato napoletano. Titoli e soprannomi che in questa città conservano stratificati i sedimenti delle piraterie ottomane, che avevano lasciato sulla lingua e sulle fisionomie dei volti la loro eredità.

Nicolas ristabilì il silenzio con un colpo secco delle mani. I nuovi affiliati si zittirono e solo allora si accorsero che Nicolas teneva una busta tra le gambe. La prese e la buttò sul tavolo. L'impatto produsse un rumore di metallo e per un attimo tutta la paranza vagheggiò contenesse armi e proiettili. Magari ci fossero state armi, fu il pensiero quando capirono che erano soltanto delle chiavi.

– Queste so' le chiavi del covo. Ognuno di noi può entrare e uscire quando vuole. Chi è della paranza adda tené 'e chiavi: le chiavi della paranza. Dalla paranza, adda murì mammà, si può uscire solo con i piedi davanti, solo int'a 'na bara.

– Nientedimeno. Adda murì mammà, – disse Pesce Moscio, – ma, se io voglio faticà all'albergo di Copacabana, ci posso andare? Anche se sto int'a paranza?

– Puoi fare quello che cazzo vuo', ma sempre della paranza fai parte. Dalla paranza non si esce più, fatichi 'o Brasile, fatichi 'a Germania, ma pure là puoi essere utile pe 'nu fatto d''a paranza.

– Bello, me piace accusì! – disse Stavodicendo.

– Tutt''e sorde s'hann'a purtà ccà. Si divide tutto in parti uguali. Niente fuori mano. Niente creste. Tutto: le rapine, la roba che vendiamo, ognuno di noi deve avere una mesata fissa e poi 'e sorde p'ogni mission!

– Mission! Mission! Mission!

– E mo' che simmo 'na paranza, sapete cosa ci rimane?

– Ci rimangono le armi che nun tenimmo, 'o Maraja, – disse Dentino.

– Proprio così. Ve le ho promesse, e ce le pigliamo.

– Mo' però dobbiamo avere la benedizione d''a Maronna, – disse Tucano. – Che tenete int''a sacca?

A sentire pronunciare la Madonna, chi cacciò cinque euro, chi dieci, Nicolas venti. Tucano raccolse tutto.

– Amm''a accattà 'nu cero. Un cero grande. E lo mettiamo a la Madonna.

– Bene, – fece Dentino.

Nicolas rimase indifferente. Andarono tutti insieme, usciti dal Covo, verso il negozio che li vendeva.

– Ccà stammo? Nel negozio dei preti?

Entrarono tutti e dieci. Il negoziante si inquietò quando si vide occupare il negozio così d'improvviso. E si stupì che indicassero i ceri più grandi. Ne presero uno enorme, superava il metro. Posarono i soldi sul bancone, accartocciati. Il negoziante ci mise qualche minuto a contarli, ma loro erano già andati via. Senza attendere lo scontrino né il poco resto dovuto.

Entrarono nella chiesa di Santa Maria Egiziaca a Forcella. Quasi tutti loro erano stati battezzati lì o nel Duomo. Si segnarono. I piedi si fecero più leggeri entrando in navata, non avevano scarpe di cuoio che potevano rimbombare, ma le Air Jordan. Davanti all'immenso dipinto della Madonna Egiziaca si segnarono un'altra volta. Mancava lo spazio per posizionare quell'enorme cero, allora con un accendino Pesce Moscio fece squagliare la base.

– Che stai facenno? – disse Dentino.

– E niente, ll'azzeccammo 'n terra. Non si può mettere a un'altra parte, – e fece così.

Mentre lo stava attaccando per bene, Tucano aprì il coltello e iniziò a incidere, come si intarsia il legno, il nome lungo il cero.

Scrisse PARANZA a lettere grandi.

– Pare che ci sta scritto PaPanza, – disse Biscottino.

– 'O cazzo, – rispose Tucano prendendosi uno scappellotto da Dentino.

– Annanz''a Maronna sti pparole?!

Tucano guardando il quadro della Madonna disse: – Scusate, – poi col coltellino calcò meglio il segmento della erre. E ad alta voce disse: – Paranza. E la parola Paranza rimbombò per tutta la navata.

Una paranza che da mare diventa di terra. Che dai quartieri che guardano il Golfo scende in formazione riempiendo le strade.

Adesso toccava a loro andare a pescare.

Zoo

'O Maraja era felicissimo. Aveva ottenuto esattamente ciò che voleva: don Vittorio in persona aveva riconosciuto che aveva la stoffa del capo di paranza, ma soprattutto gli avrebbe consentito l'accesso alla santabarbara. Saltava sul motorino come se un'energia da dentro lo caricasse a molla, filava veloce per tornare al centro e con un sorriso stampato sulla faccia mandò un messaggio alla chat su WhatsApp:

Maraja
Guagliù è fatta: teniamo le ali!

Lollipop
Adda murì mammà!

Drago'
He' scassat i ciesse

Biscottino
Grande

Tucano
Sei meglio della Redbulle!

Era così elettrizzato e in ansia che non ce l'avrebbe mai fatta ad andare da Letizia o al covo, figurarsi a tornare a casa, perciò pensò di chiudere quella giornata facendosi un altro tatuaggio. Ne aveva uno sull'avambraccio destro con la sua iniziale e quella di Letizia intrecciate a una rosa con le spine, mentre sul petto campeggiava in corsivo, fra riccioli, grazie e una bomba a mano, "Maraja". Adesso aveva già in mente con precisione quale disegno farsi incidere e dove.

Si fermò al laboratorio di Totò Ronaldinho ed entrò di prepotenza come al solito, mentre quello stava lavorando su un altro cliente: – Ua', Totò! Mi devi fare le ali!

– Che?

– Mi devi fare le ali, delle ali qua dietro, – e si indicò tutta la schiena, a dargli a intendere che il disegno doveva coprirla tutta.

– Che tipo di ali?

– Ali da arcangelo.

– Da angelo?

– No, no d'angelo: ali da arcangelo.

Nicolas conosceva bene la differenza, perché il manuale di storia dell'arte traboccava di Annunciazioni e pale d'altare con arcangeli dalle grandi ali fiammeggianti, e durante la gita di classe a Firenze qualche mese prima le aveva viste anche dal vivo, quelle ali allegre che però mettevano paura persino ai draghi.

Nicolas scrisse su WhatsApp: "Guagliò, mi sto facendo le ali dietro la schiena. Venite pure voi". Poi mostrò a Totò sul cellulare l'immagine di un dipinto del Trecento che ritraeva un san Michele dalle ali nere e scarlatte e gli disse che le doveva fare così, "preciso".

– Ma queste ci metto tre giorni a farle, – obiettò Totò, che era abituato a lavorare con i disegni dei suoi cataloghi.

– Ce ne metterai uno. Iniziamo a fà oggi e poi lo devi fare pure a un po' di compagni miei. Però ci fai un prezzo buono.

– Certo Maraja, ce mancasse.

I giorni successivi li trascorsero entrando e uscendo dal laboratorio del tatuatore, che gli tagliava la carne dietro la schiena e la incideva con mano leggera, attenta. Perché Totò un po' s'era appassionato a sto lavoro che chiedeva un minimo di creatività e allora gli era venuta pure la curiosità di sapere: – Che significato hanno queste ali per te? – gli chiese mentre faceva penetrare l'inchiostro nella pelle sottile sopra le scapole. – Pecché tutti i compagni tuoi se le fanno?

A Nicolas la domanda non dispiaceva, i simboli erano fondamentali, però era ugualmente importante che tutti li potessero decifrare, dovevano essere chiari proprio come gli affreschi sui muri delle chiese, che quando vedevi un santo con le chiavi in mano subito sapevi che era san Pietro. Così immediato doveva essere quel tatuaggio per loro della paranza e per tutti gli altri fuori. – È come prendersi i poteri di qualcuno: è come se avessimo catturato un arcangelo, che è tipo il capo degli angeli, l'avessimo scannato e ci fossimo prese le ali. Non è qualcosa che spunta, è qualcosa che ci siamo sudati, ce lo siamo conquistati, e mo' è come se fossimo Angelo degli X-Men, capì? È tipo... un risultato ottenuto, capi'?

– Ah, come uno scalpo, – disse Totò.

– Cos'è lo scalpo? – chiese Dentino.

– Quello che fanno gli indiani... che col coltello tagliano il cuoio capelluto del nemico.

– Sì, – confermò Nicolas, – esattamente.

– E a chi avete fottuto le ali?

– Eh eh eh, – rideva Nicolas: – Ronaldi', stai chiedendo troppo.

– Ohé, e che ne saccio?

– Cioè, è come dire... che impari da una persona a giocare bene a pallone, a nuotare veloce, no? È come se vai a lezioni private per una lingua straniera, no? Impari. Ecco, a noi allo stesso tempo qualcuno c'ha imparato a tené le ali. E mo' voliamo, e nessuno ci ferma più.

Da tre giorni tutta la paranza teneva le ali fiammeggianti dietro la schiena, ma ancora non aveva spiccato manco un volo: l'attesa del segnale da parte di don Vittorio Grimaldi l'Arcangelo tardava, e loro non avevano idea di come e dove l'avrebbero potuto contattare. Maraja si comportava come se tutto dovesse andare esattamente come stava andando, però dentro iniziava a friggere e per rinfrancarsi ripensava a quell'incontro a casa del boss: gli aveva dato la sua parola, non poteva dubitare.

Alla fine fu più semplice di come se lo immaginavano. Aucelluzzo si fece vivo direttamente con Nicolas, l'avvicinò col motorino, niente telefoni né visite al covo. – Guagliu', il regalo dell'Arcangelo sta allo zoo.

– 'O zoo?

– 'O zoo. Sì. Lato Sud. Entrate, ci sta 'a zona d''e pinguini.

– Aspetta, – fece Nicolas, si stavano parlando sul mezzo: – Fermate 'nu mumento.

– No, che ti fermi? Continua a camminare. – L'Aucelluzzo si cagava sotto degli uomini del Micione perché stava in una zona interdetta, ormai territorio dei Faella. – Scarica da Internet la mappa dello zoo. Comunque la zona dei pinguini sta vuota. Sotto nella botola ci stann''e bborse. Tutti i ferri stanno là.

– Stanno sempre gli zingari?

– Sì.

– Non è che ci sparano addosso?

– No, nun ve sparano in cuollo. Tu spara in aria e chille se ne fujeno.

– Vabbuo'.

– Statte buono. – Mentre già l'aveva superato, si voltò per urlargli: – Quando avete fatto, fa 'nu post su Facebook, così capisco.

Nicolas accelerò e raggiunse i suoi nella casa di via dei Carbonari, per organizzare il gruppo che doveva andare a prendere i ferri. La pistola era una, quella di Nicolas, e poi avevano un paio di coltelli. Dentino propose: – Posso provare a vedere se mi vendono la pistola alla Duchesca, oppure direttamente al negozio di caccia e pesca, lo andiamo a rapinare...

– Sì, 'a rapina all'armeria, così ci riempiono di piombo.
– Quindi niente.
– E pigliamoci 'n'ata botta dai cinesi dove l'ha pigliata Nicolas.
– Mmm. 'N'ata pistola 'e mmerda? Non esiste proprio. Dobbiamo andarci stasera a prendere la santabarbara. L'Arcangelo ci dà tutte le sue armi. È robba seria, nun so' strunzate.
– Allora facimmo accussì. Dobbiamo andare allo zoo.
– 'O zoo? – chiese Dentino.
Nicolas annuì. – È deciso. Entriamo in cinque: io, Briato', Dentino, Stavodicendo e Pesce Moscio. Fuori restano: Tucano e Lollipop. Stavodicendo va avanti a vedere, per capire se ci sta movimento che non ce piace e chiamerà Pesce Moscio che tiene d'occhio il cellulare. Drago' aspetta al covo, perché le armi le dobbiamo nascondere...

Arrivarono allo zoo. Nessuno di loro c'era più stato dall'età di quattro anni, e di quel posto si ricordavano al massimo di aver dato le noccioline alle scimmie. C'era un lungo muro di cinta e videro che l'entrata principale consisteva in una cancellata non troppo minacciosa. Avevano creduto di dover entrare da qualche ingresso laterale, invece fu facilissimo scavalcare da lì. Prima Stavodicendo, poi al suo segnale loro quattro. Per la fretta di arrivare al bottino superarono senza vederli i cartelli con le indicazioni dei vari animali. Le armi erano a un passo, potevano quasi sentirne l'odore al posto del guano di tutti quegli uccelli che scuotevano le penne al loro passaggio. Parevano rumori di fantasma. Ma loro erano tutti eccitati, senza alcuna paura. E però pure senza nessuna idea di dove andare.

Furono costretti a fermarsi a metà del laghetto che si allungava alla loro destra. – Dove cazzo stanno sti pinguini?
Impugnarono gli iPhone e cercarono la mappa sul sito dello zoo: – E meno male che vi avevo detto di impararvi la

187

strada, – sbottò Nicolas, che però come gli altri non si raccapezzava.

– Cazzo, qua ci sta un buio impossibile. – Briato' si era
portato una torcia, gli altri lo seguivano e si illuminavano davanti ai piedi con il telefono. Alla fine del lago si trovarono in
bocca alla gabbia del leone. Sembrava addormentato e doveva averci i suoi anni, ma era pur sempre il re degli animali, e
per un attimo si fermarono a osservarlo. – Ua', è grosso però,
io mi credevo che era come un alano, – disse Dentino. Gli altri annuivano. – Pare 'nu boss carcerato: ma comanda pure
da là. – Erano riusciti a distrarsi come bambini, e avevano girato dalla parte sbagliata, nella zona delle zebre e dei cam-
melli.

– Qui abbiamo sbagliato, che c'azzecca il cammello con i
pinguini? Fammi riguardare la mappa, – disse Stavodicendo.

– Ma non vedi che è 'nu dromedario? Stai sempre con
quel pacchetto di sigarette in mano e manco ti ricordi com'è
fatto il cammello! – lo sfotté Briato'.

– Eh, stavo dicendo, 'nu dromedario, che cazzo.

– Oh guagliu', mica stiamo facendo la gita delle elementari, – Nicolas si stava spazientendo. – Facimm'ampress'.

Svoltarono a destra, lasciandosi sulla sinistra la grande
voliera, e andarono dritto, superando anche il rettilario senza
farsi più uscire un fiato.

– Che ci sta l'orso polare?! Allora siamo vicini... – Finalmente trovarono la zona: – Ua', che puzza di merda. Ma
com'è che fètano così tanto sti pinguini? Ma non stanno sempre nell'acqua? Dovrebbero essere puliti.

– Ma che c'azzecca? – disse Nicolas. – Quelli fètano perché c'hanno il grasso.

– Come fai a saperlo? Si' diventato veterinario? – scherzò
Briato'.

– No, ma prima di venire qua ho visto tutto 'nu documen-
tario 'ncoppa a pinguini su YouTube. Volevo capire se questi
ci potevano aggredire o che ne saccio. Ma dove sta la botola?
– Non riuscivano a vederla.

Si trovavano davanti alla vetrata che separa la parte dove vivono di giorno le bestie da quella che occupano la notte, nascosta al pubblico. Dietro al vetro c'era un diorama che ricostruiva la Terra del Fuoco, il luogo da cui provenivano quei pinguini. Capirono che la botola era esattamente sotto gli animali, dietro alla quinta del diorama dove stavano appollaiati tra la merda e un po' di cibo. Cacciarono la torcia in una feritoia e individuarono due tombini, chiaramente due botole: – Che cazzo, l'Arcangelo non m'aveva detto niente. Adda murì mammà. Aveva detto solo nella botola dove stanno i pinguini, non proprio sotto ai pinguini.

– E mo' come cazzo entriamo qua dentro?

– Ma non ci dovevano stare gli zingari? – fece notare Briato'.

– Qua nun ce sta nisciuno. Che cazzo ne so.

Iniziarono a tirare calci alla porticina di accesso; il rumore dei colpi sul metallo spaventò i pinguini che subito si agitarono in quel loro modo ubriaco, manco avessero bevuto dieci chupitos di fila.

– Maraja, spara alla serratura così facciamo prima!

– Ma si' scieme?! Io c'ho tre botte dentro a sta pistola. Calcia! – concluse tirandone uno potente a dimostrazione. E calci su calci, al decimo pestone venne giù non soltanto la porta di metallo ma anche un pezzo di muretto che circoscriveva lo spazio dei pinguini. I pinguini erano ormai terrorizzati, lanciavano quei versi che ti facevano capire che, a dispetto di tutto, quelli erano degli uccelli e, se pure non volavano, avevano i loro bei becchi.

La torcia puntata sulle bestie, temevano quasi a entrare: – Ma so' aggressivi? – chiese Dentino: – Cioè, non è che ci beccano e ci mangiano il cazzo?

– No, non ti preoccupare, Denti', sanno che a te non trovano niente.

– Schierza, schierza, Maraja, intanto chiste so' animali violenti.

Nicolas si decise a entrare, i pinguini sempre più spaventati seguitavano a muoversi scomposti battendo le ali atrofizzate. Qualcuno faceva capolino verso la breccia del muro, guardava la libertà forse. – Facciamoli scappare, così si levano dalle palle. – Stavodicendo e Dentino iniziarono a spingerli per farli uscire, come si fa con i polli quando si cerca di prenderne uno. Fu allora che videro arrivare con le pizze e le birre in mano i due zingari che erano andati a prendersi da mangiare: – Che cazzo state facendo?! Chi siete? – urlarono, mettendo ancora più in agitazione gli animali, mentre qualche foca poco lontano prese a lanciare dei ridicoli honk honk.

Nicolas fece come l'Arcangelo gli aveva detto. Impugnò la pistola e sparò il suo primo colpo in aria.

Gli zingari invece iniziarono a sparare direttamente a lui e a tutta la paranza: – Oh, ma questi ci sparano addosso! –. Mentre scappavano cercando un riparo, Nicolas scaricò contro gli zingari gli ultimi due colpi rimasti nella pistola: al secondo quelli scheggiarono via, silenziosi come gatti.

– Se ne so' gghiute? – Stettero un minuto in attesa, zitti, Nicolas con la Francotte puntata inutilmente nel buio, quasi che la pistola senza più botte potesse ricaricarsi con un click come nei videogame.

Quando fu chiaro che non si sarebbero più fatti vivi, ripresero a respirare. Pesce Moscio agguantò le pizze che avevano fatto cadere e le lanciò ai pinguini: – S''a magnano 'a pizza sti ppovere bestie?

– Ma che cazzo, Maraja! Non c'avevi detto che sparavi in aria e gli zingari scappavano?!

Intanto riuscirono ad aprire le botole. Briato' si candidò a entrare, mentre i telefoni impazzivano perché Tucano e Lollipop da fuori continuavano a chiedere cosa stesse succedendo, se bisognava che entrassero. Dentino rispose: "Ma secondo voi, se ci stanno sparando addosso abbiamo il tempo per rispondere su WhatsApp se dovete entrare o no?". Nicolas gli tirò una pacca sulla spalla: – Invece di perdere tempo a scrivere sul cellulare, entra qua dentro!

– Ua', guagliu'. Guardate che cazzo ce sta! – li raggiunse

la voce di Briato': e dentro c'era la più grande santabarbara che i loro occhi avessero mai visto.

In realtà lo intuivano solo, vedevano le sagome di canne di fucili emergere da sacchi della monnezza. Briato' e Nicolas, che avevano preso i borsoni, cominciarono a riempirli mettendo dentro tutto quello che ci stava: – Facimm'ampress'. Pigliate sta cazzo di borsa.

– Uànema, quanto cazzo pesa! – disse Pesce Moscio a Stavodicendo reggendola da sotto.

Uscirono dalla zona dei pinguini lasciandoli vagare per lo zoo e passarono di nuovo davanti alla gabbia dei felini con le borse pesanti di armi a tracolla.

– Ua'! – esclamò Lollipop, che li aveva appena raggiunti, lasciando solo Tucano fuori a controllare. Ebbe un'idea: – Sparammo 'o lione. Poi ce lo prendiamo e ci facimmo fà 'na balsamatura e lo mettimmo là, int''o covo.

– 'Overo? – fece Dentino: – E chi te la fa l'imbalsamatura?

– Boh. Lo cerchiamo su Internet.

– Ja', ja', Maraja. Fammelo sparà.

– Ma che devi sparare, vaffanculo.

Lollipop aprì la borsa, prese la prima cosa che al tatto gli sembrasse una pistola e andò verso la gabbia dei leoni. Anzi, dietro la gabbia dei leoni. Mise il naso nella feritoia per capire quanti animali ci fossero: c'era il vecchio leone che avevano già ammirato e forse sullo sfondo una leonessa. Puntò, premette il grilletto mirando al leone, ma il grilletto non si mosse. Doveva esserci una sicura da qualche parte, alzò tutte le levette possibili, premette facendo scattare il cane, ma niente.

– È senza botte, strunzo! – disse Maraja. Dentino intervenne, tirandolo per un braccio: – Jammo ja', muoviti, lo zoo safari lo fai un'altra volta.

Uscirono dall'entrata principale con incredibile disinvoltura, bastò aspettare che passasse il turno della polizia privata, poi il turno delle volanti. Con un messaggio Tucano, da fuori, li avvertì che tutto era sicuro.

Depositarono le borse piene d'armi al covo di via dei Carbonari, dove li aspettava Drago' che aveva il permesso della madre di dormire fuori. Lui le aveva mentito, dicendo che avrebbe dormito a casa di un compagno di classe. Drago' avrebbe voluto chiedergli com'era andata, ma erano troppo stanchi per raccontare. Si salutarono solamente con delle pacche soddisfatte sulla schiena. Trascorsero tutti una notte agitatissima ed esaltante. Si addormentarono nei rispettivi letti, nelle stanzette accanto a quelle dei genitori. Si addormentarono come si addormentano i bambini il 24 dicembre, sapendo che al risveglio troveranno i regali da scartare sotto l'albero. E con la voglia di aprirlo subito, quel pacco meraviglioso che conteneva le armi, la loro nuova vita, la possibilità di contare, di crescere. Si addormentarono con il malessere piacevole di chi sa che sta per arrivare un grande giorno.

La testa del turco

Tenevano le armi dentro delle borse. Erano verdissime, con sopra scritto "Polisportiva della Madonna del Salvatore". Maraja e Briato' le avevano ripescate dentro gli armadi fra zaini e magliette. Stavano lì dai tempi in cui avevano smesso di giocare nella squadra della chiesa. Erano le più capienti che avevano trovato, e quei borsoni dove prima mettevano completini e scarpette, ora li avevano abboffati di mitra e revolver semiautomatici.

Addestrarsi nelle campagne lontano dalla città significava allertare le famiglie di fuori, far sapere che erano armati, che si stavano organizzando, che avevano ricevuto l'artiglieria vera. Troppo casino, meglio evitare, in un attimo tutti si sarebbero chiesti da dove venivano le armi e cosa volevano farci. Meglio non dare vantaggi. Perché poi sparare non sapevano sparare; avevano visto centinaia di tutorial su YouTube, e avevano ucciso centinaia di personaggi, ma con la PlayStation. Killer da videogame.

Andare tra boschi e mirare ad alberi e bottiglie vuote era comodo, ma significava perdere tempo e sprecare munizioni che invece dovevano servire a scavare cicatrici. Il loro addestramento doveva lasciare un segno, non c'era tempo da perdere. Avrebbero trovato obiettivi del loro mondo, nella selva irta di tronchi metallici ed erbacce di cavi. I tetti gremiti di bersagli: le antenne, i panni stesi ad asciugare. Serviva un palazzo comodo e tranquillo. Ma non bastava. Il rumore degli spari avrebbe costretto qualche gazzella dei carabinieri a farsi un giro. E pure qualche falco della polizia sarebbe passato a fare un controllo veloce.

'O Maraja però aveva avuto un'idea: – 'Na festa, coi fuochi, trak, dragon boom, razzi, qualunque cosa faccia bordello. A quel punto non si capisce niente più tra botte nostre e botte loro.

– Una festa così bell'e buono? Senza motivo? – disse Dentino.

Girarono tutta Forcella, Duchesca e Foria e la domanda era: – Chi adda fà 'nu cumpleanno, 'nu matrimonio, 'na primma comunione?

Sguinzagliati come cani, domandavano a chiunque, porta a porta, basso per basso, bottega per bottega. A mamme, sore, zie. Chiunque fosse venuto a sapere di una festa glielo doveva riferire ché loro avevano un bel regalo da fare. Sì, un bel regalo da fare. A tutti quanti!

– Trovato, Maraja: 'na signora proprio nel vico dove possiamo addestrarci noi...

Il palazzo individuato da Briato' stava a via Foria. Aveva una terrazza condominiale perfetta, ampia e circondata su tutti i lati da antenne fitte come sentinelle.

La parola "addestrarci" l'aveva pronunciata talmente bene che sembrava leccarsi le gengive per sentire ancora il sapore di quelle quattro sillabe dure, quasi professionali. Ad-de-strar-ci.

– È la signora Natalia, – continuò Briato'.

Un compleanno di novant'anni. Festa grande, mille euro di fuochi a testa. Ma non bastava.

– Ci vuole più burdello, Briato'. Dobbiamo trovare un'altra festa vicino e ci deve stare pure la musica, la banda ci vuole. Quatte scieme cu 'e tamburi, doje trumbette, 'na tastiera.

Briato' si fece il giro dei tre ristoranti che c'erano lì intorno e trovò una comunione, ma tutto doveva essere ancora organizzato. La famiglia non teneva assai soldi e stavano trovando un accordo sul prezzo. Le comunioni sono le prove generali dei matrimoni. Dai vestiti ai pranzi, centinaia di invitati e prestiti in stile: pagherò, usurai. Non si bada a spese.

– Vulesse parlà col proprietario, – chiese Briato' al primo cameriere che si trovò davanti.

– Dici a me.

– Aggi''a parlà co' 'o proprietario.

– Ma perché, nun puo' dicere a me?

Briato' prima di iniziare il giro aveva aperto la borsa e aveva preso una pistola a caso, per fare presto. Voleva la certezza di non perdere tempo, voleva un passe-partout che gli facesse prestare ascolto. Troppo ragazzo, pochi peli, nessun segno in faccia, manco una cicatrice guadagnata per sbaglio, era obbligato ad alzare la voce, sempre. Gli cacciò la pistola, scarica e forse persino con la sicura.

– Allora 'o fra', 'a spaccimm'e chi t'è mmuorto, te lo dico con educazione: mi fai parlare col titolare o devo aprirti sta capa 'e cazzo che tieni?

Il titolare era in ascolto e scese dal soppalco.

– Ue' piscitiello, posa stu fierro che nuje appartenimmo... e te fai male.

– Me passa p''o cazzo a chi appartieni, voglio parlare con il titolare. Non mi pare una cosa difficile, no?

– Song'io.

– Chi fa la comunione qua?

– 'Nu guaglione del vico.

– Il padre tiene i soldi?

– Qua' sorde? Il pranzo me lo paga a rate.

– Buono, allora gli devi dare quest'imbasciata, gli devi dire che noi gli paghiamo i fuochi della festa, al vico per tre ore glieli organizziamo.

– Non ho capito, ma quali fuochi?

– I fuochi, 'o scie', i fuochi, 'e bbotte, i track. Come li chiami? I fuochi a 'o guaglione che si fa la comunione glieli regaliamo noi o te lo devo ripetere p''a terza vota? Alla quarta mi romp''o cazzo però, t'avverto.

– Aggio capito. E dovevi fare tutto stu teatro pe sta 'mbasciata?

Il proprietario portò notizia. La paranza si assicurò fuochisti e fuochi d'artificio. Mille euro a testa l'omaggio che fecero. Briato' aveva curato tutto.

E scrisse su WhatsApp nella chat comune:

Briato'

Guaglioni la festa a Foria
è priparata. Appriparatevi pure voi
per i fuochi d'artificio.

Le risposte furono tutte identiche.

Dentino

Uuà gruosso.

Biscottino

Overo fai brò! Grande.

Lollipop

Uuààà!

Drone

Uuàà! Stong già lla!

Pesce Moscio

Uààà! Nun vec llora!

Maraja

Grande brò! Sabato tutti
lì alla comunione.

Arrivò il momento. Parcheggiarono gli scooter nell'androne del palazzo. Nessuno gli chiese nulla. Salirono sulla terrazza, c'erano tutti. Dentino s'era vestito elegante, Briato' era in tuta, ma teneva delle strane cuffie in testa, quelle che indossano gli operai quando usano il martello pneumatico. Era una processione silenziosa, le facce concentrate, penitenti pronti al sacrificio. Sullo sfondo, sopra tutti i tetti, scendeva un sole rosso.

Aprirono le borse, e dalle cerniere spuntò il metallo nero e argento delle armi, insetti lucidi e pieni di vita. Una borsa conteneva anche le munizioni, su ogni astuccio c'era dello scotch giallo con sopra scritto a penna a quali armi appartenevano. Nomi che conoscevano bene, che avevano desiderato con più forza di quanto avessero mai voluto una donna. Si accalcarono tutti, spingendo e allungando le mani sui mitra, sui revolver come sulla merce scontata sui banchi del mercato. Biscottino cercava con furia: – Voglio sparà, voglio sparà! –. Piccolo com'era, sembrava scomparire dentro quell'arsenale.

– Piano, guagliu', piano... – disse Maraja. – Allora, il primo è Biscottino perché è il più piccolo. E si inizia sempre dal più piccolo e dalle femmine. Tu, Biscotti', si' cchiù piccolo o si' 'na femmena?

– Vaffanculo, – rispose Biscottino. La sua era l'insistenza del capriccio e gli altri erano felici di scampare la prima figura di merda.

Prese una pistola, era una Beretta. Sembrava essere stata usata, e molto. Era graffiata sulla canna e il calcio era consumato. Biscottino aveva imparato tutto sulle pistole, tutto ciò che è possibile imparare da YouTube senza aver mai sparato. Ché YouTube è il maestro sempre. Quello che sa, che risponde.

– Allora, il caricatore è qua. – Lo sfilò premendo sul calcio, vide che era carico. – La sicura è qua, – e la levò. – Poi per mettere la botta nella canna devo fare così. – E provò a scarrellare, ma non ce la faceva.

Fino a quel momento era sembrato abilissimo, non era la prima volta che maneggiava un'arma, ma non aveva mai premuto il grilletto. E questa non riusciva a caricarla. Compulsivamente cercò di armare, di scarrellare, ma le mani scivolavano. Si sentiva addosso gli occhi di tutta la paranza. Pesce Moscio gliela strappò di mano, la fece scarrellare e uscì un proiettile: – Lo vedi? C'era già il colpo in canna –. E così dicendo gli restituì la Beretta senza umiliazione.

Biscottino puntò la parabolica e aspettò i primi fuochi d'artificio.

Partì il primo fischio che terminò con un ombrello di stelle rosse sul cielo sopra le loro teste, ma nessuno alzò lo sguardo. I fuochi, quelli che fanno ululare i cani e svegliare i bambini, in città li vedi dal balcone ogni sera, e quelli che servono ad avvisare e quelli che servono per festeggiare sono sempre e solo bianchi, rossi e verdi.

Tutti guardavano il braccio di Biscottino, lui strizzò gli occhi e sparò il primo colpo. Tenne bene il rinculo che andò tutto verso l'alto.

– Ua', non l'hai cogliuto... niente, provo io... – fece Lollipop.

– No aspe': un caricatore a testa, così avevamo detto.

– 'Overo dici? Ma chi l'ha deciso?

– È vero, così avevamo deciso, – disse Dentino.

Secondo colpo, niente. Terzo, niente. Intorno scoppiava una carrellata di raudi, botti, fuochi, in quel bordello sembrava che Biscottino sparasse col silenziatore. Stese il braccio, tenne il calcio della pistola con due mani.

– Chiudi un occhio e mira. Biscottino, vai, impegnati, – disse Maraja.

Ancora nulla. Ma al colpo successivo, al quinto, appena prima del botto di un track, si sentì un sordo rumore metallico. Aveva preso la parabolica. La paranza si entusiasmò tutta. Parevano una squadretta al primo gol. Si alzarono. Si abbracciarono.

– Mo' tocca a me. – Iniziò a scavare in uno dei borsoni e prese un Uzi. – Guagliu', sta mitraglietta fa paura. Miette, miette ncoppa a YouTube!

Presero i telefonini e, sparsi sul tetto, le braccia in aria, si misero a cercare campo.

– Non prende un cazzo qua...

Intervenne Drone. Questi erano i suoi momenti, quando le ore passate a smanettare nel chiuso della sua cameretta non erano più facile pretesto di presa per il culo. Estrasse il portatile dallo zaino e, collegandosi a una rete wifi non protetta, lo posizionò sul davanzale. Lo schermo illuminava le loro facce mentre il cielo si scuriva. Drone si tolse gli occhiali e iniziò a smanettare. Aprì YouTube e digitò i nomi delle armi.

Dentino imitò i gesti del protagonista del video. Gesti lenti, consapevoli, ieratici. Troppe parole però, e troppe spiegazioni per un'arma che sembrava finta, per un'arma che pure le donne potevano maneggiare. C'erano un sacco di video di ragazze bionde e scollatissime. – Va' guagliu', e tra 'a mitragliatrice e sta femmena, cos'è meglio? Guard''a mitragliatrice o 'a femmena? – disse Tucano. – A me della femmena non me ne fotte proprio, quando tengo la mitragliatrice in mano, – disse Dentino. Qualcuno voleva indugiare su quei video di pornostar armate, qualcun altro iniziava a prendere in giro Dentino per aver scelto tra tutte un'arma da femmena. Ma a lui non interessava: non avrebbe fatto figure di merda, con quella mitraglietta era impossibile sbagliare il bersaglio.

– Che cazzo sta ricenno chisto?

L'uomo del video parlava messicano con un accento pesantissimo, ma ciò che diceva non aveva importanza, quei tutorial non hanno lingua. Braccia, corpo e arma: ecco quello che serve per insegnare a sparare a un messicano, a un americano, a un russo o a un italiano.

Dentino posizionò la mitraglietta all'altezza del naso, come mostrava il video, e fece partire una raffica che tagliò quasi di netto la parabolica. I colpi dell'Uzi rimbombavano secchi e, nonostante i fuochi d'artificio, lasciarono un'eco.

Fu una vittoria facile. Partì un applauso di tutta la paranza. E proprio allora si accesero le luci dei lampioni e quelle della terrazza. Era notte, ormai.

Pesce Moscio ficcò la testa nelle borse e cercava, scartava le Beretta e i mitra. Fin quando trovò quello che sperava. Un revolver a tamburo.

– Guardate questo, guagliu'. È 'nu cannone, Smith & Wesson 686, sta in *Breaking Bad*, troppo bella.

Centrò un faretto della terrazza al primo colpo, lasciando le loro figure un po' più al buio. Sagome di ragazzini sui tetti illuminate dallo scoppio intermittente dei fuochi d'artificio.

– Quello era facile. Prova a mirare all'antenna, chella che sta aret''e pparaboliche, – disse Maraja.

Il colpo ignorò completamente l'antenna ma andò a ficcarsi nella parete, lasciando un buco.

– Uaaa', non l'hai vista proprio! – disse Biscottino.

Sparò altre quattro volte; faceva fatica a gestire il rinculo, come se dovesse tenersi aggrappato alle redini di un cavallo cavalcato a pelo, senza sella. La pistola non solo rinculava ma gli si muoveva scomposta nella mano.

– Adda murì mammà, Dentino, guarda qua stu buco!

Dentino si avvicinò, Lollipop ci passò il dito dentro e fece cadere i calcinacci.

– Lo riconosci sto buco? È come 'a puchiaccacca 'e mammeta.

– Statte zitto, bastardo... scippator''e mmerda.

Dentino allungò uno schiaffo sonoro sulla guancia di Lollipop, che di scatto sollevò i pugni come per prepararsi allo scontro. Lasciò partire un destro, ma Dentino lo prese al polso e finirono tutti e due a terra. – Ué, ué, – gridavano tutti. Dovevano smettere, e subito. Avevano fatto tutto quel casino per trovare due feste e una banda, avevano speso una fortuna in fuochi d'artificio e mo' dovevano perdere tempo a separare due stronzi. Si levò una fontana bianca altissima. Un botto di gran scena che illuminò la terrazza e tutta la paranza.

I due in terra si persero, per un attimo, a guardare le facce accese di luce come i morti delle candele. Poi di nuovo il buio. L'ordine era stato ristabilito.

Tornarono alle borse e finalmente arrivò il momento degli AK-47.

Presero in mano i Kalashnikov, se li passavano come strumenti sacri, li accarezzavano. – Guagliu', vi presento sua maestà il Kalash, – disse Maraja imbracciandolo.

Tutti avrebbero voluto toccarlo, tutti avrebbero voluto provarlo, ma erano tre solamente: uno lo prese Nicolas, uno lo prese Dentino e il terzo Briato'.

– Guagliu', ma questo è tale e quale a *Call of Duty*, – fece Briato' coprendosi le orecchie con le sue cuffie assurde.

Caricarono mentre Drone teneva il computer in alto come se portasse una pizza sul vassoio, per farlo agganciare meglio alla rete e far vedere a tutti il video di *Lord of War* che aveva scelto. Guardarono Nicolas Cage sparare e poi Rambo.

Erano pronti: uno, due, al tre partirono. A Nicolas e Dentino uscì la raffica, a Briato' era inserito invece il colpo singolo, quindi fece soltanto una serie di spari secchi. I bersagli che avevano avuto difficoltà a prendere fino a quel momento furono tutti in un attimo centrati. Potarono letteralmente le antenne che erano sul tetto e le paraboliche furono squarciate come orecchi rimasti attaccati per un pezzo di cartilagine. – Ua', 'o Kalash, – gridava Dentino. E tutto intorno cadevano i rami della potatura, tanto che spesso dovevano ritirarsi, ripararsi.

Ridacchiavano a singulti. Diedero le spalle ai tetti, in un movimento da parata militare che nella sua casualità riuscì perfettamente sincrono. E alzarono gli occhi dai loro giocattoli nello stesso istante, per inquadrare un gatto in sovrappeso intento a strusciarsi contro un lenzuolo che nessuno si era premurato di ritirare. Tre raffiche che sembrarono una sola potente sventagliata. Il gatto esplose, come se fosse detonato dall'interno. La pelliccia si staccò di netto, scuoiata, e si appiccicò al lenzuolo, che miracolosamente era rimasto attaccato alle mollette. Il cranio, invece, sparì. Polverizzato, o forse era schizzato via e adesso giaceva in mezzo alla strada. Tutto il resto, una massa rossastra compatta e fumante, occupava un angolo della terrazza. Munnezza.

Erano in estasi e non si accorsero che qualcuno li chiamava giù dal vicolo.

– 'O Marajaaaaaa, 'o Dentììììì.

Erano Dumbo, un amico di Dentino, e il fratello di Nicolas, Christian. Nonostante fra i due ci fosse una notevole differenza d'età, passavano parecchio tempo insieme. E insieme frequentavano un corso di judo. Christian aveva raggiunto la cintura arancione, mentre Dumbo era ancora fermo a quella gialla perché non aveva superato l'esame. A Dumbo piaceva portarsi dietro Christian con lo scooter, pagargli una bibita o un gelato. Ma soprattutto gli piaceva parlarci perché non doveva concentrarsi troppo: era un tipo un po' abbonatiello, Dumbo, non sveglissimo.

– 'O Maraja, 'o Dentììììì, – li chiamarono ancora.

Poi, senza risposta né consenso, salirono.

– Guagliu', abbiamo portato 'e mmazz' p''i selfie...

Nicolas era infastidito. Non voleva che suo fratello partecipasse alla vita della paranza.

– Dumbo, ma tu aró l'hai pigliato a fràtemo?

– Nientedimeno, stava girando come il pazzo per cercarti. L'ho incontrato e gli ho detto che sapevo che stavi 'ncopp''o palazzo, ma perché?

– No, pe' sapé.

Nicolas la paranza la stava costruendo, ancora non era una cosa finita. Ancora non li rispettavano, ancora loro non sapevano sparare, non era il momento per Christian di stargli troppo addosso. Era preoccupato che parlasse per vantarsi. E ora nessuno doveva sapere niente. Quello che Christian poteva sapere e raccontare era lui a dirglielo. E finora aveva funzionato.

A Dumbo, Dentino non nascondeva niente. Mai. E quindi sapeva che stavano sparando. Ma a Nicolas non piaceva. Solo la paranza doveva sapere le cose della paranza. Quando facevano una cosa, quelli erano e quelli dovevano essere. Chi doveva stare su quel terrazzo ci stava, chi non ci doveva stare non ci stava. Punto. Queste erano le regole.

Pensava a questo mentre a Dumbo proposero di sparare, lui rifiutò: – No, no sti ccose non mi riguardano.

Ma Christian iniziò a frugare in una delle due borse e agguantò un fucile. Fu un attimo che si trovò Nicolas addosso. Fu sollevato di peso e affidato a Dumbo, che come lo aveva portato lì ora doveva portarselo via, lui e le mazze per i selfie. Christian conosceva bene suo fratello, quando aveva quella faccia non c'era verso di scamparla. Perciò, senza insistere o frignare, seguì svelto Dumbo e imboccò la porta delle scale, tirandosi dietro le mazze.

Il fucile che Christian aveva pescato era un vecchio Mauser, un Kar 98k, Nicolas lo riconobbe subito: – 'Azz'... un Karabiner. Se n'intende fràtemo.

Chissà da quale guerra proveniva l'imbattibile fucile tedesco: negli anni quaranta era la migliore arma di precisione, ora sembrava solo un vecchio arnese. Doveva arrivare dall'Est, aveva un adesivo serbo sul calcio.

– Ma che è? – disse Biscottino, –'o baston''e san Giuseppe? Al Maraja quel fucile, invece, piaceva un sacco. Lo osservava come rapito e premeva il dito dentro la meccanica.

– Che cazzo capisci tu di armi, è troppo bello stu fucile. Noi anche queste armi qua dobbiamo saper usare, – disse rivolto alla paranza con un tono da addestratore di cattive intenzioni.

Si portò il dito al naso per sentire il buon puzzo d'olio, poi si guardò in giro, i fuochi d'artificio nel vicolo stavano terminando, non c'era molto tempo. Senza essere coperti dai botti non avrebbero più potuto sparare, anche se in fondo, nel rumore della notte, i loro colpi non avrebbero spaventato nessuno. Magari qualcuno si sarebbe allarmato, ma figuriamoci, nessuno avrebbe mai fatto telefonate anonime perché intervenissero polizia o carabinieri. Pesce Moscio però, che aveva l'occhio all'orario sul cellulare, fu solerte nel dirgli: – Maraja, ci dobbiamo muovere. Stanno finendo i fuochi.

– Nun te preoccupà, – fu la risposta di Nicolas, mentre col naso in aria continuava a cercare un bersaglio e una postazione dove installarsi col fucile. La terrazza su cui si trovavano era vicinissima alla terrazza del palazzo attiguo. Questi palazzi che tremano quando sbattono i portoni stanno lì, come vecchi giganti: sopravvissuti ai terremoti, ai bombardamenti. Palazzi del vicereame ammuffiti dalla decadenza, attraversati sempre dalla stessa vita, dove i ragazzini entrano ed escono con facce identiche da secoli. Tra migliaia di lazzari, borghesi e nobili, che avevano prima di loro salito e sceso quelle scale e affollato quegli androni.

Nicolas a un certo punto ebbe una visione: c'era un vaso che si affacciava dal palazzo di fronte. Non sulla terrazza, ma su un balcone al quarto piano. Un vaso tipico della costiera amalfitana, la testa di un turco baffuto con dentro una fiera pianta grassa. Il bersaglio ideale. Il bersaglio per un cecchino.

Serviva una postazione, e Nicolas individuò un piccolo sgabuzzino abusivo, un lavabo originario diventato, con un po' di cemento e compensato, una stanzina sulla terrazza. Si arrampicò con una sola mano, l'altra era occupata a mantenere saldo il pesantissimo Mauser tedesco. Tutti lo guardavano in silenzio e nessuno osò aiutarlo. Si posizionò sul tettuccio, poi puntò il fucile mirando alla testa sul balcone: primo colpo a vuoto. L'esplosione fu sorda e il rinculo molto forte, ma Nicolas riuscì a governarlo bene, si atteggiava da vero cecchino.

– Ua', guagliu', – disse Nicolas, – Chris Kyle, sono Chris Kyle!

La risposta unanime fu: – Ua', ma serio, Maraja, si' proprio American Sniper.

Caricare un Mauser messo così male non era facile, ma a Nicolas piaceva farlo e alla paranza piaceva guardare la sua sequenza di gesti precisi. L'otturatore girevole e scorrevole l'avevano visto in tutti i film in cui c'era un cecchino, e quindi stavano là, ad ascoltare quel rumore di metallo e legno. Track... track... Sparò un secondo colpo. Niente. Il terzo colpo lo voleva assestare a tutti i costi. Quella testa di ceramica gli sembrava un dono del destino, posizionata lì apposta perché lui potesse dimostrare quanto fosse capace di sparare in testa a qualcuno, come un guerriero vero. Chiuse ancora più forte l'occhio sinistro e fece partire il terzo colpo: ci fu un gran rumore, lo slang del metallo e un'esplosione di vetri e d'ossa. Tutto insieme. Un fracasso.

Questa volta Maraja non seppe governare il rinculo. Si era totalmente raccolto sul calcio, come tutti i neofiti credeva che bastasse gestirlo per reggere l'intera arma, e tutti i suoi muscoli e la sua concentrazione erano lì. Invece quel fucile, come una bestia, gli saltò davanti: la canna andò a battergli contro la faccia, il naso cominciò a sanguinare e lo zigomo si aprì, graffiato dall'otturatore. E siccome il colpo sparato lo stava facendo cadere, per non sbilanciarsi inchiodò le gambe sul tettuccio, che si sfondò di colpo. Maraja cadde ingoiato dallo sgabuzzino, atterrando su scope, detersivi, masse di antenne arrugginite, cassette degli attrezzi e dissuasori per i colombi. La caduta fece ridere tutti, come istinto impone, ma non durò che qualche secondo. L'ultimo proiettile esploso era rimbalzato sulla ringhiera del balcone e aveva centrato la vetrata, polverizzandola. Uscì fuori spaventatissimo un vecchio e subito dietro sua moglie, che intravide le teste dei ragazzi sul tetto del palazzo di fronte.

– Che cazzo state facendo? Ma chi siete?

Con prontezza di riflessi Briato' prese sotto le ascelle Biscottino, come si prendono i bambini quando ci si china per raccoglierli e metterseli sulle spalle. Lo alzò in aria, lo mise sul cornicione del palazzo e disse: – Signo', scusate. È stato il bambino, ha lanciato un raudo, adesso passiamo noi, puliamo e paghiamo.

– Ma quale passate voi e pagate? Adesso chiamiamo le

guardie. Ma a chi appartenete? Ma chi cazzo siete? Figli 'e sfaccimma.

Briato' cercava di tenere i due vecchi sul balcone il più a lungo possibile, mentre Nicolas e gli altri rimettevano dentro i borsoni tutte le armi e le scatole di munizioni. Si muovevano caoticamente come fanno i topi quando piede umano entra in una stanza dove si è appena accesa la luce. A vederli nessuno avrebbe pensato mai a soldati di una paranza, sembravano piuttosto ragazzini intenti a filarsela, a viso basso per non farsi riconoscere dall'amica delle madri, dopo aver rotto il vetro con una pallonata. Eppure durante la serata si erano addestrati con armi da guerra e lo avevano fatto con tutta la curiosità e l'ingenuità dei bambini. Le armi vengono sempre considerate strumenti per adulti, eppure più giovane è la mano che maneggia il cane, il caricatore, la canna, più efficiente è il fucile, la mitraglia, la pistola e persino la granata. L'arma è efficiente quando diventa un'estensione del corpo umano. Non uno strumento di difesa, ma un dito, un braccio, un cazzo, un orecchio. Le armi sono fatte per i giovani, per i bambini. È una verità che vale a qualsiasi latitudine del mondo.

Briato' cercava in tutti i modi di tenere impegnati i signori. Inventava: – Ma no, stiamo qua, apparteniamo alla signora che sta al primo piano.

– E come si chiama?

– La signora Natalia, che ha festeggiato i novant'anni. Abbiamo fatto la festa per lei.

– E a me che me ne fotte? Chiamate i vostri genitori, forza. M'avete scassata tutta la vetrata.

Cercava di fermarli, di trattenerli, senza peraltro avere la minima intenzione di rimborsare la vetrata. La paranza aveva speso già troppi soldi per fare i fuochi d'artificio. Di soldi ne avevano, e molti, per essere dei ragazzini, ma qualsiasi centesimo speso per qualcun altro e non per loro era danaro sprecato.

Mentre Briato' li tratteneva sul balcone e la paranza raccoglieva i bossoli sparsi sulla terrazza, con l'ansia addosso che potessero arrivare e sequestrare le armi, nella testa del Maraja c'era un unico pensiero: recuperare la figura di merda di essersi ferito col rinculo del fucile. Avrebbe potuto esserne fiero, se la ferita fosse stata provocata da uno scontro a fuoco o dallo scoppio del fucile, da qualcosa che non dipendesse da lui. Invece si era ferito perché non aveva saputo governare l'arma. Come un pivello.

Appena il vecchio signore infilò gli occhiali per comporre i tre numeri del 113 sul telefonino, Briato' disse: – Ma no, non chiamate le guardie, adesso veniamo e vi portiamo i soldi –. E a quella frase si catapultarono tutti giù per le scale.

Raggiunsero velocissimi i motorini che avevano nascosto nell'androne. Per strada trovarono tutte le batterie di cartone bruciate dei fuochi d'artificio e c'era ancora la festa. C'erano anche tutti gli invitati alla comunione e tutti i figli e i nipoti della signora Natalia. Briato' venne riconosciuto: – Gioino', gioino', fermatevi un attimo. Fatevi ringrazià.

Avevano saputo che era stato lui a pagare e offrire questo grande spettacolo. Volevano ringraziarlo nonostante sapessero persino il motivo, non il motivo militare – quello non lo immaginavano –, ma avevano capito che si trattava di un gruppo di Sistema che voleva conquistarsi benevolenza. Andava ringraziato.

Briato' sulle prime cercò di sottrarsi, ma poi intuì che non poteva fare altrimenti: lo incalzavano persone anziane e così si lasciò abbracciare e baciare. Cercava di stare lì nella maniera più discreta possibile e ripeteva solo: – È cosa di niente, non ho fatto niente, tutt'apposto, m'ha fatto piacere.

Le persone lo credevano un gesto di benevolenza da parte di un nuovo gruppo che stava emergendo e volevano benedirlo, quel gruppo. Ma lui aveva paura due volte. Una paura mangiava l'altra. Troppa attenzione, dare nell'occhio in un vicolo di cui non era affatto responsabile era paura che impallidiva davanti a quella di far incazzare Nicolas, perché sua era l'idea di offrire gli spettacoli di fuochi d'artificio. Ma nonostante tutto aveva piacere, piacere che qualcuno lo riconoscesse per qualcosa. Così cercava di accendere il motorino fingendo che la candela fosse malandata, ma la verità era che non premeva bene fino in fondo il pollice sullo start.

Poi un cenno della paranza lo costrinse a velocizzarsi.

– Jamm' bello, Briato'...

Tutti seguivano Nicolas ma non sapevano bene dove, provavano ad avvicinarlo portando gli scooter affianco al suo e gli chiedevano di pulirsi la ferita che gli insanguinava la faccia. Soprattutto, temevano che la scelta di girare con quelle armi nei borsoni non fosse sicura. E non era una scelta sicura, eppure li faceva sentire pronti per una guerra. Una guerra qualsiasi.

Addestramento

Il manto stradale era sconnesso, buche ovunque: ne escono a decine dopo ogni pioggia, come i funghi. Superata la stazione Garibaldi e imboccata via Ferraris, la paranza fu costretta a rallentare.

Nicolas stava andando da una ragazza eritrea che viveva a Gianturco. Era la sorella della persona che aiutava la madre in casa, si chiamava Aza, aveva poco più di trent'anni, ma ne dimostrava cinquanta. Viveva a casa di una donna con l'Alzheimer. Faceva la badante. Lì neanche le ucraine arrivavano più.

Nicolas intuiva che quello poteva essere il perfetto nascondiglio per la santabarbara della paranza. Non disse niente agli altri. Non era il momento. Tutti seguivano il suo Beverly. Qualcuno aveva provato a chiedergli, per strada, cosa ci stessero andando a fare là, ma, cadute nel vuoto le prime domande, avevano capito che non era aria, che dovevano seguirlo e basta. Arrivato sotto al palazzo, parcheggiò, e quando gli altri si fecero intorno accelerando e frenando, non capendo se fermarsi o proseguire, disse: – Chest'è 'a santabarbara nostra, – e indicò il portone.

– Ma chi è? – disse Pesce Moscio. Nicolas gli rivolse un'occhiata così carica di rabbia che Pesce Moscio intuì che a sostenere quello sguardo avrebbe rischiato. Ma Dentino scese dal mezzo dietro di lui e, mettendosi fra i due, chiuse la questione: – Non mi importa di sapere chi è. Basta che per Maraja è casa fidata: se è fidata per lui, è fidata anche per noi.

Pesce Moscio annuì e quel gesto valse per tutti.

L'edificio era di quelli anonimi, edilizia anni sessanta, si confondeva nel panorama. La strada era disseminata di motorini tanto che i cinque della paranza a stento si notavano. Ecco perché Maraja si era convinto a nascondere le armi lì, avrebbero potuto andarci a ogni ora del giorno e della notte, senza mai essere notati, e in più aveva promesso ad Aza che con loro attorno gli zingari si sarebbero tenuti alla larga. Non era vero, gli abitanti del campo rom non sapevano nemmeno chi fossero quei ragazzini tanto spavaldi da promettere protezione in un quartiere che un capo ce l'aveva già.

Nicolas e Dentino citofonarono e salirono fino al quinto piano.

Aza li aspettava affacciata sulla porta. Nel vedere Nicolas si allarmò: – Ué, e cosa ti sei fatto in faccia?

– Cos''e niente.

Entrarono in un appartamento completamente buio, invaso da un odore misto di berberè e naftalina.

– È permesso? – disse Nicolas.

– Abbassa la voce, che la signora sta dormendo...

Non trovò in quella casa l'odore che si aspettava, l'odore delle case dei vecchi, e anche se andava troppo di fretta per soffermarsi sui dettagli gli serviva capire. Quell'odore di cibo eritreo gli suggeriva un pensiero poco rassicurante: Aza stava gestendo la casa della signora ormai come casa sua, la vecchia era forse in punto di morte e quindi quel luogo di lì a poco si sarebbe riempito di familiari, sarebbe stato occupato dall'impresa delle pompe funebri.

– 'A signora comme sta?

– Dio le vuole ancora bene, – rispose Aza.

– Sì, ma 'o duttore che dice? Campa ancora, sì?

– Decide il Padreterno...

– A parte il Padreterno, il dottore che ha detto?

– Dice che di corpo sta bene, è la testa che non c'è più.

– Bene accussì. 'A signora adda campà 'n'ati cient'anne.

Aza, che era già stata istruita da Nicolas, indicò un ripostiglio alto. Da quando la malattia le aveva mangiato il cervello, decenni fa, la vecchia non ci metteva più mano. Presero uno scaletto e spinsero i borsoni in fondo a questo ripostiglio, li coprirono con dei pastori del presepe avvolti in spessi panni, le palle di Natale e le scatole di foto.

– Non rompere niente, – disse Aza.

– Anche se si rompe, mi sa che 'a signora sta rrobba non la userà più...

– Comunque tu non rompere niente.

Prima di scendere, prese tre pistole da un borsone e un sacchetto di proiettili dall'altro.

– Ste cose non le fare davanti a me, non voglio sapere niente... – mormorò lei guardando a terra.

– E tu niente sai, Aza. Allora, quando dobbiamo venire, ti diciamo al telefono che portiamo la spesa per la signora e tu ci dici l'ora. Veniamo, prendiamo e ce ne andiamo. Se qualcuno di quelli che mando ti crea problemi, tu il mio numero ce l'hai e mi scrivi che problemi t'hanno dato. Apposto?

Aza si legò i riccioli spenti con un elastico e andò in cucina senza dire niente. Nicolas ripeté: – Apposto?! –, stavolta in tono più perentorio. Lei bagnò un asciugamano sotto il rubinetto, e sempre senza rispondere si avvicinò e glielo passò sulla faccia. Nicolas si scostò infastidito, si era dimenticato della ferita, dello zigomo tagliato e del naso sanguinante. Aza rimase a fissarlo negli occhi con il panno macchiato in mano. Lui si toccò il naso, si guardò le dita, e si lasciò pulire.

– Ogni volta che verremo, avrai un regalo, – promise, ma lei sembrava non badargli, aprì lo sportello sotto al lavabo della cucina e prese dell'alcol: – Ti metto lo spirito. Si deve disinfettare –. Aveva molta dimestichezza con le ferite, una maestria imparata in patria che poi aveva capitalizzato, curando le piaghe dei vecchi. Nicolas non se l'aspettava, non si aspettava neanche il commento: – Il naso non è rotto, è solo un po' ammaccato.

Accennò un grazie, ma gli sembrò poco. E così aggiunse un: – Grazie assai –. Aza azzardò un sorriso che le illuminò la faccia consumata.

Due pistole Nicolas se le mise dietro la schiena e una la diede a Dentino. Poi salutò Aza, ma solo dopo averle dato cento euro, che lei fece sparire in una tasca dei jeans prima di tornare all'acquaio per pulire l'asciugamano arrossato.

Mentre scendevano le scale a tre a tre, Dentino disse: – Ma ch'amma fà, mo'?

Quelle pistole erano state prese per essere utilizzate subito. In quella rapidità Dentino aveva riconosciuto un ordine.

– Denti', non si impara a sparare mirando alle antenne e ai muri.

Dentino non si era sbagliato: – Maraja, tu dici e noi facciamo.

In fondo alle scale Nicolas sbarrò la strada a Briato' e a Dentino e ripeté quello che aveva appena detto. Pronunciò piano parola per parola, squadrandoli come avessero fatto uno sgarro: – Non si ottiene rispetto sparando addosso alle antenne e ai muri, no?

I ragazzi sapevano dove andava a parare. Nicolas voleva sparare. E sparare a viventi. Ma loro a quella conclusione, soli, non osavano arrivare. Volevano che fosse lui a mettere in fila le parole. Chiare chiare.

Nicolas continuò: – Bisogna fare uno o due pezzi, li dobbiamo fare ora.

– Sta bbene. Adda murì mammà, ci sto, – disse Dentino.

Briato' d'istinto provò a ragionare: – Impariamo a usare meglio i ferri. Più li sappiamo, meglio possiamo caccià 'e botte al posto giusto.

– Briato', se volevi essere addestrato facevi il poliziotto. Se vuoi stare nella paranza, devi nascere imparato.

Briato' rimase zitto, temendo di fare la fine di Agostino.

– Adda murì mammà, pure io ci sto. Facimm''e piezze.

Nicolas si allontanò dai due e disse: – Ci vediamo direttamente in piazza tra un paio d'ore –. Diede appuntamento dove si incontravano sempre, a piazza Bellini. – Ci vediamo lì.

I motorini partirono. La paranza era eccitata, voleva sapere cosa si erano detti Dentino, Briato' e Maraja, si risolsero però ad accelerare e andare in piazza.

Nicolas, che aveva ignorato il cellulare fino a quel momento, lo trovò stracarico di messaggi di Letizia.

Leti

Amò dove sei?

Amò non leggi i messaggi?

Nicolas ma dove cazzo sei?

Nicolas mi sto
preoccupando.

Nicolas!!!????

Nicolas

Eccomi amò
ero con i brò.

Leti

Con i brò? Per sei ore?
E non guardi mai il cellulare?

Non mi racconti proprio niente
devi solo andartene affanculo.

Letizia era seduta sul Kymco People 50 di Cecilia. L'amica lo aveva riempito di adesivi perché se ne vergognava. Invece vergogna Letizia non la provava, perché accanto a Nicolas si sentiva sempre una regina. Poteva mandarlo affanculo quando voleva, ma non significava niente, era poco più di un gioco tra innamorati. Quello che contava era la luce riflessa che molti scambiavano per potere.

Il Kymco di Letizia era parcheggiato lì, sotto la statua di Vincenzo Bellini, in mezzo a decine di altri motorini mescolati nella folla di ragazzi che parlavano, bevevano birra e cocktail, fumavano canne e sigarette. Nicolas il suo Beverly non lo portava fin là, lo parcheggiava sempre prima, su via Costantinopoli, e poi in piazza ci arrivava a piedi. Non era quello il cavallo con cui presentarsi in pubblico.

Fece un cenno con la testa a Letizia, significava: – Scendi e vieni qua.

Lei fece finta di non aver colto il gesto, l'ordine, quindi Nicolas dovette avvicinarsi.

Le si fece vicinissimo. Il suo naso dolorante sfiorava il naso di Letizia e lei non ebbe nemmeno il tempo di dirgli: "Amo', ma che ti sei fatto?" che Nicolas la baciò forte, a lungo. Poi, uncinandole il mento con due dita, la allontanò con dispetto.

– Leti', adda murì mammà, tu a me nun me mann'affanculo. M'hai capito? – E andò via senza aggiungere altro.

Ora toccava a lei seguirlo. Lui se lo aspettava, lei lo sapeva e tutti quelli intorno pure. E così andò. Iniziò il passo veloce di lui, l'inseguimento di lei. E poi viceversa, lei che gli voltava le spalle imbronciata e lui dietro a blandire, in un cambiamento continuo di fronti e alzate di voci, dita puntate, mani raccolte, baci rubati. Tutto consumando il basalto del centro storico e perdendosi tra vicoli, e "statte zitta" o "nun te permettere" chiosati da "ammo', guardami negli occhi, ma ti ho mai detto bugie io?".

La paranza, nel frattempo, si era raccolta tutta in piazza Bellini.

Mentre Nicolas faceva pace con Letizia, Dentino e Briato' cercavano di arredare l'ansia con tiri convulsi alle canne che la paranza stava facendo girare. Chi sarebbe stato il loro primo bersaglio? Come sarebbe andata? Chi avrebbe fatto per primo una figura di merda? Biscottino ruppe la tensione: – Ma che fine ha fatto 'o Maraja? –. E Lollipop continuò: – Denti', Briato', marcat''a peste? Ma che è succieso, ch'ha fatto Nicolas, ha regalato a qualcuno la santabarbara nostra? –. Lollipop non aveva nemmeno finito la frase che Briato' gli aveva già piazzato uno schiaffo che nemmeno sua madre aveva mai osato. Con quello sulla terrazza, era il secondo che prendeva quel giorno: – 'O scie', non ti permettere di pronuncià sta parola in miez''a piazza.

Lollipop si frugò nelle tasche. Gesto di *ouverture* per prendere la molletta. Subito intervenne su Briato' Dentino, che lo tirò per la maglia, quasi strappandola. – Che cazzo stai facenno ne'?! – gli sussurrò forte nell'orecchio.

Lollipop, che già aveva estratto il coltello e fatto scattare la lama, si trovò davanti a far barriera Pesce Moscio: – Oh, ma che è? Adesso ci accoltelliamo tra fratelli?

Dall'altra parte Dentino disse imperativo a Briato': – Vacci a cercà scusa. Questa situazione s'adda apparà subbito.

Briato' a quel punto indossò un sorriso: – Oh, Lollipo', scusa. Ramm''a mano, jamme. Però pure tu: i fatti della paranza, so' solo p''a paranza. No pe mezza piazza. Controlla 'a vocca, 'o fra'.

Lollipop gli strinse un po' troppo forte la mano: – Tutt'apposto, Briato'. Ma non me mettere mai cchiù 'na mano 'nfaccia. Mai cchiù. E comunque tieni ragione, m'aggi''a stà zitto.

Fuoco appiccato in un attimo e in un attimo spento. Ma la tensione restava, soffiava sulla paranza e faceva mulinelli con le emozioni di tutti.

Dentino e Briato' non sapevano più come allentarla. Dentino sentiva la canna della pistola, se l'era messa all'inguine e gli grattava lo scroto. Gli piaceva. Gli sembrava di avere addosso un'armatura, come se fosse più di se stesso. C'era un gruppetto affianco a loro che in cambio delle canne fatte girare offriva cicchetti di rum e pera. Dentino e Briato' erano carichi d'alcol e fumo. La piazza cominciava a svuotarsi. Qualcuno della paranza rispondeva al telefono mentendo alle richieste dei genitori: – Ma', nun te preoccupà, mamma. No, non sto miez''a via, sto a casa di Nicolas, torno più tardi.

Gli universitari che riconoscevano Pesce Moscio perché compravano da lui a Forcella lo avvicinavano chiedendogli fumo. Lui aveva poco o niente addosso, un paio di stecche

che diede via per quindici euro l'una, invece che dieci. – Che cazzone a non essere sceso con le mutande piene, – e rivolgendosi a Lollipop disse: – Dovrei sempre portarmi un chilo di fumo appresso, perché cu 'a faccia mia m''o llevo tutto int'a mez'ora.

– Statt'accuorto che sta faccia toja nun s''a 'mpareno pure i carabinieri. Eppoi sta faccia toja finisce pure a Poggioreale.

– Io? Lollipo', 'a faccia mia 'a sapeno pure a Poggi Poggi.

La piazza adesso era vuota. – Guagliu', me ne vaco, – disse Pesce Moscio che non riusciva più a contenere le telefonate di suo padre, e così lentamente tutti quelli della paranza tornarono a casa.

Si erano fatte le tre e mezza di mattina e da parte di Nicolas nessun cenno. E allora Dentino e Briato' lo seguirono al covo. Il quartiere rumoreggiava ancora. Appena dentro cominciarono a cercare. Alla fine trovarono una bustina.

– Da qua escono due piste sicuro.

Due strisce di coca gialla, la "pisciazza". Attorcigliarono lo scontrino del bar, fecero il beccuccio. La pisciazza era tra le migliori, però il suo colore generava diffidenza, sempre. La narice, come un'idrovora, aspirò tutta la polvere: – Pare strano eh, a pippà 'a pisciazza, – disse Dentino. – E invece è buona, è buonissima. Ma perché tiene questo colore giallo?

– Praticamente è tutta pasta base.

– Pasta base?

– Sì, non ci stanno tutti i processi che vengono dopo.

– Quali processi?

– Vabbe'. Aggi''a chiammà a Heisenberg pe te fà fà 'na lezione.

Stavano ancora ridacchiando, quando sentirono armeggiare vicino alla toppa. Nicolas si presentò con un sorriso che gli tagliava la faccia: – Ve state facendo tutt''a pisciazza eh, bastardi?

– Esattamente. Ma tu che cazzo he' fatto fin'a mo'! – lo accolse Briato'.

– Me ne avete lasciata un poco?

– Certamente brò.

– Amm''a fa 'nu piezzo.

– Ma sono le quattro di mattina, quale pezzo vuoi fare?

– Amm''a aspettà.

– Aspettiamo, meglio.

– Alle cinque di mattina andiamo fuori e ci facciamo i pezzi.

– Ma che ci facciamo?

– I pocket coffee.

– I pocket coffee?

– Eh sì guagliu', i pocket coffee... I neri. Ci facciamo un paio di neri mentre stanno aspettando di prendersi l'autobus per andare a faticare. Noi ci mettiamo là e ce li facciamo.

– Ua', bella, – disse Dentino.

– Accussì? – disse Briato'. – Cioè, senza manco sapere chi sono, bell'e buono rammo 'na botta a 'nu pocket coffee preso a cazzo?

– Sì, così siamo sicuri che non appartiene a nessuno. Nessuno se ne fotte un cazzo di loro. Chi le fa le indagini per capire chi ha accis'a 'nu niro?

– Ma l'amm''a fà noi tre o chiamiamo tutta la paranza?

– No no. Deve essere presente tutta la paranza. Ma le botte 'e tenimmo sulo nuje tre.

– Ma quelli mo' stanno a casa a durmi'.

– E chi se ne fotte, li chiamiamo, se scetano.

– Ma facciamolo noi... e basta.

– No. Devono vedere. Devono imparare.

Briato' sorrise: – Ma non avevi detto che nella paranza eravamo già tutti imparati?

– Appiccia 'a PlayStation, jà, – ordinò Nicolas senza dare risposta. Mentre Briato' stava accendendo la PlayStation aggiunse: – Fai partire Call of Duty. Facimmo Mission One. Quella dove stiamo in Africa. Così mi riscaldo a sparà ncopp''e nire.

Dentino mandava su WhatsApp messaggi a tutta la paranza. "Guagliu', domani mattina," scrisse, "corsetta presto per la partita che amma fa'." Nessuno rispose.

Eccola la schermata del gioco. *The future is black*, scrivono. Ma il *future* è di chi si ricorda di ricaricare il Kalashnikov prima degli altri. Se arrivi troppo sotto ai tizi in canottiera, ti ritrovi sbudellato da un colpo di machete, e se sulla bandiera di sti nire ce n'è uno vorrà pur dire qualcosa. Seconda regola: stai coperto. Una roccia, un carrarmato. Nella realtà basta il cofano di una macchina parcheggiata in doppia fila. E nella realtà non hai mica il supporto aereo da chiamare se le cose vanno a puttane. Terza regola, la più importante. Corri. Sempre.

Iniziarono a giocare. Il mitra sparava a più non posso. Il gioco sembrava ambientato in Angola. Il protagonista combatteva con l'esercito regolare, aveva la divisa mimetica e il berretto rosso, l'obiettivo era sparare contro truppe irregolari in orride canottiere e mitra a tracolla. Nicolas sparava in modo forsennato. Si faceva colpire e andava avanti. Correva. Sempre.

Alle cinque e mezza di mattina si catapultarono sotto le case degli altri della paranza. Citofonarono a Lollipop, a rispondere fu il padre: – Eh, ma chi è?

– Scusate, signor Esposito, sono Nicolas. Ci sta Lollipop?

– Nientedimeno vieni a quest'ora? Vincenzo sta rurmenn, e poi deve andare a scuola.

– È che c'abbiamo la visita guidata stamattina.

– Vincenzo, – il padre di Lollipop urlò, lo svegliò e lui pensò subito che qualcuno fosse lì per portarselo in questura.

– Papà, che è succieso?

– Sta Nicolas, dice che dovete andare a fare la visita guidata ma mammeta nun m'ha 'itto niente.

– Ah già m'ero dimenticato. – Lollipop prese il citofono mentre la madre scalza si precipitava su di lui agitando le mani: – Visita guidata, ma dove?

– Scendo Nicolas, scendo. – Dal balcone il padre di Lollipop sforzava gli occhi per fendere il buio, ma vedeva solo delle teste in movimento. Quelli laggiù si stavano piegando in due dalle risate.

– Si' sicuro che dovete andare a 'na gita? Tere', – disse alla moglie, – chiamma 'a scola.

Lollipop era già in bagno pronto per scendere, certo che sarebbero passate ore prima che capissero che non c'era nessuna visita guidata, prima che a scuola si fosse trovato qualcuno che rispondesse al telefono.

Allo stesso modo andò per Drago', per Pesce Moscio, per Drone e per gli altri. Andarono a prenderli a casa uno a uno. E via via la paranza diventava paranza, una fila di scooter e di creature sbadiglianti. L'unico a cui non fu permesso di scendere fu Biscottino.

Viveva in un basso di fronte al Loreto Mare, l'ospedale. Si presentò a casa sua la paranza al completo, con il suo sciame di motori. Bussarono, aprì la madre, nervosissima, aveva già capito che volevano Eduardo.

– No, Eduardo non viene da nessuna parte e soprattutto non con gente come voi: site gente 'e sfaccimma.

Nicolas, come se la signora non avesse parlato e non fosse di fronte a lui, sfruttando la porta aperta disse: – Biscottino, esci fuori, ja'.

La madre gli si parò davanti in tutta la sua abbondanza, i capelli sulla faccia, gli occhi di fuori: – Ue', muccusiello, primma cosa mio figlio si chiama Eduardo Cirillo. E seconda cosa, non ti permettere mai più quando io sono qua di dire a mio figlio che deve fare, o pienze che mi fai tremmà 'a sottana? – e scosse violentemente il lembo della camicia da notte che indossava.

Biscottino non uscì, molto probabilmente non si alzò nemmeno dal letto. La madre gli metteva più paura di Nicolas, e della fedeltà da mantenere alla paranza. Ma Nicolas non si diede per vinto: – Se ci fosse vostro marito parlerei con lui, ma voi non vi dovete mettere in mezzo, Eduardo deve venire con noi, tiene un impegno.

– Impegno, e quale sarebbe questo impegno? – disse la madre, – e poi chiamo io a pàtete mo' mo', e vediamo. Non tenere in bocca mio marito che nun sai nemmeno di chi stai parlanno.

Il padre di Biscottino era morto durante una rapina in Sardegna. Lui in realtà portava semplicemente l'auto, non aveva rapinato, non aveva fatto null'altro che l'autista di una delle due macchine del gruppo. E aveva lasciato moglie e tre bambini. Lavorava in una ditta di pulizie dell'ospedale Loreto Mare e proprio lì aveva incontrato questi colleghi suoi, un gruppo che faceva rapine di portavalori in Sardegna. Era stato ucciso alla prima uscita. La rapina era andata a buon fine però, su quattro rapinatori due si erano salvati, e questi ultimi avevano dato alla signora una busta di cinquantamila euro su una rapina di un milione. Questo è tutto. Biscottino lo sapeva e questa storia gli graffiava lo stomaco da sempre. I colleghi del padre erano latitanti e ogni volta che arrivavano notizie su di loro avrebbe voluto mettersi lui sulle loro tracce. La madre di Biscottino aveva giurato, come sempre succede alle vedove, di offrire un destino diverso ai propri figli, di non farli fare fessi come era stato fatto fesso il loro padre.

Per Nicolas invece il padre di Biscottino, ammazzato dai poliziotti, caduto durante una rapina, era un martire ed era entrato a far parte del suo personale pantheon di eroi che si vanno a prendere i soldi – come diceva lui – e non aspettano che qualcuno glieli dia.

– Edua', quando mammeta ti slega dal letto chiamaci che te venimm'a piglià, – così chiuse la conversazione, e tutto lo sciame della paranza andò dove doveva andare.

Dentro l'alba giallognola, per le vie semideserte, sotto finestre addormentate e panni lasciati all'aria della notte, gli scooter, uno dietro l'altro, gracchiavano in falsetto come fossero chierichetti in fila per la messa, sputacchiavano sentenze di motori malcresciuti. A vederli dall'alto li si sarebbe detti allegri, mentre pigliavano contromano tutto ciò che si poteva pigliare contromano fra corso Novara e piazza Garibaldi.

Arrivarono alla fermata dei pullman dietro la stazione centrale, uno slalom fra ucraini in cerca del loro bus per Kiev, turchi e marocchini, invece, in cerca di quello per Stoccarda. In fondo, fra le aree di parcheggio e le pensiline, c'erano quattro immigrati, due erano piccoli, sembravano indiani, uno smilzo, l'altro più in carne. Poi uno con la pelle d'ebano e forse un marocchino. Portavano abiti da lavoro. I due indiani stavano andando sicuramente nelle campagne, avevano stivali sporchi di fango secco; gli altri due sui cantieri, avevano maglie e pantaloni chiazzati di calce e vernici.

La paranza si avvicinò con lo sciame di motorini, ma nessuno degli uomini pensò di rischiare nulla, non avendo nulla in tasca. Nicolas diede il via: – Vai, Denti', vai, attingilo alle gambe –. Dentino cacciò la nove millimetri da dietro la schiena, la teneva assicurata sul coccige con l'elastico della sua mutanda, tolse rapido la sicura della pistola e sparò tre colpi. Ne andò a segno uno solo e di striscio, sfiorò il piede di uno degli indiani, che urlò solo dopo aver sentito la ferita. Non capivano perché ce l'avessero con loro, ma cominciarono a correre. Nicolas inseguì con lo scooter il ragazzo color ebano, sparò. Anche lui tre colpi, due a vuoto e uno che andò a conficcarsi nella spalla destra. Il ragazzo cadde a terra. L'altro indiano si tuffò verso la stazione.

– Ua', cu 'na mano sola l'aggio cogliuto, – diceva Nicolas, e andava reggendo lo scooter con la sinistra. Briato' accelerò e partì all'inseguimento del ragazzo indiano ferito che cercava di scappare.

Sparò tre colpi. Quattro colpi. Cinque colpi. Niente.

A quel punto Nicolas urlò: – Non si' buono proprio –. Il ragazzo indiano deviò e riuscì a imboscarsi da qualche parte. Nicolas tirò due colpi verso il marocchino che correva e lo prese in faccia, portandogli via un pezzo di naso, centrato mentre si girava per vedere chi lo stesse inseguendo.

– Tre pocket coffee c''e ssimmo fatte.

– C''e ssimmo fatte? A me pare che nisciun piezzo amma

fatto, – disse nervoso Pesce Moscio. Non essere stato tra i prescelti bruciava le viscere.

Pesce Moscio avrebbe voluto sparare e invece Nicolas voleva solo riparare la figura di merda che credeva di aver fatto sulla terrazza.

– Sono feriti, stanno ancora cercando di scappare.

Il marocchino con il naso maciullato era sparito, mentre l'africano con la spalla lacerata era a terra. – Vai, – gli girò la pistola facendo attenzione a non ustionarsi la mano con la canna ancora rovente. – Vai, – gli mostrò il calcio, – fa 'nu piezzo, finiscilo, sparalo 'n capa.

– Qual è 'o problema? – disse Pesce Moscio, mise lo scooter sul cavalletto, andò verso il ragazzo che ripeteva un semplice e vano grido: – Help, help me. I didn't do anything.

– Che stai dicendo?

– Ha ditto che non ha fatto niente, – disse Nicolas, senza esitazione.

– E chillo nient'ha fatto, il povero pocket coffee, – disse Lollipop, – però ci serve 'nu bersaglio, no? – Accelerò il motorino e gli si avvicinò all'orecchio: – Nun tieni colpa 'e niente, pocket coffe, si sulo 'nu bersaglio.

Pesce Moscio s'avvicinò ma non così tanto da essere certo che il colpo andasse a segno, caricò l'arma. E da qualche metro di distanza sparò due colpi. Era convinto di averlo preso e invece la pistola gli era ballata in mano e l'aveva colpito solo di lato: il proiettile era entrato e uscito al lato del collo. Il ragazzo a terra piangeva e urlava. Le serrande del palazzo di fronte iniziavano ad alzarsi.

– Che è, guaglio'? Non sei riuscito a fà 'nu piezzo?

Intanto i proiettili erano finiti.

– Non volevo fare la fine di John Travolta, che mi facevo una merda col sangue suo addosso.

L'indiano con il piede scalfito dal proiettile era riuscito a scappare zoppicando, così come il ragazzo marocchino col naso diviso in due. Il ragazzo africano, la spalla bucata e il collo squarciato, agonizzava a terra. Sul piazzale comparve una volante, veniva dai cancelli del piazzale. Gli occhi della Seat Leon s'accesero gialli d'un botto e così il moccolo delle sirene. Procedeva lentamente come un bruco. Qualcuno l'aveva chiamata o più verosimilmente si aggirava fra i migranti in partenza, fra i primi bar aperti di Galileo Ferraris e le luci già stanche che venivano giù dalle case, e si era spinta su per il piazzale deserto.

– 'A bucchin''e mammeta, – urlò Nicolas, – adda murì mammà, sparamm 'a sti mmerde.

Non ce l'avrebbero fatta, rischiavano di essere presi quando Drone, che fino ad allora era stato fermo a guardare, riuscì a fermare la macchina della polizia cacciando inaspettatamente una pistola e scaricandola completamente sulla pantera.

Nessuno sapeva dove l'avesse presa. Iniziò a tirare colpi che centrarono cofano e parabrezza della macchina.

Si aggiunse pure Briato', che aveva ancora qualche colpo in canna. Uno prese addirittura una delle due sirene dell'auto, alla quale peraltro non aveva assolutamente mirato. Riuscirono a scappare perché l'auto della polizia frenò e non li inseguì: non solo perché vide il fumo uscire dal motore, ma perché i guaglioni erano troppi, e preferì chiedere rinforzi. A quel punto decisero di separarsi.

– Spartimmece, guagliu', ci sentimmo.

Presero strade diverse, in sella ai loro scooter con targhe false. Le avevano già tutti sostituite ancora prima di ritrovarsi in un inseguimento, solo per evitare di pagare l'assicurazione.

Champagne

Erano tornati nel covo dopo alcuni giorni nei quali avevano deciso di rimanere tranquilli: c'era chi era rimasto a casa da scuola fingendo febbri e voltastomaco, chi al contrario aveva deciso di andare a scuola proprio per non creare sospetto. Ma il sospetto non l'aveva nessuno. Le loro facce scorte da due poliziotti sonnecchianti alla fine di un turno di notte non erano state registrate. Qualcuno temeva di essere stato ripreso da uno smartphone o da una GoPro installata su una pantera, ma la polizia non aveva soldi per la benzina figuriamoci per una telecamera. Eppure la paura montava nei ragazzini della paranza.

Passata una settimana dall'addestramento su bersagli umani, si ritrovarono nella casa di via dei Carbonari, come se niente fosse. Si entrava senza bussare, la paranza aveva le chiavi. Arrivarono uno per volta, a orari diversi. Chi dopo scuola, chi la sera. Tutto normale. Tutto come sempre. La vita a Forcella era ripresa. Partite a *Fifa* con cui scommettevano euro e birre: e nessuno faceva riferimento a quello che era successo, nemmeno Nicolas. Soltanto alla fine della giornata uscì e, sceso giù al bar, tornò con una bottiglia di champagne.

– Moët e Chandon, guagliu'. Basta cu stu clima a ppeste. È stata una bella esperienza, dobbiamo soltanto capire che d'ora in poi ci si addestra tutte le settimane sopra 'nu palazzo.

Al che Drone disse: – Eh ma, ogni settimana dobbiamo trovare una festa coi fuochi d'artificio? –. Erano ore che provava a fare un coast to coast triangolando con i suoi giocatori, e mo' che c'era quasi riuscito Nicolas se ne usciva con questa storia.

– Nisciuna festa. Spariamo per poco tempo. Botte, nu caricatore, due caricatori massimo. E sotto mettiamo i pali. Quanno arriva qualcuno, i pali ci avvertono e ce ne fuimmo da terrazza a terrazza. Però amm''a scegliere palazzi da cui se po' fuì senza scendere per le scale. Palazzo su palazzo. Amm''a ittà 'n terra tutte l'antenne 'e Napule.

– Bello, Maraja, – disse Pesce Moscio, che gli occhi li teneva ancora fissi sullo schermo, incurante dei calli ai pollici procurati dal joypad.

– E mo' brindammo!

Tutti quanti interruppero quello che stavano facendo per acciuffare i primi bicchierini a portata di mano, e già li stavano allungando in aria, quando Dentino disse: – Non si può bere 'o Moët e Chandon coi bicchieri di carta. S'hann''a piglià i bicchieri di vetro. Da qualche parte ci stanno.

Aprirono ante di mobili e mobiletti, e alla fine trovarono le coppe da champagne, eredità del corredo matrimoniale di chissà quale famiglia che aveva abitato quella casa sopravvissuta ai bombardamenti e al terremoto dell'Ottanta. Quelle pietre non portavano paura.

– Sapete cosa mi piace d''o champagne? – chiese Dentino. – Il fatto che una volta che hai levato 'o tappo nun si può più rimettere dentro. Nuje simmo accussì: nisciuno ce pò tappà. Dobbiamo fare uscire solo la nostra schiuma. – E scalciò contro il muro il tappo, che andò a scomparire per sempre sotto un divano.

– E bbravo 'o Dentino, – concordò Nicolas, – tolto il tappo nostro, nisciuno lo può rimettere.

Riempì tutti i bicchieri e poi disse: – Guagliu', brindammo innanzitutto a Drone, che c'ha levato 'e gguardie a cuollo.

Tutti gli altri partirono a ruota in complimenti a Drone, mentre i bicchieri si toccavano e si svuotavano: – Grande Drone, bravo Droncino, alla tua salute Drò!

Poi Maraja si sedette, cancellò il sorriso dalla faccia e disse: – Dro', tu c'hai salvato. Però c'hai anche tradito –. Drone cominciò a ridere sghignazzando, ma Nicolas non rideva: – Io 'overo faccio, Anto'.

Antonio 'o Drone si avvicinò a Nicolas: – Maraja, ma che dici? Tu mo' stavi a Poggioreale si non era pe mme.

– Innazitutto chi t'ha 'itto che non volevo stare a Poggioreale.

– Tu si' tutto strunzo, – disse Drone.

– No no, stammi a sèntere: la paranza si deve muovere assieme. Il capo deve decidere e la paranza adda sostené. È così o no? – Nicolas vedeva che tutti gli altri annuivano e aspettava la risposta di Drone, che disse: – E! –. La lettera "e" congiunzione. Ma pronunciata con la forza imperativa del verbo. Il più sentito dei sì. La più affermativa delle risposte.

– Tu ti sei fottuto 'na pistola dentro le borse quando stavamo sul tetto. Vero o no? – Adesso Nicolas aveva posato la coppa di champagne e guardava fisso Drone. Sembrava in attesa di una risposta qualsiasi. Aveva già deciso.

– Sì, però l'ho fatto per il bene della paranza.

– Sì però 'o cazzo. Che ne saccio che quella pistola non la potevi usare contro di noi? Ti vendevi a un'altra paranza, te venniv a 'o Micione.

– Nico', ma che dici? Io tengo la chiave, so' della paranza. Simmo frate. Che stai dicendo?

Dentino voleva intervenire, ma stava zitto. Drone cacciò la chiave della porta della loro casa, il simbolo della sua affiliazione. – La pistola ha difeso la paranza.

– Sì, vabbuono, ma l'hai usata per difendere anche a te: chi se ne fotte della pistola. Non sei affidabile. Ora, chesta è 'na colpa gravissima. La punizione dev'esserci.

Nicolas guardava tutto il resto della paranza, c'era chi teneva gli occhi bassi, chi sfuggiva concentrandosi sul cellulare. In sottofondo la musichetta di *Fifa* non sembrò disturbare Nicolas, che proseguì:

– No, guagliu', guardate a me. Amm''a truvà tutti assieme 'na punizione.

Lollipop disse: – Maraja, secondo me a Drone gli piaceva tené la pistola e basta, ce vuleva fa qualche selfie sicuro, o no? Ha fatto 'na strunzata, ma menu male che l'ha fatto, altrimenti ci pigliavano di prima a tutti.

– Ma chi te l'ha 'itto, – rispose Nicolas, – magari scappavamo, magari chiavavamo due botte.

Briato': – Maraja, non tenevamo più munizioni...

– E allora ci pigliavano. Secondo voi meglio rubbare ai frati? È meglio farti fottere così da Drone?

E come sempre succede con un tradimento, le parti naturalmente si dividono in accusatori e difensori. È regola d'istinto. Che ruolo tenere lo sceglie per te il grado d'amicizia con l'accusato o come ti dici che ti saresti comportato nella sua stessa situazione. Per empatia o per differenza. Di sangue e di situazione. Nel caso della paranza, intervenne Drago', il quale conosceva bene Drone perché andavano a scuola insieme all'Industriale: – Maraja, c'hai ragione: Drone si è fottuto 'na pistola e nun c'ha 'itto niente, ma è stata 'na cosa che non c'ha pensato. Se la voleva trezzià tra le mani, ma figurati, non l'avrebbe mai usata. Se la portava dentro 'a mutanda e poi l'ha usata per difendere tutte quante. Chest'è!

Dentino, nervoso, ricoprì la parte dell'accusa: – Sì, però, se avesser''a fà tutte quanti accussì, la santabarbara fosse mo' completamente vuota. Cioè... nun se pò fà accussì, che ognuno piglia quello che cazzo vuole accussì.

Drone cercò di difendersi lui stesso: – No, ma non è che volevo rubbà. La volevo tenè, l'avrei rimessa a posto –. Se ne stava in piedi davanti a Nicolas, mentre gli altri, sempre per istinto, gli avevano fatto cerchio attorno. Un tribunale.

– Eh, rimessa a posto stu cazzo. Le botte vanno tenute alla maniera che tutti abbiamo deciso. Nun se pò fà accussì. Deve essere punito, ja', bbasta, – disse Pesce Moscio.

Briato' cambiò territorio e passò all'accusa: – È vero che ti dobbiamo ringrazià perché nun c'hai fatto arrestà. Però è anche vero che comunque ti sei fottuto 'na pistola, comunque hai fatto una cosa che nun se pò fà.

Drago' cercò l'attenzione di tutti spalancando le braccia: – Guagliu', ma anch'io sono d'accordo c''a punizione a Drone. Ha fatto una stronzata, ma ha fatto senza penzà, non ci voleva fà male. Secondo me basta che cerca scusa a tutte quanti ed è risolta.

– Eh, ma se facimmo accussì, – ribadì Briato', – ognuno fa 'na strunzata e cerca scusa.

Quando finì finalmente di bere il terzo bicchiere di champagne che l'aveva ammorbidito, intervenne anche Stavodicendo: – Pe me, – disse, – s'adda punì. Però una punizione leggera, non pesante.

– Pe me, invece 'na punizione pesante, – disse Biscottino, – pecché se no tutti poi se ponno fottere i ferri nostri ampress', ampress'. – Se n'era stato in disparte tutto il tempo, aspettava il momento giusto per intervenire, e aveva atteggiato la voce da uomo, ché nessuno pensasse che quello fosse un altro capriccio.

– Ma io non so' tutti! – disse Drone: – Io so' parte della paranza, aggio pigliato 'na cosa mia che avrei restituito.

Stavodicendo rispose: – Sì, è vero 'o Dro', però che cazzo ti costava chiederla a Nicolas, chiederla a tutte quanti. Cioè, stavo dicendo, che alla fine hai fatto 'na cosa sbagliata, però no assai sbagliata. Ce stanno le cose sbagliate, le cose assai sbagliate, le cose poco sbagliate e le cose quasi sbagliate. Tu seconno me, stavo dicendo, hai fatto una cosa un poco sbagliata o quasi sbagliata... però nun arriva a aver fatto una cosa sbagliata o assai sbagliata. Questo stavo dicendo e questo penso.

Drago' riassunse la posizione della giuria: – Senti, 'o Drone ha fatto 'na fesseria. Diamo sta punizione punt'e bbasta e 'a finimmo ccà –. Non c'era più spazio per la difesa.

– Sta bene, – decise Maraja.

– Secondo me, – propose Dentino, – siccome ha rubbato con la mano, ce sta che gli accurtellammo 'a mano.

Ridacchiando, presero per le orecchie Drone: – Ja', Dro', fai la fine d''o Mulatt', c''a mano tagliata!

– Accuorto, – disse Briato', – tagliamoci le orecchie come nelle *Iene*, quando tagliano l'orecchio al poliziotto.

– Bello, chest'è bello! Tagliamoci la recchia, – disse Biscottino.

Drone prima rideva, ma ora iniziava a infastidirsi. Dentino aggiunse: – Però nelle *Iene* 'o poliziotto fa una lampa. Dobbiamo bruciare pure Drone, – e tutti si misero a ridere.

– No no, secondo me s'adda fà, – dice Stavodicendo, – come *Quei bravi ragazzi*!

– Sì, troppo bbello. Facciamo fà a Drone la fine di Billy Batts quanno lo vattono a sangue malamente Henry e Jimmy: facimmo accussì!

Il clima si era disteso. Nicolas aveva abbandonato la sedia da giudice e ora imitava Joe Pesci, mentre Drago' gli rispondeva con Ray Liotta. – Sei un tipo buffo.

– Buffo come, che ci trovi di buffo? – E andarono avanti con l'intero dialogo di *Quei bravi ragazzi*, come facevano di continuo, ogni volta scambiandosi il ruolo di Joe Pesci. Drone, come sovrappensiero o fingendo di esserlo, si alzò e si diresse verso la porta: – Vabbuo', quanno avete deciso cosa mi dovete fare, mi fate sapere.

Maraja si fece serio, come il volto dei mimi quando giocano a farsi passare la mano sul viso che prima sono col sorriso e poi una volta passata la mano sulla faccia si tramuta in smorfia serissima. – Ma aró vai, Drone? Prima la punizione e poi te ne vai a casa da mammà.

– Secondo me, – scherzò Lollipop, – la migliore punizione è fà venì Rocco Siffredi e se lo incula. – Ci fu un'esplosione di risate.

– Ecco, ecco questa è una bella idea, – disse Maraja. – È proprio questo che ti voglio proporre. Tu la tieni una sorella, no?

Drone stava con la mano sulla maniglia per andarsene, ancora convinto di essere in mezzo a una sceneggiata. Ma quella parola – "sorella" – sparata a bruciapelo lo fece voltare di scatto: – E cioè? – chiese.

– Come cioè? Ti ricordi 'o film *'O camorrista*? Ti ricordi quando c'è chillu guaglione che dice "secondo me 'o professore era 'nu poco ricchione"?

– Ebbè, che c'azzecca?

– Aspetta. Mo' ti spiego. Tu te lo ricordi?

– Sì.

– E ti ricordi 'o professore cosa chiede?

– Cosa chiede?

– Eh, chiede "quella ragazza che ti viene a trovare è tua sorella, sì"? Ora per penitenza mi porti tua sorella. Tu devi fare proprio accussì. Però non la devi portare a me, pecché non è che hai offeso me fottendo 'na pistola. La devi portare a tutta la paranza.

– Ma che stai dicendo, Maraja? Stai pazzianno?

Tra i ragazzi della paranza scese quel silenzio che anticipa la decisione.

– Tu adesso porti tua sorella che deve fare un chionzo a tutti quanti, a tutti i pesci della paranza.

Drone partì a razzo superando Nicolas, e la paranza si aprì per farlo passare. Nessuno lo fermò perché nessuno intuì il suo obiettivo: la pistola sottratta che aveva lasciato sul davanzale della stanza da letto del covo. Prese la Beretta, l'armò e la puntò contro la faccia di Maraja.

– Oh, che cazzo fai?! – urlò Drago'.

Maraja lo guardò con gli occhi sottili: – Spara, bravo. Avete visto, guagliu'? Chi arrobba, questo vuole fare. Ci voleva fottere. Ma ci sta, ci sta che tu volevi fottermi, Dro'. Mo' vediamo, avanti, spara che poi qualcuno lo carica sul tuo canale di YouTube.

Drone si concesse di pensare di farla finita per davvero, e imbrattare i volti scioccati della paranza. Imbrattare tutto quell'accrocchio di musi che lo choc teneva ancora sotto gelatina. Non c'era un altro film per fare questa scena, o se c'era non gli veniva in mente, perché pensava senza paranza nella testa, pensava a sua sorella Annalisa, che era tutta un'altra storia. Si teneva la Beretta stretta, troppo stretta per non sentirlo come un lusso e il lusso doveva finire. Abbassò la pistola e si sedette. La stanza era in silenzio totale. – Mo' quello che devi fare, – continuò impietoso Maraja, – è convincere soreta a venì ccà e ce lo deve succhià a tutti!

– Pure a me? – chiese dal fondo la voce di Biscottino.

– Sì, se ti si alza, pure a te.

– S'aìzza, s'aìzza, – rispose Biscottino.

– Sta bene, – urlò Briato'.

– Sta cosa... nun me l'aspettavo. Facimmo bukkake, – commentò Dentino. Quella parola così esotica produsse nella paranza un'unica immagine: un cerchio di uomini che eiaculavano su una donna in ginocchio. Tutta la loro formazione era avvenuta su PornHub e avevano sempre visto il bukkake come una chimera irrealizzabile. Tucano era eccitatissimo e allentò la pressione dell'elastico delle mutande. Drago' avrebbe voluto aiutare Drone, quindi una cosa la disse: – Io nun me faccio sucà. Si può decidere, vero Maraja? O glielo devo per forza mettere in bocca? La conosco da un sacco di tempo, Annalisa, nun ce riesco.

– Fai chello che vuo'. Tanto è una punizione che adda fà isso.

– Mi piace sta cosa, – disse Pesce Moscio, – così tutte quanti c'imparammo a non fare stronzate.

– No, ma io sto già imparato, – precisò Maraja, – io non ho bisogno di imparare, già so chi siamo. Altrimenti simmo sulo 'nu grupp''e sciemi. – Nicolas aveva la visione della paranza come di una selezione di qualcosa che già c'era. Gli piaceva che, a eccezione di Drago', nessuno venisse da storie di camorra. Gli piaceva averli scelti tra chi non avrebbe mai pensato di fare parte di un gruppo. Gli amici destinati a essere della paranza non erano persone da trasformare, ma solo da scovare e portare dentro. Drone prese la pistola per la canna e la allungò a Maraja: – Sparami direttamente, – disse, e poi guardando tutti gli altri: – Sparateme, forza, è meglio

per me... è meglio! Mannaggia a me che v'ho salvato! Banda
'e strunze!

– Nun te preoccupà, – rispose Nicolas, – tu non far venire
tua sorella e nuje te sparammo. Sei della paranza, se sbagli
muori.

Drone aveva le lacrime in bocca, e come un bambino vero
uscì dalla casa sbattendo la porta.

La mattina dopo, a scuola, aveva valutato le sue opzioni.
Si chiedeva se poteva uscire dalla paranza, ridare la chiave
del covo, togliersi di mezzo. Oppure doveva davvero regala-
re loro la sorella? Come avrebbe fatto a convincerla? E se sua
sorella avesse deciso di accettare? Gli avrebbe forse fatto
persino più schifo. Che spiegazioni avrebbe dato alla sua fidanzata se questa cosa fosse uscita? E ai suoi genitori? Aveva
anche provato a immaginarsi mentre parlava con i suoi che
erano venuti a trovarlo in carcere, se li era visti davanti alla
sua lapide al camposanto. Ma non aveva mai pensato che suo
padre potesse dirgli: – Hai fatto fare i bucchini a tua sorella!
–. Questo non se lo immaginava proprio. E per la prima volta
quel pensiero romantico che assale molti adolescenti, ma che
mai prima gli era capitato di fare, comparve nel ventaglio di
possibilità che gli si offrivano: uccidersi. Fu solo un pensiero
veloce, lo sfiorò e Drone lo archiviò subito, schifato. Pensava
anche che avrebbe potuto vendicarsi in qualche modo: aveva
fatto un errore, sì, ma non così grave da subire un'umiliazione del genere.

Nel pomeriggio convocò Drago' a casa sua.

Drone passeggiava avanti e indietro lungo i pochi metri
della sua cameretta. Teneva gli occhi bassi come a cercare
un'opzione che non avesse già vagliato, solo ogni tanto li alzava per controllare che i suoi droni allineati sulle mensole
fossero ancora al loro posto.

– Drone, – disse Drago', steso sul letto dell'amico, – chesta è 'na punizione d'esempio. Sta cosa non è contro a te,

contro a soreta o contro a noi. Serve pe fà capì che nessuno s'adda fottere un'arma.

– Ma se non lo faccio? Se me ne vado via dalla paranza?

– O Dro', quelli ti ammazzano, chillo te spara. Ti prende di bersaglio: sicuro.

– Meglio.

– Ma non dire stronzate, – disse Drago'. Si stiracchiò e si alzò dal letto, andò ad alzare il volume dello stereo, cosicché le orecchie materne non sentissero, e si piazzò davanti al poster del Napoli 2013-2014. – Alla fine sta punizione serve accussì la paranza si rafforza, nisciuno fa più stronzate con le armi.

Drago' aveva in fondo accettato la logica del Maraja. Drone non aveva alleati. Dopo il dialogo inutile con Drago', Drone iniziò a postare su Facebook foto sue e di Nicolas, era il suo modo per aumentare la protezione, si creava come una assicurazione sulla vita. Se gli fosse successo qualcosa, sarebbe stato più facile associare il suo destino a quello di Nicolas, pensava, o invece magari avrebbe allontanato le indagini degli investigatori dagli amici, spingendole verso i nemici. Ma da qualche parte cullava pure la residuale speranza che Nicolas vedendole potesse muoversi a compassione.

I giorni però aumentavano la sua ansia. Le ore erano un tormento che gli impediva di agire. Aveva perso il sonno e attraversava casa come un'anima in pena. Le parole della famiglia gli rimbalzavano contro. Sua madre andò in allarme inutilmente, come tutte le madri che vogliono capire con domande cosa accade: – Ma che sta succedendo? Antonio, che sta succedendo? –. Drone, come affetto da febbre, era consumato dall'indecisione. Il cibo gli dava nausea come ogni odore. Sua sorella e sua madre, una sera dopo cena, entrarono in camera sua: – Anto', ma che è successo? Hai litigato con Marianna?

– No, ma che. Marianna non la vedo più da sei mesi. Non è successo niente. – Era l'unica risposta.

– No, impossibile che non sia successo niente, stai sempre con la faccia appesa. È successo qualcosa? Non mangi niente. A scuola è successo? – E via con l'ingenuo tentativo di elencare le possibili cause della sofferenza, quasi che una volta indovinate nell'elenco lui potesse aprirsi come una slot machine con le tre ciliegie in sequenza. Scampanio. Frusciare di monetine. E felici più di prima. Ma Drone era blindato a ogni confidenza come un adolescente e loro di un ragazzino immaginavano paturnie e dolori. Dentro di lui invece c'erano guai di guerra. L'idea di deludere il padre lo umiliava ancor più di coinvolgere la sorella. O quasi. Il padre apprezzava il suo essere un nerd, anche se non avrebbe usato questa parola per descriverlo, ma lo aiutava sul lavoro e gli accomodava computer e tablet. E l'unica frase che batteva in testa a Drone era "Hai fatto fare i bucchini a tua sorella".

– Lasciatemi dormire! – era invece l'unica risposta che dava a sorella e madre in cerca di motivi. Gli sarebbe passata e sarebbe tornato da loro. Una notte, però, gli venne un'idea. Aveva sul cellulare alcuni video della paranza, che trasferì sul suo Mac. Decise di aprire un account YouTube facendo in modo che fosse impossibile ricondurlo al suo ID: voleva caricare il video di loro che sparavano. Sapeva che li avrebbero arrestati, tutti, lui compreso. Si vedevano chiaramente i visi, li aveva ripresi tutti. Ma sua sorella sarebbe stata salva dall'umiliazione? Era incerto. Il dito indice penzolava su Invio, sembrava il pendolo di un orologio. Sudava, si sentiva male. Chiuse il portatile. Nella testa le parole di Drago', "Quelli ti ammazzano", ma da quando erano diventati "quelli"? Era sempre stato "noi". E invece ora per descrivere la paranza si usava "quelli". Quindi, pensava, era già stato fatto fuori dalla paranza, e allora perché obbedire a quella punizione? Se solo si fosse tenuto la pistola dentro lo zaino... La sapeva usare, era anche riuscito a neutralizzare quella pattuglia...

La mattina dopo non riusciva ad alzarsi, quando la madre cercò di svegliarlo lo sentì rovente: aveva la febbre. Sul telefono vide che alcuni della paranza lo cercavano, lo stesso Maraja gli aveva scritto dei messaggi. Lui non rispose per tutta la mattina. Sentì il telefono di casa squillare e dopo poco la sorella rispondere: – Sì, ciao Nicolas! –. Drone si catapultò fuori dal letto, strappò la cornetta dalle mani della sorella: – Nun te permettere 'e chiammà a mia sorella, hai capito? –. E abbassò. – Ma che sta succedendo...? – Annalisa intuì che quel dolore del fratello veniva dal giro in cui era entrato, un giro di cui la famiglia si era poco accorta, ma lei aveva capito e non parlava, anche perché in qualche modo non le dispiaceva che il fratello contasse qualcosa e non passasse tutta la vita a caricare video e a giocare a GamePlayer. La luce della paranza poteva far brillare un poco anche lei.

Drone tornò a rifugiarsi nella sua stanza. Lei lo seguì: – Mo', amm''a parlà, – gli disse usando il tono di quando erano piccoli e lei faceva pesare il suo ruolo di sorella maggiore. Tirò fuori tutto, anche troppo perché disse quello che non doveva. Lo disse camminando avanti e indietro come aveva fatto con Drago', solo che al posto di un fratello sdraiato sul letto, adesso c'era sua sorella, che lo ascoltava seduta, con le mani intrecciate sulle gambe.

– Sono nella paranza di Forcella. Siamo io, Nicolas, Drago'... – E così andò avanti, fino a quando raccontò l'episodio dell'addestramento sui tetti. Sentiva Annalisa ripetere solo "Vuje site pazze, voi site pazze". Le prese le mani che Annalisa teneva ancora intrecciate, gliele liberò e le disse: – Annali', si tu parli, si tu soltanto o' ddicess'a mammà, si' morta.

Erano parole che rimbalzavano sul poster del Napoli, sul gigantesco disegno di Rayman, sui selfie pinzati a un sughero attaccato al muro, selfie con gli youtuber preferiti di Drone. E poi quei modellini di droni, da tutte le parti, che lo fissavano. Quelle parole – morte, mitra, proiettili – non c'entravano nulla con quella stanza.

Poi si fece coraggio. Bevve un po' d'acqua e, senza più guardare la sorella nemmeno di striscio, disse cos'era successo, raccontò la punizione che volevano infliggergli per il guaio che aveva combinato. Annalisa scattò in piedi: – Mi fate

schifo! Tu, i tuoi amici. Che schifo! 'A pistola ce l'hai ancora? 'A pistola con cui hai sparato ai poliziotti? Sparati. Spara-
tevi voi, sparati tu –. E uscì dalla stanza. Rossa in viso: come
aveva potuto provare orgoglio fino a mezz'ora prima?

Drone era disperato, le parole di sua sorella gli sembravano una premonizione, sapeva che sarebbe finita così. In parte
voleva che finisse così.

Nei giorni successivi, come se fosse stata contagiata dal
fratello, anche Annalisa si allontanò dal cibo e dal sonno.
Seppe dissimulare meglio con i genitori. Le pensò tutte e alla
fine le ipotesi, anche quelle più azzardate, andarono a per-
correre i binari dell'azione – che sono sempre gli stessi, se
cresci in un certo territorio. Cominciò ad arrovellarsi su come poteva vendicarsi. Chi poteva colpire delle persone che
avevano imposto questo ordine al fratello. In fondo, Nicolas
doveva sapere che aveva stabilito un tributo troppo più grande del crimine commesso. Se qualcuno avesse rubato quella
pistola, avrebbe dovuto essere ammazzato, Annalisa pensava. Se la stessa persona che l'aveva rubata li aveva salvati tutti
da un arresto, non era giusto subire una punizione così. Pura
logica. Ma la cosa da fare non era trovare una soluzione dentro quel perimetro, piuttosto bisognava saltarne immediatamente fuori, come si salta oltre un cerchio di fuoco. Invece, i
due fratelli non pensarono neanche per un attimo alla possibilità di uscirne. Annalisa era convinta che dovesse esistere
una qualche strategia per sfuggire al ricatto. Denunciare il
fratello per aver commesso un crimine, nella sua testa, non
significava ottenere giustizia ma allearsi con qualcuno: ci si
allea con la paranza, contro la paranza o con un'altra paranza. Le avevano richiesto qualcosa che la disgustava. Peggio
ancora, qualcosa che le sembrava ingiusto. Se Drone avesse
ucciso il fratello di qualcun altro, se li avesse fatti arrestare
tutti, ecco, allora Annalisa avrebbe ritenuto giusta anche una
punizione come quella.

Pensava come se fosse anche lei nella paranza. Tutti erano

nella paranza senza saperlo. Le leggi erano le leggi della paranza.

Annalisa era abbastanza certa, a questo punto. Poteva forse andare dal Micione, o chiedere a qualche amico poliziotto. Oppure stare in ginocchio a servire la paranza. Prospettiva che era ancora più dolorosa e umiliante al pensiero che suo fratello era un fragile, un chiacchiello. Per un attimo desiderò che Drone fosse come Nicolas 'o Maraja, che fosse come 'o White. E invece era solo 'o Drone, un nerd che aveva pensato di ottenere il riscatto entrando a far parte di un gruppo. Aveva le lacrime agli occhi. Faceva schifo tutto. Da qualsiasi punto guardasse. Non poteva confidarsi con nessuno, nemmeno con un'amica, perché se ne avesse parlato con qualcuno rischiava che altri decidessero per lei. Bastava poco, che una ne parlasse con un genitore, con un carabiniere o un amico giudice in qualche cena: e non sarebbe stata più padrona della sua sorte.

Annalisa rimase fuori il più possibile, poi, stanca e con i pensieri sfilacciati, decise di rientrare. All'ingresso trovò raccolta tutta la sua famiglia. Sul garage avevano scritto "Mariuolo" con il disegno infantile di un cazzo. La saracinesca era stata completamente presa a calci e avrebbero dovuto cambiarla.

– E perché hanno scritto sto fatto?! – diceva il padre, che si rivolgeva a suo figlio come se sapesse. Nella sua testa immaginava che avesse combinato qualche inciarmo con i suoi soliti strumenti, rubato qualche password, fregato qualche negozio online che non aveva sistemi di protezione. E gli urlava addosso.

– Allora? Che hai combinato, allora? – La madre in quel caso aveva una posizione più innocentista e Drone si trovò, nel giro di pochi giorni, a subire un altro processo.

– Parla! – Bum. Ceffone della madre. – Chi è che ti sta facenno male? – incalzava.

– Mammà, e se fosse rivolta a papà invece che a me? – Drone iniziò a insinuare il dubbio. La sorella si fece raccon-

237

tare, fingendo di non sapere nulla: – Ma chi è stato? Ma che è successo? – domandava mentre loro salivano le scale. E a quel punto il padre era già stato convinto dal figlio che quella scritta potesse riguardare lui. Gli aveva fatto pensare agli ultimi cantieri, forse era stato troppo facile incolpare subito il figlio, sapeva che stava frequentando un gruppo che non gli piaceva, ma i cantieri dove stava lui? Potevano essere quelli? Drone lo vedeva chiamare col cellulare e chiedere in giro e, davanti allo spavento del padre, crollò. Non aveva la tempra del camorrista quale voleva essere. Negli androni delle scale, mentre la madre e la sorella avevano preso l'ascensore, disse: – Papà, t'aggi''a parlà –. Raggiunsero Annalisa, appena arrivata al pianerottolo. Affacciandosi, lei disse: – Antò, nun t'ho poi detto che ho risolto: hai ragione, dobbiamo fare come dice Nicolas.

Il padre chiese: – Perché avete pronunciato 'o nomme 'e chisto?

– No... Nicolas...

– E che vvuole Nicolas?

Drone era immobile. È impazzita?, pensò, vuole parlare del bukkake davanti a papà?

– Nicolas ha detto che dobbiamo aprire tutti insieme un sito e devo esserci pure io in mezzo, – rispose Annalisa.

– Un sito? E di cosa? La schifezza 'e ll'ommo che è? – commentò il padre.

– No, no... Tiene ragione, un sito dove scriviamo un po' le cose del quartiere. Magari qualcuno si compra la pubblicità... La gente ormai vuole leggere le cose che accadono per la strada, sotto casa. No 'i ccose che stanno a Roma, a Milano, a Parigi.

Drone riprese a respirare, ma non era sicuro che la sorella non fosse davvero impazzita.

Annalisa aveva capito, in un attimo, che Drone era crollato, che il padre sarebbe finito in un mare di guai denunciando la paranza perché la penitenza non avesse luogo. Avrebbero forse dovuto cambiare casa per un po' e sui cantieri come geometra non l'avrebbero mai più chiamato. Era meglio stare zitti e fare così.

Drone cenò zitto zitto, poi entrò nella stanza della sorella:
– Annali', ma tu davvero fai?

– Eh sì, lo devo fare. Non ci resta altro da fare... o li spariamo?

– Ci sto! Tu vuoi sparà? Ci sto.

– Se spari, a pagare sarebbero papà, mamma, e pure io.

Drone si guardava i piedi, da un lato era sollevato, dall'altro disgustato. Gli faceva schifo essere così debole. Nella testa si ripetevano le immagini che lo tormentavano da giorni: la pistola pigliata di nascosto insieme ai proiettili, le poche ore che ci aveva dormito assieme, quando l'aveva estratta per sparare alla macchina della polizia.

Annalisa prese il telefono, fece squillare. Poi disse, asciutta: – Nicolas, so' Annalisa. Va bene. Organizza sta schifezza, e levammo sta colpa a fràtemo.

Drone cominciò a urlare: – No! –, a tirare calci e pugni, distrusse le consolle, con una manata spazzò i droni da una delle mensole più basse, e neanche il rumore di frattura di ali lo distrasse dalla sua furia. Il padre e la madre si precipitarono: – Che è stato?

Annalisa sapeva di dover difendere i genitori dalla verità:
– No, niente. Abbiamo scoperto che Mariuolo era rivolto a lui.

– Lo vedi? Mo', spiega, – comandarono i genitori.

– Sto troppo incazzato, – rispose Drone.

– Sì... l'hanno accusato gli amici di aver rubato dei file... Ma invece non è stato lui, è stato un altro.

– Vabbuo', glielo puoi spiegare, no? – chiese la madre.

– Ma che spiegare. Chistu ccà più frequenta sta munnezza, peggio è. Diventa munnezza come loro, io l'ho sempre detto, – disse il padre.

Fu questa frase che spezzò Drone: – Si' tu 'a munnezza, – sputò fuori. Il padre avrebbe voluto dire "Come ti permetti?": la frase che come magnete attrae a sé lo scontro. Non disse niente, era sconvolto. – Si' tu 'a munnezza. Sempre e solo a fare inciarmi per ottené la fatica di un cantiere. Sempre gli amici tuoi meglio dei miei. Sempre che ci manca qualcosa.

– A te non t'aggio fatto mancà niente.

– Chi te l'ha 'itto?

Annalisa e la madre guardavano lo scontro, a ogni frase il tono si alzava e pure la paura che i vicini sentissero.

– State zitti tutti e due e basta, – intervenne la madre.

Padre e figlio si erano bloccati. Naso contro naso. Si respiravano addosso e nessuno arretrava. Annalisa prese per le spalle il fratello, e la madre il marito. Li separarono, uno al riparo nella sua cameretta in frantumi, l'altro dietro una porta che era diventata limite invalicabile.

Annalisa preparò lo zaino, uscì dal bagno e disse: – Sono pronta.

– Perché lo zaino? – disse seccamente Drone.

– Perché c'ho le cose dentro.

– Quali cose?

Lei non rispose. Drone aveva un gusto d'amaro, il fiato pesante come se la lingua avesse per tutta la notte impastato fango, la melma che gli saliva e scendeva dall'esofago. Non era riuscito a salvare nessuno. Non aveva il potere di fare niente, né contro né a favore, eppure era convinto, come tutti, che entrare in paranza avrebbe significato essere qualcosa di più, di più di se stesso. E ora invece doveva starsene fermo, inerme.

– Forza! – riprese Annalisa. Era lei a dargli coraggio. Lui era infastidito e il suo terrore più grande era che alla sorella potesse piacere una cosa del genere. Annalisa, invece, non aveva altro obiettivo che uscire il prima possibile da questa situazione.

Scesero e presero il motorino. Alla guida Drone, lei dietro. Si presentarono in via dei Carbonari che la paranza era già al completo. Bussarono.

Nicolas aprì la porta: – 'O Dro', non tenevi la chiave? Perché hai bussato?

Drone non rispose. Entrò e basta, la chiave non la voleva più usare. Andò a stravaccarsi sul divano.

– Ciao Annali'. – Decine di "ciao" nella stanza, come il "buongiorno" in una classe quando entra il professore. Erano tutti eccitatissimi, e in realtà preoccupati.

– Allora, – disse Annalisa, – muoviamoci, e finiamo sta tarantella il prima possibile.

– Ehh, – fece Maraja, – il prima possibile... piano piano. – E con la mano batteva l'aria davanti a sé per dare il tempo, a indicare che era lui il regista.

– Bene, che si' sorella responsabile. Non come Antonio fràteto.

– Mo' basta cu sta storia, – rispose Annalisa.

Drago' non si dava pace e disse: – Oh, Maraja, ma s'adda fà proprio sta cosa? Ja', ha capito che ha fatto 'na strunzata. E poi Annalisa che c'azzecca?

– Oh, Drago', – replicò Maraja, – ma fa 'o cesso.

Drago' non apprezzò: – Parlo quando cazzo vogl'i'! Ancora più perché chesta è casa mia.

– No, chesta è 'a casa 'e tutte quanti. Anche casa toia. Mo' è cas''e paranza. E comunque non è che se ripeti 'na cosa ciento vote, la prima volta non funziona e la centesima volta funziona. Pe ciento vote nun funziona.

– A me me pare 'n'esagerazione. 'Na cazzata che ha fatto Drone.

– Un'altra volta? – ancora Nicolas. – Non vuoi caccià 'o pesce? Tienitelo nella vrachetta. Basta. Chiuso qua.

– Oh, c'hai abboffato Drago'! – disse Dentino.

Drago' lanciò uno sguardo ad Annalisa come per dire che non poteva fare di più. Da parte sua non ci fu nessun accenno di gratitudine per il tentativo: il disgusto che aveva per la paranza era totale. Entrò in bagno e, nel giro di una manciata di minuti, uscì da diva. La paranza non aveva mai visto tanta abbondanza e sensualità. O meglio, l'aveva vista su YouPorn, sui canali infiniti di PornHub, fonte della loro unica educazione sentimentale, cresciuti con i portatili come estensione delle proprie braccia. Annalisa aveva capito che doveva presentarsi come una delle eroine porno dei video. Sarebbe stato tutto molto più veloce.

Eccoli là. Tutti nella stanza, sembravano schierati e pronti per una foto di gruppo, i più bassi davanti, gli altri alle spalle, e, in mezzo, la faccia allunata di Biscottino. Era arrivata la maestra. La classe si metteva sull'attenti. Per qualche istante si sentirono tutti squadrati, passati in rassegna, e c'era chi tirava su con il naso, chi s'aggiustava la maglietta, chi si infilava le mani nelle tasche a cercare chissà che. Visti così, attraverso la distanza che s'era creata con l'ingresso di Annalisa, parevano quello che di fatto erano, dei ragazzetti. Per quello stesso lungo istante ciascuno sembrò rispondere di sé, non c'era gruppo, non c'era paranza, non c'era punizione. La maestra era entrata a domandare a ciascuno di che cosa sarebbe stato capace. Per quel tempo indefinito in cui tornarono dentro le loro facce, si sporgevano su una specie di vuoto dove erano indifesi, o più verosimilmente sgomenti, le scarpe slacciate, i pensieri slacciati, gli occhi che non sapevano se star fermi o fuggire.

Ma poi ci fu un clic, e tutto tornò dove doveva. Annalisa, che non avrebbe mai potuto sentire quella sorta di smarrimento, si inginocchiò davanti a Nicolas.

Quando Annalisa sembrò sul punto di iniziare, Drone si guardò i piedi cacciandosi gli auricolari nelle orecchie con la musica ad altissimo volume per non sentire un suono. Ma subito Maraja la fermò.

– Drone, 'o Drone! – urlò Nicolas, costringendolo a togliersi le cuffie e ad alzare gli occhi su di lui. – Hai visto che succede a fottere la paranza? Che poi la paranza fotte a te e a tutto il tuo sangue. Alzati, Annali', vatte a vestì.

– Nooo, ma 'overo? – Pesce Moscio, eccitatissimo, non si trattenne.

– Uaaa', – disse Biscottino, – noooo.

Drone avrebbe voluto abbracciarlo, come se gli fosse piombata addosso, tutta d'un colpo, la lezione impartita. Nicolas, dall'alto dei suoi sedici anni, si sentì così vecchio e saggio che avrebbe voluto la mano baciata; avrebbe voluto le mandibole gonfie come quelle di Marlon Brando, di don Vito Corleone, ma si dovette accontentare degli sguardi delusi della paranza, dell'aria stupita di Annalisa e dell'immobile gratitudine di Drone, incapace di parlare o anche solo di cambiare quell'espressione incredula che gli aveva preso la faccia. Era tutta una messa in scena. E Nicolas adorava le messe in scena, gli sembrava di scrivere la sceneggiatura del suo potere.

Annalisa si mise davanti a Nicolas, era alta press'a poco come lui. Lo guardò come se emanasse un odore ripugnante, poi scandì: – Mi fate schifo tutti, compreso mio fratello –. Respirò profondamente: – Ma ora lo dovete lasciare stare: la colpa è tolta.

Nessuno fece cenno.

Annalisa si avvicinò ancora di più a Nicolas: – La colpa è tolta? Dillo!

– È tolta, è tolta... Drone è della paranza.

– 'Nu privilegio... – disse Annalisa e, voltandogli le spalle, andò in bagno a rivestirsi.

I ragazzini, in piedi, le tennero gli occhi incollati al sedere finché fu sparita dietro la porta. Poi uno dopo l'altro presero la porta. In fila sulle scale, Nicolas davanti fece schioccare la lingua: – Kebab? – chiese. E gli altri: – Kebab, kebab! – all'unanimità.

Solo Drone si fermò ad aspettare la sorella per riportarla a casa.

Parte terza

TEMPESTA

Il segreto della frittura di paranza è saper scegliere i pesci piccoli: nessuno deve stare in disequilibrio con gli altri. Se tra i denti finisce la lisca dell'alice l'hai scelta troppo grande, se riconosci il calamaro perché non l'hai scelto piccolo allora non è più frittura di paranza: è un mischione del pesce di cui hai trovato disponibilità. La frittura di paranza è tale quando tutto ciò che ti finisce in bocca puoi masticarlo senza identificarlo. La frittura di paranza è lo scarto dei pesci, solo nell'insieme trova il suo sapore. Ma bisogna saperli impanare, mettendoli in una farina di qualità, ed è poi la frittura che benedice il pasto. Raggiungere il gusto esatto è la battaglia che si compie sul ferro della padella, sulla spremuta d'oliva, l'olio, sull'anima del grano, la farina, sulla spremuta di mare, i pesci. Si vince quando tutto è in perfetto equilibrio e quando in bocca la paranza ha un unico sapore.

La paranza finisce subito, come nasce così muore. Frienn' e magnanno, friggendo e mangiando. Deve essere calda come è caldo il mare quando l'hanno pescata di notte. Tirate in barca le reti, sul fondo rimangono questi minuscoli esseri confusi tra la massa dei pesci, sogliole non cresciute, merluzzi che hanno nuotato troppo poco. Il pesce viene venduto e loro restano sul fondo della cassetta, tra i pezzi di ghiaccio sciolti. Da soli non hanno alcun prezzo, alcun valore, raccolti in un cuoppo di carta e messi insieme diventano prelibatezze. Nulla erano in mare, nulla erano in rete, nessun peso sul piatto del bilanciere,

247

ma sul piatto da portata diventano delicatezza. Nella bocca tutto viene maciullato insieme. Insieme nel fondo del mare, insieme nella rete, insieme impanati, insieme messi nel rovente dell'olio, insieme sotto i denti e nel gusto – uno soltanto, il gusto della paranza. Ma nel piatto il tempo per poter mangiare è brevissimo: se si fredda, il fritto si stacca dal pesce. Il pasto diventa cadavere.

Veloce si nasce in mare, veloce si è pescati, veloce si finisce nel rovente della pentola, veloce si sta tra i denti, veloce è il piacere.

Andiamo a comandare

Il primo a parlarne fu Nicolas. Lui e gli altri erano al Nuovo Maharaja ad aspettare l'inizio del nuovo anno. L'anno che li avrebbe lanciati nel futuro.

Drago' e Briato' erano sulla terrazza, schiacciati tra la gente. Facevano quello che facevano gli altri, e quindi recitavano il conto alla rovescia davanti al mare di Posillipo impugnando una bottiglia di Magnum, il pollice pronto a far saltare il tappo. Ondeggiavano sostenuti da quella marea umana che tripudiava dell'anno che stava per arrivare. Il contatto fisico con le stoffe leggere degli abiti succinti delle ragazze, il profumo dei dopobarba che apparteneva a un'età che non era ancora la loro, i discorsi captati tra personaggi che parevano avere il mondo in pugno... e tutta un'ubriacatura. Sulla terrazza la paranza si perdeva e si ritrovava, un attimo saltavano tenendosi intrecciati con le braccia lungo la vita, e quello dopo parlavano a voce alta con gente mai vista prima. Mai, però, si perdevano l'uno con l'altro, anzi si cercavano anche solo per se scagnà 'nu surriso che significava che tutto era meraviglioso. E l'anno seguente sarebbe stato meglio ancora.

Meno cinque, meno quattro, meno tre...

Nicolas lo sentiva anche più degli altri, ma sulla terrazza non aveva messo piede. Quando il dj aveva invitato tutti quanti a uscire davanti al mare, aveva abbracciato Letizia stretto stretto e si era inserito nella fiumana, ma poi si era bloccato, mentre lei veniva trascinata via. Era rimasto lì, in piedi, davanti ai finestroni contro i quali sembravano tutti spiaccicati come in un acquario troppo popoloso, e poi aveva cominciato a camminare all'indietro, fino al privé che apparteneva a loro, che grazie a lui Oscar doveva sempre tenere libero per la paranza. Si sedette su una poltroncina di velluto, ci si inchiodò sopra senza curarsi della seduta bagnata di champagne e rimase lì fino a quando gli altri lo raggiunsero dandogli del coglione perché si era perso una strafatta che si era denudata e il marito l'aveva dovuta coprire con una tovaglia. Nicolas disse solo: – Devono capire che nisciuno è cchiù sicuro. Che i palazzi, i negozi e i motorini, i bar, 'e cchiese è tutta roba che permettimmo nuje.

– Che vuoi dicere, Maraja? – chiese Briato'. Era al suo settimo flûte di Polisy e agitava la mano libera dal calice per far sparire il puzzo di zolfo dei fuochi che si scatenavano fuori.

– Che veramente ogni cosa che esiste int''o rione ci appartiene.

– Ma c'appartiene 'o cazzo! Mica teniamo i soldi per comprarci tutto!

– E che c'entra! Mica amm''a accattà tutte cose. Ci appartiene, è roba nostra, se vogliamo bruciamo tutto. Hann''a capì che devono guardare a terra e fare il cesso. Hann''a capì.

– E comm'hann''a capì? Sparamm'a tutti quelli che nun ce fanno cummannà? – intervenne Dentino. Aveva lasciato la giacca chissà dove e ostentava una camicia viola a mezze maniche che lasciava scoperto il tatuaggio dello squalo che si era fatto da poco sull'avambraccio.

– Esattamente.

Esattamente.

Era bastata quella parola, che ne aveva spinte tante altre, e poi molte altre ancora. Una valanga. A distanza di tempo si sarebbero mai ricordati che tutto era cominciato da una parola sola? Che era stata quella – pronunciata mentre intorno i festeggiamenti arrivavano al parossismo – a innescare tutto? No, nessuno sarebbe stato in grado di ricostruire, e nemmeno gli sarebbe interessato farlo. Perché non c'era tempo da perdere. Non c'era tempo per crescere.

La gente che pascolava in piazza Dante se ne rese conto dal rumore prima che apparissero. Avvertì curiosità e pericolo, e per un attimo chi camminava o semplicemente consumava un caffè si immobilizzò. Piazza Dante è tutta racchiusa dall'emiciclo settecentesco del Foro Carolino, e da quando è diventata isola pedonale le braccia eleganti dei due edifici del Vanvitelli hanno acquisito un nuovo respiro. Tanto più forte fu, in quella sorta di parentesi di bellezza urbana, la percezione dell'accadere, un accadere che poteva somigliare a una rappresaglia, a un attacco a sorpresa. Furono preceduti da un ronzio e dai primi colpi in aria, ancora fuori scena. Il ronzio aumentò, aumentò, aumentò, finché spuntarono compatti come uno sciame di vespe da Port'Alba e cominciarono a sparare all'impazzata. Scesero giù in velocità, sputati dentro la luce, come una pattuglia d'assalto. Zigzagarono nella piazza sotto il monumento di Dante, prendendolo volentieri di mira, ma poi puntarono a vetrine e finestre.

Era cominciata la stagione delle stese. Terrorizzare era il modo più economico e veloce per appropriarsi del territorio. L'epoca di chi comandava perché il territorio se l'era conquistato vicolo dopo vicolo, alleanza dopo alleanza, uomo dopo uomo, era finita. Adesso bisognava farli stendere tutti. Uomini, donne, bambini. Turisti, commercianti, abitanti storici del quartiere. La stesa è democratica perché fa abbassare la testa a chiunque si trovi sulla traiettoria dei proiettili. E poi a organizzarla ci vuole poco. Basta, anche in questo caso, una sola parola.

La paranza di Nicolas aveva cominciato dalle periferie. Da Ponticelli, da Gianturco. Un messaggio nella chat – "andiamo in gita" – e il branco partiva sugli Sh 300, sui Beverly. Nei sottosella o infilate nei pantaloni, le armi. Di tutti i tipi. Beretta parabellum, revolver, Smith&Wesson 357. Ma anche Kalashnikov e mitragliatori M 12, armi da guerra con i caricatori pieni fino all'ultimo colpo, ché il polpastrello sul grilletto si sarebbe alzato solo una volta esaurite le munizioni. Non c'era mai un ordine preciso. A un certo punto si cominciava a sparare ovunque e a casaccio. Non si mirava a niente in particolare, e mentre con una mano si davano colpi all'acceleratore e si correggeva la traiettoria per evitare gli ostacoli, con l'altra si faceva fuoco. Si impallinavano i triangoli del "dare precedenza" e i cassonetti che buttavano fuori un sangue nero, di lerciume, e poi ancora un'altra sgasata per riprendere il centro della strada, alzare un po' la mira per raggiungere i balconi, i tetti, senza dimenticare i negozi, le pensiline, i mezzi pubblici. Non c'era tempo di guardarsi attorno, solo movimenti repentini degli occhi sotto i caschi integrali per verificare che non ci fossero posti di blocco o falchi. Nemmeno il tempo per controllare se avevano colpito qualcuno. Ogni colpo portava con sé soltanto un'immagine mentale, che si ripeteva a ogni deflagrazione: una testa che si china e poi il corpo che cerca il terreno per farsi piatto e sparire. Dietro un'automobile, dietro il parapetto di un balcone, dietro una macchia di verde incolta che dovrebbe abbellire una rotonda. Il terrore che Nicolas e gli altri vedevano sulle facce delle persone era il terrore che avrebbe permesso loro di comandare. La stesa dura pochi secondi, come un'irruzione delle forze speciali, e poi, fatto un quartiere, si passa a un altro. Il giorno dopo avrebbero letto sulle pagine locali come era andata davvero, se c'erano stati dei danni collaterali, dei caduti in battaglia.

E poi era arrivato il centro storico. – Facciamoci Toledo, – aveva proposto Lollipop. Detto fatto. Bisognava mettere paura pure lì. – Dobbiamo far fare il giallo a tutti, – diceva. Il colore della paura, dell'ittero, della diarrea. La discesa di Toledo, subito dopo piazza Dante, prese un'accelerazione mozzafiato. Solo Nicolas riuscì, nel rombo impazzito della cavalcata, a mantenersi saldo e così notò, non poté non inquadrarla, subito dopo Palazzo Doria d'Angri, fra la gente che si buttava a terra, una figura di donna che invece restava ferma sulle gambe e, anzi, veniva avanti sulla porta del negozio, sotto l'insegna Blue Sky. La madre lo riconobbe, li riconobbe, e non fece altro gesto se non quello abituale di passarsi una mano a pettine dentro nei capelli neri. Ci passarono davanti e sbucherellarono la vetrina di un negozio di abbigliamento che stava dall'altro lato della via, poco più giù.

In piazza della Carità fecero un carosello fra gli alberi e le auto posteggiate, e lo stesso fecero in Galleria Umberto I, per sentire l'eco delle botte. Quindi tornarono indietro fino al negozio Disney, e lì qualcuno di loro tirò basso. Uno slavo che suonava la fisarmonica sfiatò lo strumento a metà di una malinconica canzone, poi si mosse con lentezza verso la stazione del metrò di Toledo. Si accasciò a terra mentre tutti intorno iniziavano a rialzarsi. I ragazzi intanto avevano già preso per i Quartieri Spagnoli, perdendosi su, verso San Martino, come se lo sciame dovesse prendere il volo e tornare sulla città, a spiare l'effetto di tanta artiglieria. Il risultato lo misurarono come sempre al telegiornale, ma quella sera videro sullo schermo il loro primo morto: videro quell'uomo chino sulla sua fisarmonica, in un lago di sangue. Era conosciuto sulla via per una canzone che suonava spesso, che raccontava di una ragazza che aveva chiesto per non morire la gialla cotogna di Istanbul ma il suo innamorato era arrivato tre anni dopo, tre anni dopo, e la ragazza era già stata portata altrove.

– No, è mio, – disse Pesce Moscio.

– Io credo proprio che no, che è mio, – disse Dentino.

– È mio, – disse Nicolas e gli altri glielo lasciarono, con un misto di turbamento e di rispetto.

Ora che avevano steso era arrivato il momento della raccolta. Era presto per appropriarsi delle piazze di spaccio, non erano ancora abbastanza grandi per pensare in grande. La lezione di Copacabana la ricordavano bene. "O fai le estorsioni o fai le piazze di fumo e coca." E per le estorsioni erano pronti. Il quartiere era una riserva senza padrone, il tempo era loro e se lo sarebbero preso.

Nicolas aveva individuato il primo negozio, una conces-

sionaria Yamaha su via Marina. Al suo diciottesimo compleanno la paranza aveva contribuito a pagargli la patente e ogni
frato aveva versato di tasca propria centocinquanta euro. Il
padre gli aveva regalato un Kymco 150, duemila euro di motorino appena uscito dalla fabbrica. Aveva portato il figlio in
garage e gonfio di orgoglio aveva aperto la serranda. Il Kymco
nero luccicava e davanti al fiocco rosso sul parafango anteriore Nicolas aveva trattenuto a stento una risata. Aveva ringraziato il padre, che gli aveva chiesto se non gli andava di provarlo subito, ma Nicolas aveva risposto che magari un'altra
volta. E lo aveva lasciato lì, a pensare a cosa aveva sbagliato.

Il Kymco lo aveva preso il giorno dopo. Il fiocco rosso
non c'era più. Filò alla concessionaria recuperando gli altri
lungo la strada e spiegò loro dove erano diretti.

Quando gli impiegati videro il serpentone che faceva lo
slalom tra i motorini in esposizione nel piazzale, pensarono
subito a una rapina. Non sarebbe stata la prima volta. La paranza parcheggiò davanti al finestrone che dava sugli uffici e
Nicolas entrò da solo. Gridava che aveva bisogno di parlare
con 'o direttore, che aveva una proposta che non poteva ri-
fiutare. I clienti all'interno della concessionaria gli fecero largo, guardandolo con un'espressione mista di timore e ripro-
vazione. Chi era quel ragazzino? Ma il ragazzino, individuato
il direttore – uno sui quarant'anni, capelli con una riga visto-
sissima, baffi alla Dalí –, prese a dargli delle manate sul petto
– paf, paf, paf – fino a farlo arretrare nel suo ufficio, un cubi-
colo trasparente. Nicolas prese posto sulla poltrona del direttore, allungò le gambe sulla scrivania e poi fece segno
all'uomo davanti a lui che poteva scegliere quella che voleva
tra le sedie riservate ai clienti. Il direttore, che si massaggiava
il petto dove Nicolas lo aveva colpito, provò a replicare ma fu
zittito: – Baffetti', vedi di calmarti. Mo' ti proteggiamo noi.

– Noi non abbiamo bisogno di protezione, – provò a dire
il direttore, che però non la smetteva di stropicciarsi la camicia a righe. Quel dolore sordo non voleva andarsene.

– Strunzate. Tutti hanno bisogno di protezione. Facciamo accussì, – disse Nicolas. Tirò giù le gambe dalla scrivania, si avvicinò al direttore e gli afferrò la mano che adesso si era fermata. Gliela schiacciò nella sua e con quella libera cominciò a dargli dei pugni proprio dove l'aveva già percosso.

– Li vedi i compari miei là fuori? Passeranno qui tutti i venerdì.

Pugno. Pugno. Pugno.

– Ma mo' cominciamo con un passaggio di proprietà.

Pugno. Pugno. Pugno.

– Il Kymco mio. È nuovo. Neanche un graffio. Lo vale 'nu T-Max?

Pugno. Pugno. Pugno.

– Lo vale, lo vale, – disse il direttore con una vocina annaspante. – E per i documenti come facciamo?

– Mi chiamo Nicolas Fiorillo. 'O Maraja. Ti basta?

Poi fu il turno degli ambulanti: – Tutti gli ambulanti che stanno sul rettifilo devono pagare a noi, – chiarì Nicolas. – Ci mettimm''o fierro in bocca a tutti sti cazzo di negri e ci facimmo dà dieci, quindici euro al giorno.

Quindi passarono ai negozi. Entravano e spiegavano che da quel momento comandavano loro, e poi stabilivano la cifra. Pizzerie, gestori di slot machine attendevano ogni giovedì la visita di Drone e Lollipop, incaricati della raccolta. "Andiamo a fare le terapie," scrivevano sulla chat. Ben presto però decisero di subappaltare il ritiro a qualche marocchino disperato in cambio degli euro sufficienti a garantirgli un alloggio e un vitto. Tutto molto semplice, tutto molto veloce, bastava non uscire dalla propria zona di competenza. E, se il salumiere faceva troppe storie, bastava cacciare fuori il ferro – per un po' Nicolas usò la vecchia Francotte, gli dava piacere, gli riempiva la mano, quella pistola – e ficcarglielo in gola fino a sentire i conati. Ma erano pochi quelli che provavano a resistere, e alla fine c'era pure qualcuno che si autodenunciava alla paranza se, quando abbassava la saracinesca il giovedì sera, non aveva ancora visto nessuno.

Adesso sì che i soldi entravano, eccome. A eccezione di Drago', nessuno ne aveva mai visti tanti in una volta sola. Pensavano ai portafogli smunti dei genitori che faticavano tutto il giorno, che si dannavano con lavori e lavoretti spezzandosi la schiena, e sentivano di aver capito come si sta al mondo più assai di loro. Di essere più saggi, più adulti. Si sentivano più uomini dei propri padri.

Si trovavano al covo e attorno al tavolino contavano la lattuga, tagli piccoli e tagli grandi. Mentre si facevano una canna e Tucano immancabilmente scarrellava la pistola – ormai era un sottofondo costante, lui manco si accorgeva più del gesto –, Drone tirava le somme, teneva i conti e segnava tutto sull'iPhone, e infine spartivano. Poi si concedevano la regolare partita ad *Assassin's Creed*, ordinavano il solito kebab e, ingoiato l'ultimo boccone, liberi tutti, andavano a spendere. In gruppo, oppure con le ragazze e qualche volta pure da soli. Rolex d'oro, smartphone ultimo modello, scarpe di Gucci pitonate e sneaker Valentino, vestivano firmati dalla testa ai piedi e fino alle mutande, rigorosamente Dolce & Gabbana, e poi dozzine di rose rosse fatte recapitare a casa delle ragazze, anelli di Pomellato, ostriche e caviale e fiumi di Veuve Clicquot consumati ai divanetti del Nuovo Maharaja – che poi un po' gli facevano schifo quei piatti viscidi e puzzolenti, e allora capitava che uscissero dal locale e andassero a mangiarsi 'nu cuoppo di paranza fritta come si deve, in piedi o seduti sugli scooter. Come i soldi entravano, subito uscivano. L'idea di metterne da parte non li sfiorava: fare soldi subito era il loro pensiero, il domani non esisteva. Appagare ogni desiderio, al di là di qualsiasi bisogno.

Cresceva, la paranza. Crescevano i guadagni e cresceva il rispetto che vedevano negli occhi delle persone. – Le persone stanno iniziando a schifarci, significa che vogliono essere come noi, – diceva Maraja. Crescevano loro, anche se non tenevano il tempo per accorgersene. Stavodicendo aveva smesso di lavarsi la faccia con litri di Topexan, l'acne che gli aveva torturato la faccia sembrava finalmente paga del suo lavoro e gli aveva lasciato in ricordo dei segni che gli davano un'aria vissuta. Drago' e Pesce Moscio si erano innamorati almeno tre volte, e ogni volta, giuravano, era l'amore della loro vita. Li vedevi piegati sugli smartphone a digitare frasi trovate su Internet nei siti specializzati oppure dichiarazioni di fedeltà eterna: lei era la più bella, il sole che illuminava la loro esistenza, era lei che avrebbe dovuto amarli qualsiasi cosa fosse accaduta. Briato' si era arreso alle continue pigliate per il culo di Nicolas, che lo accusava di pettinarsi i capelli all'indietro come 'nu milanese, e si era rasato. Per un po' andò in giro con una coppola, ogni volta che compariva erano nuove pigliate per il culo. "Che te lo dico a fare?", gli dicevano. E di per sé non era affatto un'offesa per uno come lui che aveva fatto di *Donnie Brasco* un mantra da recitare, ma si era stufato e un giorno la coppola l'aveva fatta finire in un cassonetto. Dentino e Lollipop andavano in palestra insieme ed erano entrambi tonici, anche se il primo aveva smesso di crescere, mentre Lollipop continuava ad allungarsi e sembrava non doversi fermare mai. Avevano anche imparato a camminare a petto in fuori e a braccia larghe, come se avessero avuto bicipiti che impedivano di tenerle appiccicate al corpo. Le spalle già ampie di Tucano erano diventate ampie, robuste, le ali tatuate sulla schiena parevano prendere sempre più il volo. Biscottino, poi, era sbocciato. Da un giorno all'altro si era alzato di parecchi centimetri, e le gambe con tutte quelle corse in bici erano diventate due leve guizzanti. Drone si era levato gli occhiali e li aveva sostituiti con le lenti a contatto, si era anche messo a dieta e allora niente più kebab né pizza fritta. Anche Nicolas era cambiato, e non perché era diventato un consumatore di coca, che su di lui non sembrava avere lo stesso effetto che aveva sulla paranza. La sua era un'euforia controllata. Quando Drago' gli parlava, dietro ai suoi occhi scorgeva un continuo rimuginio: parlava, scherzava, dava ordini, faceva il cazzaro insieme agli altri, ma non abbassava mai la guardia, non si staccava mai da un discorso tutto suo a cui nessun altro era invitato. A volte quegli occhi gli ricordavano un po' quelli di suo padre, Nunzio 'o Viceré, occhi che lui non aveva mai avuto. Ma questi pensieri di Drago' erano lampi che appena toccavano terra scomparivano senza lasciare traccia.

Cosa stavano diventando? Non c'era tempo neanche per tentare una risposta. Bisognava andare avanti.

– Il cielo è il limite, – diceva Nicolas.

Piazze

Il silenzio non si può rompere perché il silenzio non esiste. Anche su un ghiacciaio a quattromila metri: ci sarà sempre uno scricchiolio. Anche in fondo al mare: il tu-tump del cuore sarà lì a tenerti compagnia. Il silenzio assomiglia piuttosto a un colore. Ha mille sfumature, e chi nasce in una città come Napoli, Mumbai o Kinshasa sa percepirle e coglierne lo scarto.

La paranza era al covo. Era giorno di distribuzione. La mesata che spettava a ogni paranzino era in un mucchio di banconote che ricoprivano il tavolo basso di cristallo. Ci avevano provato prima Briato' e poi Tucano a dividere in parti uguali ma alla fine i conti non tornavano mai. C'era sempre qualcuno che si trovava in difetto rispetto a qualcun altro.

– Briato', – disse Biscottino, che si era ritrovato con dieci pezzi da venti e guardava i centoni che spuntavano dalle dita di Drone, – ma tu non facevi ragioneria?

– No, – intervenne Pesce Moscio, – lui si era chiavato una professoressa, ma quella l'ha bocciato uguale. – Una vecchia storia, molto probabilmente falsa, ma loro non si stancavano di raccontarla e ormai Briato' non reagiva più, soprattutto in quel momento in cui la divisione ancora non gli riusciva.

Drago' acciuffò i soldi di tutti e li ributtò sul tavolino come si fa quando si manda a monte una partita a carte, e poi si bloccò con un venti euro a mezza altezza. Sembrava un giocatore pronto a calare l'asso.

– Cazzo è sto silenzio?

Alzarono tutti la testa, a percepire la sfumatura di quel silenzio. Nicolas fu il primo a uscire dal covo, e poi gli altri dietro. Biscottino provò a dire che prima di un'esplosione nucleare, lo aveva visto in un film, c'è sempre quel silenzio, dopodiché BUM, cenere, ma erano già tutti per strada, allineati ad assistere a Forcella che si preparava a prendersi un momento di pausa. Certo, il rumore di fondo non si esauriva mai, era solo appunto una sfumatura, ma tanto bastava.

Il traffico alla biforcazione del quartiere si era bloccato, un vecchio camion per traslochi con il nome sbiadito sulla fiancata si era fermato di taglio e aveva aperto lo sportellone posteriore. Dalle finestre delle case attorno, dai marciapiedi, dagli abitacoli delle automobili che avevano spento il motore, arrivavano proposte di aiuto, ma espresse senza convinzione, solo per piaggeria, perché gli incaricati del lavoro erano già stati individuati. La paranza dei Capelloni. Facevano la spola tra il camion e l'ingresso del palazzo, quello in punta, il posto d'onore. Mobili vecchi, almeno di un paio di generazioni prima, pesantissimi, ma non sfiorati dal tempo, come se fossero rimasti sotto un telo di plastica per decenni. Tre Capelloni stavano sudando sotto una statua della Madonna di Pompei alta un paio di metri. Due tenevano per i piedi san Domenico e santa Caterina da Siena, mentre il terzo reggeva la Madonna dall'aureola. Sbuffavano, sudavano, imprecavano al cospetto di tutta quella santità. Accanto a loro, come un guardiano di pecore, 'o White li dirigeva a urla.

– Se facciamo cadere la Madonna, la Madonna fa cadere a noi.

E poi lampadari di cristallo, un'ottomana di un tessuto spesso e di un colore rosso pompeiano adornato da sagome di foglie d'oro, sedie con gli schienali altissimi, quasi dei troni, poltrone, scatole di cartone ricolme di servizi di piatti. Tutto l'armamentario per cominciare una vita in grande stile.

Se la paranza di Maraja, attaccata con la schiena ai muri dei palazzi dirimpetto, avesse alzato gli occhi da quello spettacolo per piantarli una decina di metri più su, alla finestra da cui si stava sporgendo, avrebbe scorto la nuova padrona di casa, Maddalena, detta la Culona. Era offesa col marito, Crescenzio detto Roipnol, perché lei avrebbe tanto voluto scendere per strada con lui, fare un giro nel quartiere, acclimmatarsi, insomma. Ma il marito era stato irremovibile e in quell'appartamento ancora spoglio cercava di spiegarle che lui non poteva uscire con lei, non era sicuro, lei però poteva, nessuno glielo impediva. Lui si era fatto vent'anni, un po' di tempo chiuso lì dentro che differenza avrebbe fatto? Crescenzio cercava di calmare la moglie, ma la eco di quella casa nuda e quel ragazzino, Pisciazziello, che continuava a chiedere: – Vi piace come abbiamo pittato? –, rendeva tutto inutile.

Dieci metri più giù, i Capelloni sparivano nell'androne e poi ricomparivano a mani vuote, pronti per un altro carico. Solo 'o White non faceva nulla, se non fumarsi una canna dopo l'altra e gesticolare come un direttore d'orchestra.

Nicolas e i suoi paranzini non avevano osato muovere anche solo un passo. Non ci riuscivano proprio, erano a bocca aperta, continuavano a fissare la scena come vecchietti davanti agli scavi per le nuove tubature. Quello non era un trasloco, era l'arrivo di un re con la sua corte.

Biscottino fu il primo a parlare: – Nico', ma chi ci sta?

La paranza tutta si voltò verso Nicolas, che fece un passo avanti, al limitare del marciapiede, e con una voce fredda che metteva i brividi disse: – Vedi, Biscotti', pure è una soddisfazione portare i mobili in spalla.

– A chi?

– Sacc'i', – e aggiunse altri passi, per staccarsi dalla paranza, fino a raggiungere 'o White, sussurrargli qualcosa all'orecchio mentre questo si accendeva un'altra canna, se la portava alla bocca e con l'altra mano si strizzava il codino alla samurai – un mozzicone di capelli unti – che si era fatto crescere. Si allontanarono ed entrarono nella saletta. Gli avventori abituali erano per strada, anche loro spettatori. 'O White si sdraiò sul biliardo, un braccio a sorreggere la testa. Nicolas invece se ne stava piantato sui piedi, immobile, i pugni serrati lungo il corpo. Stava sudando dalla rabbia, ma non voleva asciugarsi la fronte, non voleva mostrarsi debole davanti a 'o White. Nei tre minuti che ci avevano messo per raggiungere la saletta 'o White, senza tanti giri di parole, aveva detto a Nicolas che da quel momento il quartiere era di Crescenzio Roipnol. Così era stato deciso. Che si mettessero in riga lui e i suoi guagliuncelli.

Nessuno di loro aveva mai visto Crescenzio Roipnol, ma tutti sapevano chi era e perché era finito a Poggioreale vent'anni prima, quando don Feliciano e i suoi erano lontani, a Roma, a Madrid, a Los Angeles, convinti di avere stabilito un potere che nessuno poteva spezzare. Ma il fratello di don Feliciano, 'o Viceré, non riusciva a contenere chi voleva prendersi Forcella approfittando del vuoto di potere. Ernesto 'o Boa – uomo di Mangiafuoco, della Sanità – si era installato a Forcella. Per comandarla. Per sottometterla alla Sanità. In soccorso al Viceré erano arrivati i Faella, era arrivato il loro boss Sabbatino Faella, padre del Micione. Ed era arrivato il suo braccio armato, Crescenzio Ferrara Roipnol. Fu lui a sbarazzarsi del Boa, e lo fece una domenica, a messa, davanti a tutti, per proclamare che il potere di don Feliciano era salvo grazie a Sabbatino Faella. L'eterna lotta tra le monarchie di Forcella e della Sanità era stata congelata nuovamente, affinché il cuore di Napoli rimanesse diviso tra due sovrani, come avevano sempre voluto le famiglie di fuori.

Era un eroinomane di vecchio stampo, Crescenzio, e in carcere era riuscito a sopravvivere solo grazie al suocero, il padre della Culona, che riusciva a fargli arrivare il Roipnol dietro le sbarre. Le compresse gli servivano per placare i tremori, per impedirgli di impazzire dopo l'ennesima crisi di astinenza, ma in compenso gli avevano rallentato un po' i riflessi, a volte sembrava narcotizzato. Non abbastanza, però, se era stato nominato capozona.

Nicolas guardava il sorriso di 'o White che gli si allargava sulla faccia, i denti marroni che sporgevano. Quello stronzo, pensò, non si rendeva conto di essere uno schiavo.

– Allora ti piace prenderlo? – esordì Nicolas.

'O White si allungò ancora di più sul tavolo, e incrociò le mani dietro la nuca, come fosse steso su un prato a prendere il sole.

– Ti piace prenderlo? – ripeté Nicolas, ma 'o White continuava a ignorarlo, forse neanche le sentiva, quelle parole. Non sentiva neanche la cenere della canna che gli cadeva sul collo.

– Proprio così ti piace, White? Senza manco 'o sputazzo?

'O White si tirò su a sedere di scatto, in una sbilenca posizione yoga. Tirava avido dalla canna, a succhiarne il coraggio. E forse a eliminare la vergogna.

– Fammi capire, – disse 'o Maraja, – Micione lo mette in culo a Copacabana. Copacabana lo mette in culo a Roipnol. E Roipnol lo mette in culo a te! Dico giusto?

'O White si slegò il codino, i capelli ricaddero in un ciuffo sghembo. – Ci alternammo, – disse, e tornò a stendersi sul tavolo.

Nicolas era furente, avrebbe voluto uccidere 'o White in quel momento, a mani nude, prenderlo al collo finché non diventava blu, anzi, avrebbe voluto salire i quattro piani del palazzo dove stava Roipnol e uccidere lui e la moglie, prendersi Forcella, prendersi quello che Copacabana gli aveva fatto annusare. Ma non era tempo. Uscì dalla saletta e ad ampie falcate raggiunse la sua paranza, che non si era spostata di un metro da dove l'aveva lasciata. I Capelloni stavano spostando una cassapanca che non sarebbe mai passata dal portone. Nicolas si ripiazzò tra i suoi, come fosse l'ultima tessera di un puzzle che compone finalmente la figura completa. Biscottino, senza girarsi verso il suo capo, chiese un'altra volta:

– Ma a chi stanno portando i mobili?

– Stanno portando i mobili a chi è stato mandato qua per farci diventare formiche del Micione.

– Maraja, – disse Tucano, – ma che stai dicendo? Amm''a
i' da Copacabana subito.
– Andiamo a dirgli che ha capito l'ambasciata.
Scalpiccìo di piedi, mani ficcate nelle tasche dei pantalo-
ni, tirate di naso. La paranza aveva perso la quiete contem-
plativa.
– Come? – disse Tucano.
– Come che Copacabana ci ha fottuto. Ci ha levato le
chiavi di Forcella.
– E mo' che facciamo?
– Ci rivoltammo.

Nicolas aveva detto loro di raggiungerlo al Nuovo Maharaja. Quella sera stessa. Nel privé aveva fatto portare nove
divanetti per i suoi paranzini, per lui aveva scelto un trono di
velluto rosso che di solito Oscar usava per le feste dei predi-
ciottesimi. Li aveva aspettati seduto lì. Indossava un gessato
grigio scuro che aveva comprato qualche ora prima, dopo la
chiacchierata con 'o White. Si era preso Letizia ed erano entrati nel primo negozio del centro. E poi scarpe Philipp Plein
con le borchie e un cappello a tesa larga di Armani. L'insieme
era stridente, ma a Nicolas non interessava. Gli piaceva come
la luce del Nuovo Maharaja si rifrangeva su quelle scarpe da
cinquecento euro. Per l'occasione aveva anche deciso di re-
golarsi la barba. Voleva essere perfetto.
Tamburellava sui braccioli di ottone e osservava il suo
esercito ingozzarsi di Moët e Chandon. Drago' gli aveva
chiesto che cosa c'era da festeggiare visto che adesso dovevano stare sotto a Roipnol, ma Nicolas non gli aveva neanche risposto, limitandosi a indicare i vassoi di paste e i flûte.
Dal locale arrivava un ritmo a centoventi BPM, probabilmente una blanda festa di compleanno, sarebbe durata a
lungo. Bene, pensò Nicolas quando furono al completo, e
chiese ai suoi di accomodarsi sulle poltroncine. Li aveva tutti davanti, i suoi apostoli. Un emiciclo dove gli occhi erano
obbligati a dirigersi solo su di lui. Fece passare lo sguardo da

destra a sinistra, e poi di nuovo da sinistra a destra. Drago'
doveva essere passato dal barbiere perché l'ombra disordi-
nata che portava in volto quella mattina adesso era stata ri-
governata in una striscia perfetta. Briato' aveva scelto una
camicia blu navy, abbottonata fino al collo, mentre Drone
aveva optato per una T-shirt attillata. Aveva cominciato da
poco ad andare in palestra e stava lavorando sodo sui petto-
rali. Anche Pesce Moscio si era messo in tiro, per una volta
aveva abbandonato i pantaloni over size per un paio di
North Sails con una leggera vita bassa e con l'orlo alto a mostrare i mocassini.

Sono tutti belli, pensò Nicolas, posando gli occhi anche
sopra Tucano, sopra Lollipop, sopra Stavodicendo e Dentino. E quel pensiero, che se avesse espresso a voce alta gli
avrebbe attirato sfottò per tutta la notte, passò senza vergogna. Anche Biscottino era bello, con quella faccia da bambino che non ha ancora perso le rotondità della fanciullezza.

– Che ci sta 'a festeggià? Che dobbiamo stare sotto
Roipnol? – ripeté Drago'. Adesso Nicolas sarebbe stato costretto a rispondere, e 'o Maraja avrebbe voluto replicare subito che forse già lo sapevano, perché erano lì a brindare, visto che si erano presentati agghindati in quel modo, come se
avessero già intuito che quella giornata non era stata una
sconfitta.

– La paranza non sta mai sotto a nisciuno, – disse Nicolas.

– Ho capito, Nico', ma mo' ci sta isso, e se ci sta isso è
perché 'o Micione ha deciso così.

– E noi ci pigliamo le piazze. Ce le pigliamo tutte.

Il meccanismo non aveva bisogno di essere imparato. Né
tantomeno andava spiegato. Ci erano cresciuti. Quel sistema
in "franchising" era vecchio come il mondo, aveva sempre
funzionato e per sempre avrebbe funzionato. I titolari delle
piazze erano volti che sapevano distinguere tra mille, ammi-
nistratori unici della merce che avevano un solo obbligo: pagare, ogni fine settimana, la quota stabilita dal clan che controllava quella zona. Dove si procuravano la roba? Avevano

un fornitore o più di uno? Erano interni al clan? Domande che avrebbe fatto chi lì non c'era cresciuto. Una forma di capitalismo senz'anima, che permette quel giusto distacco per fare affari senza problemi. E se poi i titolari facevano un po' di cresta, il clan la tollerava, era il premio di produzione. Non dovrebbero funzionare così tutte le aziende?

Prendere le piazze significa prendersi il quartiere, conquistare il territorio. La tassa sistematica e la mesata cacciata dagli ambulanti non fa mettere radici. Dà soldi, ma non cambia le cose. Nicolas vedeva tutto dispiegarsi davanti a sé. Marijuana, hashish, cobret, cocaina, eroina. Avrebbero fatto tutto in sequenza, la mossa giusta al momento giusto e nel punto giusto. Lo sapeva Nicolas che certe cose non poteva evitarle ma poteva accelerare e soprattutto lasciare la sua impronta, anzi quella della sua paranza.

Non ci furono risate. Non ci furono neanche accavallamenti di gambe o struscichii di stoffa sulle poltroncine. Per la seconda volta in quella giornata la paranza si era pietrificata. Era il sogno che finalmente trovava la strada della parola. Ciò che avevano fatto fino a lì era stata una corsa folle verso quell'obiettivo che Nicolas aveva avuto il coraggio di nominare. Le piazze.

Nicolas si alzò e posò il palmo della mano sui capelli di Drago'.

– Drago', – disse, – tu ti pigli via Vicaria Vecchia. – E levò le dita di scatto, come avesse eseguito un incantesimo.

Drago' si alzò dalla poltroncina e fece il gesto con le palme rivolte verso il soffitto e poi su e giù, a sollevare un peso invisibile. *Raise the roof.*

Gli altri applaudirono e partì anche qualche fischio. – Vai, Drago'...

– Briato', tu vai a comandare in via delle Zite, – proclamò Nicolas e impose le mani sulla sua chioma.

– Briato', – disse Biscottino, – se vuoi comandare però devi iniziare a farti un bel po' di flessioni la mattina...

Briato' fece finta di mollargli un pugno sul naso e poi si inginocchiò davanti a Nicolas, chinando il capo.

– Drone bello, – continuò Maraja, – per te c'è vico Sant'Agostino alla Zecca.

– 'Azz', – disse Briato', che era andato a riempirsi un altro flûte, – così mo' le tue macchinette le puoi impiegare per il bene nostro.

– Briato', ma vatténne, va'.

– Lollipop, tu c'hai piazza San Giorgio.

Via via che Nicolas assegnava le piazze, le poltroncine si svuotavano, e chi aveva già ricevuto la propria zona – la propria piazza! – si complimentava con quello nominato dopo di lui, lo abbracciava, gli prendeva il viso tra le mani e lo guardava fisso negli occhi, come due guerrieri pronti a scendere sul campo di battaglia.

A Stavodicendo toccò Bellini e a Pesce Moscio una piazza che stava tra via Tribunali e San Biagio dei Librai. – Stavodice', hai fatto carriera!

– Denti', – disse Maraja, – piazza Principe Umberto come la vedi?

– Come la vedo, Maraja? Amm''a scassà i ciessi!

Nicolas si girò e andò a versarsi lo champagne. – Abbiamo finito, 'overo? Andiamo a comandare?

– E tu, Maraja? – chiese Dentino.

– Io mi piglio la delivery, la piazza volante.

Biscottino, che sedeva nella poltroncina centrale, si era visto passare davanti Nicolas almeno quattro volte. Si sentiva come un panchinaro ignorato dal proprio allenatore. A Biscottino tremava il labbro, aveva ficcato le unghie nei braccioli, cercava di concentrare lo sguardo su un punto qualsiasi per non incrociare le risate sguaiate dei suoi amici che avevano appena lanciato un brindisi al guagliuncello che era rimasto all'asciutto.

Nicolas buttò giù lo champagne in una volta sola e poi chiese a Biscottino di alzarsi. Vergognoso si avvicinò al suo capo, che gli piazzò una mano sulla spalla.

– Ti sei cacato sotto, 'overo? I pantaloni li tieni ancora asciutti?

Altre risate e altri flûte tintinnanti.

Poi Nicolas diede uno schiaffetto a Biscottino e assegnò anche a lui una piazza. La sua piazza.

Una piazzetta. 'Na piazzulella.

Adesso la festa poteva cominciare davvero.

Amm''a scassà i ciessi

C'era stato un attentato. Stavano tutti davanti al portatile di Drone a guardare nello schermo le immagini dell'esplosione, le foto segnaletiche.

– Guardate che cazzo di barba tengono quelli, – disse Tucano.

– Ua', so' quasi come quelle che teniamo noi, – disse Pesce Moscio.

– Chisti tengono 'e palle, guagliu', – disse Nicolas.

– A me sembrano solo dei bastardi. Uccidono chiunque. Hanno ucciso 'na creatura, – disse Dentino.

– Hanno ucciso 'na creatura toja?

– No.

– E allora che te ne fotte?

– Ma ci potevo stare!

– Ci stavi? – aspettò appena lo spazio di un no e concluse: – Tengono 'e ppalle.

– Ma che cazzo dici, Nicolas? Guagliu', è uscito pazzo 'o Maraja.

Nicolas prese posto sul tavolo, accanto al computer. Si piazzò lì e se li guardò tutti negli occhi. – Ragionate. Chi per ottenere qualcosa si fa morire, tiene 'e ppalle, punto. Anche se chella cosa è 'na strunzata, religione, Allah, che cazzo ne so. Chi va a morire per ottené 'nu fatto, è uno gruosso.

– Anche pe mme tengono 'e ppalle, – disse Dentino. – Però chisti ce fanno male. Vònno cuprì 'e ffemmene, vogliono bruciare Gesù.

– Sì, però, io tengo rispetto pe' cchi se fa murì. Tengo rispetto pure pecché tutti hanno paura di loro. Questo significa che ce l'hai fatta, adda murì mammà, ce l'hai fatta se tutti fanno la mmerda nelle mutande quando ti vedono.

– Sai cosa, 'o Maraja? A me piace che chesta barba è 'nu fatto che mette paura, – disse Lollipop.

– A me nun me mette paura, – disse Biscottino, che non teneva ancora manco un'ombra di barba. – E poi la barba mica la tenete perché siete dell'Isis.

– No, ma nun me dispiace, – disse Nicolas, e subito postò "Allah Akbar".

In un attimo sotto il suo post si allungò una lista di commenti indignati.

– Ua', Maraja, ti stanno facendo una schifezza, – disse Briato'.

– Lasciali fare, chi se ne fotte.

– Sai che penso, Maraja? – disse Tucano. – Che io sono il primo a schifare i ricchi senza rischi perché chi tiene i soldi e nun sape sparà, non si sa prendere quello che vuole, chi tiene 'e sorde perché arriva 'nu stipendio che fa paura, 'na pensione, secondo me si merita di perderli, i soldi. Cioè a me piace chi è ricco coi rischi. Però non pazziammo, questi qua sono munnezze: pigli e spari 'ncoppa a criature no, sei una schifezza d'uomo.

Stavodicendo si alzò per prendere un'altra birra, lanciò uno sguardo allo schermo che rimandava per l'ennesima volta l'immagine dell'esplosione e disse: – Poi sto fatto che muoiono nun so' d'accordo. È una cosa da bucchinari.

– Eh, giusto, – fece Drago'. – 'O fra', – continuò rivolgendosi a Nicolas, – una cosa è che uno, che ne so, per tenere in mano una piazza, per fare una rapina o per fare 'nu piezzo viene ucciso. Un'altra è che voglio proprio morire. Chesto nun me piace. È da strunzo.

– E noi, – scosse la testa 'o Maraja, – restammo sempre e

solo una paranza di pescetielli di cannuccia. Che ci accontentiamo.

– Maraja, ma pecché ti lamenti? Stammo addiventann''e re di Napoli e tu lo sai.

– Pecché nun è accussi che se cagna!

– Io non voglio cambiare, – disse Tucano. – Io voglio guadagnà, e basta.

– È chisto 'o punto, – disse Nicolas, gli occhi neri si accesero, – è proprio chisto 'o punto. Noi dobbiamo comandare, non dobbiamo soltanto guadagnare.

– Amm''a scassà i ciessi, – commentò Biscottino.

– Pe cummannà la gente ti deve riconoscere, s'adda inchinà, adda capì che tu ci starai 'na vita. La gente ci deve temere, loro a noi, e non noi a loro, – conclude Nicolas, parafrasando le pagine di Machiavelli che teneva bene impresse nella memoria.

– Ma se se cacano tutti a vederci! – fece Dentino.

– Dovremmo tené fora 'a porta file di gente che vò trasì int''a paranza, e invece niente...

– Questo è meglio! – fece Pesce Moscio. – Che ne sai che nun te trase 'na spia?

– Spia o non spia, – disse Nicolas scuotendo la testa, – 'a paranza è sempre stata considerata 'nu fatto al servizio di qualcuno, come dice la polizia quando arrestano chi chiava le botte: la paranza di...

– Il braccio armato, – disse Drone.

– Ecco, io non voglio essere il braccio di nisciuno. Noi dobbiamo essere di più, c'amm''a magnà le strade. Fin qui abbiamo pensato solo ai soldi, invece amm''a pensà a cummannà.

– Che significa? Che cazzo amm''a fà secondo te? – chiese disperatamente Tucano, che se la stava prendendo.

La paranza non capiva, girava intorno a un significato che non riusciva a intuire.

– Ma con i soldi si comanda. Punto, – chiosò Dentino.

– Ma quali sordi? Tutt''e sorde che apparammo noi è quello che guadagna un boss int'a quindici juorni o il costruttore Criviello in un weekend! – Scese dal tavolino e andò anche lui a stapparsi una birra. – Adda murì mammà, non ci sta niente da fare. Non capite, non capirete mai 'nu cazzo.

– Comunque, – disse Lollipop per uscire da quella conversazione che pareva ingrippata come un motorino vecchio, – è per questo che mi piace tenere sta barba, – si carezzò la barba ben curata, – perché accussì facciamo paura, 'o Maraja.

– A me non fa paura 'a barba, – disse Drago' stravaccato sul divano a preparare una canna. – Quelli della Sanità hanno tutti la barba lunga... e non mi caco mica sotto.

– Noi no, ma 'a gente sì, – rispose 'o Maraja.

– A me nun me piace sta cazz''e barba longa, – ribadì Drago'.

– A me me piace assai, a Nicolas piace, a 'o Drone piace, quindi fattela crescere pure tu: amm''a tené 'na divisa... – rincarò Lollipop.

– Bello sto fatto della divisa, – disse 'o Maraja.

– Ma guagliu', secondo me a Drago' più di così non gli esce la barba... è ancora criatura come a Biscottino.

– Zuca il pesce, strunzo, – rispose Drago', – e poi abbiamo le ali. Quella è la divisa, sulla carne, non una cosa che 'nu barbiere ti può cancellare.

Nicolas aveva smesso di ascoltare. Le piazze erano state spartite, è vero, a tutti ne aveva assegnata una, ma pigliarsele veramente era un'altra cosa. Nessuno, a parte lui, sembrava avere ancora messo a fuoco che fra i due fatti c'era un mare in mezzo. Ma lui pensava pure che i mari si attraversano e che, se sei nato fottitore, non esistono ostacoli che ti possono fermare. Il limite è il cielo.

Nicolas credeva davvero nelle sue capacità e nei segni. Qualche giorno prima, quando Roipnol non si era ancora insediato a Forcella come una zecca succhiasangue, aveva visto Dumbo in giro con il suo Aprilia Sportcity e dietro, allacciata a lui, una donna sui cinquanta. Non l'aveva riconosciuta subito, perché viaggiavano a zigzag e a una velocità folle, ma qualcosa era scattato. E allora lo aveva tenuto d'occhio, e aveva capito chi era quella. La Zarina, la vedova di don Cesare Acanfora detto 'o Negus, la regina di San Giovanni a Teduccio e la madre del nuovo re, Scignacane. Il suo vero nome era Natascia e suo marito era stato ammazzato dagli uomini dell'Arcangelo perché si era schierato con i Faella pur avendo lavorato per anni in federazione con i Grimaldi. Dopo aver pianto il Negus, la Zarina si era imposta un unico obiettivo: essere l'esclusivista dell'eroina a Napoli. Nient'altro. Nessuna estorsione, nessun esercito, solo uomini che dovevano difendere questo business. E suo figlio Scignacane era stato formato per questa missione. Non un boss, ma un broker. Poi il Micione era riuscito a trovare altri canali di rifornimento e gli Acanfora stavano cominciando a lavorare meno.

Mai soprannome era stato più azzeccato per Scignacane. Era rimasto sotto ai funghetti che si era pigliato a sedici anni e adesso, a ventuno, quando usava troppe S di fila in una frase, sbavava come un cane e si muoveva a scatti, come una scimmia sorpresa da un rumore improvviso. – Si deve pippare, non buttare in vena, – diceva quando parlava dell'eroina. Perché buttarsela in vena ti trasformava in uno zombie di *The Walking Dead*, che solo a vederlo ti schifa.

Nicolas stava unendo i puntini. Dentino-Dumbo-Zarina-Scignacane-Eroina.

Dentino e Dumbo erano come due fratelli, e da lì a Scignacane il passo sarebbe stato breve. Aleggiava del rispetto attorno a Dumbo, nonostante fosse piccolo e nonostante fosse troppo molle. Non aveva mai sparato un colpo e la violenza gli metteva paura, ma si era fatto Nisida e tanto bastava. Dumbo non sarebbe mai entrato nella paranza, e lo sapeva, ma quando Nicolas gli chiese di portarlo da Scignacane non batté ciglio.

– E certo, – disse soltanto. Ecco un altro puntino che si univa.

Scignacane accolse Nicolas come si accoglie un estraneo. Con diffidenza. Era disteso a letto nell'appartamento che teneva per ricevere gli ospiti, a San Giovanni a Teduccio, e accarezzava un gatto siamese che gli faceva le fusa. Stava guardando un reality in tv e aveva fatto entrare Nicolas dopo che i suoi lo avevano perquisito da cima a fondo.

– Scignaca', vogliamo l'eroina vostra, – disse Nicolas. Senza preamboli, dritto a unire l'ultimo puntino.

Scignacane lo guardò come se gli avesse parlato un bambino implorante di poter anche lui sparare con la pistola. – Vabbuo', facciamo finta che mi sei venuto a salutare.

– Il Micione compra da altre piazze e lo sai.

– Vabbuo', facciamo finta che mi sei venuto a salutare, – ripeté Scignacane. Con lo stesso tono, nella stessa posizione.

– Devo parlare cu mammeta? – disse Nicolas. Aveva abbassato la voce, per dare forza alla minaccia.

– 'O capo famiglia songo io. – Scignacane aveva smanato via il gatto, aveva spento la tv e si era alzato in piedi. Tutto in un secondo. Quello che aveva davanti non era più un bambino, era un'opportunità. Forse un salto nel vuoto, ma sempre meglio che finire schiacciato dal Micione che ora si era messo a comprare dai siriani.

– Però dovete pagare l'eroina a me.

– Ti posso dare trentamila.

– Cazzo, è il prezzo di come la compro.

– Esatto, Scignaca'... l'eroina che noi piazziamo la devono volere tutti quanti. Io la faccio vendere a trentacinque euro al grammo... mo', la mmerda te la danno a quaranta e il buono a cinquanta. Noi diamo il meglio a trentacinque. Tre mesi, Scignaca', e avrai solo l'eroina tua per tutta Napoli. Solo tu.

La prospettiva di coprire la città con la sua roba convinse Scignacane e, mentre quello accettava, Maraja già aveva nella testa la mossa successiva. Che era anche la più complicata, perché non sarebbero bastate esche facili, frasi a effetto, lampare da paranza buone solo per pesci piccoli. Adesso avrebbe dovuto spiegare tutta la strategia per bene. Si andò a prendere un'altra birra e, tra le urla dei frate' che si erano messi a giocare a *Call of Duty*, inviò un messaggio ad Aucelluzzo. Questa volta non faticò a fissare l'incontro.

Nicolas doveva scegliere tra l'ubriaco, il pescatore, il guappo. Le ceramiche di Capodimonte erano davanti ai suoi occhi. Era il dazio da pagare alla professoressa Cicatello. Andò dalla commessa del negozio dei Tribunali in cui era entrato e indicò la vetrina gremita di bomboniere e statuine con imbarazzo.

– Quale?

– Quella... – disse allungando la mano e indicando a caso.

– Quale? – ripeté la commessa seguendo con gli occhi il dito di Nicolas.

– Quella!

– Questa? – chiese afferrandone una.

– Sì, vabbuo', quella che vuoi tu...

La infilò nello zaino e indossò il casco integrale, poi avviò il T-Max e partì.

Entrare al Conocal era più difficile del solito, ormai lo conoscevano. Nonostante il casco, temeva di essere riconosciuto dagli uomini del Micione. Della sua paranza era sicuro, ormai da bravi soldati non entravano in territori non autorizzati. Nicolas guidava guardando a destra e a sinistra, temeva l'arrivo di un colpo di pistola oppure di essere affiancato da un falco all'improvviso. Per via di quel casco integrale non era affatto un'ipotesi remota. Arrivò dove Aucelluzzo gli aveva detto di farsi trovare: fuori dalla macelleria di proprietà del cuoco dell'Arcangelo. In un attimo 'o Cicognone saltò dietro al T-Max. Adesso Nicolas aveva lo schermo, la benedizione per entrare nel rione.

Parcheggiò nel garage sotto la palazzina color ocra. Non era più il tempo di conquistare le armi. Le piazze della paranza andavano rifornite di erba e qualche metro sopra c'era l'uomo che poteva assicurargliela.

L'Arcangelo stava seduto su una poltrona snodabile che a Nicolas ricordò quelle che usano in America per i condannati a morte. Dal suo braccio si liberavano quattro cannule connesse a una macchina con un monitor acceso e in alto il boccione con la soluzione dialitica. Malgrado la complessità del congegno, l'intrico di tubi, il rosso del sangue che li colorava, l'evidenza inquietante del filtro di depurazione, l'immobilità forzata del paziente, non si avvertiva tensione, né la macchina produceva altro suono se non quello appena percettibile delle spie.

– Don Vitto', ma state male?

Prima di rispondere, con la mano libera l'Arcangelo fece segno all'infermiere di allontanarsi.

– No, ma quale male.

– Ma allora com'è che state 'n coppa a sta seggia?

– E i domiciliari secondo te me li davano aggratis? Il medico ha detto che i reni sono intasati, e per fare le carte si è fatto pagare un patrimonio. Quindi posso starmene ai domiciliari. E poi non fa male pulizzarsi il sangue. Secondo me, alla mia età, il sangue pulito fa campà 'e 'cchiù, no?

– E come no...

– Maraja, – disse l'Arcangelo, e pronunciò quelle parole sorridendo, – so che stai facendo fruttare le botte che ti ho dato. Vai sparando 'a tutt''e parte. – Nicolas annuì lusingato. L'Arcangelo proseguì: – Però state sparando male –. Fece una pausa per guardare l'apparecchio che pompava il sangue. – Tutte le armi che prendete, le prendete senza guanti. Lasciate bossoli ovunque. Ma è mai possibile? Che cazzo. Vi devo imparare pure le regole elementari? 'Overo siete criaturi.

– Ma a noi non ci acchiappano, – disse Nicolas.

– Perché poi me so' fidato di un bambino? Perché? – guardava il Cicognone che dalla cucina si era affacciato sulla soglia.

– Vabbe', me ne devo andare don Vitto'? – disse Maraja.

L'Arcangelo continuò, senza neanche ascoltarlo: – La prima regola che fa uomo un uomo è che sa che non sempre gli possono andare bene le cose, anzi, sa che le cose gli possono andare bene una volta e cento gli vanno male. Invece le creature pensano che le cose cento volte gli andranno bene e mai gli andranno male. Maraja, ormai tu devi ragionare come 'n'ommo, non puoi più pensà che non ti fanno. Chi ti vuole fottere, deve buttare il sangue, deve fare fatica. Maraja, tu fino a ora hai sparato ai palazzi...

– No, nun è vero, aggio ucciso una persona.

– Eh no, non l'hai acciso tu... L'ha ucciso qualche proiettile sparato a cazzo, da chissà quale strunzo della paranza vostra.

Nicolas sgranò gli occhi. Era come se l'Arcangelo non solo avesse delle spie, ma stesse direttamente nella loro testa.

– Mi sono addestrato addosso ai negri...

– Bravo! E ti senti ommo? Cosa ci vuole a sparare addosso ai negri? Aggio sbagliato, non vi dovevo dare niente...

– Don Vittorio, ci stiamo prendendo il centro di Napoli... che cazzo state dicendo?

– Aggi'a parlà con mammeta, Maraja. Tutti sti parolacce, ma ti senti guappo a dirle? Siccome non stai parlando con pàteto, cala le parole. Oppure te ne vai mo' mo'.

– Scusate... Anzi no, scusate niente. Io non sto sotto a voi, vi sto facendo 'nu favore. – Poi alzò il tono di voce: – Adda murì mammà, comando più io che voi, lo dovete ammettere, don Arca', oggi vi sto portando l'ossigeno che qua il Micione vi sta levando.

Il Cicognone si avvicinò. Sentiva l'aria scaldarsi e non gli piaceva, il tono di Nicolas non era quello che voleva. L'Arcangelo lo rassicurò con una mano.

– Dateci la roba vostra, quello che qua non riuscite a vendere. Io posso essere le vostre gambe e le vostre mani. Mi conquisto le piazze, una per una... la roba vostra sta marcendo. Non la svendete per non sembrare che state murenno, ma nessuno viene fino a qua a comprarsela. Solo i tossici e con i tossici non si campa.

L'Arcangelo continuava a tenere buono 'o Cicognone con la mano alzata. Nicolas era indeciso se continuare o fermarsi. Ormai il Rubicone era passato, non si tornava indietro.

– Uno che sta murenno, don Vitto', anche se dice che si sente bene non resuscita.

L'Arcangelo ora strizzava con la mano sinistra il bracciolo della poltrona.

– Ti stai conquistando le piazze? Veramente 'o Micione ha tutte cose in mano a isso. Tiene Forcella, Quartieri Spagnoli, Cavone, Santa Lucia, la Stazione, Gianturco... e devo continuare?

– Don Vittorio, se mi date la roba vostra la impongo a ogni piazza!

– La imponi? Allora non sei 'o Maraja, mo' sei diventato Harry Potter 'o mago? Oppure sei parente di san Gennaro?

– Nisciuna magia, nisciuno miracolo. Noi amm''a fà come Google.

Il boss strizzò gli occhi, sforzandosi di capire.

– Secondo voi, don Vitto', perché tutti usano Google?

– Che ne saccio, boh, perché è bbuono...?

– Perché è bbuono e perché è gratis.

Arcangelo gettò un'occhiata al Cicognone per capire se si raccapezzava, ma quello stava con le sopracciglia aggrottate.

– La roba vostra sta marcenno e se la diamo senza guadagno tutti i capipiazza se la piglieranno.

– Maraja, vuoi fare i bucchini con la bocca mia?

– Allora, 'o Micione compra l'erba a cinquemila al chilo e la rivende a settemila. Nelle piazze la fa a nove euro al grammo. Noi vendiamo tutto a cinque euro.

– Maraja, smetti di parlà, hai detto troppe stronzate...

Nicolas continuava, fissandolo: – Le piazze non devono smettere di vendere quello che gli passa il Micione. Loro devono solo vendere anche la roba nostra. La vostra roba, Arcangelo, è buona, è sfuoglio... ma la qualità 'a sula nun vale.

Il discorso di Nicolas cominciava a fare breccia, ormai don Vittorio aveva abbassato la mano e ascoltava attento, come 'o Cicognone.

– Io so chi voglio fottere, lo stesso che vulite fottere voi.

– Vabbe', ma noi cosa ci guadagniamo?

– Niente, don Vitto', esattamente come a Google.

– Niente, – ripeté Vittorio Grimaldi, scandendo quella parola che gli sembrava lama.

– Niente. La roba che avete deve solo recuperare le spese. Prima diventiamo Google e poi, quando tutti vengono a cercare da noi, allora li fottiamo. E facciamo i prezzi.

– Penseranno tutti che è robba di mmerda. I capipiazza penseranno che ci rammo 'o veleno.

– No, proveranno e capiranno. Anche 'a cocaina, don Vitto', ci dovete dare non solo fumo e erba...

– Pure?

– Proprio così, pure. La dovete vendere a quaranta euro.

– 'A faccia ro cazzo, guarda che io la compro a cinquantamila euro al chilo.

– E 'o Micione la dà a cinquantacinque euro ai capipiazza, che la danno a novanta euro al grammo, e quando è sfuoglio buono, non che è tagliata con il dentifricio...

– Accussì 'a regalammo veramente.

– Appena cominciano a venire da noi, aumentammo piano piano e arriviamo a novanta, a cento. E la portiamo anche oltre Napoli.

– Ah, ah, – l'Arcangelo si fece una bella risata – 'a purtammo in America.

– Eccerto, don Vitto', io non mi fermo a sta città.

Cicognone ora stava alle spalle dell'Arcangelo, a cui era spuntato in volto un sorriso.

– Tu vò cummannà, è 'overo?

– Io già comando.

– Ebbravo 'o comandante. Ma sai che nisciuno si può fidar''e te?

– Non mi fate bere pisciazza, don Vitto', per dimostrarvi che vi potete fidare. La pisciazza non me la bevo.

– Ma quale pisciazza. Cap''e mmerda. Non ho mai visto nessun comandante che non ha fatto mai 'nu piezzo. Ti do un consiglio, Maraja: il primo che ti dà fastidio, prendi e vallo a sparare. Ma da solo.

Ora era Nicolas a seguire attento ogni parola di don Vittorio. Obiettò: – Eh, ma se sono solo, nisciuno lo vede.

– Meglio. Ne sentono parlare, e tremeranno ancora 'e cchiù. E ricordati che prima di un pezzo non si deve mai mangiare, perché se ti sparano in pancia va tutto a cancrena. Devi metterti i guanti di lattice, 'na tuta e le scarpe. Poi devi buttare tutto. Hai capito?

Nicolas fece cenno di sì, rideva.

– Vabbe', festeggiammo. Cicogno', prendi le bollicine.

Brindarono all'accordo con un Moët e Chandon, unirono i bicchieri ma i pensieri erano lontani. Maraja sognava di conquistare Napoli e l'Arcangelo di uscire dalla gabbia e tornare a volare.

Prima di congedarsi, Nicolas pescò nello zaino il suo acquisto: – Don Vitto', che dite, alla professoressa piacerà?

Nella palma della mano, un bambino che reggeva una ghirlanda di rose.

– Proprio bello sto muccusiello, ottima scelta.

Mentre già stava scendendo dalla botola, gli arrivò la voce del Cicognone: – 'O Maraja?

– Eh?

– Si' 'o ras.

Dal piano inferiore, 'o Maraja lo puntò con i suoi occhi che parevano spilli neri e disse: – 'O ssaccio!

Walter White

Non funzionava niente. Capitava che i ragazzi non riuscissero nemmeno ad avvicinarsi a chi gestiva la piazza. Lollipop fu quello che se la vide peggio di tutti. Lo trascinarono in un basso con la scusa che lì avrebbero discusso meglio della marijuana che la paranza aveva da offrire, e poi lo aveva tramortito con una gomitata sul naso. Si era svegliato due ore dopo, legato a una sedia, in una stanza senza finestre. Non sapeva se era notte o se era giorno, se era ancora a Forcella o in qualche rudere in campagna. Provava a urlare ma la voce rimbalzava contro le pareti e, quando cercava di calmarsi per captare un suono qualsiasi che gli permettesse di capire dove fosse finito, gli arrivava solo il rumore dell'acqua che scorreva nei tubi. Il giorno dopo lo liberarono e scoprì di aver passato una notte intera nel basso dove era entrato. – Levati dal cazzo, guaglioncello, e dillo ai tuoi amichetti. – Gli altri avevano ricevuto minacce, qualcuno si era visto puntare una magnum, Briato' era stato inseguito da tre motorini, Biscottino aveva preso un calcio sulle costole e dopo due giorni i respiri lunghi gli bruciavano ancora i polmoni. Li avevano trattati da bambini che pensavano di essere camorristi.

Gli uomini che gestivano le piazze dai tempi di Cutolo avevano riso in faccia a Nicolas e ai suoi. A loro la roba arrivava direttamente dal Micione, e Roipnol li proteggeva. Dell'erba e dell'eroina della loro paranza non volevano neanche sentire parlare. Cos'erano quelle novità? E chi si credevano di essere? Dettare le proprie regole a uomini che erano nati prima dei genitori di quegli stronzetti?

"Maraja, qui non si muove un cazzo. Mettiamoli a terra sti bucchini." Al Nuovo Maharaja, al covo, sui motorini. Nicolas si sentiva ripetere questa richiesta ogni volta che una piazza rifiutava la loro roba. E ormai di roba ne avevano parecchia. Da quella notte al privé erano passate due settimane e non avevano ancora ottenuto nulla. Nicolas si era procurato delle Samsonite extralarge per ficcarci i soldi ma erano ancora vuote sul letto del covo. Andare alla santabarbara, prendere dieci Uzi e falciare quei bastardi che si rifiutavano di pagare era un pensiero che aveva sfiorato Nicolas molto spesso, ma poi lo aveva tenuto a freno e aveva fatto giurare sul sangue della paranza che nessuno avrebbe reagito con il piombo. Non potevano permettersi una guerra aperta. Non ancora, almeno. Si sarebbero trovati contro Roipnol, il Micione, i Capelloni. E tutti insieme. No, doveva agire chirurgicamente, colpire uno per educarli tutti, proprio come quella frase che aveva messo nella sua pagina Instagram. E poi c'erano quelle parole dell'Arcangelo – "Non ho mai visto nessun comandante che non ha mai fatto 'nu piezzo" – pronunciate per deriderlo, per umiliarlo come la prima volta nel suo appartamento quando lo aveva fatto spogliare. Era vero, non aveva fatto il morto a terra, e però quello che gli aveva dato più fastidio era stato proprio il tono. Quell'uomo prigioniero in ottanta metri quadri aveva concesso tutto a lui e alla sua paranza, armi, droga, fiducia, e quasi senza batter ciglio, ma con le parole non aveva mai smesso di fustigarlo se lo riteneva necessario. Il rispetto che aveva preteso e ottenuto dalla sua paranza adesso necessitava di un battesimo di sangue.

Chi meritava una lezione era chi deteneva la licenza da più tempo. Abbattere lui, era convinto Nicolas, sarebbe stato come cancellare un pezzo di storia. Ci avrebbe pensato poi la sua paranza a scriverne un'altra, con regole nuove, con uomini nuovi. Basta creste sul venduto, tutto il guadagnato doveva finire nelle loro tasche.

'O Mellone era un abitudinario. Gestiva la sua piazza come un impiegato diligente timbra il cartellino, solo che lui non si sedeva dietro una scrivania per otto ore al giorno perché preferiva stare in un bar a riempirsi di mojito, unico suo vizio, eredità di una veloce latitanza ad altre latitudini. Aveva istruito lui il gestore su come prepararne uno perfetto – la ricetta originale, niente beveroni "sbagliati" che si ingollavano i ragazzini – e quando scoccavano le cinque del pomeriggio si alzava, arrotolava la "Gazzetta dello Sport" sotto l'ascella e se ne tornava a casa, un appartamento a cinquecento metri. Camminava a passo costante, poi scendeva nel garage a controllare che i gatti avessero spazzolato i bocconcini di carne che ogni mattina, quando usciva per andare al bar, piazzava davanti alla saracinesca del suo box. Una vita noiosa, vagamente patetica, percorsa nei solchi che 'o Mellone si era creato tanto tempo prima.

Nicolas conosceva questa routine, la conoscevano tutti. Sapeva quanti cubetti di ghiaccio pretendeva nel mojito – cinque e tutti uguali –, quali pagine della "Gazzetta" leggeva per prime – i campionati internazionali – e quali gatti sfamava al momento – due a pelo corto, marroni, fuggiti da chissà dove.

Aveva detto alla paranza che quel giorno potevano prenderselo di pausa, fare quello di cui avevano voglia, bastava che se ne stessero per un po' lontani dalle piazze, lui doveva impartire una lezione. Aveva bisogno di tranquillità. Si era ordinato su Amazon un completo da pochi euro, il costume di *Breaking Bad*. Tuta, guanti, maschera e pure barba posticcia, che aveva buttato via subito. Si era fatto portare da Dentino un paio di scarponi antinfortunistici che tanto nessuno usava sul cantiere. Aveva ficcato tutto nello zaino di scuola e poi si era nascosto dietro uno dei piloni di cemento nel corsello dei box di 'o Mellone. Era una posizione perfetta perché nessuno, a parte 'o Mellone, si sarebbe spinto fino a lì: il suo box era l'ultimo della fila. Si era spogliato, e si era vestito da Walter White. Con calma, con precisione, facendo aderire il lattice dei guanti alla pelle, senza che restasse una sola grinza. La tuta gialla gli calzava a pennello e, nonostante fosse poco più di un costume da carnevale, il tessuto sembrava molto resistente. Doveva essere un'esecuzione pulita, semplice anche, sicuramente rapida e senza tracce, almeno sul suo corpo. Si tirò su il cappuccio e si piazzò la maschera sulla testa, pronta per essere calata al momento giusto. Le due cartucce della maschera antigas spuntavano come le orecchie di Topolino. Si accovacciò appoggiando la schiena al pilone, con la pistola in mano. Fra le molte armi a disposizione, aveva scelto la Francotte: per quella prima volta voleva lei. Avrebbe potuto incepparsi, ma sapeva che non sarebbe accaduto. La serenità con cui aveva affrontato la vestizione adesso gli stava colando in rivoli di sudore lungo la schiena, lungo le braccia. Cercava di controllare il respiro che accelerava, ma era tutto inutile, perché a ogni profonda inspirazione diversi punti del corpo gli ricordavano che qualcosa poteva andare storto. Sui guanti bluastri si stava spandendo una chiazza di sudore. Se la Francotte gli fosse scivolata? Il cavallo della tuta che prima gli sembrava comodo adesso gli premeva contro le palle. Se lo avesse intralciato mentre avanzava contro 'o Mellone? Le ginocchia tremavano. Sì, erano tremori quelli. E se cercava di controllarli, i polmoni interrompevano il loro lavoro. Si dava del cacasotto, se lo avessero visto gli altri conciato in quel modo e con la faccia paonazza che cosa sarebbe successo? Niente più paranza, ma tante paranze quanti erano loro.

Alle 17.15 un passo pesante sullo scivolo annunciò l'arrivo di 'o Mellone. In perfetto orario. Nicolas aveva calcolato che gli sarebbero serviti ventisette passi per raggiungere la saracinesca. Ne contò venticinque, si tirò giù la maschera e uscì con la pistola spianata. Le lenti si appannarono per un momento. Solo un attimo e fu in grado di mettere a fuoco il bersaglio, la pelata di 'o Mellone. Ma poi Nicolas vide quel pomo d'Adamo enorme, che andava su e giù dalla sorpresa, e si chiese che rumore avrebbero fatto due proiettili conficcati lì.

Quando lo avrebbero trovato disteso davanti a quel box,

si sarebbe sparsa la voce che 'o Mellone aveva smesso di parlare per sempre. E che adesso chi parlava era un altro. 'O Mellone non fece in tempo a chiedersi che cosa fosse quella specie di alieno perché Nicolas aveva premuto il grilletto due volte in rapida sequenza. Aveva sparato senza pensare, concentrandosi solo sulla pressione delle dita. Le gambe gli tremavano ancora, ma aveva deciso di ignorarle. I proiettili si conficcarono lì dove aveva voluto, e il rimbombo spaventoso della detonazione fu seguito da quello del pomo d'Adamo. Pufff. Puff. Come di pneumatico che si buca. Nicolas recuperò lo zainetto e filò via senza neanche assicurarsi che l'uomo fosse morto. Ma morto lo era davvero perché la notizia arrivò ovunque e a tutti, senza bisogno di scriverla su una chat.

– Maraja, tutti alla palestra parlano sulamente dell'omicidio del Mellone.
Eccola la notizia che era volata di bocca in bocca. Il giorno dopo l'esecuzione del Mellone si erano dati appuntamento al Nuovo Maharaja e Lollipop era andato subito da Nicolas. Maraja stava ballando da solo e quella frase sussurrata all'orecchio per un momento risuonò nella sua testa con la stessa intensità dei due proiettili conficcati nel pomo d'Adamo del Mellone. Pufff. Puff.
– Buono! – rispose e fece per raggiungere il centro della pista, ma Lollipop lo bloccò.
– Ma ne parlano malamente, come se se lo fosse fatto Roipnol. 'Na punizione pecché s'era messo a fare affari con noi. L'hanno ribaltato, 'o fatto, lo stanno facendo girare così.
'O Maraja si era bloccato e anche quella frase gli era vibrata nella testa, solo che adesso il suono che gli arrivava era spiacevole. Di gambe che tremano. Non era riuscito a rivendicare l'omicidio perché la paranza che aveva fondato ancora non sapeva firmare gli agguati. E ora quell'omicidio poteva attribuirselo chiunque. Si sentì inadeguato, si sentì un ragazzino. Come non gli succedeva da molto tempo.

Trascinò Lollipop nel privé, dove c'erano già Drago' e Dentino. 'O Maraja li interrogò con uno sguardo e loro confermarono che anche a loro era arrivata la notizia in quel modo, e c'era dell'altro. Stavano arrivando messaggi da un sacco di gente che collaborava con la paranza, ed erano tutti spaventati. "Non è che facciamo tutti la fine d''o Mellone?" scrivevano.

"Io! Sono stato io!" avrebbe voluto dire. "Io ho fatto sto piezzo!" ma si trattenne.

Nel giro di ventiquattr'ore il Micione e Roipnol erano riusciti a schiacciare i guagliuncelli del Maraja con il peso della loro storia.

'O Maraja cadde pesantemente sul trono che aveva usato per assegnare le piazze ai suoi ragazzi. Aveva detto a Oscar che lo avrebbe tenuto lì, e che se voleva poteva comprarsene un altro per le feste. Infilò la mano in tasca ed estrasse della carta argentata sottilissima. Coca rosa. La tirò col naso, tutta. Non arricciò il naso, né si passò le dita sulle narici. Un antidolorifico.

Autocisterna

Sulla chat arrivò solo una parola. Da Nicolas.

Maraja

Covo.

Era un sabato pomeriggio, le ore di libertà della paranza. Erano le ore per stare con le ragazze avvinghiati su un divano mentre mamma e papà facevano la spesa ed erano le ore per fissare i ricordi della settimana che stava finendo. Drone era diventato un drogato di Snapchat e dopo una breve lezione aveva messo in mezzo anche gli altri paranzini, che si bombardavano di minivideo sfuocati e traballanti in cui comparivano solo per un istante strisce di coca e scorci di mutandine, tubi di scappamento e bossoli allineati su un tavolo. Un pastiche montato in rapida sequenza che durava solo i secondi che servivano per visualizzarlo e poi, puf, sparito nel vento.

"Covo," ribadì Nicolas dopo due minuti.

E alla casa di via dei Carbonari arrivarono tutti nel giro di venti minuti perché i cazzi propri si potevano fare solo a una distanza che permetteva un pronto riassembramento della paranza.

Nicolas aspettava tutti appollaiato sul televisore, quel coso non lo avrebbe sfondato neanche se ci fosse saltato sopra Briato', e intanto chattava con Letizia. Era una settimana che non si faceva vedere, e adesso al solito lei si era incazzata, e gli aveva fatto promettere che l'avrebbe portata a fare un giro in barca, loro due soli, e magari avrebbero cenato sul mare.

La paranza entrò come faceva sempre. Un tornado che occupa ogni spazio. Stavodicendo aveva bloccato Biscottino con le braccia dietro la schiena mentre a ginocchiate sul culo lo spingeva avanti, e quello faceva finta di ribellarsi con delle testate all'indietro che a Stavodicendo arrivavano a malapena al plesso solare. Finirono entrambi sul divano, seguiti da tutti gli altri. La montagna umana, Biscottino se l'era cercata perché arrivando al covo aveva protestato che il messaggio di Nicolas lo aveva interrotto mentre stava per concludere con una fica da paura che aveva conosciuto su Internet. Gli altri non gli avevano creduto, e quando lui aveva aggiunto che questa faceva pure l'università erano scoppiati a ridere.

Nicolas cominciò subito a parlare come se davanti a sé avesse un pubblico ordinato e composto. E, parlando, ottenne silenzio.

– Amm''a fà i soldi, – disse. Drone stava per ribattere che quello stavano facendo: i soldi, e pure tanti. Solo con quelli che pigliavano dai parcheggiatori al San Paolo lui s'era comprato un Typhoon da duemila euro.

– I soldi ce li prendiamo quando vogliamo, – continuò. Era sceso dal televisore e si era seduto sul tavolino di cristallo, così poteva guardare negli occhi tutti i suoi paranzini, e fargli capire che i soldi significano protezione, e protezione significa rispetto. Fare i soldi, e tanti, è il modo di conquistare il territorio ed era arrivato il momento di mettere a segno un colpo grosso.

– Amm''a fà quintali di lattuga. Solo che i centoni non li metteremo solo all'esterno, – disse ancora Nicolas, ma senza lasciare il tempo agli altri di completare la battuta di Lefty, perché aggiunse: – Ci dobbiamo fare una pompa di benzina.

La paranza tutta si era messa a sedere sul divano, con Briato' e Lollipop alle due estremità che facevano da barriere contenitive per gli altri che stavano strizzati in mezzo.

Fu Dentino, seminascosto da Stavodicendo che gli sedeva in braccio, a rompere il silenzio: – Chi te l'ha detto?

– Mammeta, – tuonò Nicolas.

Ovvero, fatti i cazzi tuoi. Nicolas sentiva fretta, ansia. Di soldi non ne arrivavano mai abbastanza. Gli altri avevano una differente concezione del tempo, a loro sembrava che tutto stesse girando bene, nonostante le piazze che ancora non governavano, invece Nicolas non aveva tempo. Cominciava a pensare che di tempo non ne avrebbe mai avuto. Anche quando giocava a calcio combatteva contro il tempo. Non sapeva dribblare e a lanciare un compagno in profondità non ci provava neppure, ma aveva tempismo, era uno di quei giocatori che una volta avrebbero definito opportunista. Riusciva a essere là dove serviva che fosse, per gonfiare la rete. Semplice ed efficace.

– Facciamo una rapina al benzinaio? Pistola in faccia e ci dà i soldi che ha fatto, – disse Drago'.

– Chillo piglia solo carte di credito, – disse Nicolas. – Noi ci dobbiamo fare l'autocisterna, così ci portiamo via il camion e la benzina. Là dentro ci stanno quarantamila euro.

La paranza non capiva. Che ci dovevano fare con tutta quella benzina? Ci avrebbero riempito i motorini loro e pure quelli degli amici per due anni? Persino Drago', che le idee di Nicolas le coglieva al volo, confermando il sangue blu che gli scorreva nelle vene, sembrava perplesso e aveva preso a grattarsi la testa. Nessuno fiatava, solo un frusciare di culi che cercano un po' di stoffa per stare più comodi.

– Sacc'i' chi se la piglia, – disse Nicolas.

Ancora fruscii di culi, e qualche tirata su col naso perché era chiaro che il loro capo si stava godendo il momento e quel silenzio andava pure riempito con qualche rumore.

– I Casalesi.

Niente più fruscii o risucchi di nasi, niente teste ciondolanti o gomiti a squadra nelle costole del vicino. La paranza era ammutolita. Anche i suoni della strada e del palazzo sembravano scomparsi, come se quella parola, "Casalesi", avesse cancellato l'intera città, dentro e fuori dalla stanza.

Casalesi era una parola che prima di quel momento nessuno di loro aveva mai pronunciato davanti agli altri. Era una parola che ne conteneva tante altre, che ti portava in giro per il mondo, che chiamava in causa uomini che erano ascesi nell'olimpo della paranza. Non aveva senso riferirsi ai Casalesi, perché avrebbe significato sottintendere un'aspirazione impossibile da soddisfare. Ma adesso Nicolas non solo aveva detto la parola magica, aveva anche insinuato che stavano per fare affari con loro. Avrebbero voluto chiedergli se li stava prendendo per il culo, se li aveva già incontrati e come aveva ottenuto il contatto, ma continuavano a tacere perché quella era una cosa troppo grossa e Nicolas, che intanto si era fatto ancora più vicino e con le ginocchia quasi toccava quelle di Drone, aveva cominciato a spiegare.

La pompa di benzina era lungo la statale che attraversa Portici, Ercolano, Torre del Greco, e poi corre ancora più giù, fino alla Calabria, una strada che taglia i paesi in due e offre vie di fuga. Un distributore Total, come tanti altri tutti uguali. Il venerdì seguente sarebbe stato giorno di rifornimento e loro avrebbero dovuto fottersi l'autocisterna e poi nasconderla in un garage poco lontano da lì. A quel punto sarebbero stati raggiunti da due uomini dei Casalesi, che gli avrebbero dato quindicimila euro. – Che poi ci mangiamo noi, – concluse Nicolas.

Con quindicimila euro avrebbero mangiato tanto e Nicolas aveva già qualche idea, ma prima doveva designare chi fra i suoi uomini avrebbe portato a termine la missione. Aveva pensato anche all'ingaggio. Duemila euro a testa.

Pesce Moscio, Briato' e Stavodicendo si liberarono della morsa del divano e si alzarono. Volevano essere loro. Nicolas non disse nulla, non accennò ai duemila euro – ormai era troppo tardi – ed era chiaro che quei tre si stavano muovendo per dimostrare che tenevano le palle, il che non sempre è una garanzia di successo. Ad ogni modo la decisione era stata presa, e Pesce Moscio, Briato' e Stavodicendo si sarebbero fottuti l'autocisterna.

Prima del venerdì prefissato erano andati a guardare il percorso, giusto per evitare di finire in un vicolo cieco con un'autocisterna da quaranta tonnellate. E poi si erano allenati con GTA. Avevano attrezzato la stanza da letto del covo con una Xbox One S e un televisore 4k da 55 pollici. C'era una missione che sembrava essere stata scritta apposta per loro, e avevano capito che guidare un'autocisterna a tutta velocità lungo un'autostrada non era una passeggiata. Non facevano altro che schiantarsi e prendere fuoco, e quando andava bene perdevano per strada la cisterna. Stavodicendo cominciò a seminare qualche dubbio sulla fattibilità dell'operazione ma Briato' lo zittì subito: – Mica stiamo pazziando a GTA, chesta mica è Tierra Rubada, chesta è 'a Statale 18!

Arrivarono alla pompa di benzina tutti e tre sullo scooter di Briato', e attesero l'arrivo dell'autocisterna dall'altra parte della strada, la schiena appoggiata a un muretto che delimitava il confine tra l'asfalto e un campo di grano. Se ne stavano lì a fumarsi canne una dopo l'altra, e parlavano in continuazione irrorati dall'adrenalina che per loro fortuna la cannabis aiutava a tenere sotto controllo. Ogni volta che sentivano la frenata di un mezzo pesante si sporgevano dal muretto per verificare se fosse il loro. Quando finalmente arrivò l'autocisterna bianca con la scritta Total sul fianco, Stavodicendo ripeteva per la quarta volta quel pomeriggio una battuta del *Camorrista*, e quasi non si accorse che Pesce Moscio aveva tirato fuori un coltello dalla tasca e si era fatto due buchi alla maglietta. Poi fece la stessa cosa con lui e con Briato', che si tirarono la maglietta sulla testa. Era il metodo più veloce per avere un cappuccio sempre a portata di mano: due buchi per gli occhi nella maglietta e poi la alzavano scoprendosi la pancia, il petto e anche un pezzo di schiena, ma nascondendo completamente il volto. Sembravano, con queste magliette perfettamente aderenti al cranio, tre Spider-Man con la tuta strappata. Una veloce occhiata a destra e a sinistra per registrare il traffico che avrebbero dovuto affrontare e poi mano ficcata nei pantaloni e pistola in pugno, tre Viking 9 mm puntate su quarantamila litri di benzina. Pesce Moscio fu il primo a raggiungere l'autista, balzò sul predellino e gli cacciò la Viking sotto il naso.

– Statte fermo. Te sparo 'mmocca.

Briato' si occupò del benzinaio, che li avevi visti avanzare armi in pugno e aveva già le mani alzate. Gli affondò la Viking nella nuca con tale forza che il benzinaio perse l'equilibrio e finì a terra, ma sempre con le mani alzate.

– Oh, ma che stai facendo?

– Fai 'o cesso, o per te finisce qui, chiaro? – disse Briato'.

– Scendi, – intimò Pesce Moscio all'autista, ma questo non sembrava spaventato, anzi. Non aveva staccato le mani dal volante, come se volesse ripartire da un momento all'altro. Disse soltanto: – Appartenimmo, guagliu'. Che cazzo state facendo? Vi vengono a pigliare –. Disse soltanto quello che rimane da dire in questi casi, e cioè che erano già protetti da qualche famiglia o da qualche persona. Se lo sentivano dire molte volte, i paranzini.

– Voi appartenete? – disse Briato', che adesso la Viking la puntava direttamente alla fronte del benzinaio. – Significa che appartenete a qualcuno che non vale 'nu cazzo. – Mentre Briato' faceva loro la lezione, Stavodicendo aveva fatto il giro dell'autocisterna, aveva spalancato lo sportello e stava cercando di trascinare giù l'autista tirandolo per un braccio. L'autista si dimenava, tirava testate e con un calcione raggiunse in pancia Stavodicendo, che riuscì a non franare sull'asfalto perché all'ultimo si aggrappò alla maniglia, e si buttò dentro l'abitacolo.

– Stavodice', ma che cazzo stai facenno? – gli urlò Pesce Moscio. Continuava a puntare la pistola sull'autista ma era pietrificato, vittima della situazione. Briato' indietreggiò verso l'autocisterna tenendo sempre sotto mira il benzinaio, e quando arrivò davanti ai due impegnati in una lotta furibonda tirò un colpo che si conficcò nella spalla dell'autista.

– 'A bucchin''e mammeta! – urlò Pesce Moscio. I rotoli di ciccia facevano su e giù al ritmo del terrore che gli aveva messo Briato' con quel colpo. – Se mi pigliavi?

– Nun te preoccupà, è tutto sotto controllo, – rispose Briato'. Stavodicendo, che avrebbe avuto più diritto a essere incazzato con Briato' visto che era lui nell'abitacolo, stava trascinando giù l'autista.

Intanto, mentre bisticciavano, il benzinaio si tirò in piedi e cominciò a correre in mezzo alla strada. Briato' gli tirò due colpi ma quello era già sparito. Salirono tutti e tre, e Briato' si sedette al posto di guida. Mettere in moto l'autocisterna e guadagnare la strada non era un problema, lo sapeva bene Briato', che aveva letto qualche forum di autotrasportatori. Sperava solo che la cisterna fosse bella piena perché le oscillazioni della benzina avrebbero rischiato di farlo sbandare facendolo finire fuori strada. Non c'erano sirene e quindi optò per una velocità di crociera di quaranta chilometri orari. Se la sentiva bene, quella bestia sotto il culo, e doveva limitarsi a non travolgere qualche utilitaria e ad attirare meno attenzione possibile.

– Ua', troppo bello guidare 'na cisterna!

Nicolas gli aveva spiegato dove dovevano andare. Due chilometri soltanto, poi una svolta a destra – che Briato' affrontò a venti all'ora per non ribaltarsi – e ancora un chilometro fino a un parco macchine che aveva tutta l'aria di essere abbandonato. In fondo, vicino alla recinzione slabbrata, avrebbero trovato un garage doppio – quattro semplici pareti di calcestruzzo e una lamiera come tetto – e lì dovevano parcheggiare, in attesa dei Casalesi.

Scesero dall'autocisterna ma rimasero all'interno del garage perché l'ordine era quello. Il sole stava tramontando e quel tetto di lamiera buttava un caldo che aveva incollato le magliette tagliate al petto dei tre. Poi, quando raccontarono quella storia a Nicolas, non seppero dire quanto tempo avessero trascorso in quel forno. Di certo, quando sentirono la moto e le manate sulle strisce di metallo dell'ingresso, la luce fuori era un puntino luminoso in lontananza che ritagliava le sagome dei due Casalesi smontati dalla sella. I paranzini non sapevano bene cosa aspettarsi e la fantasia nei giorni precedenti aveva galoppato, ma rimasero delusi quando videro due ometti panzuti e mal rasati, con stupide camicie hawaiane e pinocchietti. Sembravano usciti da una crociera in offerta.

– 'Azzo, allora è proprio vero che site bambini! Muccusielle siete, – disse un casalese.

Briato' e Pesce Moscio li fissavano senza parlare.

– Ma come cazzo vi siete vestiti? – disse Briato'. L'adrenalina della giornata non si era esaurita e il suo istinto di sopravvivenza si era un po' anestetizzato.

– Nun te piace?

– Nzu, – rispose con la *n* in su, la lingua che scocca tra i due denti davanti mentre le labbra si chiudono quasi come per dare un bacio e il rumore esce più dal naso che dalla bocca.

– Strano, pecché 'a stilista mia è mammeta, – e sventolò la mano al suo compare, – dagli questi cinquemila euro e jatevenne.

– Che cosa? – Pesce Moscio e Stavodicendo all'unisono.

– Perché, non ti sta bene moccusi'? Già me fa schifo che io avevo trattato c''o Maraja e nun ce sta, quindi ringraziate 'a Maronna che ve ramme sti sorde.

– Ccà ce stanno quarantamila euro 'e benzina, – fece Pesce Moscio. Doveva riscattarsi e non indietreggiò quando il casalese gli si fece incontro.

– Noi nun ve rammo niente.

L'altro, che era stato silenzioso fino ad allora, fece: – Ma tu sai da dove veniamo?

– Lo so, – rispose, – da Casal di Principe.

– Esatto. A voi piccirilli ve magnammo e poi ve cacammo.

Briato' caricò la pistola e disse: – A me me ne fotte proprio 'a 'ró venite. Dovete dare i soldi, i soldi e basta. – E appoggiò la Viking contro la cisterna come prima aveva fatto con la fronte del benzinaio. – Se non mettete i soldi mo', a terra, io sparo alla cisterna e facciamo una lampa tutti. Noi, voi e tutto il garage.

– Abbassa sta pistola, scie'. Faccio ottomila euro va, a sti pezziente.

– Quindicimila. E ti stiamo facendo un dio di prezzo, omm''e merda.

– Nun 'e ttenimmo, nun 'e ttenimmo, – rispose il casalese che aveva parlato per primo e che ora stava arretrando verso la moto.

– Hawaiana, cerca bene, – disse Pesce Moscio.

– Ha 'itto che n''e tenimmo, pigliatevi ottomila euro e vedete di non farvi male.

Pesce Moscio estrasse la sua Viking, fece scorrere il carrello e poi premette il grilletto. Il rumore fu assordante, e Stavodicendo ebbe il tempo di pensare che però un'autocisterna che salta in aria avrebbe dovuto fare più bordello. Poi si accorse che Pesce Moscio aveva mirato a una gomma anteriore. I Casalesi si erano gettati a terra con le mani sulla testa, come se quel gesto avesse potuto proteggerli da quarantamila litri di benzina in fiamme. Appena capirono che era stato solo un avvertimento, si alzarono, si spazzolarono le camicie e sollevarono il sottosella della moto dove tenevano i pacchi di soldi.

– Avete visto? – disse Briato'. – Bastava farvi cercare meglio e il Bancomat lo tenevate sotto il sellino.

I quindicimila euro Nicolas li aveva presi, li aveva divisi in dieci mazzette e ne aveva consegnate cinque al capitano della nave.

– Facciamo 'o forfait, – gli aveva detto. E 'o forfait comprendeva l'utilizzo in esclusiva di una nave usata di solito per feste, matrimoni e crociere nel golfo di Napoli. Ci potevano stare quasi duecento persone, e Nicolas la voleva solo per la sua paranza e per le loro fidanzate. Sarebbero partiti di lì a due ore, poco prima del tramonto, e avrebbero circumnavigato Ischia, sfiorato Capri e Sorrento. L'agenzia non sarebbe riuscita a smontare gli addobbi del matrimonio della sera avanti ma avrebbe fornito aperitivo e cena con due camerieri. Nicolas disse che anche con gli addobbi andava bene. Anzi, meglio, pensò. Si era occupato personalmente di scegliere la sound-track che avrebbe accompagnato la crociera. Pop rigorosamente in italiano. Tiziano Ferro. Ramazzotti. Vasco. Pausini. Dovevano ballare stretti tutta la notte, che avrebbero ricordato come la più bella della loro vita.

Il capitano aveva pensato che quei ragazzini fossero gli esemplari dei *rich kids* partenopei che intasavano Instagram di immagini esagerate. Viziati e pieni di soldi che non sapevano come spendere. Cambiò presto idea, quando li vide arrivare in gruppo. E non ebbe più dubbi quando, ormai al largo, a un cenno di quello che palesemente doveva essere il capo, estrassero tutti le pistole e cominciarono a sforacchiare l'acqua. Sparavano ai delfini. Le loro fidanzate avevano provato a protestare: – Sono così bellilli!–, ma si vedeva che in realtà erano fiere dei loro ragazzi, che potevano permettersi di sparare a chi volevano, anche a quelle creature stupende. Il capitano aveva seguito tutta la scena e nel vedere i delfini, incolumi, filar via nell'acqua arrossata soltanto dall'imminenza del tramonto non nascose il suo sollievo. – Capita', – gli disse quello più alto, mentre si ricacciava la pistola nei pantaloni, – 'o delfino si può mangiare come 'o tonno?

Sul ponte coperto, ghirlande e festoni di fiori finti si intrecciavano a nastri di raso. Sui tavoli avevano resistito mazzetti di rose gialle e rosa. Pesce Moscio si sedette a un tavolo e fece quello che si aggiusta la cravatta senza averla, poi allungò le mani sulla tovaglia e batté il palmo della destra per richiamare l'attenzione. Uno dei camerieri arrivò e riempì il flûte di champagne. Dentino e Biscottino, che erano gli unici che non avevano portato una ragazza, lo imitarono allo stesso tavolo. Biscottino faceva quello che di bella vita se ne intendeva, ma nel buttar giù tutte quelle bollicine strizzava gli occhi e poi apriva la bocca facendo schioccare le labbra.

I camerieri chiesero se potevano cominciare a servire la cena e i tre seduti al tavolo cercarono Nicolas, che stava appoggiato alla balaustra della motonave con Letizia a fianco.

– Iniziamo? – gli urlò Pesce Moscio.

– Che la festa cominci! – disse Drago' con le mani a imbuto. E Nicolas diede il consenso. Ci fu quindi un corri corri di coppie a prendersi i tavoli, uno per coppia. Ma quando furono seduti, si sentirono soli, divisi. Proprio quella sera che stavano tutti insieme, sul mare del golfo, dentro quella luce morente che rendeva le distanze incandescenti e la vicinanza struggente. Provarono a darsi voce da un tavolo all'altro: – Eh, mister Stavodicendo, com'è laggiù?

– Ah dotto', Tuca', stacce attento con tutta quella sciampagna! – e poi si mossero, e si strinsero in due tavoli vicini. Pesce Moscio si infilò una rosa gialla sopra l'orecchio e dichiarò che erano tutti pronti per i piatti che avevano ordinato. Che si cominciasse. Il cameriere servì il salmone.

– Fate i signori, – si raccomandò Nicolas sbirciando in sala, – perché mo' siete diventati signori, – e tornò all'aperto con Letizia.

Lei gli si strinse addosso mentre vedevano allontanarsi il Vesuvio, che si velava di sfumature vespertine. Tutta la città si accendeva in lontananza. Ischia appena alle spalle era tutta compresa nella morbida forma oscura dell'Epomeo.

Nicolas prese Letizia per mano e la portò a poppa. Lui la stringeva da dietro, e lei, appoggiata alla balaustra, gli si abbandonava contro non senza aderirvi con soffice malizia: quel tanto che bastava perché Nicolas vi leggesse una richiesta. Nicolas aumentò la pressione perché era sicuro che anche lei lo volesse. – Viene cu mme, – le disse lui nell'orecchio, mentre gli altri gridavano e cantavano le canzoni che venivano dagli altoparlanti.

Trovarono nella sala in sottocoperta un separé, un divano di velluto, e sopra un oblò da cui filtrava l'ultima luce. Letizia si sedette proprio sulla sponda e Nicolas la baciò forte e le frugò sotto il vestito, in cerca di un passaggio rapido.

– Facciamolo bene, – fece Letizia fissandolo negli occhi. – Nudi.

Nicolas non sapeva se preoccuparsi per quel "facciamolo bene", per quell'insolito e improvviso scivolare fuori dal dialetto, o per la semplice ma imperiosa richiesta della nudità, perché, d'altro canto, è vero che, da quando avevano cominciato a farlo, avevano fatto l'amore sempre mezzo vestiti. Tante volte Letizia gli aveva chiesto che restassero soli, soli davvero, soli per una notte intera, e non era mai successo. Questa era l'occasione giusta. Lo allontanò da sé con dolcezza e gli sbottonò la camicia.

– Voglio vederti, – gli disse e lui si slacciò la cintura, e mentre armeggiava per togliersi i pantaloni, le fece eco con: – Pure io –. Si sdraiarono nudi sul velluto verde e si esplorarono con insolita pazienza. Letizia gli accarezzò il sesso e condusse la mano di Nicolas fra le sue gambe e dovette premere con decisione perché quella mano restasse e le dita si muovessero. – Vieni, – disse infine lei e lo guidò dentro. – Piano, piano, piano, – ripeté, e lui obbedì.

– Tu sei il mio maschio, – gli sussurrò Letizia, e a lui piacque particolarmente la scelta di quella parola, "maschio", non uomo: troppi sono gli uomini, pochissimi i maschi. Quasi fosse stato chiamato da un fantasma interiore dolcissimo, si accorse per la prima volta che lei era una donna e che lui era dentro quella donna, entrambi mescolati nella luce soffice che dentro l'oblò si gonfiava di stelle.

Quando tornarono di sopra la motonave aveva appena superato le alte pareti di roccia di Sorrento e puntava verso Napoli. I ragazzi erano tutti a prua.

– Brindiamo a noi, – gridò Drago', – e alla nostra città che è la cchiù bella d''o munno.

Si girò verso uno dei due camerieri che sbadigliava seduto su una sedia al di là dei vetri e continuò: – Oinè, sveglia!

298

Questa è la città più bella del mondo, hai capito?, e schifo a chi ne parla male!

– Sputtanatoli di merda, – fece Drone con il muso cattivo, mentre il cameriere si metteva in piedi e cercava la complicità del suo collega, come a dire: "Che c'entriamo noi?".

– Io mai me ne andrei da qui, – disse Nicolas tutto molle d'amore per Letizia.

Drago' si pencolò fuori dalla balaustra e fece girare il braccio destro a mulinello come se dovesse tirare un peso, un ordigno, lontano, verso terra.

– Io li vedo quei fottutissimi, quelli che vanno a Roma, a Milano, quelli che ci sputano addosso. Io li vedo bene gli sputtanapoli! – gridò. – E sai che ti dico: che devono morire. Tutti gli sputtanapoli devono morire.

Alzarono i flûte al cielo e poi li gettarono in acqua. Ballarono fino all'alba, quando la nave rientrò in porto, e i paranzini e le loro fidanzate si scambiarono promesse eterne, in un matrimonio collettivo che sanciva la fedeltà per il resto della vita.

I giorni seguenti furono una lunga riemersione dall'atmosfera ovattata in cui si erano calati con la crociera. Questa volta ognuno per conto suo, i paranzini cercarono di prolungare più che poterono la luna di miele cominciata sulle acque del golfo.

Nicolas stava andando da Letizia quando si illuminò la chat della paranza. Gli dicevano di correre al Cardarelli, secondo piano, padiglione A, senza aggiungere altro. Inviò un messaggio a Letizia per mandare a monte il loro appuntamento. Poi subito un altro: "Ti amo fino alle stelle". E fece inversione.

Ad aspettarlo sulle scale del Cardarelli c'erano Drago', Dentino e Lollipop. Si passavano una canna spenta, per sentire l'odore nel naso e il sapore sulla punta della lingua, indifferenti agli sguardi di parenti e infermieri. Avevano l'aria di chi deve dire una cosa ma non sa da dove cominciare.

– Cazzo è successo? – chiese Nicolas e si fece passare la canna. Allargarono le braccia e indicarono un punto indistinto due piani sopra di loro.

– Stanno feriti. Briato' e Pesce Moscio, – disse Drago'.

Nicolas esplose, la pace che gli aveva infuso la crociera era già evaporata. Gettò la canna nei cespugli che bordavano la scalinata e stava caricando la gamba per sferrare un calcio a un palo quando si calmò. Anche la rabbia era evaporata: era rimasto il Nicolas opportunista, quello che riusciva a portarsi dietro agli avversari e sorprendere il portiere. Non aveva ancora rimesso piede a terra e in quella posizione a Dentino ricordò un airone, come quello che una manciata di anni prima aveva visto in gita con la sua classe in un'oasi del Wwf.

Nicolas appoggiò finalmente la suola sul gradino e disse:
– Guagliu', jamm'a trovà i feriti, e portiamo pure i regali –. Pronunciare la parola "feriti" lo faceva sentire in guerra. E gli piaceva.

I regali erano un vecchio calendario sexy per Briato' e la maglia autografata del capitano del Napoli per Pesce Moscio.

– Guagliu', ma cosa è successo? – chiese di nuovo Nicolas, questa volta ai suoi uomini feriti in battaglia.

– Sono entrati i Capelloni nella saletta, – iniziò Briato'. – Stavamo facendo una scommessa, tenevamo due puntate sicure, quando compare 'o White e inizia a dire: "Cazzo avete fatto?".

– No no, – interruppe Pesce Moscio, – ha detto proprio: "Avete messo la mano int''a benzina 'e Roipnol". Noi abbiamo risposto: "Non abbiamo fatto niente, adda murì mammà, ma che stai dicendo?". A quel punto, Maraja, hanno cacciato fuori certe cazzo di mazze di ferro che mi sono detto io resto a terra mo'. Stavodicendo era chiuso nel cesso. Capita la mala parata, se n'è fujuto dalla finestra, che omm''e mmerda.

I Capelloni avevano preso Briato' e Pesce Moscio e gli avevano spezzato le gambe. Poi erano andati a Borgo Marinari e avevano sfondato le vetrine del ristorante dove lavorava il padre di Stavodicendo.

Briato' cercò di mettersi seduto, ma crollò di nuovo sui cuscini. – A noi c'hanno scassato, sentivo proprio le ossa delle gambe rotte. E poi ci dicevano di dare i sorde, di dare i sorde, e ci massacravano proprio. Io non sentivo più le gambe ma pure la faccia, niente. Poi c'hanno messo in macchina e ci hanno buttato giù al Cardarelli.

– In macchina stavo tutto che non capivo niente, – disse Pesce Moscio, – ma 'o White diceva che ci stava salvando lui che ci conosce e che Roipnol voleva mettere il nome nostro a terra e che...

Briato' lo interruppe: – Sto fatto lo ripeteva a manetta, che ci salvava lui... e che mo' dovevamo faticare per lui se tornavamo a camminare.

– Sì, 'o cazzo, – rispose Nicolas. Afferrò il calendario e lo appoggiò contro il muro. – Briato', che mese preferisci? Aprile ha due belle zizze, 'overo? Guardati a Lisella, vedi che stai subito meglio.

– Maraja, – disse Briato', – quando esco da qua tengo 'na gamba da zoppo.

– Quando esci da qua, sarai cchiù forte.

– Cchiù forte 'o cazzo.

– Allora te attaccamm''a gamba bionica – disse Drago'.

Scherzarono ancora un po', importunarono un'infermiera dicendole che con le mani che teneva pure il catetere si sarebbero fatti mettere, e quando furono soli guardarono 'o Maraja per capire cosa fare.

– Amm''a jettà 'n terra a Roipnol, – e girò il calendario sul mese di giugno.

Scoppiarono tutti a ridere, come fosse l'ennesima battuta.

– Amm''a jettà 'n terra a Roipnol, – ripeté Maraja. Aveva sfogliato velocemente fino al mese di novembre, poi si era soffermato un po' di più su dicembre e ora si era voltato verso gli altri.

Dentino si fece un'altra risata: – E chillo nun esce mai da casa.

– Maraja, 'o vò capì? – rincarò Pesce Moscio. Stava cercando di mettersi seduto ma quella gamba gli mandava un dolore lancinante. – Sule nuje stammo miez''a via, – continuò, – Micione sta int''a gabbia a San Giovanni, l'Arcangelo sta int''a gabbia a Ponticelli, Copacabana sta int''a gabbia a Poggioreale e Roipnol sta int''a gabbia a Forcella. Stammo sule nuje miez''a via. Ce l'amm''a spartì tra noi.

– Lo dobbiamo prendere dentro la gabbia, – disse 'o Maraja. Stava unendo i puntini, Maraja. Se i Capelloni non avevano ammazzato Briato' e Pesce Moscio era perché così gli era stato ordinato. Il Micione stava lottando per il territorio e tre morti di una paranza avrebbero fatto troppo chiasso: polizia e carabinieri già ce li aveva addosso, non poteva permettersi di attirare la loro attenzione con nuove stragi. Il Micione non poteva uccidere, e per un po' sarebbe stato così. Ecco l'opportunità, ecco lo spazio che nessuno si sarebbe mai sognato di sfruttare.

– Eh, impossibile, – fece Drago', – sta sempe azzeccato a Carlitos Way quando esce. E poi nun esce mai. Pure la Culona sta poco fuori, e sono sempre con i guardaspalle.

– E noi Carlitos Way amm''a sfruttà.

– No! – lo interruppe Lollipop. – Carlitos Way nun tradisce. Lo paga bene, e mo che fa 'o maggiordomo, Carlitos s'atteggia pure 'a boss per tutta Napoli.

– Mica adda tradì.

– Stai tutto fatto, – disse Dentino.

– Io anche quando sto fatto, nun sto fatto. Ragiono.

– E sentiamo stu filosofo che tenn''a ricere.

– Adda murì mammà, io tengo la chiave che apre la porta della casa di Roipnol.

– 'Overo? – fece Dentino. – E ti stai sbagliando perché è una porta blindata, e stanno 'na foresta 'e telecamere.

– Ma io tengo la chiave vera, – continuò Nicolas. Aveva passato le braccia sulle spalle di Drago' e Dentino, e se li era portati attorno ai due allettati, Lollipop a chiudere il cerchio. Cospiratori.

Chiese con il tono con cui si lancia a un bambino un indovinello semplice semplice: – Chi è 'o frat''e Carlitos Way?

– E chi è? – disse Briato'. – Pisciazziello?

– E Pisciazziello di chi è 'o meglio cumpagne?

– Biscottino, – rispose ancora Briato'.

– Esattamente, – disse 'o Maraja, – e io domani mattina acchiappo a Biscottino.

Sarò buono

Nicolas aveva tutto in mente, come se avesse trovato l'equazione esatta. Si trattava solo di convincere Biscottino e, per riuscirci, doveva portarselo a fare un giro come da soli non avevano mai fatto. Si fece trovare proprio fuori da scuola. La madre di Biscottino lo accompagnava ogni mattina, perché voleva assicurarsi che ci arrivasse, in classe. Non si fidava degli amici suoi. Siccome lavorava, però, non riusciva ad andare a prenderlo. Appena vide il T-Max, Biscottino sgomitò per farsi largo tra i compagni che si accalcavano sulle scale.

– Oh, Maraja! Che staje facenno?

– Saglie, ti porto a casa. – Biscottino saltò in groppa, fiero. Il T-Max partì sgommando e Biscottino lanciò un urlo mentre Nicolas se la rideva. In fondo stava per chiedergli molto, meglio dargli prima un contentino. Scelse il tragitto più lungo. Guidava lentamente, si fermava ai semafori, prendeva le curve con gentilezza. Voleva tenerselo sullo scooterone perché lì Biscottino era felice e sarebbe stato più facile parlargli.

– Biscotti', tutti vanno ricenno ca 'o Mellone è stato levato 'a miezo perché stava cu nuje.

– Ma non stava contro a noi?

– Esatto. Ma chillo bastardo 'e Roipnol, sicuramente con 'o White e i Capelloni, il cazzo che gli abbiamo messo se lo sta levando dal culo e prova a mettercelo in culo a noi. Stu bastardo! E mo' la cosa la devi risolvere tu.

Su quel "tu" partì a razzo, superò un'automobile, poi un'altra, saltò sul marciapiede per sorpassare un furgone e infine rallentò alla velocità minima che si era imposto. Biscottino aveva il cuore che batteva talmente forte che Nicolas lo sentiva dalla schiena.

– Io? Cioè?

– E cioè, chi è 'o meglio compagno tuo?

– Pisciazziello?... Teletabbi?

– Pisciazziello, esattamente. E 'o frate di Pisciazziello è 'o guardaspalle 'e Roipnol.

Il T-Max inchiodò di colpo. Biscottino sbatté la faccia contro le scapole di Maraja e prima che cominciasse a protestare, Nicolas aveva saltato la carreggiata e ora procedeva nell'altro senso.

– Tu devi andare da Pisciazziello, – disse, – e devi dire che dopo l'uccisione del Mellone nessuno più si fida di me e della paranza nostra, digli anche che tu non hai avuto 'na piazza. E devi dire che vuoi faticare cu isso e che sule a Roipnol devi dare quest'ambasciata. Devi farti aprì la porta da Pisciazziello. Poi, come sei trasuto int''a casa, pigli e lo spari.

Inchiodò un'altra volta, ma Biscottino fece in tempo a ripararsi con le mani. Voleva urlare, ma per l'eccitazione. Sembrava di stare al luna park. Nicolas cambiò ancora senso e si ritrovarono sulla carreggiata dell'andata.

– Ma chillo, Pisciazziello, che ne sape? Sta sempre 'o frate fuori la porta, non lui, – riuscì a dire Biscottino riguadagnando una postura comoda, con la schiena dritta, ma Nicolas diede una brusca accelerata e a novanta all'ora proseguì sulla linea di mezzeria. Il traffico era aumentato e gli specchietti delle automobili sfioravano il manubrio del T-Max.

– Carlitos Way va a raccogliere i soldi per Roipnol. Perciò per un certo tempo lo lascia scoperto. – Tacque e lo guardò dallo specchietto. – Ti stai cacando sotto 'e fà 'nu piezzo, Biscottino?! Dimmelo, eh! Che non c'è problema, troviamo un'altra soluzione.

– No, nun me sto cacanno sotto, – rispose Biscottino.

– Cosa?

– Nun me sto cacanno sotto!

– Cosa? Non ho sentito!

– NUN ME STO CACANNO SOTTO!!!

Senza diminuire la velocità, Nicolas si riportò tutto sulla destra e proseguì lentamente come era partito fino a casa di Biscottino.

L'equazione era stata risolta.

Dal giorno del trasloco, Crescenzio Roipnol non era mai uscito di casa. Sua moglie gli aveva rinfacciato quella clausura che lui, le aveva promesso, avrebbe spezzato. La verità era che Roipnol aveva troppa paura. Anzi, era terrorizzato, e quel terrore provava a combatterlo con le pastiglie, ma poi cominciava a biascicare più del solito, e Maddalena si incazzava. Un circolo vizioso all'interno del quale Crescenzio riusciva comunque a comandare il quartiere, a gestire le piazze, a contrastare la paranza del Maraja. La cosa più difficile, per Roipnol, era reprimere la voglia di sterminare quei ragazzini. Niente morti, aveva detto il Micione. Vabbuo', aveva risposto Roipnol, non poteva fare altrimenti. L'esercito di Roipnol era un esercito disperso. Fedele, potente, ma sparpagliato perché doveva governare e contenere, due movimenti che in periodi di stasi come quello potevano confliggere e creare inaspettati attriti. Addirittura crepe.

Quella che vedeva Biscottino – appoggiato allo stesso muro da dove poco tempo prima aveva assistito alla traslazione della Madonna di Pompei – forse non l'avrebbe mai definita una crepa, ma sicuramente una "strunzata". Com'era possibile che Roipnol, uno che si credeva re, permettesse al suo paggetto, Carlitos Way, di starsene in giro due ore quando andava a ritirare i soldi delle scommesse giù alla saletta? Uno che gestiva tutte quelle piazze e si prendeva i meriti di omicidi non suoi poteva fidarsi di uno come Pisciazziello che gli faceva la spesa e gli pagava le bollette? Forse, concluse Biscottino con un pensiero di cui si sentì molto orgoglioso, Roipnol meritava di morire perché non sapeva comandare.

Quando arrivò a Forcella, il giorno dopo, appoggiò il motorino che gli aveva prestato Lollipop non lontano dall'ingresso di Santa Maria Egiziaca, quello che dava su corso Umberto. Si disse chiesa. Si disse santi. Si disse Madonna. Si disse Gesù Bambino. Si disse perché no. Lì ci si aiuta, lì dentro si fanno promesse, lì dentro si cercano conferme, e con passo sgangherato ci entrò. Era una chiesa che conosceva, ma per modo di dire. Come tutti, era abituato all'oro, alle sontuosità delle immagini e all'abbondanza dei decori: anche per i suoi amici di Scampia, Napoli erano le chiese, i palazzi, il grigio e le fiamme cinerine del piperno, tutta quella bellezza senza altro destino che l'essere bellezza. Bellezza mista al sacro, allo scongiuro, alla speranza. E per la speranza Biscottino entrò in chiesa cercando santi, sante, madonne, un interlocutore. Fu sopraffatto dalle immagini e dai colori, dai gesti ampi delle braccia carnose, dagli azzurri scavati nell'oro, dai volti della pietà e del martirio. Provò con la Madonna, anzi con le Madonne, ma non gli usciva parola, non sapeva come mettersi in contatto. "Madonna della paranza..." disse guardando la figura dolcissima, che dall'alto profumava l'aria. Non proseguì. Anzi rimandò quella preghiera, come se avesse bisogno di arrivare a quella altezza con pazienza, passo dopo passo. Cercò un santo, un santo riconoscibile, ma senza effetto. In braccio a madonne e santi i gesù bambini, quelli li distingueva bene. Senza staccare gli occhi dalla luce che entrava da cupola e finestroni, mise a fuoco un Gesù Bambino, che in fondo gli somigliava, anche se mai lo avrebbe ammesso. Si mise in ordine il colletto della maglietta, raddrizzò la pistola nei pantaloncini, si passò la mano sulla testa, verificò che le due vecchine che stavano in ginocchio sulle panche non facessero caso a lui. Si lasciò ispirare dalla quiete che magicamente, dentro la chiesa, si posava come fosse uno spazio protetto dal mondo, che pure rumoreggiava appena fuori sotto forma di traffico automobilistico. – Gesù, – provò a dire, e ripeté: – Gesù –. Si rammentò il gesto della preghiera ma non riuscì a congiungere le mani, non si incollavano, palmo contro palmo, restavano sospese nell'aria. – Gesù, san Ciro, san Domenico, san Francesco, facite che io salgo da chillo strunzo e lo strunzo se ne esce, che io dico vai e lui va. – In verità faceva fatica a vedere la scena proprio in questi termini, Roipnol che se ne andava, la Culona che lo seguiva, ma la sua preghiera poteva solo arrivare ai confini di quello che poi poteva accadere e, se per qualcosa era entrato in chiesa, era per far sì che quella Desert Eagle che si teneva nascosto nei pantaloni se ne stesse lì dove stava, e potesse bastare la parola. La parola che sposta il mondo, quando lo vuole, quando lo può. È per questo che si prega, no? Non era per questo? E allora gli venne in mente un altro pensiero. – Gesù Bambino, – riprese, – fammela avere un giorno una paranza mia.– Provò ad aggiungere una promessa, dato che, lo sapeva, se uno chiede deve anche ridare. Non gli venivano le parole e allora chiuse ripetendo una voce antica, che era antica anche in lui, che pure era un bambino. Disse: – Sarò buono –. E il buono gli si presentò davanti agli occhi come un eroe del popolo, un masaniello, uno con la spada, un supereroe che si lanciava da San Martino sopra Spaccanapoli e planava sulla Sanità passando sotto il ponte. Un Cristo insanguinato, la corda che lo aveva tenuto legato alla colonna che gli pendeva ancora dal collo, sembrò guardarlo con comprensione e pietà. Per fortuna stava sotto una teca trasparente. – Sarò buono, – ripeté, e se ne uscì rapido come era entrato.

Sapeva che non avrebbe faticato a trovare Pisciazziello nei paraggi perché la Culona lo considerava come un figlio adottivo – il marito era stato troppo tempo in carcere e ora era tardi per averne uno suo – e le piaceva averlo intorno, anche solo per giocare alla famiglia. E di un figlio ci si fida, no? Biscottino lo vide che stava entrando proprio nel palazzo di Roipnol e corse per bloccarlo. Gli spiegò che voleva faticare con loro, recitò la parte che Nicolas gli aveva detto di recitare. E lo fece bene, cantilenando le parole come aveva fatto prima in chiesa. Pisciazziello dovette scambiare quel tono per una vera disperazione perché non fece che ripetere: – E come no... –. Certo che lo avrebbe portato su, anche adesso. Stava andando proprio lì.

Salirono le scale di corsa e davanti alla porta blindata Pisciazziello alzò la testa in favore di telecamera.

– Signo', questo è Biscottino, 'n'amico mio. Sta cacato sotto dopo che Roipnol ha fatto il pezzo d''o Mellone. Ha detto che ha paura che tutti quelli che faticano con la paranza del Maraja faranno la stessa fine. – Senza accorgersene aveva usato lo stesso tono che aveva usato Biscottino poco prima, e la voce metallica della Culona rispose: – E fa buono a tené paura. Picciri', venite avanti.

Pisciazziello abbassò la maniglia e la porta si aprì. Fece un passo per entrare ma Biscottino lo afferrò per la maglietta e disse, coprendosi la bocca con la mano per non rivelarsi alla telecamera: – Tengo scuorno a farlo davanti a te, preferisco entrare da solo –. Pisciazziello si fermò sulla soglia. Pareva indeciso. Quanto stava per dire avrebbe deciso quella giornata. Se avesse insistito per entrare con lui cosa sarebbe successo? "Gesù Bambino..." si disse Biscottino.

– Vabbuo', – rispose Pisciazziello, – ce verimmo, – e scese le scale.

Biscottino rimase sulla soglia per qualche secondo, il tempo di assicurarsi che Pisciazziello non avesse cambiato idea, e poi entrò nell'appartamento, usando come guida le voci di Roipnol e di sua moglie. Riconobbe subito i mobili che aveva visto per strada durante il trasloco e si sentiva ancora odore di pittura. La Culona si era accomodata sull'ottomana, mentre Roipnol era dietro una scrivania di legno scuro. Le imposte semichiuse facevano passare una lama di luce e l'illuminazione della stanza era assicurata da una lampada nell'angolo. Nel gioco di ombre che si creava il volto di Roipnol sembrava tagliato in due, giorno e notte. Quell'uomo dalle spalle cadenti e dai lineamenti da aspide – occhietti ravvicinati, labbra sottili a incidere un sorriso ferino, pelle lucida – adesso pareva quasi un vichingo. Non sembrava né sorpreso né spaventato, e anche la Culona non si era scomposta. Biscottino recitò la sua frase: – Adesso comandiamo noi. Tu e la Culona ve ne dovete andare.

– Ah, non me n'ero accorto, – disse Roipnol, ma rivolgendosi alla moglie. Ora la linea di luce inquadrava l'orecchio, la nuca, i capelli freschi di tinta. – Stavi ancora nelle palle di tuo padre quando io difendevo il quartiere tuo spanzando 'o Boa. Sono io che ho tenuto fuori Mangiafuoco della Sanità. – Poi si girò di nuovo verso Biscottino. – A chi ti ha mandato, devi dire che Forcella è un mio diritto!

– A me non mi manna nisciuno, – rispose Biscottino. Aveva fatto un passo avanti, un movimento minimo, per prendere meglio la mira.

– Muccusie', – disse Roipnol, voltandosi ancora verso la moglie, – ma come ti permetti?

– Ti fai male, Roipnol. – Un altro passetto.

– Oh, oh, hai capito come ruggisce stu muschillo. E ti pare che mi metto paura di un bambino come te?

– Io per diventare bambino c'ho messo dieci anni, per spararti in faccia ci metto un secondo.

La fiammata della Desert Eagle scattò un'istantanea della stanza. Roipnol a bocca aperta, le mani al volto come se potessero ripararlo. La Culona inaspettatamente agile che si gettava sul marito, anche lei illusa di poterlo proteggere. Poi tutto tornò ombra e luce. Biscottino corse fuori dal salotto, e lì si fermò, trafitto. Tornò indietro, sollevò di nuovo la pistola e inquadrò le chiappe della Culona. Sarebbe uscita l'aria da quei due palloni?, si chiese. Il colpo entrò preciso nella chiappa destra, ma niente aria. Deluso, Biscottino finì la Culona con una pallottola alla nuca.

Volò per l'appartamento e per le scale con la velocità scomposta dei suoi dieci anni, scontrandosi con stipiti e corrimano, ma non sentì nulla.

Eccolo il portone, pochi scalini, tre metri, forse. Vedeva

già la strada e poi non la vide più, perché Pisciazziello rientrava in quel momento con un krapfen in mano.

La Desert Eagle era ancora calda, pungeva la pelle di Biscottino, che valutò per un istante folle di estrarla ed eliminare anche questo testimone.

– Ma che è successo? Erano botte? Ma che hai fatto?

Il suo amico lo fissava, la faccia impolverata di zucchero. Biscottino proseguì la corsa lasciandosi dietro solo un: – Magnat''a kraffa.

Fratelli

Il centro estetico 'O sole mio aveva un sito Internet essenziale. Un paio di foto e un numero di cellulare. La ragazza che aveva risposto alla telefonata di Lollipop se l'era fatto ripetere due volte che il centro doveva tenerlo prenotato tutto e fino alla chiusura. – Amm''a festeggià 'nu battesimo! – La ragazza era sempre più perplessa: – 'Nu battesimo, al centro estetico, ma che stai pazziando, è uno scherzo?

Lollipop aveva agganciato e si era presentato dieci minuti dopo davanti alla ragazza con duemila euro in pezzi da cento. Poi aveva lanciato il messaggio in chat:

Lollipop

Guagliù, oggi pomeriggio tutti
a festeggià o battesimo di Biscottì.
Andiamo a piglià o sole!

Il messaggio arrivò chiaro alla paranza:

Maraja
Uà troppo bbello!!

Biscottino
Hai scassato i ciessi!!!

Stavodicendo
Evvai, me faccio a depilazione totale!!

Alle tre in punto, orario di apertura del negozio, la ragazza vide entrare per primi Tucano e Stavodicendo, che portavano seduto sugli avambracci il festeggiato. Tutti e tre erano pettinati alla Genny Savastano, e dietro di loro apparve Nicolas con in testa una corona rossa gonfiabile che lo faceva sembrare altissimo. Gliel'avevano messa sulla soglia Lollipop e Drone. Subito dietro Drago' e Dentino, pieni di collane e bracciali d'oro che manco la Madonna di Loreto, gridavano: – Auguri Biscotti', si' diventato grande!

Si fecero un giro alle lampade, poi la pedicure, la depilazione corpo e viso, e da ultimo si rollarono un paio di canne nella sala relax paglia e fieno. Per il battesimo del fuoco di Biscottino si erano portati una bustina di cocaina rosa da far provare al festeggiato. Nicolas la recuperò dall'accappatoio e ne stese una striscia sulla panca di tek, invitandolo ad aprire le danze: – Ammo grattato la schiena alla Pantera Rosa, e guarda qua che bello sfuoglio che è uscito!

Biscottino si fece la sua prima tirata, all'inizio resse bene ma dopo cinque minuti prese a saltare dappertutto, a fare ruote e verticali per tutta la sala, finché gli altri non ne poterono più di tutto quel movimento e lo spedirono a farsi una bella doccia emozionale.

Mentre si dondolavano sulle amache, senza più un pelo, a parte Dentino che si era tenuto quelli sul petto dove campeggiava una collana con un medaglione d'oro massiccio che lo copriva da capezzolo a capezzolo, Lollipop chiese: – Ma pecché cu sti sorde non ti acconci i denti, invece di buttà tutto pe ste collane d'oro?

– Accussì piaccio alle femmine, tengo 'na finestra in bocca e vedono cosa c'ho dentro.

– 'A schifezza che tieni dentro si vede tutta quanta, – replicò Lollipop.

– Ma come cazzo te li sei rotti sti denti? – chiese Drone.

Era una storia che Dentino non raccontava mai. Ma da quando aveva iniziato a essere temuto, ad avere un po' di soldi, a essere abbracciato a una fidanzata, non gli dispiaceva quel difetto, era diventato il suo tratto distintivo.

– Stavo giocando a basket, no, e poi mi sono iniziato a vattere con uno stronzo, che a un certo punto m'ha dato una pallonata in faccia. Hai presente quanto pesa 'nu pallone da basket? Mi si sono spezzati i due denti davanti, uno 'n coppa e uno sotto.

– No, vabbe', ma è impossibile che tu giocavi a basket! Ma chi ci crede! Se sei alto 'nu metro e 'nu cazzo!

– Ma piglialo in culo, – disse Dentino. Poi si girò a guardare Tucano, e volle togliersi una curiosità che aveva da un pezzo: – Ma invece tu, Tuca', com'è che ti chiamiamo accussì?

Tucano non somigliava per niente a un tucano, il suo naso era piccolo, la sua barba apostolica. Semplicemente un giorno, mentre guidava lo scooter con dietro Briato', gli andò in bocca un insetto. Iniziò a sputare, in preda a conati di vomito, poi accostò, si ficcò due dita in bocca cercando la bestia che continuava a battergli sul palato e sulla lingua. Quando finalmente riuscì a liberarsi dell'insetto, se ne uscì con un "Ua'! M'era finito 'nu tucano in bocca!".

Briato' dietro aveva riso fino alle lacrime per quel "tafano" storpiato, e così il nome Massimo Rea era stato cancellato dalla memoria di tutti quelli che lo conoscevano e lui era diventato semplicemente 'o Tucano.

– Ma invece Briato' lo chiamiamo così perché...?

Nicolas si alzò dall'amaca e Lollipop disse: – Silenzio, oh, 'o re adda parlà.

Maraja, sistemandosi la corona sulla testa, spiegò: – Io c'ero. Eravamo all'ultimo giorno della terza media e il nostro professore di Scienze fece un giro per sapere cosa volevamo fare da grandi. Tutti dicevano avvocato, chef, calciatore, assessore... Briato' rispose soltanto: "Flavio Briatore".

Poi Nicolas fece un cenno e si alzarono anche gli altri. Raggiunsero Biscottino alla doccia emozionale. Stava sdraiato a pancia in su, sotto l'acqua profumata al gelso, ogni tanto apriva la bocca e beveva. Appena li vide, si tirò su: – Ué, ma dov'eravate finiti?! –. Continuava a toccarsi il naso, come se pure lui c'avesse un tafano da togliersi, e li guardava stranito.

Si spogliarono insieme e si trovarono all'improvviso tutti nudi uno attaccato all'altro. – Adesso prendiamo le misure, – disse Drone sventolando il suo uccellone e indusse tutti a guardarselo e a guardare quello dei compari. Si misero automaticamente in fila imitando Drone, pesce in mano e pancia in fuori. – Facimme l'alza bandiera! – e si piegarono all'indietro. – Sciogliete le righe! – ordinò Nicolas sparendo nella nebbiolina di vapore davanti alle cabine colorate. Drago' prese Biscottino per il pesce e lo trascinò in giro per la stanza: – Così ti diventa lungo, – disse e gli altri a ridere prima di entrare tutti nelle docce, spesso in coppia, spesso passando dall'una all'altra cabina per cambiare colore o per provare subito la sequenza degli aromi. Pesce Moscio si concentrò per lasciar andare una scoreggia e Drone fece finta di morire sotto un fiotto azzurro di acque benefiche.

– Ti piace la festa tua, Biscotti', ti stai divertendo? – gli chiese Nicolas strizzandogli una guancia.

– Sì bella... ma dov'eravate finiti? – disse di nuovo.

– Ci raccontavamo le nostre storie, sui nostri nomi...

Biscottino lo interruppe: – Eh, ma infatti, io sempre mi chiedo come cazzo è che Drone tiene un nome così bello. Lo vulesse pure io accussì, che Biscottino mi fa vomitare!

Drago', irriconoscibile con i capelli schiacciati sulla testa dalla pioggia degli spruzzini, diede una pacca a Drone: – Eh, st''ommo se l'è guadagnato il soprannome. In tutta Italia è l'unico che s'è accattato i mille fascicoli settimanali a 2 euro e 99 "Costruisciti il tuo drone". Ma non solo se li è accattati, è pure l'unico che il drone è riuscito a costruirselo veramente. E volava!

– No, 'overo dici? – disse Biscottino guardando stupito Drone.

– Ua', manco Dan Blitzerian ce l'ha 'o drone!

– Ma chille ne ha una decina. Io so' follower suo su Instagram.

– Pur'io, e 'o drone non l'ho mai visto.

La massaggiatrice, una che sarebbe piaciuta a Pesce Moscio, arrivò per dire che 'O sole mio era in chiusura, bisognava vestirsi e andare. La festa era finita. Sarebbe ricominciata solo qualche ora dopo al Nuovo Maharaja.

La città ha in capo una corona di palazzine di due, tre, massimo quattro piani, sempre in attesa di un condono, che gonfiandosi sono diventati paesi. E tutto attorno campagna che sta a ricordare quale dovesse essere il passato di terre ormai aggredite e soffocate dal cemento. Sorprendeva sempre, anche chi era nato lì, che bastasse sterzare un paio di volte dalla strada principale per trovarsi in mezzo ai campi. Invece, a qualche chilometro in tutt'altra direzione, Nicolas era bombardato da fasci luminosi e stava muovendo la testa al ritmo di una canzone degli anni sessanta riarrangiata in chiave disco. 'O Maraja era al Nuovo Maharaja e faceva finta di divertirsi alla festa di laurea in Scienze politiche del figlio dell'avvocato Caiazzo, legale degli Acanfora e degli Striano prima che si pentissero, dei Faella, di calciatori e vip assortiti. Aveva seguito pure loro per l'accusa di spaccio che aveva portato dentro Alvaro. Un'ora prima avevano terminato lì i festeggiamenti per Biscottino. Lo avevano chiuso in un cerchio di braccia e poi a turno lo avevano innaffiato con lo champagne. Avevano brindato alle piazze, ché dopo la morte di Roipnol sarebbero state loro, e poi avevano fatto un brindisi pure alla salute di Briato' e Pesce Moscio, feriti in battaglia. Infine avevano cacciato dal locale il festeggiato: fuori c'era il suo regalo. Il suo nuovo scooter. Il regalo per la paranza, invece, lo aveva portato l'avvocato Caiazzo: la notizia della sospensione condizionale della pena per la condanna a quel vecchio processo.

– Bravo avvocato, – fece 'o Dentino.

– Moët Chandon per festeggiare, – urlò Maraja, – due butteglie... amm''a festeggià!

– Guagliu', è pena sospesa, significa che se vi fate ricondannare revocano la sospensione e ve li fate gli anni.

Alzarono i calici, dicendo: – Avvoca', siamo intoccabili.

Adesso Nicolas aveva la testa altrove. Non stava seduto per più di due minuti e poi si alzava, entrava e usciva dal privé, andava a prendere un acapulco – il figlio dell'avvocato aveva preteso che il tema della festa fosse tropicale – e poi si faceva un giro sulla pista, abbracciava Letizia, scambiava una parola con qualcuno. Ma sempre con un occhio allo smartphone. I numerini sopra i nomi delle chat continuavano ad aumentare ma a lui interessava solo un nome, che però rimaneva in fondo alla lista. Il dj spense la musica e la luce invase il locale, era il momento del discorso dell'avvocato Caiazzo. I capillari del volto erano in rilievo e si era sbottonato la camicia quasi fino all'ombelico. Pietoso, pensò Nicolas, ma quando l'avvocato chiamò il silenzio e subito dopo l'applauso per il figlio, 'o Maraja posò l'acapulco e batté convinto le mani. L'avvocato Caiazzo aveva trascinato sotto la tela che ritraeva il re indiano una poltroncina bianca, una a caso tra quelle che riempivano il locale e che Oscar si era premurato di far rifoderare con una stoffa candida perché, diceva, quello era un battesimo. Caiazzo ci salì in piedi e per cercare l'equilibrio cominciò a pestare il cuscino con le sue Santoni scamosciate.

– Grazie a tutti, – disse. – Vedo le facce dei miei amici, dei miei clienti.

E qualcuno dietro Nicolas disse: – Altre facce, avvoca', non possono stare qua, stanno in vacanza...

– Sì, ho fatto del mio meglio, ma li riporteremo qui! Li riporteremo qui, perché io difendo solo innocenti.

Risate.

– Sono felice che oggi festeggiamo la laurea di mio figlio Filippo, dottore in Scemenze politiche.

Risate.

– L'altra mia figlia, Carlotta, si è laureata in Lettere e Cartoline; e mio figlio più grande, Gian Paolo, nun c'ha pensato proprio a laurearsi e mo' tiene il ristorante a Berlino. Come vedete, hanno tutti voluto prendere esempio dal padre: non diventare come me!

Ancora risate. Anche Nicolas rideva e intanto con una mano sfiorava il culo di Letizia e con l'altra, infilata in tasca, attendeva che il telefono vibrasse.

– Comunque, Filippo, il mio è soltanto un augurio, – continuò l'avvocato, – oggi goditela a papà, per essere disoccupato puoi aspettare domani!

Un boato di risate. Il discorso era finito e la festa poteva continuare.

Letizia cercò di trascinare Nicolas a ballare perché adesso il dj aveva messo *Music is the Power* e lei non riusciva a stare ferma. Nicolas stava per dire che proprio non gli andava quella sera, ma Letizia era un sogno, strizzata in quel vestito che le lasciava scoperta tutta la schiena. Nicolas la afferrò da dietro e le diede una leccata sul collo. Lei finse di offendersi e fece due passi veloci in mezzo alla pista per farsi raggiungere dal suo uomo, ma al Maraja vibrò lo smartphone e questa volta era il messaggio che aspettava. La foto di un cielo stellato e il testo "Il cielo di casa mia è sempre il più bel cielo del mondo". Nicolas afferrò Letizia come aveva fatto prima e, mentre lei ancheggiava strusciandosi contro di lui, le sussurrò: – Chiunque mi cerchi, digli che sto nel privé. Se te lo chiedono nel privé, digli che sto in bagno. Se qualcuno si avvicina al bagno, digli che sto in giro.

– Ma perché, che state combinando? – chiese Letizia senza smettere di ballare.

– Nulla, 'nu servizio. Però hann''a sapé che sto ccà, poi ti spiego.

Lo fissò mentre si allontanava verso l'uscita, nell'alternanza di luce e buio che rendeva ogni movimento isolato e imprevedibile, confondeva i corpi e sovrapponeva i volti. E per un attimo, ballando con le braccia alzate e muovendo la testa da un lato e dall'altro, le parve di cogliere su di sé il guizzo di uno sguardo conosciuto. Renatino, con la faccia da ragazzo, identica all'ultima volta che lo aveva visto, ai tempi dello smerdamento, e il corpo da uomo dentro una divisa dell'esercito. Fu un attimo, poi non lo vide più e alle prime note di *Single Ladies* corse a cercare Cecilia per mimare la coreografia di Beyoncé, scordandosi di lui.

Fuori un'automobile aspettava Nicolas. Una Punto blu scuro come se ne vedono passare a centinaia in una via qualsiasi di una città qualsiasi. Al volante c'era Scignacane, che senza nemmeno salutarlo fece accomodare Nicolas al posto del passeggero. Presero l'asse mediano. Uscirono dalla città. Nella testa di Nicolas continuava a risuonare la canzone di prima. Solo quando sentì dei belati capì che era arrivato in un altro mondo. Scignacane parcheggiò la Punto sul ciglio della strada e disse: – Jamm'a vedé sta pecora...

Camminarono tagliando per i campi. Scignacane si orientava alla perfezione e controllava dove metteva i piedi con la luce del telefono. Poi all'improvviso si fermò e quasi Nicolas gli sbatté contro. – Eccola, la pecora, – disse Scignacane.

Era seduto su un muretto a secco che una volta doveva delimitare il terreno di una casa di campagna, ora ridotta a una baracca, le pareti mezzo crollate e un tetto di lamiera improvvisato che i temporali avevano piegato a metà. Stava fumando tranquillo, e tra una boccata e l'altra chiacchierava con Drago', che accanto a lui controllava il cellulare – quel naso leggermente storto si stagliava contro il buio della notte ogni volta che ruotava lo smartphone. Davanti a loro si intravedeva una fossa, che usavano come passatempo gettandovi dentro i sassi che avevano impilato sul muretto. Sembrano due ragazzini delle elementari, pensò Nicolas.

Fu il ragazzo accanto a Drago' ad accorgersi della presenza di Nicolas e Scignacane. Girò la testa e capì subito. La girò di nuovo per cercare conferma – se ce ne fosse stato bisogno – negli occhi di Drago', ma Scignacane era già lì, corpo contro corpo.

– Omm''e mmerda, hai magnato a casa mia.

– Ma che stai dicendo? Nun aggio fatto niente, niente, Scignaca'!

Ancora seduto sul muretto, si era girato un'altra volta per affrontare Scignacane, che adesso gli urlava in faccia. Nicolas e Drago' gli sbarravano la strada a destra e a sinistra. Dietro, solo la fossa.

– Niente? Guarda ccà, – continuò Scignacane illuminando una foto sul suo smartphone. – Riconosci chi è? Riconosci chi è chisto?

Il ragazzo provò ad aprirsi la strada a spallate, ma Nicolas e Drago' lo bloccarono serrandogli le braccia e torcendogliele dietro la schiena. Scignacane si infilò il telefono nella tasca posteriore dei pantaloni e fece segno ai due di mollarlo. La serata si era guastata e adesso le nuvole coprivano la luna impedendo che quella scena fosse illuminata da un minimo di luce. Anche le pecore avevano smesso di belare. L'unico rumore era il respiro dei ragazzi, e quello più accelerato del loro prigioniero. Non provava più a ribattere, non era una situazione da cui si potesse uscire con le parole. Scignacane si piantò bene sul terreno sconnesso e gli diede una spinta potente che lo fece ruzzolare nella fossa. Non aspettò che quello si rialzasse, cacciò la pistola e gli sparò dove aveva già deciso che sarebbe andato a finire il primo proiettile. In faccia. Però prese lo zigomo. Un colpo che sfigura e fa urlare dal dolore, ma non un colpo che uccide. Il ragazzo nella fossa cominciò a chiedere scusa, a implorare pietà. Sputacchiava parole miste a sangue, che gli colava in gola quando cercava di riprendere fiato. Solo ora Nicolas si accorse che Scignacane indossava dei guanti di lattice e d'istinto si pulì i palmi contro il tessuto dei pantaloni.

Intanto quello nella fossa urlava: – Mi hai sparato in faccia! Ma che cazzo fai! –, ma Scignacane non aveva ancora finito. In rapida sequenza gli piantò un proiettile nel ginocchio e uno nello stomaco. Nicolas non riuscì a non pensare a Tim Roth tra le braccia di Harvey Keitel e a quanto poteva essere lunga quell'agonia. Quanto sangue conteneva un corpo umano? Provò a recuperare qualche reminiscenza ma fu interrotto dall'ultimo colpo di Scignacane, che andò a conficcarsi dritto nell'occhio del ragazzo.

Ci misero un'ora a ricoprire la fossa con le vanghe recuperate dietro la baracca. Le pecore avevano ricominciato a belare.

Nelle ultime settimane Dumbo e Christian si erano visti solo una manciata di volte. E poi più nulla, di punto in bianco quell'amicizia che prevedeva giornate intere a fare niente, ma insieme, era evaporata. Christian non aveva osato chiedere niente a Nicolas: la paranza, il fumo, le armi... tutto gli arrivava dalla bocca di Nicolas, ed era lui a decidere quando. Era sempre stato così, tra loro, e comunque Christian lo sapeva che non mancava molto al giorno in cui sarebbe stato proprio suo fratello a invitarlo su un altro tetto, con altre armi, a sforacchiare altre paraboliche.

Christian era sdraiato sul letto e stava scrivendo a Dumbo quando Nicolas entrò in cameretta. Tutti quei messaggi l'amico non li aveva neanche letti, le spunte a lato continuavano a non colorarsi. Era strano, Dumbo non aveva mai passato tanto tempo senza guardare il telefono.

Nicolas era entrato in cameretta come faceva sempre – una spallata alla porta e poi un calcio per richiuderla – e fece un salto atterrando sul letto. Se dai rispettivi letti avessero allungato le braccia, si sarebbero toccati con la punta delle dita. Christian girò la testa e il profilo duro del fratello puntava verso il soffitto. Poi Nicolas chiuse gli occhi e Christian fece lo stesso. Rimasero così per un po' ad ascoltare l'uno il respiro dell'altro. Spettava al più grande infrangere quel silenzio e lo fece sfilandosi rumorosamente le Air Jordan con i piedi. Le scarpe atterrarono una sopra l'altra. Christian aprì gli occhi, controllò solo un'ultima volta il colore delle spunte sullo smartphone e poi intrecciò le mani dietro la testa. Era pronto. Era in ascolto.

– Adda murì mammà! Scignacane mi ha scassato 'o cazzo, – disse Nicolas. Aveva pronunciato "cazzo" come a buttare fuori l'aria in eccesso. Si stava liberando di qualcosa, e quel proiettile d'aria stava a testimoniarlo. Christian sbirciò di nuovo dalla parte del fratello, che se ne stava immobile; solo le labbra si muovevano ogni tanto, a cercare le parole giuste. Christian tornò a fissare il soffitto, e provò a concentrarsi sul proprio corpo. No, lui il morto non lo sapeva fare.

La conosceva bene la storia di Scignacane, Christian. La conosceva come una storia venuta da lontano, una storia di guerra, una partita, un gioco a cui non avrebbe potuto partecipare, una battaglia in cui il fratello portava elmetto e tuta mimetica, e a volte addirittura spada e corazza. A lui toccava stare lì nella cameretta, la madre e il padre che magari litigavano dall'altra parte, ad aspettare notizie di cosa succedeva alla barriera, al confine, nella cittadella di vicoli. Si era mosso tutto così velocemente, negli ultimi tempi. La paranza di Nicolas si era evoluta e adesso trattava l'eroina direttamente con gli Acanfora di San Giovanni a Teduccio. Con Scignacane. In più di un'occasione aveva desiderato chiedere il motivo di quel soprannome, ma non l'aveva mai fatto, forse per non rovinarsi l'immagine che si era costruito del nuovo re di San Giovanni. Una specie di pokémon, metà scimmia e metà cane, abile a correre, imbattibile nell'arrampicarsi. Che poi il contatto con lo Scignacane era nato per una botta di culo e proprio grazie a Dumbo. Si era fatto un anno a Nisida – e non aveva parlato, non aveva fatto il nome di nessuno – e lì lo aveva conosciuto. Anche questa storia, Christian, l'aveva sentita un milione di volte e ogni volta che lo stesso Dumbo gliela raccontava, mentre lo scorrazzava sul suo Aprilia Sportcity o quando se ne stavano sdraiati a farsi una canna, aggiungeva un pezzo.

– È proprio 'na mmerda, – disse ancora Nicolas. E ancora Christian lo aveva guardato stare steso sul letto esattamente nella stessa posizione, ma poi se ne era pentito subito, non voleva che lo beccasse mentre lo spiava.

È una merda, aveva detto anche Dumbo a Christian

quando lui gli aveva chiesto com'era Scignacane. Una merda. Punto. E non aggiungeva altro, ed era strano per uno che parlava anche quando non doveva, e forse per questo Nicolas aveva preferito tenerlo fuori dalla paranza. Ad ogni modo, Dumbo era finito a Nisida perché quando aveva tredici anni aveva aiutato il padre a svaligiare un deposito di piastrelle. C'erano anche Dentino e suo padre, lavoravano spesso insieme sui cantieri, ma loro erano riusciti a scappare.

– Scignacane dice che Dumbo si è scopato la madre, e che va in giro a dirlo, e ha mandato anche una foto del suo pesce sul cellulare della madre.

Christian non emise un fiato, neanche un movimento sulle lenzuola stropicciate, e questa volta non ci provò neanche a guardare Nicolas. Poteva essere una trappola. Forse Nicolas, adesso, aveva girato la testa e aspettava di incrociare gli occhi del fratello – della stessa tonalità, identici, l'unica caratteristica fisica che avevano in comune – per leggere la verità su Dumbo.

Dumbo raccontava anche quella di storia. Raccontava che la Zarina – la madre di Scignacane – era pazza di lui, e quella milfona, così la chiamava, se l'era fatta più di una volta. "Tiene due tette che sembrano di marmo," aveva raccontato a Christian, un giorno, proprio in quella cameretta. Poi aveva fatto un gesto con la mano, a dare a intendere che quelle orecchie che gli erano valse il soprannome non avevano niente a che fare, come qualcuno pensava, con l'essere ricchione.

Christian si sforzò di interrompere il flusso dei pensieri e, senza farsi notare da Nicolas, diede un altro sguardo al cellulare. Dumbo continuava a non leggere i suoi messaggi...

– ... e poi sono andato da Aza, alla santabarbara. Non volevo andare da Scignaca' nudo, capisci? Se quello scopre che me la faccio con i Grimaldi mi ammazza. E poi continuava a chiamarmi, dove sei?, fa' ampress'!, t'aggi''a parlà subito. Capisci?

Capiva, Christian. E ogni volta che il fratello gli diceva qualcosa e finiva la frase con "capisci?" a lui veniva un brivido.

Quando Nicolas parlava con gli altri raramente concedeva ra-ramente un "capisci?", e gli altri dovevano arrangiarsi, ma con lui era diverso. E capiva anche che Scignacane era un vero scassacazzi, che a Nisida aveva legato con Dumbo non si sa bene per quale motivo visto che il suo amico era uno di quei ragazzi d'argilla, che puoi manipolare ma fino a un certo pun-to. Dumbo era più sveglio di quanto gli altri non credessero, Christian lo aveva capito subito, e sapeva anche che a metterlo nei guai era stato solo il padre, con quel suo piano che pareva uno scherzo. Un giorno si era presentato a casa del padre di Dentino con un'idea per fottere i rumeni e i macedoni che stracciavano i prezzi e gli levavano il lavoro, perché l'ictus gli aveva ridotto male una gamba e un braccio, ripeteva, ma la te-sta gli funzionava bene, pure meglio. Il piano era semplice, ba-stava svuotare con i guaglioni i depositi di vetri e fottersi tutte le piastrelle, tenerle ferme sei mesi e poi ricominciare. Insom-ma, fare il mercato. La storia del furto Christian l'aveva sentita soltanto da Dumbo, perché Dentino sotto sotto si vergognava di averla scampata e di non essere finito a Nisida.

Il piano era filato liscio fino a quando il padre di Dumbo si era messo in testa di prendere da solo uno dei pesanti bloc-chi di piastrelle dagli scaffali di metallo. Era caduto nel ru-more sordo delle piastrelle di Vietri che si rompevano al suo-lo, tirandosi addosso l'intero scaffale. Avevano cercato per alcuni minuti di toglierlo da sotto, ma il peso era eccessivo per le loro braccia. Allora Dentino e suo padre erano scappa-ti tagliando per i prati, mentre Dumbo era rimasto a stratto-nare il padre che gli gridava di andarsene.

Nicolas si era sciolto e adesso non parlava più a frasi smozzicate, Christian però continuava a distrarsi e non capi-va come mai. Ogni parola di Nicolas era importante, da ogni frase c'era da imparare, e allora perché non riusciva a tenere le orecchie appese al suo racconto come faceva sempre? C'e-ra qualcosa di elettrico nell'immobilità di Nicolas che non gli tornava, qualcosa che gli metteva anche un po' paura e gli faceva venire voglia di torcersi sul letto. Ma ad alzarsi e uscire non ci pensava proprio: più ancora della sera in cui si era portato a casa la pistola, Nicolas in quel momento, immobile sopra il copriletto blu con le nuvole, sembrava invincibile come un supereroe. Christian spostò le mani da dietro la testa e asciugò il sudore sui pantaloni. Il materasso era un formicaio. Il corpo gli prudeva dappertutto, ma si mise d'impegno per stare immobile e concentrato come suo fratello.

– Mi ha fatto perquisire, e mi ha trovato subito 'o fierro. Io mi volevo portare dietro Tucano, chill'è pazzo, ma se c'è da agire, lui agisce. Ma Scignacane insisteva, dovevo andare da solo, capisci? E poi Tucano voleva già fare fuori tutti quanti, comm'a Scarface. Arrivo e Scignacane sta troppo nervoso, ma le trappole, sient'a me, si fanno con la tranquillità, te lo mettono nel culo quando stai tranquillo. Subito mi trovano 'o fierro, e Scignacane si incazza perché a casa di don Cesare Acanfora non si entra con il ferro e poi stammo facendo sorde e perché stammo sparanno allora? E io gli dico che quello che può succedere e quello che non può succedere non lo so, io so solo che sto meglio quando posso sparà, capisci? Lui mi risponde vabbuo' e poi caccia fuori un cellulare che non è il suo perché c'ha tutti i brillantini dietro, e infatti è della Zarina, apre WhatsApp e mi fa vedere una chat tra lei e Antonello Petrella.

Antonello è Dumbo, si disse Christian, è Dumbo. Il prurito all'altezza della mandibola, all'attaccatura dell'orecchio, si fece insopportabile. Si grattò in silenzio, conficcando le unghie nella carne per essere più definitivo possibile, e con la coda dell'occhio vide un movimento. Nicolas si era sfilato lo smartphone dai pantaloni, e adesso con il pollice scorreva rapido lo schermo. Una chat. Un messaggio audio.

– Aggio registrato tutto, – disse Nicolas, e poi con l'indice dell'altra mano schiacciò play.

"Hai visto? Hai visto?"

"Aspe', damm''o tiempo. No, ma non è possibile!"

"E poi guarda ccà. Ci ha mannato la foto d'o cazzo suo, a mia mamma."

"Ma mammeta però ce dà corda."

"Oh, mia mamma non sapeva che doveva fare."

"Cioè mammeta se voleva chiavà a Dumbo?"

"Non lo so, ho voglia 'e levà a miez'a essa e a isso."

"Fallo, pigliat'a Dumbo e fattelo."

Era la voce di suo fratello, questa. Era stato lui a dirlo, "fattelo". Christian lo sapeva, era la sua, certo, e però allo stesso tempo non sembrava, come faceva a essere la sua? Guardò Nicolas disorientato, ma lui se ne stava con gli occhi appiccicati sul telefono.

"No, teniamo addosso la DIA, per la roba dei talebani c'abbiamo addosso pure gli americani. Non putimmo fà un pezzo per strada così."

"Embé? E allora non fate niente."

"Non fate niente? Cioè, te toccano a mammeta e tu?... Nella paranza tua ci sta Dentino, quello è 'o meglio compagno di Dumbo."

"Sì, Dentino è 'o frate 'e Dumbo. Ma Dumbo fatica pe te, sta sempre qui attorno."

"No, è un pezzo che nun se fa vedé cchiù. Non è venuto a prendersi la mesata, non risponde al telefono. Nun se fa vedé ccchiù. Nun pozzo fà l'operazione coi soldati pe 'nu strunzill'accussì."

Christian senza accorgersene aveva chiuso gli occhi; le orecchie non le poteva chiudere, invece, e la bocca non riusciva ad aprirla. Voleva dire che Dumbo era uno di loro, proprio come Dentino. Con lui si era fatto la prima canna, ed era stato lui a fargli provare lo scooter giù nei garage di casa sua. Voleva dirlo, ma non ce la faceva a interrompere quella registrazione, sarebbe stato come interrompere Nicolas: non era possibile. Anche il modo in cui il fratello aveva fatto partire quel dialogo non gli dava il permesso di mostrare alcuna emozione, come se le parole che ora riempivano la cameretta non avessero valore in sé, come fossero semplicemente un altro capitolo della sua educazione: contava solo che lui ascoltasse e imparasse. E allora lui ascoltava, doveva ascoltare se voleva diventare come suo fratello, essere all'altezza, però teneva gli occhi chiusi e con la memoria correva alle smorfie che faceva Dumbo per farlo ridere, a quando l'aveva portato allo stadio a vedere Napoli-Fiorentina e gli aveva pure fatto bere la sua birra. Ne sentiva quasi il sapore sul palato, mentre le orecchie seguivano la voce del fratello e quell'altra, entrambe irreali.

"Qualcuno me lo deve portare in campagna, fuori San Giovanni. Non gli deve dire niente. Solo che lo porta a un fatto, a una festa. Dillo a chi vuoi tu. A me non interessa. Poi ci sarò io, gli chiedo un paio di fatti, gli chiedo un paio di cose e poi lo sparo. Così è risolta. È troppo 'nu scuorno, chisto va dicendo in giro che se chiava a mia mamma. C'ha mannato 'o pesce, ti rendi conto?"

"Ma se l'uccidi accussì, nisciuno sape che poi l'hai ucciso. Nessuno capisce la punizione."

"E nisciuno l'adda sapé. Deve solamente smettere di campare."

Maraja sapeva che ogni morte ha due volti. L'uccisione e la lezione. Ogni morte per metà è del morto, per metà è dei vivi.

"E se non lo faccio?"

"Se non lo fai, gli affari che dobbiamo fare insieme non si fanno più."

"Ma che c'azzeccano gli affari con la foto d''o pesce mandata a tua madre?"

"'O Maraja, sei veramente piccirillo, 'n'offesa fatta a mammeta è 'n'offesa fatta a te. 'N'offesa fatta a mammeta è 'n'offesa che non riesci a levarti dalla faccia. Significa che ti possono fare qualsiasi cosa. Li stai autorizzando a cacarti in faccia."

– Capisci, Christian?

Il messaggio era finito, Nicolas si rimise in tasca lo smartphone, incapace di cogliere lo smarrimento del fratello. Christian annuì, sì capisco, diceva la sua testa con quel su e giù, però il resto del suo corpo diceva il contrario. E gli saliva in gola una specie di grido, ma non sapeva nemmeno che fosse un grido. Nuotava dove non toccava e ancora non sapeva nuotare. Voleva urlare che Dumbo era un amico, un frato, e un frato non si può uccidere. Voleva chiedere a Nicolas se era giusto uccidere un amico. Lui la risposta se l'era data da tempo, ma se Nicolas aveva acconsentito forse era giusto, no? Forse è giusto uccidere un amico che sbaglia. E Dentino, cosa sapeva di tutta quella faccenda? Christian era sempre stato un po' geloso dell'amicizia che legava Dumbo e Dentino. Non avrebbe mai potuto competere, e quel pensiero intempestivo lo fece arrossire per la vergogna, e si girò verso il muro, anche se Nicolas manco lo guardava. Prese il cellulare, le spunte ancora non si coloravano. Capiva, sì, che Dumbo era stato condannato a morte e capiva anche l'ultima frase del fratello, quell'inutile tentativo di far ragionare Scignacane, che come tutti quelli che disprezzava Nicolas si ostinava a mischiare sangue e affari, famiglia e soldi. Nicolas odiava quelli come loro, lui voleva che la carne non sporcasse il business. Una cosa sono i soldi, una cosa è il cazzo. Voleva solo che il fratello gli dicesse che aveva convinto Scignacane che quella era una stronzata, voleva solo che Dumbo gli rispondesse.

Nicolas cambiò posizione, si mise su un fianco e poi tornò supino. Stava per ricominciare, e Christian per un secondo fu tentato di fare qualcosa, ad esempio alzarsi e uscire, dire che andava in bagno. Di parole non ne aveva precise, aveva lo scatto delle gambe. Aveva le mani che ora teneva infilate nelle tasche, non aveva parole ma sapeva già cosa dirgli, e cioè che Dumbo per lui era – è, si sforzò di pensare – più di un amico, un altro fratello, che a differenza di Nicolas permetteva che le sue storie venissero interrotte. E dopo gli avrebbe detto anche che Dumbo aveva messo nei casini la paranza e quindi lo sapeva che andava punito. Andava punito? Andava punito. Si ripeteva la parola "punito" e quella saltava da tutte le parti come una pallina. Come la pallina gialla che papà gli aveva preso in cartoleria quando ancora andava alle elementari. Punito. Dumbo. Basta. Ma da quant'è che durava tutto quel silenzio? Adesso dico qualcosa, pensò Christian, ma di nuovo la voce gli mancò. E a quel punto Nicolas riprese: – Scignacane ha cominciato a minacciarmi: "Oh, adesso basta. Se ci fosse mio padre, 'o Negus, ti avrebbe già ammazzato perché tu lo conosci, perché lui è compagno tuo. Ma io sto sotto, nun teng'e ppalle che teneva pàtemo e quindi, tu fai fare buoni sorde ma se nun me fai sto fatto scordati l'eroina mia, torna a vendere il fumo e la coca e basta. E anzi, dirò pure ai Palma di Giugliano che l'eroina che loro pensavano di prendere in esclusiva te la stai pigliando pure tu, accussì non tengo manc''o bisogno 'e te frullà, te mettono lloro int''o frullatore." Aveva deciso. E gli ho chiesto come potevamo organizzarci. Lui mi ha detto che mi avrebbe fatto sapere. Che sta festa si doveva fare.

Non aveva detto "capisci?", e questo era il segnale per Christian che la conversazione era terminata. Rimasero in silenzio per un po', ad ascoltare i rumori del palazzo, gli sciacquoni degli appartamenti vicini, il vociare delle famiglie. Poi Nicolas scivolò fuori dal letto, raccolse le scarpe e senza dire una parola si chiuse la porta alle spalle.

Tre giorni dopo fu Dentino a scrivere a Christian, doveva vederlo immediatamente. Era preoccupato per Dumbo. Non si faceva vedere e anche i suoi genitori adesso stavano impazzendo. Erano addirittura andati a casa di Dentino, ma lui aveva potuto solo rispondere: – Non riesco a trovarlo. Nun saccio che fine ha fatto.

– L'ultima volta che l'ho visto mi ha salutato, erano venuti a prenderlo in motorino, – aveva sussurrato la madre, tentando di ricostruire.

– Signora, vi dovete ricordare chi è che è venuto a prenderlo.

Aveva iniziato a farle vedere un po' di foto su Facebook e poi video con i guaglioni della paranza, e poi Instagram. Ma la signora non li riconosceva. – Sento che gli è successo qualcosa...

– Ma no, perché dite accussì? – aveva detto Dentino.

– Perché Antonello non è mai stato un ragazzo che non chiama quando resta fuori. Gli deve essere successo qualcosa. Anche a te l'avrebbe detto sicuramente se doveva rimanere fuori per qualche motivo, se stava succedendo qualcosa, se aveva paura e quindi si doveva nascondere...

– Nascondere da chi?

La madre lo aveva guardato: – E secondo te non lo so che cosa fate?

– Eh, cosa facciamo, signo'?

– Lo so che lavorate...

Dentino non le aveva fatto finire la frase: – Lavoriamo. Basta.

Il padre di Dumbo non aveva detto una parola, guardava il telefono, indeciso se chiamare la polizia. – Non chiamate nessuno, mi raccomando, – aveva detto il Dentino, aggiungendo: – Ve lo trovo io a Antonello. Sapete che mi è frato.

I genitori non avevano ribattuto e Dentino seppe di avere una manciata di ore di margine prima che chiamassero la polizia. Chiese a tutti, e tutti giuravano che non ne sapevano nulla. Scomparso. Dentino lasciò Christian per ultimo. Era la sua ultima spiaggia perché, se anche lui non sapeva nulla, allora per Dumbo non c'era più nulla da fare.

Christian ascoltò anche questa storia in silenzio, e quando Dentino finì disse che non sapeva nulla. Gli mostrò i messaggi che aveva continuato a scrivergli e che Dumbo non avrebbe mai letto. Allora Dentino abbracciò quel corpo piccolo e immobile, un po' rigido, e gli promise che gli avrebbe mandato presto notizie. E Christian per un istante si scoprì a sperare che potessero essere buone.

Nei giorni successivi la madre di Dumbo andò alla polizia e denunciò la scomparsa. I giornali online iniziarono già quella sera a parlarne. Cominciò a diffondersi la frase "Lupara bianca", che ai ragazzi della paranza non diceva nulla. Al quarto giorno di ricerca arrivò a Dentino un messaggio di 'o

White: "M'hanno detto di cercare nel Bronx". Quello di San Giovanni a Teduccio. La zona degli Acanfora.

Dentino cercò di saperne di più, ma 'o White non disse altro. Andò immediatamente nel Bronx. Cercava e ricercava. Avrebbe voluto urlare il suo nome, ma niente. Allora andò nei bar: – Guagliu', avete visto a Dumbo? – e mostrava la foto al cellulare. – No. Niente. Nun sapimmo. Ma chi è? È di qua?

Fino a quando la Koala, la sua fidanzata, gli scrisse su WhatsApp: "Mi hanno detto che l'ultima volta che hanno visto a Dumbitiello è stata nel Bronx, alla Vigna... dove stava la vecchia casa, dove mò stanno le pecore". Capì esattamente il posto. Ci era finito moltissime volte a riempirsi di vodka e a fumare le pipette di crack. Si diresse verso la casetta. Era ancora giorno. Non trovò niente. Sperava che qualcuno l'avesse legato, l'avesse punito tenendolo stretto a un albero. Niente. Camminando affondò con i piedi nella terra. E capì che qualcuno aveva scavato da poco. Erano passati quattro giorni e non aveva mai piovuto. – Madonna mia. Madonna mia. No, no!

Iniziò a scavare con le mani. Scavò, scavò. La terra gli finiva sotto le unghie, gliele alzava, gli finì in bocca, si attaccava al corpo perché stava iniziando a sudare. Una ragazzina gli chiese: – Ma che state vedendo? Ma che state facendo?

Lui si girò: – Tieni una pala?

Lei entrò dentro questa sorta di ovile, trovò una pala e Dentino iniziò a scavare e a scavare, fino a quando sentì qualcosa. Smise di usare la pala, temendo di fare scempio del corpo e tornò a usare le mani.

Emerse il viso. E allora Dentino liberò tutta la sua angoscia: – No! No! Madonna! –. Un urlo fortissimo.

Chiamarono subito la polizia, arrivò addirittura un elicottero, i carabinieri tirarono fuori il corpo. Arrivarono i genitori. Dentino fu identificato e portato in questura. Cercarono di interrogarlo, ma lui teneva lo sguardo fisso e rispondeva a monosillabi alle domande. Era sconvolto. Lo rilasciarono la mattina dopo. Avrebbero potuto incriminarlo, sul cellulare aveva le indicazioni che gli avevano dato 'o White e poi la Koala. Uscì dalla questura e trovò la Koala, che lo abbracciò a lungo. Lui si lasciava stringere senza muovere un muscolo, senza rispondere alle carezze. Aveva gli occhi fermi. Salirono sullo scooter e Dentino disse: – Andiamo al covo.

Andarono a Forcella ed entrarono in casa. La Koala si fermò sulle scale, rispettosa della regola che nessuno poteva entrare se non apparteneva alla paranza. Soprattutto, nessuna donna aveva il permesso di entrare lì dentro.

– Sali, – le ordinò Dentino.

Lei non fece altro che obbedire. Avrebbe voluto non guardare nulla, essere invisibile. Sapeva che ne sarebbero derivati guai, ma aspettò insieme a lui. Dentino stava fermo, allora lei accese la televisione, solo per riempire quel vuoto. Dentino ebbe un moto di fastidio e si andò a lanciare sul letto dall'altra parte della casa. Poi sentì armeggiare una chiave nella toppa ed entrò Tucano, che vedendo la Koala si irrigidì: – Che cazzo ci fai qua?

Dentino uscì dalla stanza: – Hanno acciso a Dumbo.

– Ah, e chi è stato?

– E mo' chi è stato è stato, lo devo sapere. Perché Dumbo non era 'nu soldato, non c'entrava un cazzo con niente. Mo' voglio tutta la paranza qua. – Dentino era una spanna più basso di Tucano ma gli sputava in faccia tutta la sua furia, perciò prese in mano l'iPhone per convocare tutti: "Guagliù ci sta una partita a calcetto da fare urgente stammatina".

Uno a uno entrarono nel covo e l'ultimo fu proprio 'o Maraja. Aveva gli occhi pesti di chi non dorme da giorni e continuava a grattarsi la barba.

Dentino lo aggredì subito: – Maraja, adesso tutta l'eroina che arriva da Scignacane non si compra più, rimane ferma a terra. Se continuiamo a comprarla, se continuate a venderla, io me ne esco dalla paranza e vi considero a ognuno 'e vuje complici 'e Scignacane!

– Ma che ce azzecca Scignacane? – disse 'o Maraja.

– Dumbo faticava con sua mamma, e c'entra sicuramente. E nun fà finta 'e niente, Nico', sennò penso che lo stai coprendo. Dumbo non era 'nu soldato, non era un affiliato.

– Come noi... – disse Drago'. Sghignazzava, e intanto si rollava una canna.

– Come noi il cazzo, – urlò Dentino, prendendolo per la maglietta. Drago' si divincolò e tirò indietro la testa per caricare il colpo. Vennero divisi dalla Koala, che si mise in mezzo: – Ma non fate 'e ccreature!

– Drago', Dumbo non ha mai preso 'nu fierro in mano. Non ha mai fatto male a nessuno, non è mai stato carogna, – gridava Dentino.

– 'O Denti', ma tu sei caduto con la capa a terra? Chillo trasportava tutta l'eroina che noi vennimmo... Sarà stato un bordello con stu fatto... Qualcuno che si voleva prendere la roba... – provò a dire Tucano.

– Impossibile. Deve essere stato un agguato, una trappola! – e mentre lo diceva non ebbe vergogna di mettersi a piangere. In quella casa nessuno aveva mai pianto.

Drone stava lì, fermo, gli pareva una specie di vendetta. Prima del Dentino era stato lui a tenere a stento le lacrime sin sopra gli occhi, a non farne cadere neanche una. Invece Dentino piangeva, ed era uno scuorno per tutta la paranza.

Drago' disse: – Denti', oggi ci stammo, domani nun ce stammo. T''o rriccuorde? Amico, nemico, vita, morte: è la stessa cosa. 'O ssapimmo nuje, e lo sai pure tu. Accussì è. È 'n'attimo. È accussì che se campa, no?

– Ma che cazzo ne sai di come se campa? Pentito! – La parola velenosa. L'unica da non pronunciare mai. Drago' cacciò la pistola e gliela mise in faccia.

– Io tengo più onore di te, omm''e mmerda. Che staje c''a sora 'e 'nu bastardo, e chissà quante cose nostre hai fatto passà alla paranza dei Capelloni, e dici a me infame? Uscite fuori, tu e chesta zoccola, fuori da qua!

Dentino non rispose, era disarmato, ma i suoi occhi fissavano Nicolas. Solo lui. Il capo.

L'ambasciata

La pancia, Dentino l'aveva sentita crescere giorno dopo giorno, ancor prima che lei glielo dicesse apertamente. L'aveva proprio sentita, abbraccio dopo abbraccio, come una cosa che prima non c'era e adesso c'era. Prima era un groviglio di braccia, un arrampicarsi l'uno sull'altra anche solo per un rapido saluto, mica per fare l'amore. La Koala era così. Stringeva con tutto il corpo. Da qualche tempo a questa parte, però, Dentino percepiva una specie di prudenza da parte della sua ragazza, come se avesse paura di essere schiacciata da lui, pressata da lui. Non le aveva chiesto niente, sarebbe stata lei a dirglielo, pensava Dentino, e intanto lui lavorava già di immaginazione. Come lo avrebbero chiamato? Sua mamma aveva sempre sognato un nipotino – una nipotina ancora di più – e sognava pure un bel matrimonio, senza badare a spese. Poi però arrivava prepotente un altro pensiero, che cercava di scacciare, ma quello tornava ancora più forte. Liberarsene.

La Koala aveva aspettato, aveva capito che lui aveva capito, non la toccava più con la foga di prima, anche il Dentino era diventato prudente. Quando stavano da soli sembravano due fidanzatini alle prime armi. E anche lei aveva cominciato a usare l'immaginazione. Si era detta che avrebbe aspettato lo scoccare del terzo mese – si arrotondava ogni giorno che passava e alcune donne del quartiere avevano già sancito lo stato interessante – e poi avrebbe confessato a Dentino che sarebbe diventato papà. Anche la Koala avrebbe voluto una femmina, e di nascosto si era già comprata qualche body rosa, alla faccia della superstizione.

Poi Dumbo era stato ucciso, ed era morto un po' anche il suo uomo. Non riusciva a parlargli perché lui se ne stava sempre in giro, impegnato in un'indagine personale per scoprire chi aveva condannato a morte il suo amico. Nelle rare occasioni in cui riusciva a stare da sola con lui, Dentino non la toccava neanche più, la teneva a distanza, e rifiutava pure di guardarla negli occhi, non voleva che lei leggesse che lui sapeva, che era troppo tardi per tenere nascosta quella pancia, che ormai tutti sapevano tranne lui. Non aveva spazio per la vita che portava la Koala. Lei ci provava a farlo di nuovo suo, lo accarezzava, ma lui si sottraeva con uno scossone e ripartiva alla ricerca del colpevole. Per la prima volta nella loro storia era calato un gelo che li aveva paralizzati, ma l'essere che aveva dentro di sé la Koala continuava a crescere e reclamava il suo futuro padre.

Dentino non mangiava da due giorni. Non toccava cibo, non beveva. E non dormiva. Quarantotto ore da zombie. Si muoveva a piedi, aveva pensato che il motorino gli avrebbe impedito di inquadrare i volti che incrociava. E invece lui voleva guardare in faccia tutti, perché lì si poteva nascondere un indizio sulla morte del suo amico. Aveva anche abbandonato la chat della paranza e nessuno aveva provato a scrivergli in privato per convincerlo a rientrare. Era da solo.

Tornò da 'o White, alla saletta, ma quello giurava che non sapeva nulla, che l'ambasciata gliel'aveva portata.

– E a te chi te l'ha portata l'ambasciata? – chiese Dentino.

– L'ambasciatore, – rispose 'o White. Si era fatto crescere un altro moncone di capelli, e lo accarezzava lentamente.

– E chi è l'ambasciatore?

– L'ambasciatore è sto cazzo, – e gli mostrò il dito medio.

Da 'o White non avrebbe ottenuto nient'altro, anche se lo avesse preso a calci. Se la godeva, 'o White, e adesso si stava palpando entrambi i monconi. Dentino uscì a testa bassa, pensò di parlare alla Koala, ma lei sapeva solo quello che il fratello le raccontava, e poi si rifiutava di coinvolgerla, non voleva sporcare lei e la creatura che portava dentro. Meditò pure di battere ogni piazza di spaccio perché lì c'erano delle telecamere, magari avevano ripreso Dumbo a bordo di un motorino, magari in compagnia di qualcuno. L'assassino. Allora provò da Copacabana, in carcere, ma quello si fece negare. Camminò una giornata intera per San Giovanni a Teduccio. Via Marina, Il Ponte dei Francesi, tutte le strade che si dipartono da corso San Giovanni, il parco Massimo Troisi. Incedeva a testa alta, strafottente, come se volesse invadere un territorio non suo, perché quello che aveva in testa era di farsi notare, pure venire pestato se necessario. Macinò chilometri come aveva cominciato quell'indagine. Da solo.

Anche se solo non era, perché la Zarina era pure lei sulle tracce dell'assassino di Dumbo. Si era affezionato a quel guagliuncello. Le metteva allegria. Lui era sempre contento e riusciva a contagiarla. E le loro corse in motorino da una parte all'altra della città, quanto le mancavano. La facevano sentire una ragazzina, e ora per una bravata, quella maledetta foto del suo cazzo, l'aveva pagata cara. La Zarina aveva provato a far la voce grossa col figlio. Come si era permesso di spiare sul suo telefono? Ma Scignacane poteva permettersi di non essere figlio quando gli tornava utile, e aveva accantonato la questione con una scrollata di spalle. Ma la Zarina si sentiva in debito con Dumbo, con la sua voglia di vivere che le si era attaccata alla pelle. Mise sotto torchio gli uomini di suo figlio, ricordò loro che il Negus aveva creato l'impero che gli permetteva di campare decentemente, e che non dicessero niente di quel colloquio con Scignacane perché lei, la Zarina, poteva fare ancora male, molto male. E uno dopo l'altro parlarono. Dell'operazione in sé non sapevano tanto, ma mettendo insieme i pezzi la Zarina ricostruì come erano andate le cose. Non le interessavano i particolari, la dinamica, piuttosto la catena di comando, per collegare le responsabilità, e per sancire una vendetta. Chi sarebbe caduto e per mano di chi pure non le interessava. Il sangue doveva essere lavato nel sangue, era una regola vecchia come il mondo, e sapeva come innescare quel lavacro.

Fece tutto dal suo appartamento, la sua cella dorata dotata di ogni comfort, da cui solo Dumbo riusciva a strapparla. Dumbo le aveva parlato di quell'amico per cui si era fatto pure Nisida, che aveva protetto da un'accusa che avrebbe portato anche lui dietro le sbarre. Era l'amicizia più pura, aveva pensato la Zarina ascoltando quella storia, l'amicizia che nasce dal sacrificio. Si era procurata il numero di Dentino grazie ai suoi uomini. Meditò di chiamarlo, ma aveva ansia. Allora scrisse tutto, scrisse anche che era libero di non crederle, e chiuse dicendogli che l'amicizia di Dumbo era stata per entrambi preziosa, preziosa come una piastrella maiolicata.

Dentino lesse il messaggio decine di volte, e ogni volta avvicinava il dito al tasto "cancella", ma alla fine tutto quel rileggere aveva scavato un binario, sempre più profondo. Era seduto su un vagone della linea 1. Mancavano ancora tre fermate a Toledo. Cancellò il messaggio.

Mar Rosso

Mena stava dando gli ultimi colpi di ago al vestito rosso che si era cucita da sola in negozio utilizzando una bella pezza di tessuto di seta carminio che le aveva regalato una cliente. "Dove vado vestita così?" si era detta, ma poi fasciandosi davanti allo specchio e immaginando un modello semplice senza scollatura ma ben sciancrato sui fianchi aveva pensato "Ci vado, ci vado", e aveva cominciato a dargli forma. Ora davanti alla tavola che suo marito aveva lasciato apparecchiata, come era consuetudine quando lei arrivava tardi e lui usciva presto, rifiniva l'allacciatura a bottoncini che si apriva sulla schiena: dodici bottoni piccoli, lustri, d'un rosso ancora più acceso. Aveva fatto preparare gli occhielli – che quella era un'arte, fare gli occhielli, e a Forcella ci stava la vecchia Sofia che serviva sarte e sartorie, malgrado l'età e l'incessante cambio di occhiali – e risaliva dal fondo sistemando i bottoni.

Vide Christian che schizzava fuori dalla stanza.

– Addó vai, a mammà?

Rispose qualcosa come "Mi aspetta Nico'", ma non sentì bene. Ma dove? Restò con l'ago fra pollice e indice, il filo rosso che pendeva. Succedeva spesso, e non le piaceva mai che il piccolo scendesse in strada con il fratello. Lasciò ago e filo, appoggiò il vestito sul tavolo e si sporse dalla finestra del ballatoio, da dove si vedeva la strada. Christian era lì. Non si muoveva. Forse aspettava. "Finché aspetta, va bbene accussì" pensò e contemporaneamente pensò pure che doveva provarselo questo vestito, che l'abbottonatura non stringesse troppo. Pensò: "Chella Sofia è cecata, brava ma cecata". Si spogliò con gesti rapidi e sicuri e infilò invece con cautela il vestito nuovo lasciandoselo scivolare addosso dall'alto, a braccia alzate. Se lo lisciò con cura sui fianchi, si sentì il seno prendere il posto che meritava e prendere la forma che meritava: sì, ora avrebbe potuto cucire i bottoncini che mancavano. Tornò con uno scatto automatico alla finestra. Christian stava avanzando veloce nella via, verso il Rettifilo. – Dove vai? – gridò. – A fare 'nu servizio, – rispose il ragazzo con le mani a coppa intorno alla bocca prima di rimettersi a correre, veloce come una gazzella. Servizio? E da quando in qua Christian faceva servizi? Che parola era mai quella nella sua bocca? Si spencolò dalla finestra finché il figlio non sparì oltre l'incrocio. Tornò in sala da pranzo e cercò il cellulare. Non lo trovava mai, quando le serviva. Non lo trovava mai. Infilzò il rocchetto del filo con l'ago e tastò con le mani sotto il vestito che aveva appena tolto, sotto la tovaglietta, cercò nella borsa, cercò in bagno, ed era lì, sul lavabo. Fece il numero di Nicolas, che rispose quasi subito: – Che c'è?

– Perché metti di mezzo tuo fratello? Che ci azzecca? Dove sei?

– Calmati, mammà, cosa stai dicendo?

– Christian era a casa fino a due minuti fa. E adesso da te sta venendo. Dove? Dimmi dove?

Nicolas restò muto e continuò a sentire, senza ascoltare, la voce della madre che lo metteva in guardia e lo comandava che rimandasse il fratello a casa.

Si lasciò sfuggire, e non voleva: – Non so niente.

Fu Mena, a quel punto, che restò in silenzio. Si scambiarono silenzi come messaggi in codice.

E poi: – Fattelo dire. Fattelo dire dove lo stanno portando. Fattelo dire subito –. Lei sapeva che una maniera la si trova sempre per sapere quello che stava accadendo. Sapeva che questo figlio biondo ormai tutto poteva, e se poteva doveva fare tutto subito. – Fattelo dire.

E lui: – Scendi in strada. Arrivo.

Mena lasciò tutto com'era, non chiuse la porta, e si fiondò giù per le scale con addosso il vestito rosso aperto sulla schiena. Ci pensò solo davanti al portone che avrebbe potuto cambiarsi, ma ormai era lì. Era lì e cercava in fondo alla strada la sagoma di Nicolas sopra quella stramaledetta moto. Lo cercava dove era sparito Christian, e invece Nicolas arrivò poi dall'altra parte con in mano il casco che teneva per Letizia. Mena si mise a cavallo del T-Max e il casco se lo tenne sul grembo. Non fece neppure la domanda, si aspettava solo che le si dicesse dove, dove, dove. – Il cavaliere di Toledo, – urlò Nicolas accelerando. – Alla fermata della metropolitana –. Gli erano bastate due chiamate. Un minuto. Qualcuno glielo aveva detto. Così aveva saputo. Ma cosa? Ma cosa? Cosa c'era da sapere? Sotto i capelli di Mena che sventolavano come una bandiera pirata per le strade della città, dentro la faccia china, concentrata, di Nicolas c'erano sciami di domande e risposte, c'erano certezze e scongiuri. C'era solo un'immagine chiara che passava dall'uno all'altra e non sapevano che farne: quella statua moderna che avevano messo in piazza Diaz, con sto cavallo e sto cavaliere, con questa specie di fantino sbilenco che chissà a chi era venuto in mente.

Dentino, seduto nella vettura del metrò, stava piegato su di sé e sulla Beretta semiautomatica infilata in mezzo alle gambe. Era come se stesse aggrappato all'arma, come se l'accarezzasse, quasi dovesse celebrare un rito. "Il sangue non conta? Vediamo. Vediamo se ti tocco il tuo, di sangue," ripeteva fra sé questa considerazione pigiando sul "Vediamo" che continuava a tornare come una bestemmia presaga d'azione. Sullo screen del cellulare il messaggio che aveva mandato a Christian: "Io e frateto ti aspettiamo al monumento di piazza Diaz. Ci devi fare un servizio". E quell'altro che rispondeva con l'emoticon del sorriso moltiplicato sette.

Il messaggio dopo era per Stavodicendo, con il quale si accertava che Nicolas dal covo non fosse tornato a casa. Stavodicendo lo interrogò a sua volta, inquisitivo: "Dove sei? Cosa fai? Che tieni in mente? Devi incontrare Nicolas?". E lui scriveva che non aveva in mente niente, che aveva una commissione da fare in piazza Diaz. E quell'altro: "Ma come parli? Che commissione?". E a quel punto aveva smesso di rispondere.

Rileggeva e si sentiva spiato dalla gente seduta o aggrappata ai corrimano. Lo guardavano perché era armato? Lo guardavano perché stava andando ad ammazzare un bambino? Lo guardavano perché era lui, un ragazzino? Si sentì sprofondato in un mondo di adulti, anzi di vecchi, di uomini e donne destinati a finire, che non si capiva, anzi, perché non erano già morti. Zombie. Sapeva di essere vivo, ben più vivo di tutti quegli schiavi. Tornò a toccare la Beretta, e si sentì forte, sentiva che stava andando a consumare una vendetta. E avrebbe fatto vendetta. Si accorse appena in tempo d'essere alla fermata di Toledo. Uscì, lasciò passare la gente, gli schiavi, e si schiacciò contro la parete della stazione prima di infilare il corridoio colorato che portava alle scale mobili. Christian sarebbe sceso giù perché così gli era stato detto di fare.

Christian era sotto lo strano cavallo di piazza Diaz. Nico' sarebbe arrivato, Dentino lo aspettava giù, prima dei tornelli, e allora si fiondò di sotto. Dentino glielo aveva chiesto: che scendesse nella metropolitana, ci era mai stato? No, non ci era stato. Che ci andasse, allora, che era bello, un mondo fantastico. Christian aveva imboccato la scala mobile e in effetti eccolo il mondo fantastico, era vero! Scendeva e sopra di lui si apriva un cono sempre più stretto di luce, azzurro e verde, un azzurro, un verde che colavano giù per le pareti trascolorando in rosa e sembrava un acquario e sembrava 'na magia. A scuola qualcuno l'aveva detto: che la stazione di Toledo, così moderna, così artistica, era fra le più belle del mondo, ma non ce l'avevano mai portato. Né la scuola, né la famiglia. E com'è? Abbiamo la più bella stazione del mondo e noi non ci veniamo. Sempre a Castel dell'Ovo, sempre sul lungomare, sempre al mare, quando il vero mare era qui, anzi era più bello del mare d'acqua perché qui era onda, grotta, vulcano e intanto diventava anche cielo. "Questo, Nico', non me l'ha mai raccontato." La scala scendeva e Christian stava con la testa piegata all'indietro e più scendeva più la piegava per stare dentro al fiotto di luce che veniva dall'alto, un fiotto silenzioso, un'acqua antica, oppure no, una luce che filava giù dallo spazio. "Qui mi ha fatto venire, per farmi fare 'o viaggio azzurro," pensò. E quando si trovò in fondo alla lunghissima scala mobile e vide Dentino, glielo disse, che quello era un posto fantastico, meglio di Posillipo e del *Signore degli anelli*. Ma Dentino non sorrise. Gli disse che adesso doveva tornare sopra, perché Nicolas sarebbe arrivato sotto il Cavaliere di Toledo. Dentino era lì, e Christian non si meravigliò che il paranzino con i due denti rotti restasse impalato e desse ordini. Non si fece domande, non pensò nulla, fece solo – Wow – all'idea di tornare su, e si ributtò felice sulla scala mobile per fare il viaggio al contrario in mezzo a quell'acquario. Dentino lo lasciò salire un po', poi lo seguì. Fu una risalita infinita, e per la seconda volta Christian si perse dentro il verde, l'azzurro, la luce, finché non arrivò alla luce deludente del giorno.

Dalla piazza lo videro Nicolas e Mena. Lo videro uscire dal tunnel della scala mobile mentre da sotto arrivavano tre colpi di pistola, netti, sicuri, senza rimbombo.

Dentino rifece la scala mobile a salti, per vincere il trascinamento che l'avrebbe portato in superficie. Solo quando arrivò giù riprese fiato, si voltò spiando la luce in alto e poi, nel vuoto di persone creato dagli spari, corse sulle banchine in attesa del treno. Lì si accorse di avere ancora in mano la Beretta, se la rimise dentro i pantaloni. E quell'immagine e tutte le immagini precedenti erano già nella memoria delle telecamere della stazione: quella sui binari che aveva inquadrato Dentino che usciva dal treno e avanzava in mezzo agli altri passeggeri, quella in fondo alla scala mobile che aveva registrato Dentino in attesa – e lì si sarebbe visto bene che estraeva la Beretta e la teneva coperta con la mano sinistra – e bene si sarebbe visto Christian arrivare e sorridere, illuminato dall'avventura che aveva appena vissuto scendendo dentro il cono di luce verde, e poi tornare su seguito da Dentino, il braccio finalmente teso, il primo, il secondo, il terzo colpo e la corsa al contrario.

Sotto la metropolitana e sulla piazza la gente reagì istintivamente come nelle stese: chi si buttò per terra, chi si mise a correre, chi restò impalato, come se ci fosse qualcosa da capire.

Christian avanzò verso il monumento con un bel sorriso che lo rimpiccioliva, che lo assorbiva tutto, quasi lo spettacolo che aveva visto non smettesse di gonfiargli gli occhi. Poi ebbe forse la vaga sensazione di percepire in sé qualcosa di diverso, un uccello di mare che gli si era piantato nella schiena e ora voleva uscirgli dal petto. Ma la sensazione non prese forma e il suo corpo si abbatté a terra, come fosse inciampato, e a terra restò, con le braccia larghe, la testa piegata di lato, gli occhi aperti.

Mena e Nicolas erano ancora a cavallo della moto. Scese Mena per prima, sola nella piazza, con il suo vestito rosso aperto sulla schiena. Avanzò lenta come se portasse un peso, come se il destino le rallentasse l'andatura. Si chinò sul bambino, lo toccò, allontanò le mani ma con il palmo a conchiglia su di lui, le riavvicinò, gli toccò la fronte, lo carezzò, poi gli prese la testa e l'appoggiò sulle sue ginocchia, gli chiuse gli occhi liberando un ruvido sospiro, vide il sangue che si faceva largo e sentì che qualcuno gridava: – Chiamate un'ambulanza –. Nessuno osò fare un passo. Era tutta affogata dentro la sua chioma. Non la si vedeva più. E lei non vedeva nessuno. Poi sentì Nicolas che urlava qualcosa, che intimava alla gente, inutilmente, di stare lontana. Sentiva che diceva come fosse a teatro che quello era suo fratello e quella era sua madre. Era così in effetti. Ma ai presenti non sfuggì come quel ragazzo con i capelli biondi si fosse girato su se stesso cercando di non essere visto e piegato su di sé, il casco stretto contro lo stomaco, cominciasse a mugolare, cercando il pianto o forse cercando di contenerlo. – Dio, – si lasciò scappare e una volta pronunciata quella parola prese a ripeterla – Dio Dio Dio, – senza sapere dove guardare se non a terra. Fu sorpreso da un conato di vomito, poi da un altro, e non si sentì mai solo come in quel momento, e fu perciò che si liberò del casco facendolo rotolare via e si piegò insieme alla madre sul corpo del fratello. Dalla metropolitana non saliva più nessuno. Il cerchio di chi voleva guardare aumentava, ma sotto il Cavaliere di Toledo c'erano solo Mena, Nicolas e, ormai invisibile sotto il rosso carminio della madre, il piccolo Christian.

Nel tempo che seguì, Mena non versò lacrima. Si occupò del marito che non smetteva di piangere seduto in tuta sulla panchina dell'ospedale, sulla seggiola della questura, sullo scranno della chiesa. Mena non scambiò parola con nessuno, se non per sbrigare faccende pratiche e rispondere alle indagini che, ovviamente, la polizia aprì. Di tanto in tanto squadrava Nicolas di sbieco. Rimasta sola in casa con il figlio e il marito si sbarazzò finalmente del vestito rosso e, una volta in sottoveste, non si rivestì, guardò quell'abito con solo due bottoni sulla schiena, lo lisciò sul tavolo, lo afferrò con malagrazia e cominciò a strapparlo, prima seguendo le cuciture, poi strappando furiosamente il tessuto come capitava, e fu solo allora che si sciolse in un urlo, in un grido metallico, rugginoso, che fece persino smettere al marito di piangere. I telegiornali nei giorni seguenti raccontarono del "Ragazzino ammazzato dalla camorra sotto il monumento al Cavaliere di Toledo di William Kentridge".

Il funerale si celebrò cinque giorni più tardi nel quartiere. Mena non smetteva di chiedere fiori. Li chiedeva ai ragazzi della paranza. – Voglio fiori, avete capito? – e li guardava con rabbia. – Sapete come procurarveli. Voglio i meglio fiori di Napoli. Bianchi, tanti fiori bianchi. Rose, calle, chillo che costa 'e cchiù. – Ispezionò la chiesa e con un gesto licenziò prete e pompe funebri: – Non avete capito! Voglio fiori. Ne voglio tanti che s'adda svenì per il profumo che cacciano –. E così fu. E dietro al carro ci fu tanta gente del quartiere e altra che nessuno conosceva che chissà da dove veniva, e faceva bene a esserci, pensava Mena, che qui nessuno adda scurdà questo piccolo mio, chesta criatura mia.

Nicolas stava dietro a sua madre. Obbediva. Studiava. Non perdeva una scena, un gesto. Come un re vero, che sa chi ci sta e chi non ci sta e chi non deve starci. I suoi gli stavano appresso, e facevano il lutto. Lo facevano come sapevano. Si perdevano in mezzo a tutta quella montagna di fiori bianchi che la madre di Christian aveva voluto.

C'erano i compagni di scuola di Christian, uno sciame di bambinetti accompagnati dall'insegnante, e c'erano anche i compagni di Nicolas e il professor De Marino, pensoso e senza parole.

Bianca fu anche la bara. La bara dei bambini. Le ragazze dei paranzini s'erano messe il foulard perché sapevano la tradizione e la tenevano buona.

Mena, vestita di nero, i capelli raccolti dentro uno scialle di pizzo nero, teneva sotto braccio il marito professore. Chiese a tutti di aspettare l'ultimo viaggio al cimitero di Poggioreale e chiese a Nicolas di radunare la paranza in sacrestia. – Il signor prete ci perdona, se per due minuti prendiamo il posto vostro, – disse, impedendo al parroco di seguire lei e la paranza al completo, con Pesce Moscio e Briato' che avanzavano, uno con le stampelle, l'altro con un bastone ortopedico.

Quando furono insieme nella poca luce della sacrestia, Mena sembrò raccogliersi in meditazione ma poi levò alto il volto, si liberò del velo nero, li squadrò uno per uno e disse: – Voglio vendetta, – e rettificò. – Voglio la vendetta –, e continuò: – Voi potete farlo. Voi siete i migliori –. Prese fiato: – Forse potevate non farlo uccidere, questo figlio mio, ma il destino è destino, e i tempi cambiano. Adesso è il tempo della tempesta. E io voglio che voi siate la tempesta di questa città.

Tutta la paranza fece di sì con la testa. Tutti meno Nicolas, che però prese sotto braccio la madre e le disse: – È ora di andare –. Davanti alla porta della sacrestia il padre afferrò Nicolas per la camicia, l'avrebbe sollevato di peso, se avesse potuto, gli scavò dentro gli occhi una guardata senz'ombra e cominciò, prima sottovoce poi a voce alta: – Sei tu che l'hai ammazzato. Sei tu. Sei tu. Tu sei un assassino. Sei tu che l'hai ammazzato –. Mena riuscì a liberare il figlio da quella stretta e abbracciò il marito. – Adesso no. Abbiamo il tempo, – disse e gli fece una carezza leggera.

Uscirono tutti dalla chiesa, in mezzo alla parata di fiori bianchi, e fuori aspettava il carro funebre.

Aucelluzzo, vestito di nero, si avvicinò a Nicolas. Lo abbracciò con una delicatezza che non pensava di possedere: – Nico', condoglianze. Da parte mia e da parte di chi sai tu.

Nicolas annuì con la testa, senza dire una parola, gli occhi che non lasciavano il feretro bianco. Provò a superarlo, voleva raggiungere la madre, il suo braccio, ma Aucelluzzo lo bloccò con una mano sulla spalla.

– Avete visto? – disse. – Stanno parlando di voi. – Allungò il giornale. Un articolo in prima pagina metteva insieme la morte di Christian, la morte di Roipnol e il nuovo tifone che si stava abbattendo sul centro storico e diceva che a innescarlo era stata una nuova paranza.

La bara era chiusa dentro il carro funebre adesso, e Nicolas posò lo sguardo sul giornale che Aucelluzzo gli porgeva: – Guagliu', – disse ai suoi che gli stavano più vicino, – ci hanno battezzato: simmo la paranza dei bambini.

All'improvviso cominciò a piovere, a piovere forte e senza tuoni. La strada si annerì di ombrelli aperti come se tutta Forcella e i Tribunali avessero atteso quello scroscio come una liberazione. Fra la marea di ombrelli il carro si aprì lo spazio con fatica. Solo la paranza si prese l'acqua addosso.

La morte e l'acqua sono sempre una promessa. E loro erano pronti a passare attraverso il Mar Rosso.

Nota dell'autore

Una delle sfide di questo romanzo è l'uso del dialetto. La scelta è venuta naturalmente, l'elaborazione ha chiesto lavoro, verifiche, ascolto.

Non volevo il dialetto "classico" che è tuttora quello che, anche in termini di trascrizione, vige nelle opere dei poeti e degli scrittori dialettali. Ma al contempo volevo che di quella classicità ci fosse piena consapevolezza. Perciò ho chiesto la collaborazione di Nicola De Blasi (professore di Storia della lingua italiana all'Università Federico II di Napoli) e di Giovanni Turchetta (professore di Letteratura italiana contemporanea all'Università di Milano) che ringrazio entrambi. A partire da lì ho sentito la malleabilità di quella lingua, ho sentito che potevo, qui e là, forzare verso un'oralità viva ma ricostruita dentro l'esercizio della scrittura. Dove questa deliberata manipolazione si discosta dai codici, è perché sono intervenuto come autore a modellare, a filtrare la realtà sonora dell'ascolto dentro la resa del dettato, complice dei personaggi che si agitavano con il loro dialetto "imbastardito" nella mia immaginazione.

Indice